KATHY BRANDT

Schwarze Korallen

Buch

Hannah Sampsons Chef in Denver hat sie zwar von Anfang an davor gewarnt, dass die Idylle der Virgin Islands trügerisch sei. Aber die Polizeitaucherin wollte ja unbedingt ihre Ruhe haben ...

An einem tropischen Morgen um 9:32 Uhr startet ein altes, klappriges Flugzeug in den strahlend blauen Himmel über Tortola. Aber schon sieben Minuten später stürzt es, nicht weit von Hannah Sampsons Boot, ins Meer. Ohne zu zögern, machen sich Hannah und ihr Partner auf die Suche nach Überlebenden. Was auf den ersten Blick aussieht wie eine ganz normale Rettungsaktion, weitet sich jedoch schnell zur Ermittlung in einem Mordfall aus. War einer der Passagiere etwa das Ziel eines Killers? Wer würde für einen einzigen Menschen so viele Unbeteiligte auf sein Gewissen laden? Sosehr Hannah sich auch bemüht, alle ihre Spuren enden in einer Sackgasse. Es gibt zwar einen – äußerst zwielichtigen – Verdächtigen, aber irgendwie scheint er nicht so recht ins Bild zu passen. Außerdem muss Hannah sich auch noch um einen neunjährigen Jungen kümmern, der wie durch ein Wunder den Flugzeugabsturz überlebt hat. Und als ob das alles nicht schon belastend genug wäre, kriselt es auch noch in Hannahs Beziehung – und wie ein Symbol für die derzeitigen Turbulenzen in ihrem Leben ist auch noch ein ausgewachsener Hurrikan im Anmarsch auf die Inselgruppe ...

Autorin

Kathy Brandt hat zehn Jahre lang an der University of Colorado Kurse in Creative Writing abgehalten und Artikel in zahlreichen Fachzeitschriften veröffentlicht. Als passionierte Taucherin und erfahrene Seglerin verbringt sie jedes Jahr mehrere Monate auf dem Wasser, häufig auch vor den British Virgin Islands. Sie lebt mit ihrem Mann, einem Professor für Meeresbiologie, in den Bergen bei Colorado Springs.

Von Kathy Brandt sind bereits erschienen:

Mörderische Brandung. Roman (36358)
Dunkle Tiefen. Roman (36359)
Trügerische Klippen. Roman (36511)

Für Ingrid und Quinn

I

Es war nicht schwierig, sich in der Menge zu verlieren, unterzutauchen, anonym zu bleiben, vor allem wenn man entschlossen und erfahren war – wie Schatten, die anderen Menschen folgten und die nur auf die richtige Gelegenheit warteten. Der Terrence B. Lettsome International Airport auf den British Virgin Islands war genau der richtige Ort dafür. Zwei Personen, so gekleidet, dass sie unter all den Touristen nicht auffielen, waren ihrer Zielperson bis zum Flughafen gefolgt, und in der Entladezone hätten sie beinahe erwischt, was sie haben wollten. Denn in dem entstehenden Durcheinander, wenn das Gepäck aus Taxis und Wagen geladen wurde, konzentrierten sich die Reisenden nur auf eines, nämlich darauf, ihr Gepäck im Auge zu behalten und ins Terminalgebäude zu gelangen. Die Verfolger unternahmen einen Versuch, der jedoch im letzten Augenblick von einem Gepäckträger vereitelt wurde, ohne dass dieser sich dessen bewusst war. Er griff nach einem Koffer, der ihrer Zielperson gehörte, und wehrte mit einer raschen Bewegung die Hand ab, die entschlossen zupacken wollte. Zu spät – und so verschwand, was sie begehrten, durch die automatische Tür. Die beiden folgten und betraten das Flughafengebäude.

Drinnen wimmelte es von Menschen: einige von ihnen Einwohner der British Virgin Islands – Familien oder Geschäftsleute, die nach Puerto Rico oder weiter in die USA, nach Kanada oder nach Großbritannien fliegen wollten –, die meisten jedoch Touristen, die auf den Inseln eingetroffen waren, um ein, zwei Wochen in diesem Inselparadies zu segeln, oder sich braungebrannt und in Urlaubsbekleidung auf dem Heimweg befanden.

Schließlich entdeckten sie ihre Zielperson am Ticketschalter, als sie für den Island-Air-Flug 45 nach Puerto Rico eincheckte. Sie beschatteten die Person bis zum Gate und warteten. Aber es war kein Zugriff möglich. Denn in der Nähe standen zwei uniformierte Polizisten, hielten ein Schwätzchen und schauten zu, wie der schier endlose Strom von Handtaschen und Aktentaschen durch die elektronischen Scanner lief. Noch ehe sich ihnen eine weitere Gelegenheit bot, war ihr Zielobjekt durch die Sicherheitskontrolle in den Wartebereich gelangt, von wo aus ein Flughafenangestellter die Passagiere über das bereits jetzt heiße Rollfeld zum Flugzeug begleiten würde.

Eine Option blieb ihnen noch. Sie gingen zum Ticketschalter zurück. Dort angekommen, stand ein Liebespaar am Schalter, es war spät dran und trotzdem so sehr in seine gegenseitigen Liebkosungen vertieft, dass es alles um sich herum vergaß. Sie reihten sich hinter dem Pärchen in die Schlange ein. Ein Gepäckträger schnappte sich die Koffer für Flug 45, die auf einem Stapel lagen, und warf sie auf einen Karren, ohne darauf zu achten, was auf dem Haufen lag. Hinter dem Ticketschalter beeilte sich der Mitarbeiter, der den Flug unbedingt pünktlich starten lassen wollte, die Last-Minute-Tickets auszugeben. Das war's dann. Sie durften jetzt keine Fehler mehr machen. Andernfalls würden sie teuer dafür bezahlen.

Die Maschine des Island-Air-Flugs 45 war eine Turboprop mit zwei Piloten und 15 Plätzen. Die alte Beech 99 war innen komplett umgebaut, denn man wollte den Gästen ein wenig Luxus bieten: Ledersitze und weiches Oberlicht. Die Flüge waren zwar zu kurz und die Maschine zu klein, um eine Mahlzeit anbieten zu können, dennoch mussten die Passagiere nicht auf gewisse Annehmlichkeiten verzichten: vom *Wall Street Journal* und der englischen *Times* bis hin zu Beuteln mit Snacks, Obstsäften, sogar einem Fläschchen Inselrum. Mit Hilfe dieser Extras wollte die Fluggesellschaft ihren Ruf einer Billig-Airline verlieren.

An jenem Samstagmorgen befanden sich zehn Passagiere in der Maschine mit der Flugnummer 45, neun Erwachsene und ein Kind. Die Maschine startete planmäßig um neun Uhr zweiunddreißig, erhob sich in den wolkenlosen Himmel der Karibik und stieg auf vierhundert Fuß. Um zehn Uhr vierzehn sollte sie planmäßig in Puerto Rico landen. Sie kam dort nie an.

Die ersten Hinweise auf Schwierigkeiten vernahm der Tower um neun Uhr sechsunddreißig, als der Flugkapitän schrie: »Hochziehen, hochziehen!« Um neun Uhr neununddreißig stürzte Flug 45 ins Meer.

2

Ich hockte auf den Knien, steckte den Kopf in den Stauraum des Bootes, reckte den Hintern himmelwärts und versuchte, eine meiner Schwimmflossen zu fassen zu bekommen, als die Maschine abstürzte. Als sie über mich hinwegflog, nahm ich das irritierende Jaulen der Motoren wahr, das die morgendliche Ruhe durchdrang. Ich zog mich aus dem Gewirr von Gerätschaften heraus und erwog eine ebenso obszöne wie nutzlose Geste, als plötzlich alles ganz still war. Dann vollführte die silbrige Röhre einen eleganten Halbbogen und stürzte geradewegs auf unser Boot zu.

Verdammt, sie würde uns treffen! Ein riesiger Ozean – aber sie würde in genau dem Quadratkilometer, in dem unser Boot lag, explodieren, und ich konnte nichts dagegen tun. Ich hockte immer noch auf den Knien, die Schwimmflosse in der Hand, als das Flugzeug dreißig Meter neben unserem Bug aufs Wasser prallte, so dass eine riesige Welle über unsere Reling schwappte. Benommen und fassungslos wurde ich samt den Gerätschaften ins Cockpit geschleudert.

Schließlich begriff mein Geist, was mein Körper bereits wusste. Dort draußen waren Menschen, tote oder sterbende. Als ich aufgestanden war, sah ich, wie das Flugzeug langsam im Meer versank.

Ich warf einen Blick zurück zum Heck, wo Jimmy Snyder, mein Tauchpartner, völlig perplex dastand, die Rettungsleine in Händen. Augenblicke zuvor hatte er sein Radio ausgeschaltet und auf dem Vorschiff gestanden, die Hand schützend an die Stirn gelegt, und verfolgt, wie die Maschine vom neuen Flughafen auf Beef Island gestartet war. Nur ein kleiner Jet konnte von diesem »internationalen« Flughafen starten oder landen, dessen Startbahn kurz vor der Wasserkante endete. Bei dieser Maschine handelte es sich um einen kleinen Inselhüpfer mit Zwillingsmotor.

Jimmy und ich waren mit dem Polizeiboot hinausgefahren, zum Ostende der Insel Tortola. Ich wollte den Jungen in die Feinheiten der Untersuchung von Unterwasser-Tatorten einweihen. Chief Dunn, mein Chef und Leiter des Tortola Police Department, hielt Jimmy für den idealen Kandidaten, der mich als Tauchpartner bei Bergungen und Tatortuntersuchungen unter Wasser begleiten könnte.

Jimmy lernte schnell und kannte keine Angst, wobei Letzteres in meinen Augen eher eine Gefahr darstellte. Ich wollte in dreißig Meter Tiefe jemanden an meiner Seite haben, der dem Meer genauso viel Respekt zollte wie ich. Ich war nämlich der Ansicht, dass Tauchen das Unnatürlichste war, was Menschen tun konnten – dass man jedes Mal, wenn man hinabtauchte, die Grenzen dessen testete, was die gute alte Mutter Natur erlaubte. Eines Tages würde sie sagen: *Jetzt reicht's* und mich mittels einer Embolie ins Jenseits befördern. Verflucht, es könnte auch etwas so Harmloses wie ein scharfkantiges Stück Koralle sein, das meinen Schlauch durchtrennte.

Jimmy und ich hatten uns gerade für den ersten Tauchgang des Tages in unsere Neoprenanzüge gezwängt. Jimmy hatte das Radio auf volle Lautstärke gedreht. Wenn es nicht Bob Marley gewesen wäre, hätte ich mich beschwert. Zu den Klängen von Marleys »Please don' ya rock my boat, 'cause I don' want my boat to be rockin'« die Tauchausrüstung anzulegen versetzte mich jedoch in die richtige Stimmung, soll heißen: *Ganz locker bleiben, Sampson, er ist ja noch so jung. Er kommt schon noch dahinter.*

Zu jeder vollen Stunde meldete der Wetterbericht im Radio, was alle schon wussten. Es war ein wunderschöner Tag im Paradies. Störend wirkte da nur der tropische Wirbelsturm, der sich 1500 Kilometer vor der Westküste Afrikas bildete. Es war September – und damit Nachsaison auf den British Virgin Islands. Sonst ein Seglerparadies, hatten die Einheimischen die Inseln inzwischen fast wieder für sich allein. Nur ein paar Segel sprenkelten den Horizont, aber alle Leute verfolgten sehr genau die Wetterlage. Es war Hurrikan-Saison im Paradies.

Doch heute schien die Sonne, der Himmel war blau, und es war sehr heiß. Das Wasser war kristallklar. Es war ein wunderschöner Morgen – bis das Flugzeug abstürzte. Es trieb nur kurz im Wasser, dann ging es unter. Der Bug neigte sich steil nach unten, dann steuerte die Maschine auf den Meeresgrund zu, während das Heck noch aus dem Wasser ragte.

Plötzlich sprang die hintere Kabinentür auf, und eine Frau kam zum Vorschein. Die Verzweiflung und der Todesschrecken standen ihr ins Gesicht geschrieben. Sie hielt sich an der einen Seite der Tür fest und versuchte gegen das einströmende Wasser nach draußen zu gelangen. In schierer Panik kämpfte sie weiter, stemmte sich gegen die Fluten. Plötzlich tauchte direkt hinter ihr ein Mann auf. Er schlang einen Arm um die Frau und stürzte sich in die brodelnde See. Doch inzwischen glitt das Flugzeug rasch in die Tiefe. Das Wasser ergoss sich in die offene Kabinentür, und der Mann und die Frau verschwanden in der wütenden Gischt. Dann strudelte das Wasser um das Heck herum, und das Flugzeug versank ganz in den wirbelnden Fluten.

Ich ließ den Blick über die schäumenden Wellen schweifen und suchte nach Hinweisen auf die beiden Passagiere. Nichts als ein Kessel brodelnder See. Dann, im nächsten

Moment, tauchten ihre Köpfe auf, der Mann hatte den Arm immer noch fest um die Frau geschlungen.

Jimmy warf ihm unsere gelbe Rettungsboje zu, und es gelang dem Mann, darauf zuzuschwimmen, die Frau fest im Griff. Sie waren unverletzt. Der Mann winkte uns zu. Aber ich dachte nicht daran, mir die Zeit zu nehmen, sie aus dem Wasser zu fischen und an Bord der *Wahoo* zu ziehen. Ich wusste, dass sich an der Absturzstelle rasch weitere Boote versammeln würden. Bis dahin wären die beiden Passagiere in Sicherheit.

Während wir unsere Tauchgeräte überstreiften, schrie ich Jimmy meine Anweisungen zu:

»Wir müssen zum Wrack runterkommen, und zwar schnell. Ich geh rein und fang an, die Leute rauszuholen. Du bleibst neben der Kabinentür und bringst sie nach oben.« Ziemlich simpler Plan. Dort unten würde alles sehr viel komplizierter sein.

Innerhalb von Minuten war ich im Wasser, Jimmy direkt hinter mir. Hoffentlich war er dem gewachsen, was vor uns lag. Ich konnte es mir im Moment nämlich gar nicht leisten, einen Taucher an meiner Seite zu haben, der in Schwierigkeiten geriet.

Wir tauchten hinunter. Wie ich wusste, lag der Meeresgrund in nur zwanzig Meter Tiefe und bestand aus Sand. Nur der Himmel wusste, ob wir dort unten noch Überlebende finden würden. Wir tauchten ins brodelnde Wasser. Es strudelte um uns herum, als wollte es uns an die Oberfläche zurückdrängen. Man konnte die dunklen Umrisse des Flugzeugs durch die wirbelnden braunen Wolken aus Sediment kaum erkennen. Die Maschine hatte sich soeben auf den Meeresgrund gesenkt, mit erhobenem Heck, im hinteren Abschnitt war also noch Luft gefangen. Ich schlug heftig mit den Flossen und kämpfte mich durch die irrsinnig starken Strudel.

Schließlich fand ich das dunkle Quadrat – die Kabinentür. Sie stand immer noch offen. Ich wollte gerade ins Innere der Maschine tauchen, als ein Passagier, wild mit Armen und Beinen rudernd, mit mir zusammenstieß. Eine Frau, mit entschlossenem Blick, die Augen wie schwarze Murmeln in dem blassen Gesicht. Ihre rote Mähne umschwebte ihren Kopf. Kein Zweifel, die Frau wollte sich an mir oder jedem, der ihr in die Quere kam, festklammern. Ich stieß sie in Richtung Jimmy. Er packte sie, schob ihr seinen Ersatz-Atemregler in den Mund und tauchte an die Oberfläche.

Ich betete, dass sich dort oben inzwischen Leute bereithielten, um uns zu helfen. Ich brauchte Jimmy schnell wieder hier unten. Ich leuchtete mit der Unterwasserlampe ins Dunkel und tauchte in die Kabine. Es handelte sich um ein relativ kleines Flugzeug, die Kabine verfügte über fünf Sitzreihen, je ein Sitz auf jeder Seite des Gangs, der sich – scheinbar endlos – bis zur Cockpittür erstreckte. Im Heckbereich zwei weitere Sitzreihen mit zwei Sitzen, die direkt nebeneinanderlagen, und dahinter wiederum, ganz hinten im Heck, eine Tür mit der Aufschrift »Toilette«.

Sechs Fluggäste befanden sich noch in ihren Sitzen. Ganz vorn, in der ersten Reihe, saßen zwei Passagiere zusammengesackt auf ihren Plätzen. Das schwarze, wirbelnde Wasser um sie herum wirkte im Schein meiner Unterwasserlampe rötlich verfärbt. Vermutlich waren die beiden längst verblutet, wenn ich bei ihnen ankam. Aber verflucht, vielleicht waren sie auch schon tot. Es gab nur eine vernünftige Methode, wie man die Passagiere bergen konnte: in den Gang tauchen, das nächstbeste Opfer schnappen und alle rausholen, bevor sie ertranken. Ich schluckte die Angst hinunter, die mir den Hals hinaufstieg, und schwamm auf den nächstgelegenen besetzten Sitz zu.

Mein Gott, der Kerl starrte mir doch tatsächlich mitten ins Gesicht, eher verwirrt als panisch. Er hatte eine Halbglatze, mit einem Haarkranz, der ganz um den Schädelrand herumführte, und trug ein Hemd mit einem Muster aus grünen Palmwedeln und Papageien, das förmlich schrie: »Ich bin ein Tourist.« Er hielt den Mund zusammengepresst und bemühte sich, die kostbare Luft in der Lunge zu halten und das Meerwasser fernzuhalten. Er fummelte an seinem Sitzgurt herum und versuchte erfolglos, ihn zu öffnen.

Ich zeigte auf meinen Ersatz-Atemregler und bedeutete dem Mann per Handzeichen, dass er ihn in den Mund stecken solle. Er ignorierte mich und hantierte weiter an seinem Sicherheitsgurt herum. Ihm war die Situation klar geworden – und Panik überfiel ihn. Deshalb wollte er nur eines – raus. Ich schob ihm den Atemregler in den Mund und nickte, um ihn zu beruhigen. Er sah mich ganz verwirrt an, dann holte er keuchend Luft. Ich merkte, dass er sich ein wenig entspannte, wieder etwas klarer im Kopf wurde. Aber ich hatte nicht die Zeit, den Kerl zu verhätscheln.

Ich öffnete seinen Sicherheitsgurt, packte seinen Arm und schwamm zur Kabinentür. Er umklammerte immer noch meine Tauchweste, als endlich Jimmy eintraf. Der Mann war noch längst nicht wieder bei Verstand und dachte nicht daran, meinen Atemregler oder mein Tauchjacket loszulassen. Ich konnte es ihm nicht verübeln. Über ihm erstreckte sich eine riesige Wasserfläche, und da verlangte ich von ihm, seine einzige Verbindung zu einer Sauerstoffquelle aufzugeben. Ich riss ihm den Atemregler aus dem Mund, wobei ich vermutlich ein paar Zähne lockerte. Rasch schob Jimmy ihm seinen Ersatz-Atemregler in den Mund, packte das Papageienhemd des Mannes mit festem Griff und schwamm nach oben.

Ich tauchte in die Düsternis zurück und schwamm zur nächsten Reihe, in der lediglich ein Mann saß. Es sah aus, als schaute er aus dem Fenster, der Kopf neigte sich allerdings in einem ganz ungewöhnlichen Winkel. Ich blickte ebenfalls nach draußen – und sah kurz einen vorbeischwimmenden Hai. Aber der Mann machte sich keine Sorgen mehr. Er war tot.

Ich schwamm weiter, zu den nächsten vorderen Sitzen, dort saß ein junges Pärchen, tiefgebräunt, die Hände über den Gang hinweg verschränkt. Ein glänzender Goldring zierte den linken Ringfinger des jungen Mannes. Die Frau trug ein leichtes Sommerkleid, ihr Haar war zu inseltypischen Zöpfen geflochten und mit farbigen Perlen geschmückt. In der anderen Hand hielt der junge Mann eine Baseballkappe. Die Köpfe der beiden waren in den Nacken gefallen, drückten tief in die Sitze. Beide waren bewusstlos. Keine Frage, ihre Lungen hatten sich bereits mit Wasser gefüllt.

Es kam mir wie eine Ewigkeit vor, bis ich ihre Sitzgurte gelöst hatte, zuerst den des Mannes. Ich zog ihn von seinem Sitz, ließ ihn im Wasser treiben und löste den Gurt der Frau. Auf irgendeine Weise gelang es mir, beide zu packen, dann schob ich den Mann vor mir her, während ich die

Frau an ihren Zöpfen hinter mir herzog. Als ich zur Kabinentür gelangte, erblickte ich Jimmy, der mir durchs Blau entgegenschwamm, ohne die kreisenden Haie zu beachten. Er nickte, packte den Mann am Kragen und die Frau am Kleid und verschwand wieder.

Die Zeit lief nun wirklich ab. Ich hatte ernsthaft Zweifel, ob es mir gelingen würde, weitere Insassen lebend aus der Maschine herauszubekommen. Wie lange war der Absturz her? Fünfzehn Minuten? Mehr. Ich blickte auf meinen Druckmesser. Ich hatte meinen Sauerstoff schnell aufgebraucht, denn ich hatte schwer geatmet und ihn mit dem panischen Mann im Papageienhemd geteilt. Mir blieb vielleicht noch ein Vorrat für weitere zwanzig Minuten.

Jetzt war nur noch ein Paar übrig, es saß ganz vorn am Bugschott. Dahinter befand sich die Cockpittür, sie war geschlossen. Wenn sie Glück gehabt hatten, waren die Piloten vielleicht durch ein Cockpitfenster rausgekommen. Ungefähr zur selben Zeit, als ich im vorderen Teil der Kabine eintraf, veränderte das Flugzeug seine Lage: Die Luft, die im Heck eingeschlossen war, strömte heraus.

Bei den Passagieren in der ersten Reihe handelte es sich um ein vornehm aussehendes Paar – das konnte man sogar unter Wasser erkennen. Die Finger der Frau, deren Nägel hellrot lackiert waren, umklammerten eine Handtasche. Sie trug ein weißes Leinenkleid und ein rotes Halsband, vervollständigt durch einen farblich passenden Lippenstift. Ihre Wimperntusche hatte nicht einmal ihre Wangen verschmiert. Auf den Oberschenkeln des Mannes lag eine *Cruising World*, er hatte einen Arm daraufgelegt. Die Zeitschrift war auf der Seite mit den neuesten und teuersten Segeljachten aufgeschlagen.

Eine Wolke rosafarbenen Wassers hüllte die beiden ein. Auf den ersten Blick schienen sie keine Verletzungen davongetragen zu haben, wie sie einfach nur dasaßen. Dann sah ich, dass ihre Beine kurz unterhalb der Knie abgetrennt waren und sich ein scharfes Metallstück tief ins Fleisch gebohrt hatte. Anscheinend hatte es vorher die Außenhülle des Flugzeugs umschlossen. Wie es diesem Metallstück gelungen war, die Beine der Passagiere abzutrennen, das war eine Frage für einen Physiker oder eher für jemanden, der das Unerklärliche zu erklären vermochte. Es würde vermutlich eine Antwort wie »Schätze mal, ihre Zeit war um« dabei herauskommen.

Ich ließ die beiden Passagiere an Ort und Stelle zurück und versuchte die Tür zum Cockpit zu öffnen, drehte am Griff. Der bewegte sich zwar, aber die Tür ging nicht auf – sie klemmte. Ich drückte dagegen, drückte noch einmal, dann gab das Ding endlich nach. Und da sah ich doch tatsächlich Jimmy durch das Cockpitfenster. Er hatte es mit einem Stein eingeschlagen und zog den Copiloten aus dem rechten Sitz. Ich gab Jimmy das Okay-Zeichen und signalisierte ihm, dass ich den anderen Mann – vermutlich der Flugkapitän – rausholen würde. Jimmy schüttelte nur den Kopf. Ich wusste warum, als ich ins Cockpit schwamm und mir den Mann von vorn ansah: Durch den Aufprall war sein Gesicht förmlich in den Schädel hineingedrückt worden.

Ich ließ den Mann, wo er war, drehte mich um und schwamm durch die Kabine zurück. Dabei tauchte ich an den Toten vorbei, während meine Luftbläschen in dem dunklen Tunnel glitzerten. Die Leichen würde ich später herausholen. Für Tote hatte ich mein Leben noch nie aufs

Spiel gesetzt. Der Himmel wusste, wie viele über Wasser durchkommen würden. Ich gelangte zur Kabinentür, verharrte dort und warf einen letzten Blick in die Kabine.

Durch das zerbrochene Cockpitfenster waren etliche kleine Riffhaie ins Innere des Flugzeugs gelangt und schwammen bereits darin herum. Drei stritten sich um das blutende Paar, ein weiterer schwamm, direkt rechts von mir, den Gang hinunter.

Ich habe noch nie davon gehört, dass ein Hai in der Karibik einen Taucher angegriffen hätte – außer der Idiot hatte beschlossen, einen schlafenden Ammenhai am Schwanz zu packen oder einen Zitronenhai aus der Hand fressen zu lassen. Ein solcher Taucher hätte es nicht besser verdient. In den meisten Fällen suchte ein Hai beim ersten Anblick eines Tauchers das Weite. Aber das bedeutete nicht, dass ich die Probe aufs Exempel machen wollte, vor allem nicht in einem Flugzeug, das sich gerade in einen Futterplatz verwandelte. Ich musste aus dieser verdammten Maschine verschwinden, bevor die Haie mich als Mittagsmahlzeit betrachteten.

Um das Flugzeugwrack herum hatten sich weitere Haie versammelt. Ich musste also mitten durch ihre Versammlung hindurchschwimmen. Ich packte die Seiten der Kabinentür und wollte mich aus der Kabine hinausziehen, um den Gemetzel zu entkommen, als ich es hörte. Ein Miauen. Eine Katze. Unmöglich. Eine Halluzination? Konnte sein.

Ich war inzwischen fast dreißig Minuten unter Wasser – eigentlich gar nicht so lang, wenn man Druckluft einatmete. Allerdings waren die Bedingungen extrem gewesen. Von dem Augenblick an, als ich ins Wasser gesprungen war, zirkulierte eine Menge Adrenalin in meinen Gefäßen. Vielleicht spielte mir mein Verstand einen Streich.

Da hörte ich das Geräusch wieder. Man konnte es einfach nicht überhören. Es kam von irgendwo in der Heckpartie. Ich drehte mich von der Kabinentür weg und spähte in die dunklen Ecken des Flugzeugs. Rings um mich herum trieben Trümmerteile im Wasser – Styroporbecher, Papierfetzen, eine CD. Ich fand keine Erklärung für das Geräusch. Sicher, ich hatte etwas gehört, aber in zwanzig Meter Tiefe kann das Meer durchaus Spielchen mit einem treiben. Vielleicht handelte es sich nur um eine letzte Lufttasche, die sich füllte, oder um das Kratzen von Metall gegen einen Felsen.

Ich hielt den Atem an, um dadurch die Luftbläschen und das raspelnde Geräusch des Atemholens auszuschalten. Ich horchte. Ich hatte schon einmal einen Fehler begangen – meine Situation und die Umgebung unter Wasser als gegeben hingenommen. Nur ein Mal. Ich würde es nie wieder zulassen. Also wartete ich. Plötzlich streifte mich ein Hai und schwamm durch die Tür nach draußen. Ich schloss die Augen, verharrte, konzentrierte mich und wartete. Nur noch ein paar Sekunden, dann wollte ich aus der Kabine hinausschwimmen.

Das Flugzeug veränderte ein wenig seine Lage, und da hörte ich es abermals – ein Wimmern, vom Heck her. Ich hatte nicht daran gedacht, dass sich vielleicht jemand im Toilettenraum befand. Schließlich war die Maschine erst kurz zuvor gestartet. Während der Startphase durfte niemand in der Kabine herumlaufen oder sich in der Toilette aufhalten. Ich schwamm zur Tür und zog sie auf.

Ich sah kurz irgendetwas Rotes aufblitzen, dann streifte

mich an der Seite meiner Tauchbrille ein Hieb, rasch gefolgt von einem weiteren. Dieser traf mich mitten auf die Nase. Als ich wieder klar sehen konnte, erblickte ich – einen roten Baseballschuh. Es war ein Junge. Er hing unter der Decke fest. Wie verrückt schlug er mit den Füßen um sich und atmete in der letzten Luftblase im Raum. Aber er war nicht bereit, seine Stellung aufzugeben. Als ich ihn am Bein packte, trat er erneut nach mir. Diesmal war ich allerdings vorbereitet, ich packte ihn am Knöchel und zog ihn zu mir herunter. Er rührte sich nicht. Er hing an irgendetwas fest. Ich schwamm in die Luftblase hinein und zwängte mich neben den Jungen. Er hatte den Kopf in den Nacken gelegt und schnappte immer wieder nach Luft. Seine Augen waren vor Panik geweitet. Kein Kind sollte eine solche Angst verspüren.

Er hatte eine Kamera über die Schulter geschlungen. Der Trageriemen hatte sich an einem Haken verheddert, und der Junge hielt sich an dem Riemen fest, als gelte es sein Leben. Vermutlich hatte der ihm sogar das Leben gerettet, denn dadurch hatte er sich in der Luftblase halten können. Aber der Junge wollte nicht, dass ich ihn befreite.

Ich schaute ihm in die Augen und zwang ihn, seinen Blick auf mich zu richten. Er wehrte sich mit Händen und Füßen. Ich umfasste sein Gesicht und rüttelte ihn. Dann tat ich einen Atemzug abgestandener Luft und nahm meinen Atemregler aus dem Mund. Meerwasser blubberte um uns herum. Es würde nur noch Sekunden dauern, dann wäre die einzige Sauerstoffquelle des Jungen verbraucht.

»Junge – Junge, wir müssen hier raus!«, sagte ich und schüttelte ihn erneut. »Ich hol dich hier raus. Aber erst muss ich den Riemen entwirren. Wenn ich dich loslasse, sinkst du ins Wasser, aber ich gebe dir das hier, damit kannst du atmen.« Ich zeigte auf meinen Ersatz-Atemregler.

Er warf einen schnellen Blick darauf und nickte.

»Das Wasser brennt in den Augen, aber das ist nicht schlimm. Du musst nur atmen. Pack meine Tauchflasche und halt dich daran fest. Bist du bereit?«

Ich legte den Arm um den Jungen und wartete. Er nickte, nahm den Ersatz-Atemregler in die Hand und steckte ihn sich in den Mund. Ich sah zu, wie er einen Atemzug tat, dann noch einen. Er hatte schnell begriffen, wie die Sache funktionierte – Kinder begreifen schnell. Ich entwirrte den Riemen, während sich der Junge an meinem Hals festhielt. Ich fand meinen Atemregler, tat einen Atemzug, dann sanken wir gemeinsam ins Wasser und schwammen durch die Toilettentür – mitten hinein in eine Versammlung von Grauhaien.

Ich spürte, wie sich die Finger des Jungen in meinen Hals bohrten. Es musste ein schlimmer Alptraum für ihn sein – mitten in einen Schwarm von Haien hineinzuschwimmen. Es waren zwar keine Weißen Haie, aber auf ihn wirkten sie wahrscheinlich so.

Ein kleiner Zitronenhai hielt direkt auf uns zu. Ich versetzte ihm mit der geballten Faust einen Schlag, und er drehte ab, während seine Rückenflosse an meinem Bauch entlangglitt, dann schwamm er davon. Ich sah, wie er sich umdrehte, um noch einmal nachzuschauen; direkt hinter ihm war noch einer. Wenn ich hätte sprechen können, hätte ich dem Jungen gesagt, er solle sich keine Sorgen machen, dass die verdammten Biester zwar gefährlich aussähen, uns aber nicht belästigen würden. Dass sie es auf rohes, blutendes Fleisch abgesehen hätten. Stattdessen schwamm ich weiter nach oben.

3

Als wir auftauchten, das Tageslicht auf uns spürten, packte uns ein Paar sehniger schwarzer Arme und hob uns mit einer raschen Bewegung auf die *Wahoo*. Das war Stark. Er half mir aus meiner Tauchausrüstung, während der Junge sich noch immer an mich klammerte.

»Ist ja alles in Ordnung, mein Junge. Du bist gerettet. Du bist draußen. Du bist gerettet«, sagte ich immer wieder, vermutlich ebenso sehr zu mir selbst wie zu ihm. Noch Minuten zuvor hatten wir in zwanzig Meter Tiefe in der letzten Luftblase eines gesunkenen Flugzeugs gemeinsam nach Luft geschnappt. Jetzt standen wir im tropischen Sonnenschein, und eine warme, wohlriechende Brise strich über unsere Gesichter hinweg.

Ich hatte so etwas schon einmal erlebt. Es war eine ungeheuer verwirrende Erfahrung, festzustellen, dass man soeben dem Tod entronnen war.

Der Junge wollte mich gar nicht mehr loslassen. Ich schlang den Arm um ihn, zog ihn an mich, hielt ihn fest und wartete, bis er nicht mehr zitterte. Stark verstaute derweil meine Tauchausrüstung. Jimmy erschien mit einer Decke, und es gelang ihm, den Jungen und mich darin einzuhüllen.

Stark kam zurück, reichte jedem von uns eine Flasche Mineralwasser und setzte sich neben mich.

Wenn ich nicht in einem Fall ermittelte, der es erforderlich machte, zu tauchen, war Stark mein Partner bei der Polizei von Tortola. Zwar waren wir offiziell der Mordkommission zugeteilt, aber Stark und ich wurden auch zu allen Fällen hinzugezogen, die besondere ermittlungstechnische Fähigkeiten erforderten – von Einbrüchen bis zum Drogenschmuggel.

Stark war auf der Insel geboren, hatte drei Jahre in Miami bei der dortigen Polizei als Drogenfahnder gearbeitet und fast sein ganzes Leben mit dem Meer vor der Haustür verbracht. Trotzdem hätte er lieber einem Killer gegenübergestanden, der ihm einen Revolver mit Magnumkaliber an die Schläfe hielte, als den großen Zeh ins Wasser zu stecken. Stark ging allem aus dem Wege, was tiefer war als ein Gläschen Inselrum.

Im Moment sah er aus, als wäre ihm der Magen in die Kehle gerutscht, und sein mahagonifarbener Teint hatte sich aschgrau verfärbt. Er setzte nie einen Fuß auf ein Boot, ohne eine Rettungsweste zu tragen, und auch heute hatte er da keine Ausnahme gemacht. Stark war ein großer, kräftiger Mann, über eins neunzig groß, muskelbepackt, mit glattrasiertem Schädel. Die Rettungsweste passte kaum um seine Brust.

Der Junge und ich saßen zusammengekauert auf einer Bank, während ringsum Chaos herrschte. Inzwischen umkreiste uns ein Dutzend Boote, die uns alle helfen wollten.

Dunn stand im Cockpit der *Wahoo*, die Hände in die Hüften gestemmt. Er überwachte die Absturzstelle und gab Anweisungen in seinem ruhigen Polizeichef-Tonfall. Ich hatte Dunn noch nie die Stimme erheben hören. Das musste er auch nicht. Die Leute taten auch so, was er sagte. Mit uneingeschränkter Autorität leitete er das Police Department seit nunmehr fünfzehn Jahren, und bei Gelegenheiten wie dieser war ich froh, dass er in der Nähe war. Obwohl Dunn und ich mehr als einmal aneinandergeraten waren, respektierte ich ihn und zählte ihn zu meinen Freunden.

Längs der *Wahoo* hatten mehrere andere Boote festgemacht. James Carmichael und Tom Mason, einer seiner Tauchlehrer, standen an Deck des Rettungsbootes. Beide waren erfahrene Taucher, die ehrenamtlich für den Rettungsdienst Search and Rescue der BVI arbeiteten. Jetzt streiften sie ihre Ausrüstung über und bereiteten sich darauf vor, hinabzutauchen, um uns zu helfen.

»Da brauchen keine Taucher mehr runterzugehen«, flüsterte ich Stark zu. »Wir fangen gleich mit der Bergung an.«

Ich drapierte die Decke um den Jungen, stand auf und bedeutete Stark mit einem Nicken, zum Cockpit zu gehen und mit Dunn zu sprechen: Der drohte gerade einem Touristen mit Festnahme, der, im Tauchanzug, herbeigefahren war und glaubte, er habe jedes Recht der Welt, zum Wrack hinabzutauchen.

»Hannah«, sagte er. »Das war unglaubliches Glück, dass Sie hier draußen waren, als die Maschine ins Meer stürzte.«

»Fast zu viel Glück«, sagte ich. »Fast hätte die verdammte Maschine die *Wahoo* getroffen.«

»Wie sieht's denn dort unten aus?«, fragte Dunn.

»Jimmy und ich haben alle rausgeholt – bis auf die vier, die sich noch im Wrack befinden und beim Aufprall ums Leben gekommen sind.«

»Sind Sie sicher, dass man nichts mehr tun kann?«

»Ja, ganz sicher«, sagte ich, und plötzlich stand mir das Bild vor Augen, wie das Paar in seinen Sitzen saß, während die Haie ins Wrack schwammen.

Die Opfer, die Jimmy heraufgeholt hatte, lagen auf dem ganzen Deck verstreut. Verdammt, ich hatte nicht mitgezählt. Wie viele hatten wir gerettet? Nur acht – den Copiloten und sieben Passagiere, darunter auch den Jungen. Es war nicht klar, wie viele überleben würden. Der Copilot war bereits für tot erklärt. Die Leiche lag unter einer Persenning, um an Land transportiert zu werden.

Zwei Sanitäter kümmerten sich um die blonde Frau im Sommerkleid und ihren Ehemann. Die anderen Passagiere wurden auf ein Schnellboot verladen, das sie ins Krankenhaus bringen würde.

Der Mann und die Frau, die er aus dem Flugzeug gestoßen hatte, bevor es unterging, waren bereits an Bord. Der Mann lächelte und grüßte mich kurz. Er hielt den Arm eng am Körper und litt offensichtlich große Schmerzen. Er mochte fünfunddreißig sein und sah irrsinnig gut aus, sonnengebräunt, mit markanter Kinnpartie, kräftigen Augenbrauen und Schlafzimmerblick. Ich kannte ihn von irgendwoher. Die Frau war älter, fünfundfünfzig, vielleicht sechzig, und stand offenbar unter Schock. Der Mann im Papageienhemd kauerte neben ihnen.

Schließlich luden die Sanitäter die blonde Frau aufs Rettungsboot. Sie war noch immer bewusstlos. Ihr Ehemann war durchgekommen und hustete sich das halbe Meer aus der Lunge.

Die Frau mit der roten Mähne, die sich aus dem Flugzeug hinausgekämpft hatte, stand an Deck, die Arme vor der Brust verschränkt, die Brüste quollen aus dem Dekolleté ihrer körperbetonten schwarzen Bluse. Sie wog bestimmt nicht mehr als fünfzig Kilo. Sie war sehr klein, schlank, vollbusig – und stellte Letzteres anscheinend auch gern zur Schau. Sie war sich der Tatsache sehr wohl bewusst, dass jeder Mann auf dem Boot, der bei Bewusstsein war, einen Blick auf ihren Ausschnitt warf. Sie wollte sich keineswegs ins Krankenhaus einliefern lassen und machte das sehr deutlich, bis Dunn ihr unmissverständlich zu verstehen gab, dass er ihr keine Wahl ließ. Widerstrebend kletterte sie an Bord.

Der Junge musste mit ihnen fahren. Er stand unter Schock. Seine Gesichtsfarbe ähnelte inzwischen Neuschnee. Er kauerte immer noch unter der Decke, ganz hinten im Heck, und wirkte klein, allein und voller Angst. Ich ging zu ihm, setzte mich neben ihn und legte ihm den Arm um die Schultern.

Er musste ungefähr zehn sein. In einer anderen Situation wäre es für ihn sicherlich das Letzte, dass sich eine Fremde ihm gegenüber wie seine Mutter aufführte. Jetzt aber nicht.

»Hi, ich bin Hannah. Und wie heißt du?«

»Simon Redding«, antwortete er mit quäkender Stimme.

»Bist du mit jemandem zusammen gereist?«

»Mit meinem Dad. Wo ist er?«, fragte er, worauf die Wirklichkeit ihn einholte und abermals Panik ihn ergriff.

»War dein Dad mit dir im Flugzeug?«

»Ja. Er hat direkt neben mir gesessen. Er wollte nicht, dass ich zur Toilette gehe, aber ich hab ihm gesagt, dass ich nicht warten kann.«

»Wie sieht dein Dad denn aus?«

»Er ist alt, hat ein paar graue Haare und trägt so eine Metallgestellbrille.«

»Und wie alt ist er?«

»Vierzig oder so.« Früher habe ich vierzig auch für alt gehalten. Heute ist neunzig für mich alt.

»Und was ist mit deiner Mom?«

»Die ist vor langer Zeit gestorben.«

»Sieh mal, ich möchte, dass du mit diesen Leuten aufs Boot dort gehst und dich von einem Arzt untersuchen lässt.«

»Darf ich nicht so lange hier bei Ihnen bleiben, bis Sie meinen Dad gefunden haben?«

»Nein, Simon. Ich muss wieder zum Wrack hinuntertauchen.«

»Und dann finden Sie meinen Dad?«

»Das weiß ich nicht. Ich bin mir nicht sicher, wo dein Dad ist.« Ich hatte nicht vor, den Jungen anzulügen, ihm zu sagen, dass sein Dad schon wieder auftauchen würde. Ich war mir ziemlich sicher, dass er's nicht tun würde. Mir fiel der Tote dort unten ein, der durch das Kabinenfenster auf die Haie gestarrt hatte.

»Ich komme zu dir ins Krankenhaus, sobald ich kann. Aber jetzt musst du mit den Leuten hier mitgehen.«

Ich ging mit ihm zu dem wartenden Schnellboot, und einer der Sanitäter hob ihn an Bord. Der gut aussehende Typ machte Platz, und Simon setzte sich neben ihn.

»Hey«, Simon sah den Mann an, und seine Augen hellten sich sofort auf. »Ich kenne Sie. Sie sind der ›Avenger‹!«

Der »Avenger«. Meine Güte, der Mann war ein Filmstar. Es hatte da einen Kinofilm gegeben, mit mehreren Folgen. Der »Avenger«, das war diese Ein-Mann-Streitmacht, die das Böse bekämpfte.

Als Dunn die Leine losmachte, warf Simon mir einen

verlorenen Blick zu und legte die Decke fest um sich, als wollte er sich vor dem Unvermeidlichen schützen. Vermutlich hatte er schon begriffen, dass er seinen Vater nie mehr wiedersehen würde. Trotz seiner Angst und seines Schocks wusste der Junge, wie die Sache stand.

»Bis später dann im Krankenhaus«, rief ich ihm zu, bevor die Motoren aufheulten und das Schnellboot in Richtung Land lospreschte. Damals hätte ich mir nie träumen lassen, dass sich durch die Rettung des Jungen alles ändern würde. Aber wie mein ehemaliger Partner in der Mordkommission in Denver jedes Mal sagte, wenn das Unerwartete geschah: »Leben ist das, was passiert, wenn man andere Pläne hat.« Worauf er dann immer hinzufügte: »Shit happens.«

4

Ich fand Jimmy im Heck der *Wahoo*, er war gerade dabei, die Tauchgerätschaften zu entwirren. Ich kannte das Syndrom: Beschäftige dich, vielleicht kannst du dann den Schrecken während des Tauchgangs auslöschen, die Angst ersticken und vergessen, was für einen Bammel du gehabt hast, denn sonst würdest du nie wieder ins Wasser zurückkehren.

Ihm und mir war klar, dass wir wieder dort hinabtauchen mussten. Uns blieb keine andere Wahl. Wir mussten die Leichen heraufholen, das konnten wir nicht den Freiwilligen des Search and Rescue überlassen, die keine Ausbildung in Unterwasser-Ermittlungen hatten. Alles musste nach Vorschrift erledigt werden. Und genau das hatte ich Jimmy beigebracht – den Tatort analysieren, die Beweismittel einsammeln, die Leichen in die Leichensäcke stecken und das Ganze dokumentieren.

Ich hatte mir Sorgen darüber gemacht, wie Jimmy sich schlagen würde, sobald er unter Druck stünde. Er war noch so jung, beflügelt von all der Sorglosigkeit, die damit einherging. Heute, unter den schlimmstmöglichen Bedingungen, hatte er seine Sache ganz hervorragend gemacht.

»Setz dich, Jimmy. Lass die Sachen mal kurz liegen. Wir haben noch Zeit, bevor wir wieder runtergehen.«

Er setzte sich, legte die Arme auf die Knie und den Kopf in die Hände und starrte auf das nasse Deck.

»Du warst unglaublich da unten, Jimmy«, sagte ich und hoffte, ihn dadurch von seinen düsteren Gedanken abzulenken. Zu spät.

»Ich weiß nich', Hannah«, sagte er in seinem Inselakzent und verstummte dann. Bestimmt ließ er jetzt die letzte Stunde Revue passieren, in allen Einzelheiten, und übte Selbstkritik wegen jener Dinge, die er seiner Meinung nach besser hätte machen können. Ich hatte das selbst auch schon oft getan.

Ich lehnte mich zurück, hielt das Gesicht in die Sonne und versuchte ebenfalls, mein seelisches Gleichgewicht wiederzufinden. Der Tatort hatte wie ein Gemälde von Dalí ausgesehen, surreal und furchterregend. Jetzt, während ich im Heck der *Wahoo* saß, hätte ich mir am liebsten eingeredet, dass ich eingeschlafen wäre und alles nur geträumt hätte, an einem weiteren Tag im Paradies.

Im Hafen von Road Town lag ein großes Kreuzfahrtschiff am Kai, die Masten der Segelboote ragten in den mit

Schäfchenwölkchen gesprenkelten Himmel. In der Nähe zwitscherten Seeschwalben und spritzten im Wasser herum – sie waren auf Futtersuche nach einem Schwarm kleiner Ährenfische. Wie saphirblauer Kristall glitzerte das Wasser, nur nicht um die Boote der Polizei und des Rettungsdienstes herum, wo alles gemein und hässlich braun aussah. Auf der Wasseroberfläche trieb eine dunkle Schicht aus Rettungswesten, Sitzkissen, sogar ein paar Gepäckstücke waren darunter.

»Ich hab mir schon gedacht, dass 'n paar von denen nicht durchkommen«, sagte Jimmy schließlich und hob den Kopf. »Vielleicht hätte ich sie schneller raufholen können. Vielleicht hätte ich mir oben mehr Zeit lassen sollen mit der Reanimation, bevor ich wieder runtergegangen bin. Als ich zum ersten Mal mit der rothaarigen Lady raufgekommen bin, da war noch niemand hier draußen. Da hab ich sie bei dem Typen und der Frau zurückgelassen. Die hatten sich an der *Wahoo* festgeklammert. Als ich das nächste Mal raufgekommen bin, mit dem Kerl im Papageienhemd, hat es ringsum von Booten nur so gewimmelt. Da hab ich den Kerl einfach dem nächstbesten Boot übergeben und bin wieder runtergegangen.

Mann, war ich glücklich, als ich beim nächsten Mal mit dem Paar raufgekommen bin und gesehen hab, dass der Chief, Stark und Carmichael auf dem Rettungsboot da waren. Trotzdem, die junge blonde Frau hat echt schlecht ausgesehen. Wenn ich die schneller nach oben gebracht hätte, wäre sie jetzt vielleicht bei Bewusstsein.«

»Du hast alles genau so gemacht, wie ich's auch getan hätte, Jimmy. Niemand hätte die Opfer schneller nach oben holen können. Außerdem musstest du sie bei denen zurücklassen, die oben waren. Es waren ja nur wir beide, die die Leute raufholen konnten; du weißt doch, was passiert wäre, wenn du nicht immer wieder an der Kabinentür des Flugzeugs aufgetaucht wärst? Dann hätte ich nämlich mit den Opfern nach oben tauchen oder sie im Wasser loslassen müssen in der Hoffnung, dass sie's allein nach oben schaffen. Mensch, du hast da unten Menschenleben gerettet, Jimmy. Ich weiß nicht, was ich getan hätte, wenn du nicht da gewesen wärst. Du hast kühlen Kopf bewahrt und hast deinen Job erledigt. Du bist ein fantastischer Taucher.«

»Ich hab ja auch 'ne gute Lehrerin«, sagte er und lächelte mir kurz zu.

Im selben Moment kamen Carmichael und Mason zum Heck zurück, und wir entwickelten den Bergungsplan. Ich hatte noch nie mit Mason getaucht, mit Carmichael allerdings schon mehrmals. Carmichael war ein herausragender Taucher – professionell und besonnen. Als ich das erste Mal zusammen mit ihm getaucht hatte – was inzwischen fast zwei Jahre zurückliegt –, hatte mich ein Mörder in einem Schiffswrack eingeschlossen. Ich atmete gerade meinen letzten Sauerstoff, als Carmichael auftauchte und seinen Vorrat mit mir teilte, bis wir zurück an der Oberfläche waren. Seither waren wir Freunde.

Carmichael gehörte ein Tauchcenter, Underwater Adventures, eines der angesehensten Unternehmen seiner Art auf den Inseln. Nie nahm er jemanden zu einem Tauchgang mit hinaus, der nicht die nötigen Qualifikationen dafür besaß. Und er ließ sich auch nicht auf die Quatschköpfe ein – diejenigen, die sich mit ihren vielen Macho-Tauchgängen brüsteten, die sie schon absolviert hätten, bis auf fünfzig Meter Tiefe runter und mitten in einen Schwarm Hammerhaie hinein, ein Messer an jeden Unterschenkel geschnallt. Diesen Prahlhänsen empfahl Carmichael ein anderes Tauchcenter.

Carmichael und Mason hatten am Morgen, als die Maschine abstürzte, für den Search and Rescue der BVI Dienst getan. Ihr Boot war als eines der ersten an der Absturzstelle eingetroffen.

Ich erklärte ihnen kurz, was wir dort unten vermutlich antreffen würden. Wir vier würden zum Flugzeug hinabtauchen, wobei Carmichael und Mason sich bereithalten sollten, um Jimmy und mir bei Bedarf zu assistieren.

Dunn und ich hatten das genaue Vorgehen besprochen. Weil wir nicht wussten, warum das Flugzeug abgestürzt war, hatten wir uns darauf geeinigt, das Gebiet genauso zu behandeln wie jeden anderen Unterwasser-Tatort. Das bedeutete, dass wir alles dort unten Vorgefundene und Gesehene genau aufzeichneten, in der Annahme, dass die Opfer möglicherweise einem Verbrechen zum Opfer gefallen waren und wir vielleicht Beweismittel fanden, die konserviert werden mussten.

Ich wollte Fotos machen, während wir außen um das Flugzeug herumtauchten. Dann sollten Jimmy und ich ins Innere tauchen. Ich würde Nahaufnahmen von den Leichen machen. Danach wollten wir sie in die Leichensäcke stecken und Carmichael und Mason übergeben, die vor dem Flugzeug warten und mit den Säcken an die Oberfläche schwimmen würden. Ich hatte die beiden gewarnt, dass die Gegend inzwischen von Haien wimmelte.

»Gar kein Problem«, sagte Carmichael. »Für die Situation hab ich genau das Richtige mitgebracht. Ich bin schon ganz scharf darauf, eins von den Dingern auszuprobieren.« Er sprang ins Rettungsboot, zog einen Haufen Ausrüstungsgegenstände aus dem Stauraum und warf uns ein selbstzufriedenes Lächeln zu.

»Eine von den hiesigen Banken hat die Dinger dem Team gespendet. Die nennen sich Hai-Schild, werden von einer australischen Firma hergestellt. Erzeugen angeblich ein schützendes elektromagnetisches Feld, das die Haie mit ihren Sinnesrezeptoren an der Schnauze wahrnehmen. Wenn der Hai gegen diese elektronische Barriere stößt, dann haut er ab. Tut dem Hai nichts, stört keine anderen Fischarten. Umgibt den Taucher mit einem Schutzschild.«

»Mein Gott, Carmichael. Du willst doch wohl nicht sagen, dass du das Ding noch nie ausprobiert hast?« Zugegeben: Ich bin ein geborener Skeptiker, vor allem hinsichtlich Garantien beim Sprung in ein Meer voller Haie.

»Ach, stell dich nicht so an, Sampson. Die sind bestimmt besser als gar nichts – was wir sonst hätten«, sagte er und reichte jedem von uns einen der Apparate.

»Okay, aber wir wollen bitte nicht davon ausgehen, dass da unten alles okay ist, nur weil wir diese Dinger dabeihaben. Wir müssen auf der Hut sein«, warnte ich.

Carmichael zeigte uns, wie man die Apparate anlegte; erst schnallte er sich das Hauptgerät an den Oberschenkel, dann befestigte er das eine der Antennen-Geräte an seiner Tauchflasche und das andere an seiner Wade. Vom Hauptgerät baumelte ein schlangenartiges Anhängsel herab. Mir gefiel das Ding gar nicht. Bis ich im Wasser war.

Ein paar Haie der Zweieinhalb-Meter-Kategorie schwammen eng ums Boot herum, noch mehr hatten sich um das Flugzeugwrack versammelt. Carmichael schwamm geradewegs auf einen großen Riffhai zu, der sich sofort umdrehte und davonschwamm.

Okay, der Hai-Schild funktionierte vielleicht doch, aber vielleicht hatte auch Carmichaels menschliches Antlitz das Biest in die Flucht geschlagen. Aber ich wollte kein Risiko eingehen, und die anderen sollten es auch nicht.

Ich zeigte an, dass wir zum Wrack hinüberschwimmen sollten, das nur ein dunkler Schatten im Wasser war. Das Logo am Heck, eine Palme vor untergehender Sonne, war kaum zu erkennen. Inzwischen war das Flugzeug vollständig auf den Meeresgrund gesunken. Während wir darum herumschwammen, machte ich mehrere Dutzend Schnappschüsse, Nahaufnahmen von den Motoren, dem Heck, den Tragflächen. Alles schien unversehrt zu sein, aber ich hatte keine Ahnung von Flugzeugmechanik. Ich kam ja nicht einmal auf die Idee, die Motorhaube meines alten Rambler zu öffnen.

Die gesamte Bugpartie war eingedrückt. Kein Wunder, dass keiner der Piloten überlebt hatte. Ein Aufprall auf Wasser mit der Geschwindigkeit, die die Maschine hatte, als sie vom Himmel stürzte, das ist vermutlich genau so, als ob sie gegen eine Betonmauer gerast wäre. Es war schon erstaunlich, dass das Flugzeug nicht auseinandergebrochen war. Der Rumpf war bis zur ersten Sitzreihe zusammengestaucht worden, so dass das Paar, das dort gesessen hatte, von Metallteilen durchlöchert worden war.

Nachdem ich die Maschine von außen fotografiert hatte, schwammen wir zur Kabinentür zurück. Jimmy vorneweg. Als wir etwa fünf Meter vor der Öffnung waren, fanden einige aufgeschreckte Haie, die offenbar dem Hai-Schild entfliehen wollten, ihren Weg aus dem Flugzeug und verschwanden. Schließlich flitzte noch ein letzter Hai durch die Tür, er hatte einen Fuß im Maul – einen Frauenfuß, auf dessen Fußnägeln roter Nagellack schimmerte, samt Knöchel und Sandale.

Ich sah den Ausdruck des Entsetzens in Carmichaels Miene. Dann erbrach sich Mason in sein Mundstück. Jimmy blieb im Flugzeugrumpf und bewahrte die Ruhe. Wir schwebten einige Minuten lang und warteten, bis Mason sein Mundstück gereinigt hatte. Ich musste es ihm reichen. Er kam problemlos wieder klar und gab uns ein Zeichen, dass alles in Ordnung war.

Schließlich schwammen Jimmy und ich in die Dunkelheit. Er hielt sich aus dem Bild heraus, während ich Weitwinkelaufnahmen von der Umgebung machte – die gesamte Situation im Inneren des Flugzeugs und die Positionen der Opfer. Dann machte ich Nahaufnahmen von jeder Sitzreihe, den Innenwänden, der Decke und dem Cockpit.

Als ich mit dem Fotografieren fertig war, kam Jimmy mit den Leichensäcken in die Kabine geschwommen. Sie waren mit Ventilöffnungen versehen, so dass das Wasser hinausfließen konnte, solange die Leichen an die Oberfläche gebracht wurden. Es war das erste Mal, dass Jimmy einer Leiche unter Wasser begegnete. Ich hatte ihm zwar zu erklären versucht, was ihn erwartete, aber nur selten lässt sich mit Worten ein vollständiges Bild zeichnen.

Jimmy hatte achselzuckend reagiert, wenngleich er das Gegenteil eines emotionalen Zombies war. Ich machte mir Sorgen, wie er das Ganze verkraften würde.

Die erste – männliche – Leiche befand sich in recht gutem Zustand. Keine offenen Wunden, die eine Vielzahl von Tieren angezogen hätten. Ich war mir sicher, dass es sich um Simons Vater handelte. In der Rückenlehnentasche des Sitzes auf der anderen Seite des Gangs entdeckte ich einen Walkman. Der gehörte vermutlich Simon. Ich fragte mich, was Simons Vater wohl gedacht haben mochte, als sein Sohn hinten im Toilettenraum gewesen war und das Flugzeug abstürzte.

Er war Mitte vierzig, trug eine lange, khakifarbene Hose und ein blaues, kurzärmeliges Hemd, mit einem Brusttaschenschoner, in dem immer noch mehrere Kugelschreiber steckten. Auf seiner Nase saß eine – zersprungene – Metallgestellbrille. Der Mann sah aus wie ein Streber. Er hatte nichts Auffallendes an sich, und nichts an seinem äußeren Erscheinungsbild ließ an Ferien denken. Was den Mann und seinen Sohn wohl hierher auf die Inseln geführt hatte?

Vermutlich hatte sich Simons Vater an die Anweisungen gehalten und seine Waden umfasst, als das Flugzeug abzustürzen begann. Ich habe nie begriffen, wozu das gut ist. Zweifellos war er mit dem Kopf gegen den Sitz vor ihm geprallt, als das Flugzeug auf die Wasseroberfläche traf. Dadurch hatte er sich das Genick gebrochen. Dort, wo er auf den Vordersitz geprallt war, befand sich eine tiefe Delle.

Jimmy klickte den Sitzgurt auf. Mit den Füßen voran schoben wir den Mann in den Leichensack, dann folgte der Rest. Wir schlossen den Sack, dann packte jeder ein Ende, und wir schwammen zur Tür und übergaben den Leichnam Carmichael und Mason.

Das war der leichte Teil. Als Nächstes kam das Paar oben am Bugschott an die Reihe. Das würde unschön werden. Ich gab Jimmy ein Zeichen, und wir schwammen los. Die Haie hatten bereits zugeschlagen. Die unteren Gliedmaßen waren verschwunden. Die Oberkörper waren noch ganz, aber kleinere, wenn auch nicht weniger ungebärdige Aasfresser hatten sich schon darüber hergemacht – mehrere Fische knabberten bereits an den Wunden herum. Sie stoben in alle Richtungen davon, als wir aus den Sitzgurten befreiten, was von den Leichnamen übrig geblieben war.

Jimmy verzog keine Miene. Wir steckten die beiden Leichen in Leichensäcke, die wir aus dem Flugzeug zogen. Carmichael und Mason waren wieder nach unten gekommen und brachten die Säcke nach oben. Schließlich zogen wir den Flugkapitän aus seinem Sitz im Cockpit, steckten ihn in einen Sack und schwammen langsam durch das türkisfarbene Wasser an die Oberfläche. Nicht weit entfernt sah ich einen Korallenkopf, die Heimat einer florierenden Kolonie voller Lebewesen. Venusfächer schwangen in der leichten Strömung, ein paar Engelfische flitzten um die Felsen herum, und ein Sergeant Major bewachte aufmerksam den violetten Ring aus Eiern, die eine Felswand zierten.

Nur wenige Meter vom Flugzeugwrack entfernt herrschte eine ganz andere Welt, eine, die das Drama in der Nähe völlig unberührt ließ. Bei diesem Bild kam ich mir etwas blöd vor. Was waren wir Menschen doch für Narren, dass wir eine Welt erschaffen hatten, in der Flugzeuge vom Himmel fielen und Leichen aus dem Meer gehoben wurden.

Oben angekommen, spülten wir unverzüglich unsere Atemregler mit Druckluft. Das zischende Geräusch holte mich in die Wirklichkeit zurück. Carmichael und Mason waren an Bord, zogen die letzte Leiche ins Boot und hielten sich bereit, um uns zu helfen. Wir schwammen zur Leiter, zogen unsere Schwimmflossen aus, warfen sie auf die Heckplattform und kletterten an Deck.

Der Gerichtsmediziner war bereits eingetroffen und zog den Reißverschluss des ersten Leichensacks auf, den Carmichael und Mason heraufgeholt hatten. Er wollte eine kurze Untersuchung durchführen, bevor die Veränderungen an der Luft einsetzten, auch wenn es ziemlich offensichtlich war, dass der Mann im selben Augenblick ums Leben gekommen war, als das Flugzeug mit voller Wucht aufs Wasser prallte.

»Der Mann hat sich das Genick gebrochen«, sagte er ohne jedes Gefühl.

»Hat er irgendwelche Ausweise bei sich?«, fragte ich.

»Sekunde, ich sehe mal nach.« Er tastete die Gesäßtasche des Mannes ab, zog ein Portemonnaie heraus und reichte es mir.

Darin befand sich ein durchweichter Führerschein, ausgestellt auf den Namen Lawrence Redding. Aus einem der Seitenfächer zog ich eine kleine Fotohülle aus Plastik, klappte sie auf und sah eines jener heiteren Familienfotos – von Redding und einer zierlichen, leicht übergewichtigen blonden Frau. Zwischen den beiden stand Simon.

5

Dunn und Stark waren bereits im Krankenhaus, als ich dort ankam. Ich erzählte ihnen, dass Simons Vater im Flugzeug gewesen sei und wir die Leiche herausgezogen hätten. Warum nur war ich unbedingt der Meinung, dem Jungen die Nachricht selbst überbringen zu müssen?

Als ich sein Zimmer betrat, saß er aufrecht im Bett und zappte sich durch die Fernsehprogramme. Sein Gesicht hellte sich tatsächlich auf, als er mich sah. Die Angelegenheit würde nicht leicht werden. Wahrscheinlich war ich drauf und dran, seine Welt zu vernichten.

»Hannah«, sagte er. »Du bist gekommen.«

»Das habe ich dir versprochen.«

»Ja, aber Erwachsene erzählen einem dauernd so was.«

Was ging hier vor? Es schien, als wäre der Junge in seinem kurzen Leben schon oft enttäuscht worden.

»Hey, ich halte meine Versprechen immer ein«, antwortete ich und setzte mich neben ihn aufs Bett. »Vergiss das nicht.«

»Hast du meinen Dad gefunden?«

Ich zögerte und wünschte, ich könnte ihm sagen, dass es seinem Dad gut ginge. Gab es irgendeine angemessene Art, dem Jungen zu erklären, dass sein Vater tot war? Wenn's eine gab, kannte ich sie jedenfalls nicht.

»Simon, es tut mir so leid«, stammelte ich. »Dein Dad hat's nicht geschafft.«

Eine Minute lang saß er da und zappte wie verrückt weiter durch die Kanäle, um seinen Schmerz zu unterdrücken. Dann rann ihm eine Träne die Wange hinab, und seine Gesichtszüge entgleisten. Ich zog ihn an mich. Er drückte das Gesicht gegen meine Brust und schluchzte, tiefe, quälende Schluchzer.

Einige Minuten darauf betrat eine Krankenschwester das Zimmer, nahm Simons Puls und gab ihm ein Beruhigungsmittel und ein Glas Wasser. Wortlos nahm er beides entgegen. An mich gewandt sagte die Schwester, sie sei im Schwesternzimmer, falls ich irgendetwas benötige.

Bald darauf wurde aus Simons Schluchzen ein Wimmern, und er legte sich mit dem Kopf aufs Kissen zurück.

»Wie alt bist du, Simon?«

»Neun, aber im nächsten Monat werde ich zehn.«

»Hast du Geschwister?«

»Nein, ich bin Einzelkind. Meine Mom ist bei einem Autounfall ums Leben gekommen, als ich sechs war. Mein Dad und ich leben allein«, sagte er, während ihm noch mehr Tränen die Wangen hinabliefen.

»Hast du hier auf den Inseln Ferien gemacht?«

»So eine Art Ferien, aber mein Dad hat in seinem Beruf immer so viel zu tun. Er leiht Leuten Geld und muss ständig nach ihnen schauen.«

»Was für Leuten?« Jetzt hatte der Junge mein Interesse geweckt. Nach Leuten zu schauen, denen man Geld geliehen hatte, konnte zu allen möglichen Schwierigkeiten führen. Es gab zwar keinen Grund zu der Annahme, dass es sich bei dem Flugzeugabsturz nicht um einen Unfall handelte, aber Merkwürdigkeiten waren mir schon immer aufgefallen. Und das hier war definitiv eine Merkwürdigkeit.

»Wissenschaftlern, hauptsächlich, glaube ich. Für ihre Projekte«, antwortete Simon.

»Für wen hat dein Vater gearbeitet?«

»Für die Woods Foundation. Er hat mich gebeten, mit ihm hier auf die Inseln zu fliegen. Er hat gesagt, das würde wie Vater-Sohn-Ferien werden, aber wir haben nichts zusammen unternommen, was Spaß gemacht hat – außer am letzten Tag. Die übrige Zeit bin ich nur hinter ihm hergelaufen, während er gearbeitet hat.«

»Weißt du, mit wem dein Vater zu tun hatte?«

»Mit irgendeinem Mann, der irgendwelche Bäume untersucht hat.«

»Bäume?« Das schien mir nicht gerade auf finstere Geschäfte hinzudeuten.

»Ja. Du weißt doch, diese Mangroven, die im Wasser wachsen«, sagte er. Er schlummerte langsam ein, die Medikamente zeigten Wirkung.

»Mit wem sollen wir uns in Verbindung setzen, Simon?«, fragte ich.

»Mit meiner Tante. Aber wir sehen uns nicht oft. Sie und mein Dad verstehen sich nicht gut.«

»Und wie steht's mit deinen Großeltern?«

»Meine Oma und mein Opa saßen zusammen mit meinen Eltern und mir in dem Auto. Es gibt da nur noch meine andere Oma, aber die lebt im Altersheim. Mein Dad und meine Tante streiten immer wegen ihr.«

Jetzt konnte er die Augen nicht mehr offen halten.

»Gut, Simon. Am besten, du schläfst jetzt ein bisschen.«

»Ich bin doch kein Baby.«

»Natürlich nicht. Warum sollte ich das denn glauben?«

»Na ja ...«, er zögerte.

»Ja, was denn?«

»Bleibst du hier, bis ich eingeschlafen bin?«

»Natürlich. Und morgen früh komme ich zurück.«

»Versprochen?«

»Versprochen«, sagte ich. Nach fünf Minuten war er eingeschlafen.

Gott, war mir furchtbar zumute. Der Junge wirkte so klein, wie er dort unter der Bettdecke lag, so allein. Ich saß da und strich ihm noch fünf Minuten lang über den Kopf, dann hörte ich draußen auf dem Flur jemanden herumschreien.

»Hey, machen Sie doch nicht so einen Lärm«, sagte ich und betrat den Flur.

Ein kräftig gebauter Mann mit Hornbrille und einem Bauch, der ihm über den Gürtel hing, hatte sich neben Dunn aufgepflanzt und stach ihm doch tatsächlich mit dem Finger auf die Brust.

»Ich würde es schätzen, wenn Sie die Finger von mir ließen«, sagte Dunn mit seinem typischen Understatement – einem Understatement, das der Mann nicht ignorieren konnte. Er wich zurück, fuhr aber fort.

»Ich habe soeben meine Frau besucht, und ich verlange eine Erklärung für das, was da heute auf dem Meer geschehen ist. Sie hat gesagt, dass Ihre Leute sie dort draußen bei der Absturzstelle im Wasser treiben ließen.«

»Möchten Sie mir bitte sagen, mit wem ich es zu tun habe, Sir?«

»Ich bin Jack Westbrook, US-Senator Jack Quincy Westbrook«, sagte er und betonte den *US-Senator*-Teil.

Ich stellte mich dazu. Ich konnte es nicht ausstehen, wenn sich jemand aus meiner Heimat wie ein Esel benahm. »Hören Sie, Senator, Chief Dunn war nicht an der Absturzstelle. Ich war es.«

»Und warum haben Sie meine Frau im Meer zurückgelassen? Sie hat mir gesagt, dass es dort vor Haien wimmelte.«

»Ich habe eine Ad-hoc-Bewertung der Situation vorgenommen. Ihre Frau war in Sicherheit. Sie kann von Glück reden, dass sie eine von zwei Personen ist, die aus dem Flugzeug herausgekommen sind, bevor es unterging. Dafür müssen Sie diesem Filmstar danken. Ich hatte nicht vor, kostbare Zeit damit zu vergeuden, Ihre Frau ins Polizeiboot zu hieven. Es bestand die Möglichkeit, die anderen Insassen aus der Maschine zu bergen, bevor sie ertranken. Glauben Sie wirklich, dass ich anders hätte handeln sollen?«

Er polterte und drohte weiter und murmelte irgendetwas von rückhaltloser Untersuchung, bis Dunn dazwischenging und fragte:

»Warum waren Sie eigentlich nicht im Flugzeug, bei Ihrer Frau?«

»Ich wollte später von der Insel abfliegen. Ich hatte geschäftliche Verpflichtungen und musste mich vergewissern, dass mein Boot in Sicherheit war. Ich war unten im Jachthafen und habe mich mit dem Besitzer von SeaSail gestritten, diesem O'Brien. Ich habe ihm gesagt, dass mein Boot entweder für die restliche Hurrikansaison zum Hurrikan-Schlupfloch hinübergeschleppt oder aus seiner Flotte herausgenommen wird. Ich war gerade am Flughafen eingetroffen, als ich von dem Flugzeugabsturz erfuhr. Man sagte mir, die Unfallopfer seien hierhertransportiert worden.«

Und mit Sicherheit hatte er jedem leitenden Angestellten der Fluglinie am Flughafen die Hölle heißgemacht. Der Kerl war offensichtlich ein Wichtigtuer, der meinte, man müsse auf ihn eine besondere Art Rücksicht nehmen, die die übrige Bevölkerung nicht verdiente.

»Ist Ihre Frau ohne Begleitung gereist?«, fragte ich.

»Nein. Unsere Segelfreunde, die Rileys, waren bei ihr.« Es stand ihm deutlich ins Gesicht geschrieben. Er hatte sich nicht einmal nach ihnen erkundigt, und es war ihm peinlich, dass das nun herauskam. Er war so sehr damit beschäftigt gewesen, sich zu beschweren, dass ihm seine Freunde ganz entfallen waren.

Mir wurde klar, dass es sich um das Paar handelte, das im Flugzeug ganz vorn gesessen hatte. Der Gerichtsmediziner hatte aus der Gesäßtasche des Mannes einen Führerschein hervorgezogen. Er war auf einen William Riley III. ausgestellt gewesen.

»Sind Ihre Freunde so um die sechzig? Die Frau blond, der Mann fast ganz ergraut?«, fragte ich.

»Ja. Sind sie im Krankenhaus?«

»Ich fürchte, sie haben's nicht geschafft.«

»Wie bitte?« Jetzt war der Senator schockiert. »Sie haben mir doch gerade erklärt, dass Sie meine Frau in einem von Haien verseuchten Gewässer zurückgelassen haben, um die Insassen des Flugzeugs zu retten. Und jetzt teilen Sie mir mit, dass Sie dies gar nicht getan haben?«

»Genau das waren meine Worte.« Am liebsten hätte ich den Spieß umgedreht und ihm den Finger auf die Brust gesetzt. Aber Dunn sah meine Reaktion voraus, fasste mich am Arm und hielt mich zurück.

»Sehen Sie, Senator«, sagte ich und holte tief Luft, »wir haben einige Menschenleben gerettet, wir haben einige verloren. Leider sind die Rileys bei dem Absturz ums Leben gekommen.«

»Herrgott, wissen Sie überhaupt, wer diese Leute waren? Seine Familie gehört zu den ältesten und reichsten an der Ostküste – die kommen gleich nach den Rockefellers. Er ist Chef eines Unternehmens, das zu den fünfhundert reichsten der USA zählt. Was wollen Sie damit sagen – tot?«

»Entschuldigen Sie«, sagte ich. »Ich habe nicht an das Vermögen der Passagiere gedacht, als ich dort unten Menschenleben gerettet habe.« Was für ein Idiot. Aber ich war ihm gehörig auf die Nerven gegangen.

»Sprechen Sie nicht in diesem Ton mit mir, Miss.«

»›Detective‹, bitte. Detective Hannah Sampson.«

Dunn ging dazwischen, bevor die Situation weiter eskalierte. »Wir möchten, dass Sie die Leichen identifizieren«, sagte er. »Wir müssen die Angehörigen benachrichtigen.«

»Verdammt, das kann ich auch. Wo sind sie?«

»Sie müssten bereits in der Leichenhalle im Erdgeschoss sein. Ich möchte Sie allerdings warnen; die Personen haben erhebliche Verletzungen an den unteren Gliedmaßen davongetragen«, sagte Dunn.

»Herrgott, ich sehe nicht zum ersten Mal Tote. Gehen wir.« An seiner Miene war keine Spur des Bedauerns oder der Trauer über den Verlust der Freunde abzulesen. Ehrlich gesagt, wirkte er selbstgefällig und irgendwie zufrieden. Ich fragte mich, wie sehr die Rileys diesen Kerl überhaupt interessierten. Vielleicht war er ja froh, dass sie tot waren. Möglicherweise konnte er dadurch ja etwas gewinnen. Noch ein Punkt auf meiner Liste der Merkwürdigkeiten.

»Detective Sampson wird Sie nach unten begleiten«, sagte Dunn.

Ich wollte schon widersprechen, dachte dann aber, dass ich vielleicht mehr über die Beziehung des Mannes zu den Rileys und über den Absturz erfahren konnte, wenn ich ihn im Auge behielt.

»Gehen wir.«

In tiefem Schweigen warteten wir auf den Aufzug, ich

noch immer wütend, der Senator einfach nur in Gedanken. Wahrscheinlich war das feindselige Wortgefecht, das wir eben auf dem Gang ausgetragen hatten, nichts Besonderes für ihn, sondern die übliche Art Auseinandersetzung in Washington, bevor dann alle zusammen zu einem dieser Drei-Martini-Lunches gingen. Ich weiß, das sind ziemlich feindselige Gedanken. Aber ich mag Politiker nun mal nicht.

Schließlich kam der Fahrstuhl, und wir traten ein. Ich betätigte den Knopf für den Keller, und wir standen Seite an Seite und starrten uns im Fahrstuhlspiegel an. Ich sah nicht gerade wie ein Detective aus. Nach dem Tauchgang hatte ich im Jachthafen rasch geduscht und Shorts, ein orangefarbenes Tanktop und alte Birkenstocks angezogen, die sich in meinem Ausrüstungssack befunden hatten. Eine Sonnenbrille baumelte an einer Kette um meinen Hals.

Meine dunklen Haare waren von der Sonne gebleicht und struppig. Mein Teint war tief gebräunt, obwohl mehrere Sonnencreme-Hersteller gut an mir verdienten. Mit fünfzig sah ich bestimmt aus wie eine Rosine. Selbst im Spiegel in der Fahrstuhltür konnte ich erkennen, dass der Blick meiner dunklen Augen von den Toten dieses Tages erschüttert war.

Westbrook taxierte mich, bemühte sich allerdings, dabei nicht allzu offensichtlich vorzugehen. Ich tat das Gleiche – ich musterte ihn von oben bis unten. Er war um die eins fünfundachtzig groß und hatte rund zwanzig Kilo Übergewicht. Er strahlte Selbstbewusstsein und Reichtum aus. Auch er trug Bermudas, aber zu einem weißen Golfhemd. Anders als meine Shorts waren seine gebügelt und hatten eine perfekte Bügelfalte. Seine weißen Haare waren sehr gut geschnitten, die Fingernägel manikürt, und er war tief sonnengebräunt. Sein Aftershave verströmte in dem engen Raum einen überwältigenden Duft.

»Also, wie lange arbeiten Sie schon auf diesen Inseln bei der Polizei?«, durchbrach er das Schweigen.

»Fast zwei Jahre jetzt.« Ich hatte meinen festen Job bei der Mordkommission in Denver an den Nagel gehängt, um eine Stelle als Detective und Unterwasser-Ermittlerin bei der Polizei von Tortola anzutreten, wo es, wie ich glaubte, ruhiger zugehen würde. Aber selbst im Paradies gab's Ärger.

»Sie sind Amerikanerin. Merkwürdig, dass jemand in so einer Gegend landet. Kommt mir vor wie ein Ort am Ende der Welt.«

»So könnte man das sehen, ich tue es nicht.«

»Sie könnten sich einen Namen in den Staaten machen. Es kann da nicht allzu viele Spezialisten für Unterwasser-Ermittlungen geben, vor allem nicht so gut aussehende wie Sie.«

Ich konnte es nicht fassen. Der Mann, der mich eben noch beschuldigt hatte, ich hätte seine Frau als Haiköder missbraucht, baggerte mich plötzlich an. »Ich bin glücklich und zufrieden hier.«

»Verzeihen Sie, wenn ich dort oben unhöflich zu Ihnen gewesen bin. Kann ich das wiedergutmachen? Sie zum Essen einladen?«

»Vielleicht, wenn Ihre Frau wieder so weit hergestellt ist.« Ausgeschlossen, dass man mich zusammen mit diesem Kerl in einem Restaurant erwischen würde. Er wusste genau, wie meine Antwort gemeint war, und wechselte das Thema.

»Wie war's denn dort unten im Flugzeug? Das muss doch ein ziemlich anstrengender Tauchgang gewesen sein.«

»Ja.« Mir war klar, dass er die schmutzigen Einzelheiten erfahren wollte, aber ich hatte keine Lust, ins Detail zu gehen.

»Haben Sie irgendetwas gesehen, das Sie zu der Vermutung veranlasst, dass es sich nicht um einen Unfall handelte?«

»Nein, aber morgen früh werden wir noch einmal dort draußen tauchen.«

»Aller Wahrscheinlichkeit nach war es technisches Versagen. Denn so viel steht fest«, sagte er mit einem Hauch Spott in der Stimme, »kein Terrorist der Welt würde sich jemals die Mühe machen, an diesem Inselhüpfer herumzumanipulieren. Wäre auch wohl kaum ein politische Aussage.«

»Es gibt auch andere Motive, nicht nur Terrorismus.«

6

Selbst Westbrooks Aftershave vermochte den Geruch der Leichenhalle nicht zu überdecken, der meine Sinne attackierte, kaum dass wir den Fahrstuhl verlassen hatten. Einen solchen Geruch gab es nirgendwo sonst. Es war zwar eine Banalität, dass es in solchen Räumen nach Tod roch, doch genauso war es – es roch nach Blut und Körperflüssigkeiten, gemildert durch Desinfektionsmittel.

Ich ging voraus durch einen schwach erhellten Gang bis

zu einer Doppeltür und stieß sie auf. An einem Schreibtisch saß ein Mitarbeiter in einem blutverschmierten Laborkittel. Ich zeigte ihm meine Dienstmarke und sagte, wir seien gekommen, um das Ehepaar Riley zu identifizieren. Er führte uns in den rückwärtigen Teil des Raumes, in dem die Leichen noch immer in ihren Säcken auf Rolltragen lagen. Es war ziemlich offensichtlich, bei welchen Leichen es sich um die Rileys handelte – keine Masse in der unteren Hälfte des Leichensacks. Der Mitarbeiter zog den Reißverschluss an einem der Säcke auf, so dass man das Gesicht sah.

»Ja, das ist Bill Riley.« Westbrook zeigte nicht den leisesten Anflug von Gefühl. Das Ganze machte ihm offenbar nicht das Geringste aus. Er trat näher an den Leichnam heran, und bevor ich merkte, was er vorhatte, zog er den Reißverschluss ganz bis nach unten, so dass man die ganze Leiche sah. Das eine Bein fehlte ab der Hüfte. Vom anderen war lediglich der blutige Stumpf des Oberschenkelknochens übrig geblieben.

»Der alte Riley. Na, wenigstens hat er seinen kleinen Freund behalten«, sagte Westbrook und schlug die eine Seite des Leichensacks nachlässig über die Leiche. Dann identifizierte er die Ehefrau und erklärte, sie heiße Louise. »Ich rufe die Familie an«, sagte er und ging zur Tür hinaus. Der Kerl hatte kein einziges Mal auch nur das Gesicht verzogen.

Es war nach drei, als ich in den ersten Stock zurückkehrte und Dunn und Stark im Büro von Dr. Hall aufspürte.

Hall war der Leiter des Krankenhauses und Chef der Chirurgie, wobei »Chirurgie« alles einschloss, angefangen von einer gut genähten Wunde plus Verbandswechsel bis hin zur operativen Behandlung von Schusswaffenverletzungen. Er hat mich schon mehr als einmal zusammengeflickt. Hall saß hinter seinem Schreibtisch, tippte sich mit dem Kugelschreiber an die Stirn und blätterte in irgendwelchen Schriftstücken. Auf der anderen Seite saß eine Frau, die ich nicht kannte. Sie schien jedoch in offizieller Mission hier zu sein; sie trug ein graues, perfekt geschnittenes Kostüm, Konfektionsgröße 36, wenn ich raten müsste, dazu eine hellgraue Bluse mit Marinestreifen. Außerdem hochhackige marineblaue Schuhe, eine marineblaue Handtasche und eine Leder-Aktentasche. Die etwa vierzigjährige Schwarze war eine elegante Erscheinung.

»Hannah, darf ich vorstellen: Edith Leonard. Ihr gehört Island Air«, sagte Hall. Ich kannte den Namen. Er erschien mindestens einmal pro Woche in der Zeitung, anlässlich der einen oder anderen Wohltätigkeitsveranstaltung. Ihr Ehemann war ein einflussreicher Rechtsanwalt, der im Offshore-Banking tätige Mandanten betreute. Der Name Leonard klebte auf einem Dutzend auf den Inseln ansässiger Unternehmen, von kleinen Lebensmittelläden über Autohäuser bis hin zum riesigen Bürogebäude mitten in der Stadt. Ich hegte wenig Zweifel, dass die Frau mit den meisten dieser Leute verwandt war. Ihre Familie hatte eine Menge Einfluss auf den Inseln.

Sie stand auf und gab mir die Hand. »Detective Sampson. Ich kann Ihnen gar nicht genug danken für Ihre Heldentat heute. Wenn Sie nicht dort draußen gewesen wären und schnell gehandelt hätten, dann hätte niemand in dem Flugzeug überlebt.«

»Ich war zur rechten Zeit am rechten Ort«, sagte ich.

»Jimmy Snyder hat dort unten unglaublich professionell agiert, und wir hatten Glück. Es tut mir leid, dass wir nicht alle Insassen retten konnten.«

»Nach dem zu urteilen, was man mir erzählt hat, konnten Sie nicht mehr tun. Alle, die es nicht überlebt haben, sind bei dem Aufprall ums Leben gekommen.«

Sie legte die Aktentasche auf die Oberschenkel, ließ die Schnallen aufschnappen und zog einige Schriftstücke hervor. Sie hatte die Passagierliste und die Papiere mit den Angaben für Notfälle mitgebracht, die die Fluggesellschaft routinemäßig von allen Passagieren einsammelte.

»Unsere Fluglinie wird die Angehörigen benachrichtigen. Wir müssen ihnen eine Telefonnummer hier im Krankenhaus geben, an die sie sich wenden können«, kam sie gleich zur Sache.

»Die Angehörigen können mich direkt anrufen.« Hall reichte ihr seine Visitenkarte. »Die Nummer ist meine Durchwahl. Dann müssen sie sich nicht über die Zentrale durchstellen lassen.«

»Also, wie geht's mit den Ermittlungen voran?«, fragte Edith Leonard und wandte sich an Dunn. »Ich möchte, dass sich die Fluggesellschaft daran beteiligt, und ich möchte auf dem Laufenden gehalten werden. Ich bin davon überzeugt, dass mein Unternehmen keinerlei Verschulden trifft, und ich möchte, dass das bewiesen wird. Sie wissen vermutlich, dass wir eine junge Firma sind – noch nicht einmal drei Jahre am Markt. Wir haben erst vor kurzem unsere fünfte Maschine gekauft. Unser Zielmarkt ist der wohlhabende Reisende, der exklusiven Service verlangt, und das hat sich wirklich bezahlt gemacht. Es ist uns gelungen, eine Premium-Marke aufzubauen. Ich kann mir keine negative Publicity leisten und mit Sicherheit auch keine unseriösen Gerichtsprozesse wegen grober Fahrlässigkeit durchstehen.«

»Ein exklusiver Service für die Passagiere ist das eine, aber wie steht's mit der Wartung der Maschinen?«, fragte Stark. Geld und Macht beeindruckten ihn überhaupt nicht.

»Wir halten unsere Flugzeuge in Topzustand. Die Maschine, die abgestürzt ist, war eine Beech 99, komplett überholt und renoviert, innen und außen.«

»Sie müssen wissen, dass neunundneunzig Prozent solcher Abstürze auf technisches oder menschliches Versagen zurückzuführen sind«, sagte Dunn. Ich fragte mich, woher er diese Zahl wohl hatte.

»Höchstwahrscheinlich ist dies auch bei diesem Absturz der Fall«, fuhr er fort. »Aus welchem Grund sollte die Maschine denn sonst abgestürzt sein?«

»Ich kann Ihnen versichern, dass in diesem Fall weder menschliches noch technisches Versagen eine Rolle spielt. Ich halte bei meinen Flugzeugen die Wartungsintervalle strikt ein, und die Beech ist erst vor einem Monat von Bug bis Heck durchgecheckt worden. Dabei wurden alle Systeme gründlich überprüft.«

»Was ist mit den Piloten?«, fragte Dunn.

»Ich stelle nur die Besten ein. Beide waren sehr erfahren. Der Flugkapitän ist von Anfang an bei unserer Fluggesellschaft dabei, und seine Zeugnisse sind tadellos. Er hat Beech 99 für die Caribbean Airways geflogen, bevor er zu uns gekommen ist. Zusätzlich haben er und der Copilot im Januar an einem Auffrischungskurs zur Beech 99 und auch unseren anderen Maschinen teilgenommen. Wir verlangen, dass alle unsere Piloten dieses Training einmal pro Jahr absolvieren.«

»Was sonst könnte noch eine Ursache sein?«, wollte Dunn wissen.

»Berichten zufolge hat es eine Explosion an Bord gegeben, bevor die Maschine abstürzte«, sagte sie. »Sie wissen ja, was heutzutage in der Welt so alles geschieht. Es war nur eine Frage der Zeit, bis der Terrorismus auch unsere friedlichen Inseln erreicht.«

Das war nach Westbrook heute bereits die zweite Person, die von Terrorismus sprach.

»Ich habe keine Explosion gehört«, sagte ich. »Woher haben Sie Ihre Information?«

»Mir wurde gesagt, dass einer der Fischer im Hafen darüber geredet hat. Solche Dinge sprechen sich schnell herum.«

»Ich würde solche Dinge als Gerücht bezeichnen.«

»Außerdem«, sagte Stark, ungläubig, »warum sollten Terroristen einen kleinen Inselhüpfer in der Karibik zum Absturz bringen? Das hat doch keine politische Wirkung. Also wirklich nicht.« Er spreizte die Arme zur Seite, Handflächen nach oben, und machte eine wiegende Handbewegung. »Eine 747, die ins Pentagon fliegt – eine Turboprop-Beechcraft, die in den Drake-Kanal stürzt, und eine große Schlagzeile in den *Island News*. Ich finde, wir sollten unsere Zeit nicht mit derartigen Überlegungen vergeuden.«

»Ich bin überzeugt davon, dass meine Fluggesellschaft keinerlei Verschulden trifft«, sagte sie. »Vielleicht war ja jemand an Bord Ziel eines Anschlags.«

»Ich möchte keine voreiligen Schlüsse ziehen«, entgegnete Dunn. »Wir müssen die Maschine samt ihrem Inhalt überprüfen, Hannah. Fahren Sie bitte gleich morgen früh dorthin. Snyder assistiert Ihnen. Ich habe mit dem Leiter für Zivilluftfahrt gesprochen. Er will sich mit dem Verkehrsministerium in Großbritannien in Verbindung setzen, das für Flugzeugunfälle auf den Inseln hier zuständig ist. Er wird sich bei uns melden, sobald alle Vorkehrungen getroffen sind, und einen technischen Gutachter hierher entsenden. Ich habe bereits eines der leeren Lagerhäuser unten am Hafen organisiert, dorthin können wir das Wrack bringen. Außerdem kommt dort alles hin, was aus dem Wasser geholt wird.

Je eher wir den Fall lösen, desto besser für alle – Opfer, Angehörige, Fluggesellschaft –, und dann kehrt auch wieder Ruhe auf den Inseln ein«, sagte Dunn. »Zudem entsteht über dem Atlantik ein Tiefdruckgebiet, das sich zum Hurrikan entwickeln und bis zum Ende der Woche hier eintreffen kann. Möglicherweise macht uns also das Wetter einen Strich durch die Rechnung, so dass wir das Wrack nicht bergen können.«

Ich wollte zwar nicht noch einmal zum Flugzeug hinabtauchen, aber ich wusste, mir blieb keine andere Wahl. In Zeiten wie diesen bedauerte ich, dass mir kein Team von versierten Tauchern zur Verfügung stand, vergleichbar dem Team, das ich in Denver geleitet hatte. Hier gab es einen erfahrenen Unterwasser-Ermittler – mich – und Jimmy. In den meisten Fällen reichte das allerdings aus.

Wir gingen die Passagierliste durch, die Edith Leonard mitgebracht hatte. Dr. Hall warf einen Blick in die Krankenakten, die auf seinem Schreibtisch lagen, und brachte uns auf den neuesten Stand, was den Zustand der eingelieferten Personen betraf. Beide Piloten waren bei der Einweisung tot gewesen – schwere innere und äußere Verletzungen. Bei den anderen Toten handelte es sich um die Rileys und Lawrence Redding.

Das junge Paar war auf Hochzeitsreise. Hall informierte uns, dass der Bräutigam zwar nur moderate Verletzungen – ein verrenktes Handgelenk und Prellungen – davongetragen hatte, seine Frau jedoch in Lebensgefahr schwebte. Sie war vermutlich fünfzehn Minuten lang ohne Sauerstoff gewesen, bis das Notarztteam sie draußen auf dem Boot reanimiert hatte, außerdem hatte sie Kopfverletzungen erlitten. Ihr Ehemann hatte ihre Angehörigen bereits angerufen, und ihre Eltern wollten mit der ersten Maschine auf die Insel kommen.

Der Frau, die sich aus der Kabinentür des Flugzeugs hinausgekämpft hatte, als wir am Wrack eintrafen, ging es gut. Sie hieß Zora Gordon und bestand darauf, entlassen zu werden. Hall sah keinen Grund, sie im Krankenhaus zu behalten.

Auch Daniel Stewart, der Schauspieler, war verletzt. Er hatte ein gebrochenes Schlüsselbein und ein gebrochenes Handgelenk. Er war zusammen mit seinem Agenten gereist, Sammy Lorenzo, dem Mann im Papageienhemd, der sich gewehrt hatte, mein Mundstück wieder freizugeben. Die beiden sollten morgen früh entlassen werden, ebenso wie Debra Westbrook, die Frau des Senators.

Damit blieb Simon übrig. Es ging ihm körperlich zwar recht gut, aber seelisch war er am Boden. Als Kontaktperson bei einem Notfall war seine Tante angegeben. Ich erinnerte mich daran, was er über sie gesagt hatte. Es gefiel mir gar nicht.

7

Die Tür zu Zimmer 107 stand einen Spalt breit offen, als ich daran vorbeiging. Ich konnte nicht anders, als die erregte Unterhaltung auf der anderen Seite zu belauschen. Okay, ich gebe es zu, ich habe gehorcht. Das gehört zu meinem Job.

»Wir können aus der ganzen Situation wirklich Vorteil schlagen«, sagte ein Mann. »Die Boulevardzeitungen bringen nach wie vor noch die Lügen, die die ›Tänzerin‹ über dich verbreitet hat. Sobald wir diese Story rausbringen, sind diese Gerüchte Schnee von gestern. Du wirst zu einem Helden im wirklichen Leben avancieren. Ich sehe die Schlagzeilen schon vor mir: *Filmstar rettet Frau eines Senators das Leben!*

Sieh dir mal die Geschichte an, die diese Reporterin bei mir abgeliefert hat. Morgen früh wird der Artikel auf der Titelseite des Lokalblatts erscheinen. Und morgen Nachmittag habe ich dieses Foto in jeder großen Zeitung in den Staaten.«

In dem Moment, als der Mann kurz innehielt, um Luft zu holen, klopfte ich leise an. Einige Sekunden lang war alles still. Dann bat mich eine andere Stimme herein.

Ein Mann, der Danny DeVito ziemlich ähnlich sah, saß auf einem Stuhl und wedelte mit den Armen durch die Rauchwolke, die über seinem Kopf hing und das »Rauchen verboten«-Schild verdunkelte. Das musste Sammy Lorenzo sein. Ich erkannte ihn wieder, er war der Passagier im Papageienhemd. Er versuchte, schnell seine Zigarre auszumachen, aber sie kokelte auch dann noch weiter, als er sie in der Handfläche versteckte. Unfassbar, dass er den Zigarrenrauch in seiner Lunge verkraften konnte, nachdem er erst wenige Stunden zuvor fast ertrunken wäre. Ich schrieb dies der Heilkraft des Tabaks zu und ließ es dabei bewenden.

»Hannah Sampson, Tortola Police Department«, sagte ich und schüttelte Lorenzo die Hand.

»Detective Sampson.« Er stand auf und redete sofort drauflos. »Wie schön, Sie kennen zu lernen. Mann, Sie haben da unten in dem Flugzeug echt meinen Hintern gerettet! Wir hatten auf die Gelegenheit gehofft, Sie zu treffen. Darf ich vorstellen – Daniel Stewart.«

»Wie geht es Ihnen?«, fragte ich und wendete mich an Stewart. Er lag in dem Krankenhausbett, das Handgelenk in einem Gipsverband, den Arm in einer Schlinge.

»Fantastisch. Die haben mir irrsinnig starke Schmerztabletten gegeben.« Er sah auch danach aus.

»Ich wollte nur kurz vorbeischauen und Ihnen danken, dass Sie sich dort draußen um Debra Westbrook gekümmert haben. Dadurch konnten wir schnell zu der Maschine hinabtauchen und die anderen Passagiere herausholen.«

»Hey, wir stehen Ihnen stets zu Diensten«, sagte Lorenzo. Er kaute auf seiner Zigarre herum, bis der Stummel nur noch Brei war.

»Dann ist Betty Welsh also bereits hier gewesen, um sich ein wenig umzuhören«, sagte ich und nahm vom Nachttisch ein paar Fotos, an denen ihre Visitenkarte befestigt war.

Ich war gar nicht erstaunt. Betty Welsh war ein Energiebündel. Ich hatte sie draußen bei der Absturzstelle zwar nicht gesehen, aber sie war zweifellos mit einem Fotografen dort gewesen. Ich betrachtete die Fotos, eines zeigte Stewart, wie er Debra Westbrook über Wasser hielt, ein anderes, wie er ihr aufs Boot des Rettungsteams half.

Betty musste als eine der Ersten an der Absturzstelle eingetroffen sein. Ich konnte nicht anders als die Frau bewundern. Sie schrieb immer sehr präzise, verantwortungsbewusste Artikel. Wenn jemand die Story exklusiv bekam, dann war ich froh, dass es Betty war.

»Ja. Genau genommen ist sie gerade eben gegangen«, sagte Lorenzo. »Sie hat Daniel eine Stunde lang interviewt. Ich habe ihr gesagt, ich möchte, dass die Story groß aufgemacht wird und in den Zeitungen in den Staaten erscheint. Das wird eine wahnsinnig gute Publicity geben! Absolut fantastisch. Das kann gar nicht besser sein.« Fast hätte sich Lorenzo an seiner Zigarre verschluckt.

Stewart hatte kaum ein Wort gesagt. Ihm schien das ganze Konzept nicht zu behagen. *Überraschend*, dachte ich. Schließlich ging es doch genau darum – um Publicity –, wenn man ein Star war. Er merkte, dass ich es bemerkt hatte.

»Sammy ist die treibende Kraft, der Macher. Darum habe ich ihn eingestellt. Er macht das, was ich nicht kann, außerdem ist er ein guter Freund«, sagte Stewart. »Wenn es ihn nicht gäbe, dann hätte ich nie Karriere gemacht. Er erledigt die Promotion und sorgt dafür, dass ich weitermache. Ich muss nur noch eins tun: schauspielern. Komisch, nicht? Im Moment spiele ich in *Avenger*, aber wir stehen kurz davor, einen Vertrag für eine Hauptrolle in einem Film mit einem Budget von mehreren Millionen Dollar zu unterschreiben. Und das alles hat Sammy geschafft.«

Ich war zwar noch nie einem Schauspieler begegnet, aber wenn ich's mir genau überlegte, dann entsprach Stewart nicht gerade meinen Vorstellungen. Er wirkte ziemlich bescheiden und zurückhaltend für jemanden, um den sich wahrscheinlich alle Frauen rissen. Ich neidete ihm die Publicity allerdings nicht. Durch die Verletzungen, die er bei dem Absturz davongetragen hatte, musste es sehr schmerzhaft gewesen sein, Debra Westbrook aus dem Flugzeug zu stoßen und über Wasser zu halten.

»Wären Sie bereit, mir zu sagen, woran Sie sich während des Absturzes erinnern?«, fragte ich.

Stewart antwortete: »Ich saß in der letzten Reihe, auf der rechten Seite am Fenster. Dort hinten befanden sich zwei Sitze nebeneinander. Die Frau des Senators ist unmittelbar vor dem Start nach hinten gekommen und hat mich gefragt, ob der Platz neben mir frei sei. Natürlich, habe ich geantwortet. Dann war da noch der Junge. Ich kann's gar nicht fassen, dass Sie ihn da rausgeholt haben. Was ist mit seinem Vater?«

»Er hat's nicht geschafft.«

»Das ist schlimm. Wie geht's dem Jungen?«

»Den Umständen entsprechend. Er steht unter Schock. Der Arzt hat ihm etwas gegeben, damit er schlafen kann.«

»Ich besuche ihn mal in seinem Zimmer.«

»Das wird ihm gefallen«, sagte ich und fragte weiter. »Und was ist als Nächstes passiert?«

»Na ja, die Maschine hatte gerade abgehoben, als der Junge aufgestanden und zur Toilette gegangen ist. Auf dem Weg dorthin hat er aus den Fenstern fotografiert.

Ich habe gesehen, dass das seinem Vater gar nicht gefallen hat. Das Anschnall-Zeichen war ja noch eingeschaltet.

Er hat dauernd nach hinten geschaut, ob mit dem Jungen auch alles in Ordnung ist.

Ungefähr zu der Zeit habe ich gehört, wie einer der Motoren aussetzte. Nur Minuten später hat sich der Flugkapitän über die Sprechanlage gemeldet. Er hat gesagt, dass es ein Problem gebe und er zum Flughafen zurückfliegen wolle. Ich habe mir deswegen keine allzu großen Sorgen gemacht. Ich wusste, dass die Maschine auch mit einem Motor problemlos zurückkehren konnte. Aber der Pilot hatte gerade begonnen, eine Kehre zu fliegen, als auch der andere Motor aussetzte. Gott, was für ein Gefühl. Es war grauenvoll.«

Ich konnte es mir gut vorstellen. Alle Insassen mussten gewusst haben, was geschehen würde.

»Eine Sekunde lang hat die Maschine eine Art Schwebflug vollführt, dann ist sie einfach nach unten gesackt. Da hat sich der Pilot erneut über die Sprechanlage gemeldet. Gott, die kaum beherrschte Panik in seiner Stimme war deutlich zu hören, als er uns anwies, wir sollten uns auf eine Bruchlandung vorbereiten.« Stewart ließ das grauenvolle Geschehen Revue passieren und versuchte, seine Erinnerungen daran zu bewältigen.

»Uns blieb keine Zeit zu reagieren. Ich hörte, wie der Vater nach seinem Sohn rief. Er versuchte aus seinem Sitz aufzustehen, um zur Toilette zu gelangen, aber er schaffte es nicht, weil die Maschine zu schnell in die Tiefe stürzte. Er konnte nichts anderes tun, als angeschnallt dazusitzen und sich gegen den Aufprall zu wappnen.

Die Maschine ist aufs Wasser geprallt wie auf einen Felsen. Die Leute haben geschrien, das Wasser ist wie verrückt in die Maschine geströmt. Danach versinkt in meiner Erinnerung alles in einer Art Nebel. Ich weiß nicht einmal, ob ich meinen Sitzgurt gelöst habe. Alle anderen Insassen waren wie betäubt. Ich habe der Frau des Senators geholfen. Ich habe sie losgeschnallt, dann sind wir zur Tür gewankt. Ich erinnere mich nicht einmal mehr, dass ich die Tür geöffnet habe, aber ich muss es wohl getan haben.«

Jetzt konnte Stewart seine Erlebnisse gar nicht schnell genug erzählen, er verhaspelte sich immer wieder, so als könnte er die grauenvollen Geschehnisse ungeschehen machen, wenn er darüber sprach.

»Als die Maschine zu sinken begann, mit dem Bug voran mitten durchs Wasser schnitt, habe ich versucht, die Frau hinauszudrücken. Sie hatte große Mühe, sich aus der Kabinentür zu kämpfen. Da habe ich sie so fest geschoben, wie ich konnte, und plötzlich lagen wir im Wasser. Ich habe gespürt, wie ich mit der Maschine in die Tiefe gezogen wurde. Ich habe die Frau festgehalten und gebetet. Plötzlich lagen wir im Wasser. Und dann habe ich Sie gesehen.«

»Als Sie eincheckten oder vor dem Boarding – ist Ihnen da irgendetwas Ungewöhnliches aufgefallen?«

»Nein, nichts. Glauben Sie nicht, dass es sich um einen Unfall handelt?«

»Vermutlich doch, aber wir müssen alles überprüfen. Haben Sie beide Urlaub auf den Inseln gemacht?«

»Ja«, sagte Lorenzo. Er war, während Stewart den Absturz schilderte, blass und kleinlaut geworden. »Daniel wollte ein paar Tage aus allem raus. Mein Gott, er steckte doch mitten in den Dreharbeiten zu *Avenger* Nr. 3. Aber ich konnte ihn nicht davon abbringen. Er sehnte sich nach ein bisschen Sonne und tropischer Brise.

Vor ein paar Tagen habe ich dann beschlossen, mich Danny anzuschließen. Ich konnte es gar nicht fassen, als ich hierherkam. Alle Leute waren draußen auf dem Meer, auf ihren verdammten Booten – wie langweilig. Ein Casino und Showgirls sind mir da lieber. Als Daniel dann auf einmal entschied, zurück nach Hause zu fliegen, habe ich ihn in rasendem Tempo zum Flughafen gefahren.«

»Ich wollte von der Insel herunter, bevor der Hurrikan über sie hinwegfegt und wir dann hier festgesessen hätten. Ich musste zu den Dreharbeiten zurück«, erläuterte Stewart.

»Warum haben Sie sich für diese Insel entschieden?«, fragte ich. »Warum nicht zum Beispiel für Saint Barth?« Die kleine Insel direkt vor St. Martin war ein bekannter Tummelplatz der Reichen und Berühmten. Sie gehört zu Frankreich und verfügt über unglaublich gute Restaurants und einen malerischen Hafen mit etlichen millionenteuren Jachten, die dort vertäut sind oder in der Bucht vor Anker liegen.

»Genau das habe ich ihn auch gefragt«, sagte Lorenzo. »Aber Danny hier hatte kein Interesse, dorthin zu fliegen.«

»Warum soll ich denn irgendwohin, wo ein Haufen anderer Filmstars Urlaub macht?«, fragte Stewart. »Vergiss bitte nicht, es ging darum, mal von allem wegzukommen.«

»Ich lasse Sie beide jetzt allein, damit Sie etwas ausspannen können«, sagte ich. Beide wirkten geschafft, vor allem Stewart. Ich sah, dass die Schmerzmittel allmählich ihre Wirkung verloren. Seine Miene war verkrampft, seine Kinnlade angespannt.

»Detective«, sagte Stewart, als ich mich zum Gehen wandte, »was ist mit der Maschine passiert?«

»Ich werde morgen früh wieder zum Wrack hinuntertauchen. Zwei Bergungstaucher werden helfen, es nach oben zu holen. Nach jedem Flugzeugabsturz findet eine gründliche Untersuchung statt.«

»Und was geschieht mit den Sachen im Wrack?«, fragte er.

»Alles wird eingesammelt und in Verwahrung genommen, bis die Untersuchung abgeschlossen ist«, erklärte ich. »Allerdings kann es eine Weile dauern, bis irgendetwas davon freigegeben wird. Ich nehme an, die Fluggesellschaft wird es übernehmen, Ihnen Ihre persönlichen Dinge zuzuschicken.«

»Hey, Detective«, sagte Sammy, als ich zur Tür hinausging. »Wie wär's, wenn wir morgen von Ihnen und Daniel ein Foto machten, vielleicht im Polizeiboot, Sie im Taucheranzug. Das gäbe eine tolle Meldung.« Er entwickelte seine Idee weiter, gab ihr den richtigen Dreh. »Das Ganze steht mir schon vor Augen. Eine Nachfass-Story. ›Daniel Stewart assistiert wunderschöner Polizeitaucherin. Entwickelt sich daraus eine Romanze?‹«

»Das ist sein Job«, sagte Stewart kopfschüttelnd.

»Das glaube ich nicht, Sammy«, sagte ich, lächelte in mich hinein und schloss die Tür. Lorenzo war ein gerissener Ränkeschmied, aber irgendwie auch sympathisch.

Ich ging am Schwesternzimmer vorbei, als ich die kleine Rothaarige sah, die dort mit einer der Krankenschwestern stand und mit ihr stritt. Es beeindruckte sie überhaupt nicht, dass die Schwester sie um Haupteslänge überragte. Es war Zora Gordon, eine der Insassen der Maschine. Sie war eine besondere, vorzüglich aussehende Frau, mit olivgrünem Teint und feinen Gesichtszügen, das Haar eine

Mähne rothaariger Locken, die ihr bis auf den Rücken fielen. Sie war vielleicht knapp eins sechzig groß und schien noch keine dreißig zu sein. Die Nylon-Shorts brachten ihre muskulösen Beine vorteilhaft zur Geltung. Offenbar machte sie Fitnesstraining. Sie drängte die Krankenschwester, mit dem Papierkram fertig zu werden, damit sie das Krankenhaus verlassen konnte. Ich blieb stehen und stellte mich vor.

»Ach ja, Sie sind die Taucherin. Ich sollte Ihnen vermutlich danken, dass Sie mich heute Morgen aus dem Flugzeug geholt haben.«

»Ich hatte den Eindruck, Sie würden auch ohne meine Hilfe da rauskommen.«

»Ja, na ja. Ich bin nicht jemand, der untätig herumsitzt und wartet, bis er ertrinkt. Wissen Sie schon, was den Absturz verursacht hat?«

»Noch nicht. Wir wollen morgen früh hinausfahren. Außerdem müssen wir mit allen Passagieren sprechen.«

»Ich kann Ihnen nichts sagen. Das Flugzeug lag im Wasser, bevor ich wusste, was passiert war«, sagte Zora. »Ich möchte wirklich nicht über diese grässliche Angelegenheit sprechen.«

»Ich fürchte, wir können den Passagieren keine Wahl lassen.«

»Na gut, wenn's unbedingt sein muss«, entgegnete sie und setzte ihre Unterschrift unten auf die Entlassungspapiere, die ihr die Krankenschwester vorgelegt hatte.

»Es muss sein. Wo kann ich Sie finden?«

»Ich mache Urlaub, auf einer Jacht in der Brandywine Bay. Sie heißt *Mystic*. Sie müssen den Wachmann des Jachthafens bitten, dass er sie aufs Gelände lässt. Er wird

Ihnen das Tor zu den Stegen aufschließen. Bitte rufen Sie mich vorher an, damit ich weiß, dass Sie kommen. Hier ist meine Handynummer.« Sie schnappte sich vom Tresen ein Blatt Papier, schrieb ihre Nummer auf, reichte sie mir und ging den Flur hinunter.

»Danke. Ich werde mich bei Ihnen melden«, sagte ich, während sie das Krankenhaus durch den Haupteingang verließ.

Stark und ich trafen uns beim Tortola Police Department. Stark war in seinem Büro, das genauso aussah wie meins. Das drei mal drei Meter große Zimmer verfügte über eine Tür, kein Fenster und war gerade groß genug für einen Schreibtisch und einen Stuhl. Stark saß auf seinem Stuhl, und allein schon seine Körperfülle ließ das Kabuff zu klein wirken.

Stark, Alvin Mahler und ich waren die einzigen Detectives, die Dienst taten. Mahler war in dieser Woche nicht im Dienst, er machte Urlaub weiter im Süden der Insel. Dann war da noch Jimmy Snyder. Außerdem noch sieben uniformierte Beamte, Dunn und seine Sekretärin Jean. Unser Büro erledigte sämtliche Ermittlungsarbeiten und war für die seltenen Mordfälle zuständig. Die Außenstellen, die verstreut auf den Inseln lagen, befassten sich mit den Routinefällen – hauptsächlich häusliche Gewalt, Vandalismus sowie Verstöße gegen die Straßenverkehrsordnung, wobei Letztere sehr locker verfolgt wurden, um es milde auszudrücken.

Laut Reiseliteratur bestehen die British Virgin Islands aus vierzig Inseln, Inselchen, Felsen und Klippen. Soweit ich das beurteilen kann, fallen knapp über fünfzig Prozent davon unter die Kategorie »Felsen«, Reste vulkanischen Gesteins, das aus dem Wasser ragt.

Die Gesamtbevölkerungszahl beträgt rund neunzehntausend. Etwa vierzehntausend von ihnen leben auf der Insel Tortola. Deren Hauptstadt und kommerzielles Zentrum ist Road Town, dort befindet sich unser Department. Offshore-Banking ist das große Geschäft auf den Inseln, unmittelbar gefolgt vom Fremdenverkehr in Form der Segelei. Die British Virgin Islands rühmen sich, die weltgrößte Flotte von Segelbooten zu beherbergen.

Zehn Meilen lang und eine Meile breit ist Virgin Gorda, die zweitgrößte und am zweitbesten erschlossene Insel, mit einer Bevölkerung von rund zweitausendfünfhundert. Nordwestlich von Tortola liegt Jost Van Dyke, so genannt nach einem holländischen Piraten. Weniger als 300 Einwohner, viele von ihnen Nachfahren von Quäker-Sklaven, leben auf dieser Insel, die erst seit 1991 über elektrischen Strom verfügt. Am Silvestertag findet auf Jost Van Dyke im berühmten *Foxy's* eine der größten Partys der Welt statt.

Auf einigen der anderen Inselchen gibt es ein Restaurant oder ein kleines Hotel, mehr nicht. Leider hat sich die Situation in den Tropen verändert. So soll zum Beispiel eine große Hotelanlage auf Norman Island errichtet werden, einem Eiland, das – bis auf die *Willie T*, ein alter Schoner und zugleich schwimmende Bar, die von besonders trinkfesten Gästen frequentiert wird – einst touristisch völlig unterentwickelt war.

Stark und ich fanden Chief Dunn hinter seinem Schreibtisch; er wartete schon auf uns. Er hatte das Eckbüro mit dem großen Panoramafenster, das auf den Hafen von Road Town und den Sir-Francis-Drake-Kanal hinausging.

Auf dem Wasser konnte man mehrere Segeljachten sehen, die sich mit geblähten Segeln in der sanften Brise neigten. Die Hafenbucht selbst war voller Boote, mindestens hundert Masten ragten in den Himmel. Ein wunderschöner Anblick, ein menschengemachtes Pendant zu einem winterlichen Espenhain in Colorado.

Die Absturzstelle des Flugzeugs war vom Fenster aus zu erkennen. Eines der Polizeiboote kreiste über der Stelle. Jemand würde die ganze Nacht dort draußen patrouillieren und bis zum Sonntagmorgen bleiben, um zu verhindern, dass sich andere Boote näherten und neugierige Schnorchler oder sensationshungrige Taucher in dem Gebiet Schäden anrichteten. Zudem hatte Dunn die Beamten an Bord angewiesen, nach Trümmerteilen Ausschau zu halten, die unter Umständen an die Oberfläche trieben, und sie zu bergen, bevor ein anderes Boot ihnen zuvorkam. Er wollte nicht, dass Wertgegenstände der Fluggesellschaft oder der Passagiere entfernt wurden, sondern dass sie so lange wie Beweismittel behandelt wurden, bis wir die Absturzursache geklärt hatten.

Ich informierte Stark und Dunn darüber, was Stewart und Lorenzo mir über den Absturz erzählt hatten, und von meiner kurzen und ein wenig brüsken Begegnung mit Zora Gordon. Anschließend ging Dunn mit uns die Pläne für den Vormittag durch: Ein Vertreter des »Air Accident Investigation Board«, der zuständigen Behörde für Flugzeugabstürze in Großbritannien, hatte ihn angerufen.

»Ein gewisser Joe Harrigan von der AAIB wird irgendwann morgen Nachmittag aus London kommend auf Saint Thomas landen«, sagte Dunn. »Er hat veranlasst, dass zwei Bergungstaucher zur Absturzstelle hinausfahren, um die Situation zu bewerten und zu klären, was wir benötigen, um die Maschine heraufzuholen. Hannah, Sie werden die beiden morgen früh dort draußen treffen. Ich komme gleich nach dem Frühgottesdienst zum Hafen hinunter.«

Ich wusste, Dunns Frau gestattete es nicht, dass er auch nur einen Sonntagsgottesdienst versäumte. Ob Flugzeugabsturz oder nicht – sie machte da keine Ausnahmen.

»Carmichael und Mason haben sich bereit erklärt auszuhelfen«, fügte Dunn hinzu. »Stark, reden Sie als Erstes mit den Zeugen, und finden Sie heraus, was die vielleicht gesehen oder gehört haben, bevor die Maschine abgestürzt ist. Ich möchte, dass unsere Ermittlungen reibungslos ablaufen. Der örtliche Leiter der Zivilluftfahrt, der Leiter des Flughafens und die Leute von der AAIB – sie alle verlangen Antworten. Und dass mir von Edith Leonard keine Klagen kommen bezüglich unseres Vorgehens.«

Ich sah den Ausdruck der Erleichterung in Starks Miene, als ihm aufging, dass er morgen früh nicht mitkommen musste. Eines Tages würde er seine Wasserphobie allerdings überwinden müssen.

»Hat sich schon jemand mit Simons Tante in Verbindung gesetzt?«, fragte ich.

»Noch nicht«, antwortete Dunn. »Das Ganze ist etwas kompliziert. Die Nachricht auf ihrem Anrufbeantworter lautete, dass sie im Ausland und zwei Wochen lang nicht zu erreichen sei. Die Anrufer werden an ihre Geschäftsnummer verwiesen. Offenbar leitet sie eine große Werbeagentur. Ihr Name ist Elaine Redding. Ihre Sekretärin hat mir gesagt, sie habe eine Telefonnummer hinterlassen, unter der sie zu erreichen sei. Sie will versuchen, Simons Tante zu erreichen.«

»Aber es muss da doch noch jemanden geben«, sagte ich.

»Die Sekretärin kannte jedenfalls niemanden. Sie sagt, ihre Chefin habe immer nur mit ihrem Bruder gesprochen – mit keinem anderen Angehörigen«, entgegnete Dunn.

»Hoffen wir also, dass die Sekretärin sie erreichen kann.«

»Wir müssten morgen früh von ihr hören.«

»Sonst noch etwas?«, fragte ich. Ich war fix und fertig. Der Tauchgang heute war ein Schlauch gewesen. Ich sehnte mich jetzt nur noch nach einer Dusche, einer anständigen Mahlzeit und danach, zusammen mit O'Brien unter eine Decke zu kriechen.

8

Enok Kiersted saß drüben in der Strandbar von Calico Jack, nippte an einem Bier und sah den Touristen in der »Dolphin World« zu. Fünf von ihnen waren im Becken – drei Kinder mit ihren Eltern. Die Mutter hielt sich im Hintergrund und schaute zu, wie ihr Mann dem jüngsten Kind gut zuredete, den Delfin, der in der Nähe umherschwamm, anzufassen. Eines der älteren Kinder, ein etwa zwölfjähriger Junge, versuchte, auf einen anderen Delfin zu springen.

Kiersted war stinksauer. Wieso glaubten die Leute eigentlich, dass man auf Delfinen reiten sollte? Das war eine Beleidigung für die Tiere. Die Leute meinten, dass ihnen die Erde gehöre und dass jedes andere Geschöpf auf der Welt da sei, um ihnen zu dienen.

Trotz der Einwände der Tierschutzorganisationen waren sechs Delfine in das neue Delfinarium in der Lagune umgesiedelt worden. Tauchlehrer und Umweltgruppen hatten argumentiert, dass die Geräusche und Vibrationen der Meerwasserentsalzungsanlage in der Nähe der Lagune, der Straßenlärm, der Schlamm, der Müll und das verschmutzte Wasser, das während der Regenfälle hineingespült wurde, die Lagune völlig ungeeignet für Delfine machten. Außerdem ähnele das Becken eher einem Teich, ausgebaggert aus einer flachen Mangrovenlagune. Der Grund sei schlammig, das Wasser viel zu warm.

Die Warnungen waren auf taube Ohren gestoßen. Niemand hatte Maßnahmen ergriffen. Mittlerweile war einer der Delfine tot, ein weiterer war isoliert worden und wurde zwangsernährt. Kiersted war fest davon überzeugt, dass das Tier nicht durchkommen würde.

Das machte ihn ganz krank. Überall wurden wild lebende Delfine gefangen und in enge Pferche gesperrt. Oftmals verendeten sie, nur weil irgendwelche Leute unterhalten werden und andere dadurch reich werden wollten.

Kaum einer der Angestellten des Delfinariums gab jemals zu, dass Besucher durchaus zu Schaden kommen konnten, aber es passierte. Kiersted waren Berichte zu Ohren gekommen, wonach Delfine Besucher in dem Becken gebissen und gerammt hätten. Aber wer wollte das Delfinen verdenken, die in Gefangenschaft gehalten wurden? Das Dasein, wie sie es gekannt hatten, war verschwunden. Darauf reagierten sie verwirrt, aggressiv und mit Krankheiten. Sie starben aufgrund von Schock, Lungenentzündungen, inneren Erkrankungen, Magengeschwüren, Giftstoffen und schierer Hoffnungslosigkeit.

Kiersted hatte die Tiere in ihrem natürlichen Lebensraum erlebt, wie sie sprangen und durchs Wasser flitzten. Allein schon ihr Wesen machte diese Tiere absolut ungeeignet für ein Leben in Gefangenschaft. In Freiheit lebten sie in großen Gruppen, oft in engen Familienverbänden. Die sozialen Bindungen hielten oft mehrere Jahre, manchmal ein ganzes Leben lang. Delfine konnten, wie Kiersted wusste, am Tag zwischen sechzig und hundertfünfzig Kilometer schwimmen. In der Lagune, beobachtete er, schwammen sie endlos im Kreis. Delfine schwammen ununterbrochen, bewegten sich ständig. In Gefangenschaft zu leben war für diese Meeressäuger eine absolute Tragödie.

Kiersted war wütend, dass die Behörden das Delfinarium genehmigt hatten. Tatsächlich ärgerte er sich über vieles, was sich auf den Inseln abspielte – angefangen von der Gleichgültigkeit gegenüber Umweltthemen bis hin zum allmächtigen Dollar, der über den Schutz der Tier- und Pflanzenwelt gestellt wurde. Es war ihm ein völliges Rätsel, dass dieser Stiftungsmitarbeiter Redding, der sein Projekt prüfen sollte, da anderer Meinung war.

Er hatte es immer wieder erlebt. Die Leute begriffen es einfach nicht. Kapierten die denn nicht, dass sie genau das zerstörten, wodurch überhaupt Geld auf die Inseln kam? Der Delfin-Park lieferte ein gutes Beispiel hierfür. Wie auch die Genehmigung, drüben am Ostende von Tortola zu bauen. Das Gebiet war mit feinem Sand aufgefüllt worden, der beim ersten schweren Sturm und den ersten hohen Wellen fortgespült werden würde.

Gestern war er wieder im Mangrovenwald gewesen und hatte Sedimentproben genommen, als er sah, wie jemand aus einem Boot seinen Müll ins Wasser warf. Er hatte versucht, ans Ufer zu gelangen und dem Kerl gehörig die Meinung zu sagen, aber es war einfach unmöglich, sich rasch durch einen Mangrovensumpf zu bewegen. Bei jedem Schritt versank man mit den Stiefeln im Modder. Dann hatte er sich mit dem Fuß unter einer Wurzel verheddert und war gestürzt, so dass er mit den Armen bis zum Ellbogen im Schlamm steckte. Als er schließlich zu jener Stelle kam, wo er das Boot gesehen hatte, war es hinter einer Biegung verschwunden. Aber er hatte das Boot erkannt und würde Ausschau danach halten.

Jetzt gingen ihm ganz andere Dinge durch den Kopf. Die Abenddämmerung setzte ein. Der Delfin-Park hatte soeben seine Pforten geschlossen. Kiersted wartete noch eine halbe Stunde, um sicher zu sein, dass alle gegangen waren. Die gesamte Anlage war leer und still, das Wasser in der Lagune wie Glas, bis auf das gelegentliche Platschen einer Flosse, während die Delfine, dunkle Flächen in dem flachen Wasser, im Kreis schwammen.

Kiersted ging zum Becken hinunter und fand das kranke Weibchen. Es war unruhig, trieb auf der Seite. Er stieg ins Wasser und fasste es an. Sie atmete noch so gerade eben. Er durchtrennte den Maschendrahtzaun, der das Gehege zum Meer hin begrenzte, und führte sie in die offene Lagune hinaus. Sie drehte sich ein wenig, als sie ihre Artgenossen sah, und schwamm auf sie zu. Ein Delfin stupste sie an – ein junges Tier, offensichtlich ihr Junges.

Kiersted schwamm zur gegenüberliegenden Seite des Beckens. Er hatte eine Drahtzange in der Hand. Als er fertig war, hatte er den Maschendrahtzaun auf ganzer Länge aufgetrennt. Augenblicke später schwammen die fünf Delfine in die offene, tiefe See. Zuletzt schwammen die Mutter und ihr Junges hinaus. Er sah noch, wie eine Flosse kurz im Mondlicht glitzerte und dann verschwand.

9

Sadie wartete schon auf mich. Als sie mich den Weg zu O'Briens Villa heraufkommen sah, rannte sie auf mich zu, schlidderte, bis sie zum Stehen kam, blieb hechelnd sitzen und wischte mit dem Schwanz durchs Gras.

»Na, mein Mädchen!« Ich ging in die Hocke, und sie hielt ihre kalte Nase gegen mein Gesicht, während ich sie hinterm Ohr kraulte. Sadie war eine rötliche Mischung aus Labrador und Retriever. Ein Geschenk meines Vaters, der überzeugt war, ich würde sie zu meinem Schutz benötigen. Ich wohnte damals allein in einem kleinen Häuschen in Denver. Inzwischen ist Sadie sechs und hat mich noch nie vor irgendetwas beschützt – außer vor Eichhörnchen und hin und wieder einem Mungo. Ich meine, sie ist ein Labrador. Was hat mein Vater sich eigentlich dabei gedacht? Aber ich liebe sie trotzdem.

O'Brien war in der Küche – er stand am Herd. Er hatte gerade einen Kochlöffel an die Lippen geführt und schmeckte das Essen ab.

»Perfekt«, sagte er leise vor sich hin. Er hatte mich nicht hereinkommen hören.

Ich stand da und sah ihm zu, während er zum Küchentresen hinüberging und, völlig versunken in seine Arbeit, begann, Gemüse zu schneiden. Heute Abend hatte Marta frei.

O'Brien war einundvierzig und der Eigentümer von Sea-Sail, einer Chartergesellschaft, die eine der größten Flotten von Segelbooten auf den Inseln unterhielt. Seine Eltern hatten das Geschäft vor über dreißig Jahren gegründet, mit nur einem Boot. O'Brien war auf Schiffen groß geworden und hatte die Firma zu einem Unternehmen mit Millionenumsatz ausgebaut.

Ich hätte O'Brien stundenlang zuschauen können. Seine Gesichtszüge waren wettergegerbt, die Adern auf seinen Unterarmen ausgeprägt nach all den vielen Jahren, in denen er Segel eingeholt hatte und Masten hinaufgeklettert war. Er war einer dieser Menschen, die immer aktiv waren und nie weit entfernt vom Meer leben konnten.

Ich hatte O'Brien kennen gelernt, als ich auf die Inseln gekommen war, wobei sich unsere Beziehung für meinen Geschmack viel zu schnell von locker zu intensiv entwickelt hatte. Und vor wenigen Monaten hatte er mich überredet, mit ihm zusammenzuziehen. Für mich war das eine große Entscheidung gewesen. Ich hatte auf der *Sea Bird* gewohnt, einem Zwölfmeterboot mit Kuttertakelung, mit Sadie und meiner Katze Nomad.

Ich hatte das Schiff, meine Privatsphäre und die Tatsache geliebt, niemandem Rechenschaft schuldig zu sein. Doch ich hatte mich schwer verliebt in O'Brien. Ich hatte ihn abgewehrt, solange es ging, denn ich war glücklich gewesen mit der Art unserer Beziehung, soll heißen, O'Brien wohnte in seiner Villa, ich auf meinem Boot. Aber O'Brien wollte mehr. Ich wollte es mal probieren, hatte aber darauf bestanden, die *Sea Bird* zu behalten. Der Übergang war schwierig gewesen, vor allem für mich.

»Hi, O'Brien.« Ich hatte mich von hinten an ihn herangeschlichen und ihm einen Kuss gegeben, der wie Curry schmeckte.

Er drehte die Flamme am Herd kleiner und öffnete eine Flasche Chardonnay. Wir nahmen sie mit auf die Terrasse, wo wir uns den Sonnenuntergang anschauen wollten. O'Briens Villa lag auf einem Hügel, direkt oberhalb des Jachthafens von SeaSail am Ostrand von Road Town, und bot einen herrlichen Ausblick auf den Sir-Francis-Drake-Kanal bis hinüber zu Peter und Salt Island. Wir sahen ein paar Jachten, die drüben in der Deadman's Bay ankerten. Die Ankerlichter sahen aus wie tief hängende Sterne. Das Wasser schimmerte orange und violett, während sich die Sonne langsam auf den Horizont herabsenkte.

O'Brien und ich lebten noch kein Jahr zusammen, aber wir passten gut zueinander – wir fühlten uns wohl in der Nähe des anderen, und wir waren uns in vielerlei Hinsicht ähnlich. Man sagt, Gegensätze ziehen einander an. Und es mag ja stimmen, dass Paare zusammenbleiben, wenn zwischen den Partnern eine gewisse sexuelle und emotionale Anspannung besteht. Bei mir jedoch funktionierte das nicht. Ich hatte schon genug Aufregung in meinem Leben. Ich hätte nie geglaubt, dass ich einem Mann wie O'Brien begegnen würde, dass sich eine Partnerschaft entwickeln würde, die so eng, so fürsorglich, so behaglich war.

Wir setzten uns zusammen in einen großen Sessel. Ich kuschelte mich an O'Brien und genoss das behagliche Gefühl, seinen Körper zu spüren. Wie gesagt, wir passten gut zusammen. Er schlang die Arme um mich, und dann schwiegen wir, nippten an unseren Gläsern und hingen unseren Gedanken nach.

»Du wirkst besorgt«, brach ich schließlich das Schweigen.

»Ich habe mir fast den ganzen Tag über Wetterberichte im Radio angehört. Der Sturm ist heraufgestuft worden. Er ist zwar noch draußen auf dem Atlantik, zieht aber in unsere Richtung. Wenn er seinen gegenwärtigen Kurs nicht ändert, wird er über die BVI hinwegfegen.«

»Und wann?«

»Mitte der Woche. Wahrscheinlich am Mittwoch, spätestens am Donnerstag.«

Es waren in dieser Saison schon mehrere mit Namen versehene Wirbelstürme durch die Karibik gezogen. Ein Hurrikan der Kategorie drei hatte Jamaika gestreift, bevor er Kuba überquerte und auf den Atlantik hinauswirbelte. In diesem Jahr waren wir im Alphabet bis F gekommen. Alle beteten, dass die Saison nicht der letzten nacheifern würde, als vier große Hurrikans durchgezogen waren. Im Vorjahr waren Florida und die Küste des Golfs von Mexiko hart getroffen worden.

Hurrikan Ivan hatte Geschichte geschrieben, denn er hatte die Inselkette weiter südlich getroffen als jeder andere Sturm in den vergangenen fünfzig Jahren. Er war der verheerendste Wirbelsturm des letzten Jahrzehnts gewesen; auf Grenada waren verbogene Metallstücke und geborstenes Bauholz über die Hügel und durch Straßen geflogen. Der Strom war ausgefallen, das Trinkwasser war verseucht, und überall auf der Insel waren Bäume umgeknickt.

Im wichtigsten Hafen der Insel, dem von St. George's, der Hauptstadt von Grenada, hatte der Hurrikan besonders große Verwüstungen angerichtet. Ironischerweise war der Hafen voller Segeljachten gewesen, die Grenada alljährlich ansteuerten, um den Hurrikans zu entkommen, da diese nur selten die südliche Karibik erreichten. Nach dem Sturm waren Boote vier Reihen tief an Land geschleudert worden, und die meisten übrigen lagen auf dem Grund des Hafenbeckens. Wir hatten Fotos der Verwüstungen gesehen. Ich ahnte, dass O'Brien befürchtete, seiner SeaSail-Flotte könnte es ähnlich ergehen.

»Er könnte immer noch abdrehen oder sich legen, aber zu diesem Zeitpunkt muss ich vom Schlimmsten ausgehen«, sagte er. »Wenn er auf dem derzeitigen Kurs weiterzieht, werden wir am Montag alle vercharterten Boote, die draußen sind, benachrichtigen und auffordern zurückzukommen. Es wird mindestens zwei Tage dauern, bis alle wieder im Hafen sind. Es gibt ein paar, die aufgrund ihrer Reiseroute ziemlich weit draußen segeln. Einige Skipper müssen von St. Martin herüberkommen.«

O'Brien schenkte uns nach und schaute hinaus aufs Wasser.

»Es wird das reinste Tollhaus sein«, fuhr er fort, »wir müssen Orte finden, wo wir alle Boote vertäuen können. Wir haben Platz für rund hundertfünfzig Boote im Hurrikan-Schlupfloch in der Paraquita Bay. Jeder Hafenarbeiter wird damit beschäftigt sein, Segel und Sonnensegel einzuholen und Masten niederzuholen, sobald ein Boot hereinkommt. Das Büropersonal wird versuchen, für die Leute, die bleiben wollen, Hotels und Pensionen zu buchen. Die, die als Letzte reinkommen, müssen auf Notbetten im

Jachthafen schlafen, in meinem Büro, an irgendeinem Ort, der vor dem Wind geschützt ist.«

Ich ergriff seine Hand und hob sie an meine Lippen, dann legte ich seine Arme eng um meinen Körper. »Es wird schon gut gehen, O'Brien. Am Ende der Woche werden wir hier draußen sitzen und uns fragen, warum wir uns nur so viele Sorgen gemacht haben.«

»Hoffentlich behältst du Recht. Ich habe ein mulmiges Gefühl, was diesen Hurrikan betrifft. Die Leute werden allmählich nervös. Ich musste mich doch tatsächlich eine Stunde lang mit Jack Westbrook wegen seines Bootes herumstreiten. Er war gerade nach einem einwöchigen Törn zurückgekommen und wollte, dass seine Jacht sofort in die Paraquita Bay überführt wird. Er besitzt mehrere Boote aus meiner Flotte und kauft sich alle paar Jahre ein größeres und besseres. Aber er ist eine Nervensäge.«

»Weißt du eigentlich, dass seine Frau in der Maschine saß?«, sagte ich. »Sie ist zwar rausgekommen, aber das Ehepaar, mit dem die Westbrooks zusammen Segeln waren, ist tot.«

O'Brien kannte bereits all die schauerlichen Einzelheiten über den Flugzeugabsturz. Neuigkeiten sprechen sich schnell herum auf den Inseln, außerdem hatte er vom Fenster seines Büros aus mit ansehen können, was genau sich dort abspielte. Er wusste, dass ich dort draußen gewesen war – ich hatte ihn vom Krankenhaus aus angerufen, um ihm zu sagen, dass mir nichts passiert war. O'Brien konnte es nicht ausstehen, wie ich meinen Lebensunterhalt verdiente.

»Weißt du, Hannah«, begann er.

»Lass uns nicht jetzt darüber reden, Peter.« Ich ahnte

schon, was gleich kommen würde. Aber heute Abend war nicht die rechte Zeit für Beziehungsgespräche. Wir waren beide müde und gereizt, und nachdem ich heute Morgen die Leichen aus dem Wrack gezogen hatte, wollte ich nur noch allem entfliehen. Einem Streit wäre ich nicht gewachsen gewesen.

Aber O'Brien ließ nicht locker. »Der Tauchgang heute Morgen«, sagte er, »du weißt, wie gefährlich das war. Früher oder später wirst du dein Glück überstrapazieren. Das passiert fast jedem, der solche Tauchgänge unternimmt. Und – Herrgott noch mal – verstümmelte Leichen aus dem Meer holen: Irgendwann wirst du dabei umkommen, Hannah. Und das weißt du auch.«

O'Brien hatte Recht. Die meisten Extremtaucher starben schließlich unter Wasser. Ich war gut ausgebildet, und ich war achtsam. Außerdem besaß ich eine gesunde Portion Angst und Respekt. Wenn ich in dreißig Meter Tiefe in einem Meer tauchte, das immer unberechenbar war, mit einer Ausrüstung, die versagen konnte, rechnete ich stets damit, dass etwas schiefgehen konnte. Wenn nicht, na ja, dann hatte ich Glück gehabt. Wenn doch, dann war ich bereit. Mit dem anderen Teil, dem Teil, dass ich die Toten bergen musste, hatte ich zu leben gelernt.

»Kündige deinen Job, Hannah. Lass uns ein Kind haben, bevor es zu spät ist.«

»Meine Güte, O'Brien. Ich bin achtunddreißig Jahre alt. Ich liebe meine Arbeit. Ich will nicht schwanger werden, ein Kind haben. Und das weißt du auch genau. Wie oft wollen wir denn noch darüber reden?«

Ich war mittlerweile zornig, und zwar mehr, als ich es wohl hätte sein sollen. Aber O'Brien bedrängte mich weiter. Natürlich merkte er, dass mir die heutige Rettungs- und Bergungsaktion arg zugesetzt hatte, und er machte sich Sorgen deswegen. Ich hatte zwar versucht, meine angeschlagene Verfassung zu verheimlichen, aber O'Brien kannte mich zu gut.

»Glaubst du nicht, dass unsere Beziehung sich entwickeln muss?«, fragte er, zog seine Hände weg und legte meine ganz bewusst auf meinen Schoß.

Das nervte mich. Man nenne mich empfindlich, aber seine Zurückweisung tat mir weh. »Warum bist du so unzufrieden?«, fragte ich, plötzlich abwehrend.

»Weil ich mehr will. Vielleicht mehr, als du geben kannst, Hannah.« Er schwang sich aus dem Sessel und setzte sich in einen anderen.

»Ganz richtig, O'Brien«, sagte ich, stand auf und sah wütend auf ihn herunter; jetzt schäumte ich vor Wut. »Es ist mehr, als ich geben kann.« Ich trank aus, schüttete den Rest der Flasche in mein Glas und kippte den Inhalt in einem Zug runter. Dann packte ich die leere Flasche und stürmte ins Haus, um die nächste zu holen. Ich hatte vor, dieses Gespräch in Alkohol zu ertränken. Ein Fehler, aber verdammt noch mal, ich konnte so etwas jetzt nicht gebrauchen.

Ich war im Begriff, den Korken einer Flasche Cabernet zu schreddern, als O'Brien in die Küche kam.

»Komm, lass mich das machen«, sagte er und griff nach der Flasche.

»Ich schaff das schon, O'Brien«, sagte ich, riss ihm die Flasche aus der Hand, rammte den Öffner tiefer in den Korken und drückte ihn dadurch in die Flasche.

»Scheiße.« Ich suchte gar nicht erst nach einem Weinglas, sondern füllte einen Plastikbecher bis zum Rand und kippte den Inhalt hinunter, während ich O'Brien gleichzeitig mit einem Blick drohte, nur ja kein falsches Wort zu sagen.

»Hannah, sei doch keine Idiotin.«

Er hatte Recht, aber ich hatte keine Lust, es mir einzugestehen. Ich war wütend, gekränkt, überwältigt von dem Tag, und jetzt wurde ich auch noch zusammengestaucht. Eine ganz schlechte Kombination.

Ich schenkte mir nach, leerte den Becher, warf ihn auf den Küchentresen und ging hinauf. Ehe ich merkte, wohin ich ging oder was ich tat, befand ich mich im Schlafzimmer und warf meine Klamotten in eine Reisetasche. Ich schloss das Ding unter erheblicher Kraftanstrengung, als O'Brien reinkam.

»Hannah, um Gottes willen, das ist doch albern«, sagte er und packte meine Handgelenke.

»Lass mich gehen! Ich hab gewusst, dass das mit uns nie funktionieren wird. Du willst einfach immer mehr. Ich kann das nicht!«, schrie ich und entzog mich seinem Griff.

»Na schön! Dann renn doch weg. Aber glaub ja nicht, dass ich dir hinterherlaufe!«

O'Brien war in der Küche und kratzte das Abendessen in den Mülleimer, als ich – dicht gefolgt von Sadie – aus der Haustür stürmte.

Es war schon spät, als ich auf das Gelände von Pickering's Landing einbog. Ich hätte nicht Auto fahren sollen, doch als ich auf den mit Kies bestreuten Parkplatz fuhr, hatte ich keinen Schwips mehr, sondern Kopfschmerzen. Im Büro im ersten Stock brannte Licht: Calvin war also noch auf.

Am Ende des Stegs sah ich die Silhouette der *Sea Bird*, ihr Mast schwankte leicht im spiegelglatten Wasser des Naturhafens. O'Brien hatte den Kutter für mich gefunden. Ein Ehepaar aus Kalifornien hatte das Boot gekauft, um es als Hausboot zu nutzen. Nach einem halben Jahr in den beengten Räumen hatten sie sich scheiden lassen. So viel zum Thema Rückzug ins Paradies. O'Brien konnte sich kein schöneres Zuhause für mich denken. Ich hatte mir vorgestellt, in etwas ein wenig Soliderem zu wohnen, in etwas mit einem Fundament, vielleicht einem kleinen Häuschen in den Hügeln. Aber kaum hatte ich den Fuß auf die *Sea Bird* gesetzt, hatte sich meine Vorstellung von einem echten Zuhause verändert.

Es gefiel mir, morgens aufzuwachen und zu hören, wie das Wasser gegen den Schiffsrumpf schwappte, mit den Möwen zu frühstücken und in der Abenddämmerung den Pelikanen beim Tauchen zuzuschauen. Mir gefiel der Rhythmus des Meeres, die Art, wie das Wasser sich von tiefem Indigo zu den schimmernden, funkelnden Blautönen änderte, während die Sonne ihre Bahn am Himmel zog, bis sie schließlich hinter dem Horizont versank und den Abendhimmel über dem Meer in ein goldenes Licht tauchte. Und wenn ich nachts nicht schlafen konnte, setzte ich mich auf die Heckplattform und ließ einen Zeh ins Wasser baumeln, wodurch ich die zahllosen Mikroorganismen aufwirbelte, die wie durchsichtige Diamanten glitzerten.

Als ein Onkel, den ich kaum kannte, meiner Schwester und mir jeweils etwas Geld vererbt hatte, bot sich mir die Gelegenheit, das Boot zu kaufen. Meine Schwester war dem Rat meines Vaters gefolgt und hatte das Geld in einen

Fonds investiert. Ich kaufte die *Sea Bird*. Mein Vater war verärgert, aber nicht überrascht. Ich hatte schon mit sechzehn aufgehört, das zu tun, was man mir sagte. Damals hatte ich meine Eltern, vor allem meinen Vater, schier wahnsinnig gemacht.

Als ich zur Kriminologie überwechselte und mich für den Beruf der Polizistin entschied, anstatt mein Literaturstudium fortzusetzen, war mein Vater außer sich vor Wut gewesen. Ich hatte in seine Fußstapfen treten und Lehrerin werden sollen. Obwohl es vergebliche Liebesmüh war, versuchte er auch heute noch, im Alter von siebenundsiebzig, mein Leben zu dirigieren. Aber merkwürdig: Wir hatten viel gestritten, und dennoch waren wir uns heute so nah, wie Vater und Tochter es nur sein können.

Die *Sea Bird* und das Leben in Pickering's Landing hatten mir gefehlt. Calvin und Tilda Pickering waren inzwischen gute Freunde von mir. Calvin hielt die Boote instand und leitete die kleine Bootswerft. Tilda führte den kleinen Kaufladen mit dem frischesten Obst und Gemüse auf den Inseln. Die beiden hatten zwei Töchter, Rebecca, sieben, und Daisy, fünf. Sie waren für mich zu einer Art Familie geworden. Seitdem ich zu O'Brien gezogen war, luden sie uns jeden Sonntagmittag zum Essen ein.

Calvin kam zur Tür, Tilda direkt dahinter, als ich aus dem Auto stolperte.

»Hannah, was machst du denn hier an diesem schönen Abend?«, fragte Calvin und war so freundlich, meinen alkoholisierten Zustand nicht zu kommentieren.

»O'Brien und ich hatten Streit. Ich ziehe auf die *Sea Bird* zurück.«

»Du kannst es wohl nicht ertragen, dass der Mann dich

liebt, was?«, fragte Tilda und schüttelte den Kopf. »Wann begreifst du endlich, was du an ihm hast? Er ist was ganz Besonderes.«

»Er will ein Kind von mir, Tilda!«

»Ist das denn eine so schlechte Idee?«, fragte sie. Tilda war völlig glücklich in ihrer Rolle als Mutter. Ihre kleinen Töchter waren einfach Teil ihres Lebens.

»Darüber muss sich Hannah ihre eigene Meinung bilden. Nicht jede Frau eignet sich fürs Kinderkriegen, Tilda. Daisy und Becca werden sich ganz bestimmt riesig freuen, dass du wieder da bist, Hannah. Komm, wir schließen dein Boot auf«, sagte Calvin, während er von einem Haken neben der Tür einen Schlüssel nahm.

»Hast du schon was gegessen?«, fragte Tilda.

»Nein.« Es war neun Uhr. Ich hatte einen Riesenhunger, und meine Kopfschmerzen hatten sich von einem dumpfen Pochen zu einem heftigen Schmerz hinter dem linken Auge entwickelt. Ich konnte mich kaum noch ans Frühstück erinnern. Der Tag hatte mit einem gemächlichen samstagmorgendlichen Tauchgang mit Jimmy begonnen, Herrgott.

Tilda bestand darauf, mir einen Topf mit Abendessen zu bringen, dazu ein paar Vorräte aus dem Laden. Sie kam aber nicht mit an Bord. Stattdessen reichte sie die Sachen einfach über die Reling und hielt mir währenddessen einen Vortrag über O'Brien.

»Tilda, du solltest eigentlich auf meiner Seite stehen«, sagte ich. »Ich bin schon länger mit dir befreundet.«

»Ich steh auf deiner Seite. Deswegen sag ich's dir ja«, entgegnete sie. »Gute Nacht, Hannah.«

Ich ging unter Deck, fand eine noch unversehrte Packung Hundefutter, die ich in einem der Schränke hatte liegen lassen, und gab Sadie zu fressen. Dann nahm ich den Topf und eine Flasche Mineralwasser mit nach oben ins Cockpit und setzte mich im Dunkeln hin. Die Nacht war still, das Meer eine weite, glatte Fläche, die sich nur hin und wieder kräuselte, wenn ein Fisch aus dem Wasser sprang.

Auf der anderen Seite des Stegs, dort, wo früher das Schiff von Elyse Henry gelegen hatte, war ein Boot vertäut, das ich nicht kannte. Es gefiel mir nicht, dass jetzt jemand mit seinem Boot ihren Liegeplatz einnahm. Ich wusste, es war albern, aber Elyse und ich hatten uns sehr nahegestanden. Dann war sie ums Leben gekommen. Elyse war Umweltschützerin gewesen und hatte für die »Society of Conservation« gearbeitet. Allem Anschein nach war ihre Nachfolgerin eingetroffen. Ein neues Boot und eine neue Umweltschützerin. Ich nahm mir vor, Abstand zu wahren.

Sadie und ich gingen den Steg hinunter zum Strand. Direkt am Wasser war der Sand feucht, kühl und fest. Meine Fußabdrücke verschwanden hinter mir, sobald eine Welle an den Strand schwappte. Sadie rannte voraus und planschte im Wasser, dann lief sie zu den Bäumen oberhalb des Strandes hinauf. Ziemlich rasch war sie zurück, mit einem Stöckchen im Maul. Sie ließ es vor meinen Füßen fallen und wedelte mit dem Schwanz. Ganz egal, wie weit ich das Stöckchen warf, sie brachte es mir immer wieder. Nach einer halben Stunde hechelte sie, war pitschnass und bereit für mehr.

»Genug, Sadie«, sagte ich und setzte mich auf einen Baumstamm. Sie legte sich neben mich und bettete den Kopf auf meinen Schoß.

Ich hatte versucht, den Streit mit O'Brien mittels Aktivität zu bekämpfen. Jetzt stürzten die Erinnerungen auf mich ein. Das, was er über mein Davonlaufen gesagt hatte, meine Angst. Ich wusste, er hatte Recht. Herrgott, wenn ich an O'Briens gekränkte Miene dachte, als ich heute Abend bei ihm ausgezogen war. Wie hatte ich bloß so eine Idiotin sein können? Ich hatte wirklich alles vermasselt, überreagiert. Aber ich musste es zugeben. Ich hatte Bammel, Angst, dass ich zu viel von mir aufgäbe, wenn ich mit O'Brien auf Dauer zusammenlebte.

Und er hatte mich gebeten, sogar noch mehr aufzugeben. Warum begriff er denn nicht, wie wichtig es für mich war, die zu sein, die ich war, das zu tun, was ich tat? Ich bat ihn doch auch nicht, seine Firma aufzugeben. Wieso erwartete er, dass ich aufgeben sollte, was mich im Kern ausmachte?

Das war das Problem – diese endlosen Streitereien. So aufgeschlossen O'Brien auch war, wenn es um die wichtigen Dinge, um sein privates Leben ging, dann war er ein Chauvi. Er fand es gut, eine Partnerin zu haben, die berufstätig war – doch nur bis zu einem bestimmten Punkt. Er wollte eine Frau, deren Beruf ihm nicht in die Quere kam.

Früher einmal wollte ein Teil von mir eine Familie gründen. Ich hatte daran gedacht, als ich mit Jake zusammen war. Nach seinem Tod hatte ich diesen Traum zurückgelassen. Jetzt war es zu spät, um zurückzugehen.

Natürlich lag das nicht nur daran, dass O'Brien Kinder haben wollte. Er machte sich Sorgen um mich, darüber, dass ich in meinem Beruf ums Leben kommen könnte, entweder beim Tauchen oder bei der Verbrechensbekämpfung, und wegen der emotionalen Folgen jener Form von »Stimmungsaufschwung«, die ich heute gezeigt hatte.

Aber er hatte ja gewusst, welchen Beruf ich ausübte, als er mich kennen lernte. Und ich wusste, dass er mich liebte, aber genügte das? Reichte es, dass er mich so sein lassen würde, wie ich nun einmal war?

Ich war so tief in meine Gedanken an O'Brien versunken, dass ich den Mann, der sich mir näherte, erst bemerkte, als er mich ansprach.

»Hallo«, sagte er.

Na, ich war ja ein toller Cop ... Als ich aufsprang, wäre ich fast vom Baumstamm gefallen.

Als Erstes fielen mir die Hände des Mannes auf – seine tellergroßen Hände. Er war ein Hüne, aber wenigstens lächelte er. Er ging barfuß und trug nichts als eine abgeschnittene Jeans, die nass war und Salzwasserflecken hatte. Die ausgefransten Enden der Hose bedeckten Oberschenkel von der Dicke von Gumbo-Limbo-Baumstämmen.

»Entschuldigen Sie, dass ich Sie erschreckt habe. Ich bin Enok Kiersted. Ich wohne auf dem Boot am Ende des Stegs.«

»Hannah Sampson, ich wohne auf der *Sea Bird.*«

»Ja, klar. Tilda und Calvin haben mir schon von Ihnen erzählt. Sie sind Polizistin, ja? Darf ich mich setzen?«

Mir war zwar nicht nach Gesellschaft zumute, aber was hätte ich antworten sollen? Ich machte Platz auf dem Baumstamm.

»Ich habe davon gehört, was mit Elyse Henry passiert ist, der Frau, die ich hier ersetze«, sagte er und setzte sich neben mich. »Sie beide standen sich nahe, glaube ich. Es tut mir leid.«

»Danke«, sagte ich und dachte, dass niemand Elyse ersetzen konnte.

»Wie läuft's denn so im neuen Job?«, fragte ich und wechselte das Thema.

Mehr war nicht nötig. Eine halbe Stunde später kannte ich seine Lebensgeschichte und hatte das Gefühl, dass er den Job nicht einen Monat durchhalten würde. Er sagte, er sei auf Saint Thomas geboren. Sein Vater war Däne gewesen. Seine Familie gehörte zu den wenigen, die auf die Inseln gekommen waren, als Dänemark die Kolonialmacht war. Seine Mutter stammte aus einer Generation von Sklaven, die auf den Zuckerrohrplantagen geschuftet hatten. Sie hatte ihn die Liebe zur Natur und zum Meer gelehrt. Sie hatte ihm das Schnorcheln beigebracht und den Namen jedes Meereslebewesens gekannt, dem sie je begegnet waren. Er schilderte mir seine Gutenachtgeschichten als kleine Abhandlungen über das Verhalten von allem, was schwamm, kroch oder auf dem Meeresboden wuchs.

Kiersted war in Kalifornien zur Schule gegangen; er hatte ein abgeschlossenes Studium in Meeresökologie, die Society of Conservation hatte er durch einen Kommilitonen kennen gelernt. Als er erfuhr, dass es hier auf den Inseln eine Stelle für einen Umweltschützer gab, hatte er sich intensiv darum bemüht. Jetzt wollte er sich bei jedem Regierungsangestellten der BVI dafür einsetzen, dass das Ausbaggern von Stränden, die Erschließung von Grundbesitz an der Küste sowie alles, was die Meeresumwelt bedrohen könnte, gestoppt wurden.

Das Problem war nur, dass er nicht auf den Inseln geboren war, sondern von außerhalb kam. Man kann nicht einfach auf diese Inseln stürmen und damit rechnen, dass die Bewohner einem vertrauen. Elyse war bei Umweltdingen auch ein Eiferer gewesen, aber sie war auf den Inseln aufgewachsen.

Kiersted war ein Extremist, ein Fanatiker. Jetzt ereiferte er sich über jenes Boot, das, wie er gesehen hatte, Müll in die Paraquita Bay gekippt hatte. Als er schließlich anfing, über seine Forschungen in den Mangroven und der Woods Foundation zu sprechen, horchte ich auf. Ich kannte den Namen. Es handelte sich um die Stiftung, bei der Simons toter Vater angestellt gewesen war. Offenbar hatte die Stiftung Kiersted einen sehr großen Zuschuss gewährt, um seine Forschungen zu finanzieren, und einen Mitarbeiter hierhergeschickt, der den Fortgang des Projekts bewerten und über die weitere Finanzierung befinden sollte.

»Das war nicht zufällig Lawrence Redding, oder?«, fragte ich.

»Doch. Kennen Sie ihn?«

»Ich fürchte, er ist heute bei dem Flugzeugabsturz ums Leben gekommen.«

»Das ist ja furchtbar. Und was ist mit seinem Sohn?«

Kiersted war erleichtert, als ich ihm sagte, dass Simon überlebt hatte. Noch ehe ich die Gelegenheit bekam, ihn nach seiner Verbindung zu Redding zu fragen, stand er auf, streckte sich, wünschte eine gute Nacht und ging den Strand hinunter zu seinem Boot.

Ich blieb auf dem Baumstamm sitzen, Sadies Kopf immer noch auf meinem Schoß. Draußen über dem Meer sah ich Gewitterwolken aufziehen.

10

Um sieben Uhr am nächsten Morgen stand ich an der Spüle, hatte pochende Kopfschmerzen und versuchte, meinen üblen Mundgeruch mittels Zahnpasta loszuwerden. Das wirkte ungefähr fünf Minuten lang. Ich nahm zwei Aspirin mit einem Schluck Kaffee und fuhr nach Road Town, um nach Simon zu sehen. Die Straßen waren voller Kirchgänger, die Männer im Sonntagsanzug, die Frauen in geblümten Kleidern und Strohhüten, die Kinder hüpften hinterdrein.

In Wilson's Bakery kaufte ich eine *Island News*, dann fuhr ich weiter zum Krankenhaus. Der Flugzeugabsturz war auf der gesamten Titelseite ausgebreitet, ein Foto zeigte Stewart und Debra Westbrook, die sich an der gelben Rettungsboje und aneinander festklammerten, ein anderes, wie er ihr ins Rettungsboot half. Außerdem hatte man noch ein kleines Foto von Simon und mir abgedruckt. Der Schreck stand dem Jungen ins Gesicht geschrieben.

Die Schlagzeile lautete: *Schauspieler rettet Ehefrau eines Senators*, so wie Lorenzo es vorausgesagt hatte. Der Artikel las sich wie eine Szene aus einem von Stewarts Filmen.

Hollywoodstar Daniel Stewart hat am Samstagvormittag sein Leben aufs Spiel gesetzt, um die Ehefrau von Senator John Quincy aus einem sinkenden Flugzeug zu retten. Trotz schwerer Verletzungen an Schulter und Arm gelang es ihm, die Tür der Maschine aufzustoßen. Dann sprang er zusammen mit Debra Westbrook, die sich an ihn klammerte, ins Meer, kurz bevor das Flugzeug von der See ver-

schlungen wurde. In einem Akt äußerster Entschlossenheit und echten Heldentums zog er Mrs. Westbrook durch das Wasser zu einer Rettungsboje und hielt sich daran fest, obwohl sein gebrochener Arm nutzlos herabbaumelte, bis schließlich die Rettungsboote eintrafen. Die Polizeitaucher Hannah Sampson und Jimmy Snyder, die in der Nähe gerade ein Tauchtraining absolvierten, als das Flugzeug abstürzte, konnten fünf Passagiere retten.

Am Schluss des Zeitungsartikels waren die Namen und Heimatstädte der Toten aufgeführt. Ich konnte Sammy Lorenzo förmlich hören, wie er den Text diktierte. Lorenzo hatte einen Riesenwirbel veranstaltet, der vor allem auf die zahlreichen Fans von *Avenger* abzielte.

Als ich sein Zimmer betrat, saß Simon aufrecht im Bett, tauchte den Löffel in so etwas wie Haferbrei und ließ das teigige Zeug auf den tiefen Teller zurücktropfen. Kein Zweifel, er hatte nicht die Absicht, davon zu essen. Ich konnte es ihm nicht verübeln.

»Schmeckt nicht besonders, was?«, sagte ich.

»Hannah! Ich bin ja so froh, dass du gekommen bist«, sagte er, während ein Lächeln über sein Gesicht zog.

»Ich habe dir ein paar Donuts mitgebracht.« Ich hatte selbst schon mehrere Male das Pech gehabt, in diesem Krankenhaus eingesperrt zu sein. Ich wusste, was für ein Essen es hier gab. Bei Wilson's gab's die besten frischen Backwaren auf den Inseln. Simon steckte die Hand in die Tüte, zog einen Donut mit Schokoladenguss heraus und biss einmal herzhaft hinein.

»Und wie geht's dir, Simon?«

»Ganz gut.« Aber ich merkte, dass das nicht stimmte.

Der Junge fragte sich zweifellos, was zum Teufel jetzt mit ihm geschehen würde.

»Bis jetzt hat noch niemand deine Tante erreichen können. Gibt es sonst noch jemanden, den wir anrufen sollen?«

Er verzog das Gesicht, brach aber nicht in Tränen aus. »Ich hab keine anderen Verwandten. Nur meine Freunde in der Schule.«

Er schwieg eine Weile. Dann fragte er: »Wo ist mein Dad, Hannah?«

O Gott, wie sollte ich diese Frage nur beantworten? Dem Jungen sagen, dass sein Vater im Himmel war? Wie sollte man überhaupt mit Kindern über den Tod sprechen? Ich war dazu erzogen worden, dem Tod ins Auge zu sehen und ihn zu akzeptieren. Wir begruben unsere Haustiere im Garten und veranstalteten kleine Beerdigungen für sie. Später wurde mir klar, dass meine Eltern uns mit diesen Begräbnissen zeigen wollten, dass der Tod ein unvermeidlicher Teil des Lebens war.

Später, als meine Großeltern starben, nahmen wir Kinder an diesem Vorgang teil. Unsere Fragen wurden ehrlich beantwortet, und wir wurden nie von den Gesprächen ausgeschlossen. So habe ich gelernt, Beschönigungen wie »dahingegangen« oder, noch schlimmer, »bei den Engeln schlafen« zu hassen. Ich war davon überzeugt, dass man die Dinge beim Namen nennen sollte. Tot ist »tot«. Trotzdem wusste ich nicht, was ich Simon sagen sollte.

»Was meinst du damit?«, war alles, was ich herausbrachte.

»Ich meine, wo ist seine Leiche?« Verflucht, ich hatte alles viel schwieriger gemacht, als es tatsächlich war. Simon wusste, dass sein Vater tot war, und zwar unwiederbringlich.

»Ach. Na ja, Simon, er ist in der Leichenhalle. Das Krankenhaus behält ihn so lange dort, bis wir von deiner Tante eine Nachricht bekommen haben.«

»Meinst du, dass ich ihn besuchen darf?«, fragte er.

»Ich will sehen, was ich tun kann, okay?« Ich hatte zwar keine Ahnung, in welchem Zustand sich die Leiche befand. Aber der Junge hatte das Recht, seinen Vater zu sehen.

Im selben Moment betrat Dr. Hall das Zimmer. Er untersuchte Simon kurz, dann sagte er, dass Simon gesund sei und entlassen werden könne.

Verdammt. Ich zog Hall nach draußen auf den Gang und schloss die Tür hinter uns.

»Dr. Hall, er kann nirgends hin«, sagte ich. Was hatte Hall sich eigentlich dabei gedacht?

»Ich weiß, Hannah, aber ich kann ihn nicht unbegrenzt lange im Krankenhaus behalten. Ein gesunder Junge ist hier nicht gut aufgehoben. Ich habe das Jugendamt angerufen.«

»Sie können den Jungen doch nicht einfach zu wildfremden Leuten schicken, nach allem, was er durchgemacht hat. Er hat gerade seinen Vater verloren.«

»Und was schlagen Sie vor?« Ich ahnte, dass Hall das Ganze ebenso wenig gefiel wie mir.

»Und wenn Sie mit dem Jugendamt sprechen und empfehlen, dass Simon so lange bei mir wohnen darf, bis seine Tante aufgetaucht ist?« Ich hatte das gesagt, ohne nachzudenken. Ich konnte es selbst kaum fassen, dass ich soeben angeboten hatte, den Jungen bei mir aufzunehmen.

»Es kann nicht länger als ein, zwei Tage dauern, bis sie

herkommt. Sie können das Jugendamt doch sicher dazu bringen, einzuwilligen. Sie sind doch Arzt.«

»Wie wollen Sie sich denn um einen Neunjährigen kümmern?«, fragte Hall. »Und was wird aus Ihrem Job?«

»Tilda und Calvin werden mir bestimmt helfen, außerdem habe ich reichlich Platz auf dem Boot.«

»Wie bitte? Sie wohnen wieder auf der *Sea Bird*?«, fragte er. »Was ist denn mit Ihrer Beziehung zu O'Brien?«

Mussten denn alle die Einzelheiten meines Liebeslebens kennen? Mein Gott. »Wir machen eine Pause«, weiter äußerte ich mich nicht. Ich hatte keine Lust, die Sache auf dem Flur zu diskutieren.

»Okay, Hannah. Ich leite alles in die Wege, weil ich zufällig einmal Ihre Meinung teile. Der Junge ist viel besser bei Ihnen aufgehoben«, sagte Hall.

Also war es abgemacht. Ich wusste, was immer Hall empfahl, es würde klappen. Er war einer jener Ärzte, die für ihre Patienten alles taten und noch viel mehr, und sein Wort war Gesetz auf den Inseln.

»Danke. Ich hole den Jungen dann heute Nachmittag ab.«

Bevor ich in Simons Zimmer zurückging, sagte ich Hall, dass Simon seinen Dad sehen wolle. Er verstand sofort und versprach mir, in der Leichenhalle anzurufen und dafür zu sorgen, dass alles in Ordnung wäre, wenn ich am Nachmittag mit Simon dort hinunterging.

Als ich wieder bei Simon im Zimmer war, hatte er seine Digitalkamera aus dem wasserdichten Gehäuse genommen, in dem sie geschützt gelegen hatte, als das Flugzeug abstürzte, und schoss Fotos von seinen Füßen. Typisch Junge.

»Hey, Simon, was hältst du davon, wenn du mit zu mir kommst, bis wir deine Tante erreicht haben?«

»Okay, Hannah«, sagte er.

Verdammt, was sollte er denn sonst auch sagen? Der Junge hatte nicht viele Optionen. Er konnte mit mir kommen oder bei Fremden wohnen, bis seine Tante kam. Es war echt krass, ein Kind zu sein.

»Ich hol dich heute Nachmittag ab. Wenn du es dann immer noch möchtest, besuchen wir deinen Dad, bevor wir gehen.«

Als ich bei der *Wahoo* eintraf, die unten im Hafen lag, wartete Betty Welsh, die Reporterin der *Island News*, bereits auf mich. Als wir uns kennen gelernt hatten, hatte ich mich gefragt, warum sie wohl für eine kleine Inselzeitung arbeitete. Sie war eine Topautorin und Journalistin. Sie stellte die Fakten in ihren Geschichten immer richtig dar, und sie glaubte an die Verantwortung von gutem Journalismus. Später erzählte sie mir, dass sie versucht habe, in den Staaten Arbeit zu finden, jedoch keine Zeitung Interesse gezeigt habe, eine fast eins achtzig große, neunzig Kilogramm schwere schwarze Karibin einzustellen.

Betty war Ende fünfzig, kleidete sich gern extravagant und trug ihr langes Haar als Hochsteckfrisur, die von Haarnadeln zusammengehalten wurde. Heute trug sie ein weites Kleid mit einem orange-gelben afrikanischen Muster. Dazu hatte sie sich ein farblich passendes Tuch um den Kopf geschlungen. Ihr Fotograf war mitgekommen. Ebenso Sammy Lorenzo und Daniel Stewart.

Ich ahnte, was sie vorhatte, und sie kannte mich gut genug, um zu wissen, dass es mir nicht gefallen würde. Aber ich schuldete ihr einen Gefallen. Als sie einmal an einer großartigen Geschichte dran war, hatte sie sich auf meine Bitte hin bereit erklärt, sie nicht sofort publik zu machen, weil das die Ermittlungen gefährdet hätte. Sie war sich nicht zu schade, mich jetzt daran zu erinnern.

»Ich habe Ihnen gesagt, dass ich die Schuld eintreiben werde, Hannah«, sagte sie. »Das hier ist die Story des Jahres für unsere kleine Insel. Und Mr. Lorenzo hier ist überzeugt, dass sie in den Staaten aufgegriffen wird.«

Sammy Lorenzo stand hinter ihr, kaute auf seiner Zigarre herum und nickte enthusiastisch. »Das wird eine tolle Story! Eine super Story!«

»Okay, Betty«, sagte ich, »aber wir müssen uns beeilen. Ich muss zur Absturzstelle hinausfahren.«

In den folgenden zehn Minuten notierte sie sich die Einzelheiten der Rettungsaktion sowie meine Einschätzung der Rolle von Stewart. Dann bestand Sammy darauf, dass Stewart und ich gemeinsam auf der *Wahoo* posierten, mit meiner Tauchausrüstung als perfektem Hintergrund. Stewart warf mir einen entschuldigenden Blick zu.

»Ist schon in Ordnung, Daniel«, sagte ich. »Wenn's Ihrer Karriere hilft, tue ich das gern. Ich weiß die Hilfe, die Sie gestern dort draußen geleistet haben, wirklich zu schätzen.«

Stewart folgte mir aufs Boot. Sammy versuchte uns so in Positur zu bringen, dass es aussah, als wären wir soeben von der Absturzstelle zurückgekehrt. Stewart war dergleichen gewohnt. Aber ich? Ich versuchte angestrengt, gute Miene zu machen. Sammy fand das alles ziemlich lustig, ich dagegen hatte eine andere Vorstellung von Spaß.

Der Fotograf schoss ein Foto nach dem anderen. Bestimmt hoffte er, auf diese Weise zumindest eine ordentliche Aufnahme in den Kasten zu bekommen. Er drückte gerade wie verrückt auf den Auslöser, als eine Welle von dem Kielwasser der in den Hafen einlaufenden Fähre die *Wahoo* ins Schaukeln brachte. Stewart verlor das Gleichgewicht, und ich packte ihn. Da zog er mich doch tatsächlich an sich und hauchte mir einen Kuss auf die Lippen.

»Hannah, Sie sind zauberhaft«, flüsterte er. Ich war fassungslos, verharrte einen Augenblick zu lange bei einem Blick in seine verdammten Schlafzimmeraugen. Ich meine, der Typ war ein Filmstar, ein attraktiver Mann mit einer sanften, sonoren Stimme und einem perfekten Eintagsbart. Außerdem war ich noch immer genervt wegen der Sache mit O'Brien.

»Super Aufnahme!«, rief der Fotograf.

»Ich möchte nicht, dass dieses Foto in der Zeitung erscheint«, drohte ich Lorenzo. »Das hier soll eine Story über Stewarts Heldentat werden, nicht irgendeine frei erfundene Liebesgeschichte.«

Chief Dunn hatte die ganze Szene beobachtet. Ich hatte nicht mitbekommen, dass er eingetroffen war. Er stand in Hemdsärmeln da und sah amüsiert zu, die Anzugjacke über den Arm gelegt.

»Vielen Dank noch mal, Detective«, sagte Lorenzo, winkte mir zu und drängte seine Begleiter zum Wagen.

»Und vergessen Sie nicht, was ich Ihnen gesagt habe, Sammy«, gab ich zurück.

»Hey, wie sagt man doch auf den Inseln hier: Kein Problem, Mom«, rief er, während sie losfuhren.

11

Dunn half Jimmy und mir, die Tauchflaschen auf die *Wahoo* zu laden, als Gilbert Dickson auf seiner Harley Davidson herangebraust kam. Gilbert leitete das hiesige Einmannlabor. Er machte alles selbst – vom Abnehmen von Fingerabdrücken bis zur Vorbereitung von DNA-Proben, die zur Analyse in andere Labors geschickt wurden. Er war ein Erbsenzähler und deshalb sehr gut in seiner Arbeit, und er war zuverlässig. Gil würde alles untersuchen, was wir von der Absturzstelle heraufbrächten.

Er arbeitete seit acht Jahren bei der Polizei von Tortola. Heute trug er ein kurzärmeliges, kariertes Hemd, eine Polyesterhose und Tennisschuhe. Sein rabenschwarzes Haar, das er glatt am Kopf klebend nach hinten gekämmt trug, bedeckte kaum die beginnende Glatze. Er hatte die Ärmel aufgerollt. Fehlte eigentlich nur noch, dass er sich eine Packung Zigaretten in den aufgerollten Ärmel steckte. Aber James Dean war er trotzdem nicht.

»Hey, Gil«, sagte ich, als er sein Motorrad auf den Ständer zog.

»Hi, Hannah. Wie ich höre, gibt's da draußen eine interessante Situation. Kann allerdings nicht behaupten, schon mal einen Flugzeugabsturz bearbeitet zu haben.« Er löste ein Gewirr von elastischen Riemen vom Rücksitz und lud einen Berg von Gerätschaften ab. Ich hätte schwören können, dass er sein gesamtes Labor mitgebracht hatte.

»Kann nicht ein Teil der Sachen an Land bleiben?«, fragte ich, als er mir seinen Werkzeugkasten reichte, der wohl zwanzig Kilo wog.

»Man kann nicht vorbereitet genug sein«, sagte er. »Man weiß ja nie, was ihr alles aus dem Flugzeug rausholt. Je mehr Beweismittel ich da draußen konservieren kann, desto besser.«

Während der Fahrt zur Absturzstelle ordnete Gil unablässig seine Ausrüstung. Als wir dann vor Anker gingen, bedeckten seine Utensilien – Eimer für Süßwasser-Reinigungen, Behälter mit Chemikalien, sein Fingerabdruck-Set – sämtliche verfügbaren Flächen.

Ich stritt mich mit ihm, dass er uns auch ein wenig Platz lassen müsse, damit wir uns umziehen könnten, als das Boot mit den Bergungstauchern eintraf. Einer von ihnen war ein Weißer, etwa fünfundzwanzig, der wahnsinnig machomäßig wirkte. Er stand am Heck und blickte aufs Meer, die Hände in die Hüften gestemmt, einen Fuß auf die Reling gestützt. Den Reißverschluss seines Neoprenanzugs hatte er bis zum Hals hinaufgezogen. Er sah aus, als posiere er für eine Werbeanzeige.

Keine Frage, er wollte zeigen, was sich alles unter seinem Taucheranzug verbarg, der seinen »Body« voll zur Geltung brachte: breite Schultern, ausgeprägte Oberarm- und Brustmuskulatur, strammer Hintern und ein Waschbrettbauch mit Wölbungen, die nur einem von Testosteron strotzenden Zwanzigjährigen gehören konnten. Vielleicht wäre er mit vierzig, wenn alles ein wenig zu sacken begänne, jemand, mit dem man sich gerne unterhielte. Im Augenblick interessierten ihn vermutlich nur Frauen um die zwanzig, die sich zu seinem Typus hingezogen fühlten – und vielleicht seine Mutter.

Der Mann, der das Boot steuerte, war Ende vierzig, hatte schütteres Haar und tiefe Falten im wettergegerbten Gesicht. Er trug eine ehemals wohl rote, mittlerweile aber eher hellrosafarbene Badehose, deren Bund dermaßen ausgeleiert war, dass sie das Hinterteil nur knapp bedeckte. Er manövrierte ihr Boot neben unseres, warf zwei Abweiser über die Bordwand und machte an der *Wahoo* fest.

Mr. Werbeanzeige trat auf die Reling und sprang auf unser Boot. »Trey Harper«, sagte er und streckte Dickson, dem einzigen weißen Mann in unserer Gruppe, die Hand entgegen. Angesichts der Tatsache, dass alle anderen Mitglieder Schwarze oder Frauen waren, hielt er Dickson vermutlich für den Teamleiter. Lebte der Mann im 21. Jahrhundert? Was für ein Esel.

»Das ist mein Partner, Don Sturtevant«, sagte er.

Dunn trat einen Schritt vor, so dass sein massiger Leib einen Schatten auf Harpers Gesicht warf. »*Chief* John Dunn«, sagte er. Dann stellte er Carmichael, Mason, Jimmy, Gil und mich vor. Er wies Harper ausdrücklich darauf hin, dass ich der leitende, für die Unterwasser-Ermittlungen zuständige Taucher sei. Harper schien fast zu ersticken, als ihm aufging, dass er mit einem seiner Ansicht nach eindeutig unterdurchschnittlichen Team tauchen sollte. Ich und Jimmy – ein hagerer junger Mann mit Cornrows und einer Badehose, die ihm bis über die Knie reichte. Dann war da noch Carmichael, in einem Taucheranzug, der ebenso ausgeblichen und zerschlissen war wie Sturtevants Badehose. Mason war der Einzige, der in der Kategorie »Coolness« mithalten konnte. Seinen Neoprenanzug zierten hellorangefarbene Absetzer an den Ärmeln.

»Sampson und Deputy Snyder waren vor Ort, als die Maschine abstürzte, und sind als Erste dort unten gewesen«, erklärte Dunn. »Die beiden haben gestern die Rettungs- und Bergungsarbeiten durchgeführt, mit Hilfe von Carmichael und Mason hier.«

»Na, hoffentlich habt ihr nichts durcheinandergebracht, als ihr die Opfer rausgezogen habt«, sagte Harper.

»Hey, die haben Menschenleben gerettet«, erklärte Carmichael ihm barsch. »Sampson hier kennt sich aus. Wenn irgendwas da unten durcheinandergebracht wurde, dann ließ sich das nicht vermeiden. Außerdem besteht deine Aufgabe darin, Sachen zu bergen und nicht Ermittlungen durchzuführen. Du kannst wohl noch nicht mal einen Ochsen von einer Kuh unterscheiden. Wie lange tauchst du eigentlich schon, Freundchen?« Carmichael war Harper auf die Pelle gerückt und hatte sich vor ihm aufgebaut, stemmte die Hände auf die Hüften.

»Lange genug«, sagte Harper, ohne einen Schritt zurückzuweichen.

»Das werden wir ja sehen, wenn du ins Wrack reintauchst, Harper«, gab Carmichael zurück, drehte sich um und hob eine Tauchflasche aus dem Gestell.

»Okay.« Ich musste einschreiten. Ich war zwar froh, dass Carmichael Harper den Kopf gewaschen hatte, wollte aber unbedingt Spannungen im Team vermeiden. »Gehen wir den Tauchplan durch.«

Dunn hatte die Aufnahmen zur Hand genommen, die ich gestern vom Wrack geschossen hatte. Er legte sie aus, und in der folgenden halben Stunde gingen wir sie durch. Sturtevant sah sich jedes Foto genau an und machte sich detaillierte Notizen.

»Ich möchte ganz sicher sein, was wir da unten vorfinden«, sagte er, als er merkte, dass ich ihm zuschaute. Es waren seine ersten Worte, seit er an Bord gekommen war.

»Wie lange arbeiten Sie schon als Bergungstaucher?«, fragte ich.

»Zu lange«, sagte er und sah Harper wütend an. »Ich habe als Marinetaucher angefangen. Danach habe ich auf Ölplattformen getaucht. Ich werde den Bergungsplan entwickeln. Das Ganze scheint mir ziemlich unkompliziert zu sein. Aber ich werde mehr wissen, wenn ich mir alles vor Ort angesehen habe.«

Ich nickte und erklärte den beiden, dass ich die Untersuchung des Flugzeugs und die Bergung des Materials so effektiv wie möglich durchführen wollte. Ich zog eine Skizze der Maschine hervor, die Edith Leonard uns gegeben hatte. Die Beech 99 war so gebaut worden, dass fünfzehn Passagiere darin Platz fanden, auf jeder Seite gab es fünf Sitzreihen mit je einem Sitz. Im hinteren Teil zwei Reihen mit zwei Sitzen nebeneinander und einen Extrasitz gegenüber der Einstiegstür. Im langen, spitz zulaufenden Bugbereich wie auch im Bauch der Maschine befanden sich kleine Gepäckabteile.

Neben der Tür für die Passagiere, die sich links hinten befand, gab es Notausgänge auf jeder Seite der Kabine direkt hinter dem Cockpit. Dort hatten die Rileys gesessen. Es war kein Versuch unternommen worden, diese Ausgänge zu öffnen. Der winzige Toilettenraum, in dem ich Simon gefunden hatte, lag im Heck.

Ich würde mit Harper ein Paar bilden. Ich hatte kein Vertrauen in ihn und wollte nicht, dass er mit Jimmy tauchte. Harper und ich würden das Cockpit und die Kabine auf die Schäden hin untersuchen, außerdem wollte ich Fotos machen. Jimmy begleitete Sturtevant. Sie sollten eine Überprüfung des Äußeren vornehmen, Aufnahmen machen und das umliegende Gebiet nach Trümmerteilen absuchen.

Wir würden wasserfeste Stifte und Markierungen mitnehmen, um den Fundort jedes von uns geborgenen Gegenstandes festzuhalten. Jimmy und ich nahmen Behälter mit, um alle Gegenstände zu bergen und zu verwahren, die vor der Luft geschützt werden mussten. Das war das übliche Vorgehen bei kriminaltechnischen Ermittlungen an einem Unterwasser-Tatort, und im Moment mussten wir das Flugzeug als einen solchen ansehen. Alles, was von Bedeutung war, würde in einen wasserdichten Behälter gelegt werden, zusammen mit dem Meerwasser, damit der Gegenstand beim Kontakt mit der Luft nicht korrodierte und eventuelle Spuren auf seiner Oberfläche erhalten blieben.

Wir würden nach Sprengkörpern oder Anzeichen für eine Explosion fahnden und noch mehr Fotos machen. Außerdem nach Stücken von Klebeband, Elektrodraht, Uhrmechanismen, Zündern und Batterieteilen suchen. Jedes Trümmerteil, das am Meeresgrund oder lose im Flugzeug lag, würde an die Oberfläche geholt werden. Wir brauchten keine Zeit mit der Suche nach einer Blackbox oder einem Flugschreiber zu vergeuden. Sturtevant hatte mit dem Ermittler der AAIB gesprochen und erfahren, dass es dergleichen in diesem Flugzeug nicht gab.

Carmichael und Mason sollten außerhalb des Flugzeugs bereitstehen und die Gegenstände nach oben bringen, wo Gil sie dann entgegennähme. Die Hauptaufgabe von Harper und Sturtevant bestand darin, das Wrack daraufhin zu beurteilen, wie man es am besten bergen konnte.

Sowie wir das wichtige Beweismaterial beschriftet und eingesammelt hätten, wäre unsere letzte Aufgabe, die

Fracht in den Laderäumen zu bergen. Laut den Unterlagen für Flug 45, die Edith Leonard besorgt hatte, handelte es sich um wenig und harmlose Fracht. Wir würden somit nur auf Gepäck und einige Kisten mit Inselprodukten stoßen, die per Schiff in Läden in die USA transportiert werden sollten.

Carmichael besaß genügend Selbstvertrauen und Erfahrung, dass er keine Probleme mit seiner Rolle als Bereitschaftstaucher hatte. Mason dagegen musste sich, so wie Harper, etwas beweisen. Ich merkte, dass er Harper als Konkurrenten betrachtete.

Mason hatte erst kurz zuvor bei Carmichaels Underwater Adventures als Tauchlehrer angefangen. Als solcher war er es gewöhnt, das Sagen zu haben, und daran, zwischen zehn und zwanzig Freizeittaucher zu überwachen. Er war verantwortlich für die Sicherheit der Tauch-Neulinge, von denen einige schon Mühe hatten, nur die Luft aus ihren Atemreglern abzulassen oder sich die Ohren frei zu machen, und andere sich für Jacques Cousteau hielten und sofort losschwammen auf der Suche nach einer Begegnung mit einem Menschenfresserhai.

Im Moment stand Mason an Deck, die Hände in die Hüften gestemmt, und wirkte genervt. Harper sah eingebildet und selbstzufrieden drein. Kaum zu glauben, dass ich Zeuge eines sich anbahnenden Kampfes um die Position des dominanten Männchens in der Gruppe wurde. Beide waren offenbar bereit, an die Grenzen zu gehen und Risiken einzugehen, um sich selbst etwas zu beweisen. Ein sicheres Rezept für Katastrophen unter Wasser.

Wenn ein Taucher, eingezwängt in seinen Anzug und seine Ausrüstung, in einem beengten, dunklen Ort schwamm, konnte es leicht geschehen, dass er in Panik geriet. Wenn diese sich steigerte, hyperventilierte er, seine Gehirngefäße verengten sich, der Herzschlag erhöhte sich, und der Blutdruck fiel oder stieg. Der erhöhte Druck unter Wasser, die schwere Ausrüstung, die Gefahren der See verschlimmerten alles nur noch. In der Tauchergemeinde kursierten ständig Geschichten über Taucher, die auf dem Grund lagen, den Atemregler im Mund und mit vollen Pressluftflaschen auf dem Rücken. Ich hatte miterlebt, wie Taucher sehr schnell an die Oberfläche geschwommen waren und in eine Dekompressionskammer gebracht werden mussten. Einige konnten danach nie mehr tauchen.

»Hört mal, ihr beiden«, sagte ich, »spart euch das für die Bar auf. Ich will hier keinen Zoff.«

Wir konnten dort unten Gefahren begegnen, vor allem im Wrack. Deshalb mussten wir uns aufeinander verlassen können, wenn einer in Schwierigkeiten geriet. Es gab keinen Platz für Animositäten oder dafür, einander nicht auszustechen und womöglich nicht zugeben zu können, in Schwierigkeiten zu sein.

Schweigend bereiteten wir unsere Ausrüstung für den Tauchgang vor und konzentrierten uns auf die vorliegende Aufgabe. Ich hob eine Tauchflasche aus dem Gestell und klickte sie in meinen Atemregler ein, dann befestigte ich den einen Schlauch des Atemreglers an der Tauchflasche und den anderen Schlauch am Tauchjacket. Ich öffnete das Luftventil und überprüfte meinen Druckmesser – 3200 psi. Dann testete ich meinen Atemregler, um mich zu vergewissern, dass Druckluft hindurchströmte, und tat ein paar kurze Atemzüge. Die anderen taten dasselbe.

Ich spuckte in die Tauchbrille, verstrich den Speichel

über das Glas und spülte es mit Meerwasser aus, damit es nicht beschlug. Dann legte ich den Gewichtsgürtel an, der mit genügend Gewichten beschwert war, dass ich mich auf dem Grund halten konnte. Ich musste an den Tag zurückdenken, als ich die ganze verdammte Ausrüstung zum ersten Mal angelegt hatte und am Rand eines Schwimmbeckens saß, bereit, mich zum ersten Mal unter Wasser gleiten zu lassen. Lag das wirklich schon über fünfzehn Jahre zurück?

Ich hatte meine Taucherprüfung in einer kleinen Tauchschule in Denver abgelegt. Wir hatten ein bisschen Theorie gebüffelt. Aber als es dann so weit war, ins Wasser zu steigen, da begriff ich nicht, wozu man eigentlich die Gewichte brauchte. Gingen Menschen denn im Wasser nicht immer unter? Deshalb ertranken sie doch. Folglich hatte ich bei jenem Teil der Lektion nicht aufgepasst und einen Gürtel mit fünf Pfund angelegt. Auf einmal fing ich an, zu kämpfen und wie verrückt Sauerstoff zu verbrauchen bei dem Versuch, zum Boden des Schwimmbeckens zu gelangen. Mit der ganzen Ausrüstung, meinem Taucheranzug und meinem Atemregler, dazu meiner Körpermasse, ähnelte ich ein wenig einem Strandball. Es war das letzte Mal, dass ich irgendwelche Regeln ignorierte, wenn es ums Tauchen ging. Ich war zu einem Pedanten geworden, was das korrekte Vorgehen betraf.

Jetzt saß ich auf der Heckreling der *Wahoo* und zog meine Tauchflossen an, und Dunn hielt mir den Atemregler samt der daran befestigten Tauchflasche hin, während ich die Arme unter die Trageriemen schob, sie anlegte und festzurrte. Dann rückte ich meine Tauchbrille zurecht und ließ mich ins Wasser fallen.

Kaum war ich im Wasser, füllte ich meinen Atemregler mit Druckluft, wodurch ich bequem schwebte und auf die anderen warten konnte. Als wir alle im Wasser waren, gab ich das Startsignal, und wir tauchten hinab. Wir stiegen langsam ab und schüttelten unsere Ohren frei. Ein Schwarm gelber Schnapper folgte uns bis zum Grund.

Das Flugzeug lag im Sand, auf dem Bauch, so als gehörte es dorthin. Die Haie waren verschwunden. Es gab ja auch nichts mehr, was sie interessierte, nur noch eine Röhre aus hartem Metall. Wenn das Flugzeug auf dem Meeresgrund liegen bliebe, würde es sich in ein künstliches Riff verwandeln, an dem sich zahlreiche Tiere und Pflanzen des Meeres ansiedeln würden. Innerhalb eines Jahres würden sich Korallen und Schwämme an der Außenhaut anlagern und das Flugzeug so zur Heimat von Hunderten von Fischen und anderen Riff-Lebewesen machen. Taucher würden kommen, um das Wrack zu untersuchen und die Schönheit der Verwandlung von etwas zu bestaunen, das allein dem Meer gehörte. Die Menschen, die hier ums Leben gekommen waren, würden in den meisten Fällen vergessen sein, nur beiläufig erwähnt als Teil der Geschichte und der Geister der See.

Während wir auf das Wrack zusteuerten, schreckten wir eine Flunder auf, die sich auf perfekte Art im Sand versteckt hatte. Sie flitzte davon und wechselte ihre Farbe zu Blau, dann zu Grau und wieder zu Braun ebenso rasch, wie sich die Farbe des Meeresbodens veränderte. Ein Schwarm Tintenfische umschwebte in Formation das Flugzeugwrack, es waren acht, die sich in der leichten Strömung erst vorwärts-, dann rückwärtsbewegten. Als wir uns näherten, stoben sie auseinander und bildeten einige Meter weiter erneut einen Schwarm. Draußen, dort, wo die See undurchsichtig wurde, bemerkte ich die Gestalt eines Rochens, der mit seinem langen Schwanz wie ein riesiger Vogel durchs Wasser zog.

Ich schwamm hinein. Harper direkt hinter mir. Das Wrack war dunkel, unheimlich und bis auf ein paar kleine Fische leer. Harper folgte mir, während ich nach vorn zum Cockpit schwamm. Ich hielt kurz inne und ließ ihn hineinschwimmen, während ich im Türrahmen schwebte. Das Cockpit war so klein, dass zwei Taucher nicht hineinpassten.

Harper sollte sich genau umschauen, um festzustellen, ob es am Bug größere Beschädigungen gab, und Fotos machen. Er machte sich nicht einmal die Mühe, seine Kamera aus dem Tauchbeutel zu holen. Er verbrachte mehr Zeit damit, den Atemregler im Mund zu behalten und mit den Flossen gegen die Instrumente zu stoßen, als damit, Untersuchungen vorzunehmen. Hoffentlich brachte er dadurch nicht wichtige Beweismittel durcheinander. Ich erkannte die Anzeichen. Seine Bewegungen wurden allmählich hektisch. Er fing an, in dem beengten Raum durchzudrehen, und versuchte, alles unter Kontrolle zu behalten. Schlimmer war allerdings, dass ich die Tür und damit den Ausgang versperrte. Harper hatte diesen bestimmten Blick – wie ein gefangenes Tier, panisch. Plötzlich ging ein Ruck durch ihn, und er sauste an mir vorbei in die Passagierkabine.

Als er an der Kabinentür ankam, hielt er inne. Ich war direkt hinter ihm. Er schwebte und vollführte mit den Armen große Halbkreise. Ich ahnte, dass er sich wieder gefangen und seine Macho-Haltung zurückgewonnen hatte, sicherlich, weil er das Sonnenlicht sah, das von der Wasseroberfläche herabschien. Und weil Mason und Carmichael unmittelbar außerhalb des Flugzeugs warteten.

Ich machte Harper ein Zeichen, um festzustellen, ob alles in Ordnung wäre. Er signalisierte, dass das der Fall war, und zeigte auf seinen Atemregler. Klar, auf diese Weise konnte er, wenn wir an die Oberfläche zurückgekehrt wären, den ganzen Vorfall auf eine Fehlfunktion der Ausrüstung zurückführen.

Vermutlich würde er außerhalb des Wracks, in offenem Wasser, keine Probleme haben. Deshalb zückte ich meine Tauchtafel und zeigte an, dass Carmichael und Mason damit anfangen sollten, das Gepäck aus dem Bugbereich zu bergen, während ich das Innere inspizierte, herausholte, was ich konnte, und die Sachen nach draußen an Harper reichte. Ich wollte ihm helfen, das Gesicht zu wahren, indem ich ihm eine Aufgabe zuwies, die es mit sich brachte, dass er nicht ins Flugzeug zurücktauchen musste.

Ich begann im Cockpit, wo ich Detailaufnahmen von der Instrumententafel machte. Ich leuchtete mit der Unterwasserlampe an die Decke und an den Innenwänden entlang. Während ich vom Cockpit die ganze Strecke bis zum Heck schwamm, untersuchte ich jede Oberfläche nach Hinweisen auf eine Explosion. Ich fand zwar nichts Verdächtiges, die endgültige Analyse würde jedoch der Absturzexperte vornehmen, nachdem das Flugzeug heraufgeholt worden wäre.

Als Nächstes nahm ich eine sorgfältige Untersuchung der Kabine vor und sah in den Ablagetaschen in den Rückenlehnen und unter den Sitzen nach. Die Maschine war so klein, dass es unter der Decke keine Ablageflächen gab. Unter dem Sitz, auf dem Redding gesessen hatte, fand ich eine Computertasche mit einem Laptop darin. Auf der anderen Seite des Gangs fand ich einen Walkman, der aus der Ablagetasche der Rückenlehne hervorlugte – zweifellos Simons. Weiter vorne fand ich zwei Handtaschen, und im Cockpit barg ich die Pilotenkoffer. Ich unternahm mehrere Ausflüge in die Kabine, füllte die Beweismittelbeutel und reichte sie nach draußen an Harper, der mit ihnen an die Oberfläche schwamm.

Schließlich sah ich mich noch ein letztes Mal um. Sowie die Maschine aus dem Wasser gehoben war, konnte es passieren, dass alles, was lose war, auf den Meeresgrund sank und für immer verloren war. Erleichtert, nun zum letzten Mal in diesen Ort des Schreckens schwimmen zu müssen, tauchte ich wieder ins Wrack. Die Sitze waren zerrissen und leer. Dieses Flugzeug, in dem Menschen ums Leben gekommen waren, war jetzt nur noch eine leere Hülle voller Meerwasser und Fische. Ich schwamm durch die Kabine und untersuchte jeden Winkel, schaute unter die Sitze, in die Ablagetaschen der Rückenlehnen.

Fast hätte ich die Waffe übersehen. Sie lag eingeklemmt zwischen der Außenwand und dem Sitz, auf dem Debra Westbrook gesessen hatte, bevor sie in den Heckbereich des Flugzeugs gegangen war. Ich holte aus meinem Tauchbeutel einen Beweismittelbehälter und einen Schraubenzieher, schob den Schraubenzieher in den Lauf der Waffe und hob sie an, dann ließ ich sie in den Behälter fallen und verschloss diesen samt dem Wasser darin, um das Beweismittel zu konservieren. Das war's. Ich schwamm aus dem Wrack hinaus und aufs Sonnenlicht zu.

Als ich auftauchte, stand Harper an Bord der *Wahoo* und beschwerte sich über seinen Atemregler. Ich verkniff mir jeden Kommentar darüber, was sich dort unten abgespielt hatte, aber er ahnte, dass er in meiner Nähe den Mund lieber nicht zu voll nehmen sollte. Ich sah ihn böse an, und er sagte nichts mehr.

Sturtevant und Jimmy kamen als Nächste an Bord. Sie hatten weitere Fotos von den Motoren, dem Flugzeugrumpf, den Flügeln und der Heckpartie gemacht und bereits mehrere Gegenstände heraufgeholt, die da und dort im Sand verstreut gelegen hatten – hauptsächlich aus dem Inneren der Maschine, ein paar Sitzkissen, Zeitschriften.

Sturtevant war verblüfft, wie intakt das Flugzeug noch war.

»Die Maschine ist ziemlich unversehrt«, sagte er. »Normalerweise reißen die Flügel ab, manchmal die Motoren, bisweilen auch die Bugpartie. Das wird eine Bergung wie aus dem Lehrbuch. Ich organisiere einen Lastkahn mit einem Kran. Er müsste eigentlich morgen Vormittag hier draußen eintreffen.«

Es gelang uns, in nur einem weiteren Tauchgang die restliche Fracht aus dem Laderaum zu bergen. Harper bestand darauf, die Führung zu übernehmen – vermutlich seine Strategie, seinen Ruf wiederherzustellen. Aber bei mir verfing das nicht. Ich hatte ja gesehen, was dort unten mit ihm geschehen war. Allerdings war er nicht als erster Taucher in Panik geraten. Verdammt, mir war das auch schon passiert. Ich würde einem Taucher deswegen aber niemals einen Vorwurf machen.

Das Problem war nur, dass Harper das nicht akzeptieren, nicht gelassen damit umgehen konnte. Vielmehr musste er nun noch mehr als zuvor seine Brillanz beweisen. Das nervte mich. Er stürzte sich ins Wasser, als gehörte das

Meer ihm allein und als hätte jedes Meereslebewesen, das ihm in die Quere käme, unverzüglich zu verschwinden.

Als wir am Grund ankamen, hatte er sein Tauchermesser gezückt und forderte einen Barrakuda zu einer Art Zweikampf heraus. Ich schwamm neben Harper, verscheuchte den Fisch und schenkte ihm den ernstesten Blick, den ich mit einer Tauchbrille vor dem Gesicht zustande brachte. Ich bezweifelte, dass er's begriffen hatte. Es war zu befürchten, dass Trey Harper nicht lange am Leben blieb, wenn er seine Einstellung zum Tauchen nicht grundsätzlich änderte. Er würde sein Leben unter Wasser beenden, und zwar bei dem Versuch, seine Mannhaftigkeit zu beweisen. Es gelang uns jedoch, den Tauchgang ohne weitere Zwischenfälle zu beenden.

»Bringen wir diese Sachen zum Lagerhaus«, sagte Dunn, als wir alles nach oben auf die *Wahoo* gebracht hatten. Gilbert hatte schon damit begonnen, die Waffe zu untersuchen.

»Harper ist ein Spinner«, sagte Carmichael auf der Rückfahrt nach Road Harbor. »Ich bin froh, dass ich nicht noch einmal mit ihm tauchen muss. Er bringt es noch fertig, dass jemand umkommt.«

»Ja«, sagte ich. »Sturtevant zum Beispiel.«

Wir setzten Mason und Carmichael bei Underwater Adventures ab, dann machten wir am Kai am Westende des Hafens fest, dort, wo das Lagerhaus lag, das Dunn organisiert hatte. Wir wollten alles ausladen, was wir soeben eingesammelt hatten, und die Arbeit vor Ort fortsetzen. Auch das Flugzeug sollte, sowie es vom Meeresgrund geborgen wäre, ins Lagerhaus gebracht werden.

Stark stand am Kai und wartete auf uns. »Na, wie war

der Tauchgang?«, fragte er, als er merkte, dass ich genervt war.

»Sagen wir einfach, er war interessant«, antwortete ich und ließ es dabei bewenden.

Harper und Sturtevant hatten ihr Boot hinter der *Wahoo* festgemacht, und Harper kam uns entgegen. Er hatte seinen Tauchanzug ausgezogen und trug jetzt nur eine knappe Spandex-Badehose.

Ich stellte die beiden Stark vor, der Harper sofort unsympathisch fand. Das überraschte mich nicht. Nach einem kurzen Handschlag erklärte er Harper, dass die Leute auf diesen Inseln vollständig bekleidet an Land kämen. Und dann ging Harper doch tatsächlich zu seinem Boot zurück und zog eine Shorts und ein T-Shirt an.

»Hat er Probleme beim Tauchgang gemacht?«, fragte Stark.

»Wie bist du darauf gekommen?«

»Gute Polizeiarbeit.«

12

Ein Schnellboot folgte der *Wahoo* in den Hafen von Road Town, mit ausreichend Abstand, damit die Cops nicht misstrauisch wurden. Zwei Personen waren an Bord, die eine steuerte, die andere hielt ein Fernglas in der Hand.

Sie waren den ganzen Vormittag draußen an der Absturzstelle gewesen, hatten in der Sonne geschmort und beobachtet, wie die Taucher das Material aus dem Wrack heraufholten. Es war nicht schwierig gewesen, sich unter die anderen Schaulustigen zu mischen, die dorthin gefahren waren, in der Hoffnung, ein bisschen Blut zu sehen. Der große, dunkle Cop im Anzug hatte niemanden näher herankommen lassen.

Der Größere von beiden, der mit dem Fernglas, hatte Mühe, den Blick von einer Frau auf einem der Boote loszureißen. Sie sonnte sich oben ohne und lag rücklings auf dem Vorschiff. Hin und wieder ließ er den Blick durchs Fernglas über ihren Körper wandern und bewunderte die nackte Haut. Das gehörte zu den Dingen, die ihm an diesen Inseln gefielen – die Frauen draußen auf See waren splitternackt, wenn sie von ihren Booten ins Wasser sprangen.

»Pass auf das Polizeiboot auf«, hatte sein Partner gereizt verlangt.

Sie hatten zugeschaut, wie die Taucher hinabtauchten, nach einer Weile wieder heraufkamen und Behälter ins Polizeischiff reichten. Kurz darauf waren sie noch mal zum Wrack hinabgetaucht und hatten etliche Koffer und ein paar Kisten heraufgeholt, die auseinanderfielen, als sie ins Boot gehoben wurden, so dass sich nasse Inselkleider und ein paar Holzskulpturen über das ganze Deck ergossen.

»Ich vermute mal, sie wurde durch das Salzwasser ruiniert oder schon beim Absturz zerstört«, hatte der Mann gesagt und wieder durch sein Fernglas gespäht.

»Schon mal was von wasserdicht gehört? Wir können uns keine Vermutungen leisten. Dafür steht zu viel auf dem Spiel. Wir müssen *wissen*, wohin sie die Ladung bringen. Dann finden wir schon unseren kleinen Gegenstand und hauen von hier ab«, sagte der andere.

»Und zwar schleunigst. Der Sturm kommt immer näher.«

Schließlich lichteten die Polizeitaucher den Anker und fuhren in den Hafen von Road Town.

»Wir müssen das Ding in die Finger kriegen, bevor die Cops es finden«, sagte der Größere sichtlich besorgt und heftete sein Fernglas auf die Vorgänge an Land. »Du musst lernen, dein Temperament zu zügeln und nicht gleich bei der geringsten Provokation zuzuschlagen.«

»Aber deshalb machen wir das hier doch gemeinsam, oder? Wegen meiner gewalttätigen Ader«, sagte der andere und steuerte das Boot durch den Hafen, während er die Aktivitäten am Lagerhaus im Auge behielt.

»Ja, schon, aber jemanden umbringen, das geht zu weit. Wir hätten nur seine Unterschrift gebraucht, dann wäre alles gelaufen. So kostet uns das Ganze noch eine halbe Million.«

»Er hätte mir eben nicht drohen dürfen. Niemand droht mir und kommt damit durch.«

»Sobald alles unter Dach und Fach gewesen wäre, hätten wir uns mit ihm befassen können. Er steckte viel zu tief drin, um einen Rückzieher machen oder zur Polizei gehen zu können. Das hast du gewusst. Außerdem hätte es ihn den Arsch gekostet. Was ein simpler Deal hätte sein sollen, ist jetzt komplett den Bach runtergegangen. Ich sage dir, wenn die Cops rausfinden, was passiert ist, kriegen wir gewaltige Probleme.« Er warf einen besorgten Blick auf seinen Hitzkopf von Partner. »Du weißt genau, ich will nicht, dass einer von uns in den Knast wandert.«

»Ich versprech's dir. Es wird nicht wieder vorkommen«, sagte der am Steuer, brachte das Boot auf Hochtouren und raste aus dem Hafen hinaus.

13

Ich stand längsseits der *Wahoo*, als ich weiter draußen im Hafen das Dröhnen von Bootsmotoren hörte. Als ich aufblickte, sah ich nur die Spur eines Kielwassers, das um die Landzunge herumführte. Wenn Jimmy nicht direkt neben mir gestanden hätte, wäre ich überzeugt gewesen, dass er dort draußen mit dem Polizeiboot über die Wellen preschte.

Sturtevant ging ins Lagerhaus, um sich darin umzuschauen, während die anderen die Koffer, Beweismittelbehälter und Kisten nach drinnen schleppten. Er kam heraus und gab Dunn das Okay-Zeichen.

»Das ist genau das Richtige«, sagte Sturtevant. »Kein Problem, die Maschine hineinzurollen – jede Menge Manövrierfläche, der Raum groß genug zum Arbeiten, sauberer, ebener Betonboden, Wasseranschluss und gutes Licht. Harrigan wird zufrieden sein. Sie können sich gar nicht vorstellen, unter welchen Bedingungen der schon arbeiten musste.«

»Sie haben schon mal mit ihm zusammengearbeitet?«, fragte ich.

»Ja, muss so vor zwanzig Jahren gewesen sein. Er ist einer der Besten, extrem gründlich. Glauben Sie mir: Der findet mit Sicherheit raus, was die Maschine zum Absturz gebracht hat – und wenn's ein Jahr dauert.«

»Ich hoffe, dass das nicht so lange dauert«, sagte Dunn. »Die Eigentümerin der Fluglinie sucht nach der Antwort, und sie will sie schnell haben.«

»Harrigan wird sich weder von ihr noch von irgendeinem anderen unter Druck setzen lassen«, sagte Sturtevant. »Und wenn er keine Antworten finden kann, gibt er sich selbst die Schuld.«

»Erinnert mich an jemanden, den ich kenne«, sagte Dunn und warf einen raschen Blick in meine Richtung. »Lassen Sie mich wissen, was Sie hier herausfinden, Sampson.«

Dunn fuhr ins Büro zurück und überließ uns unserer Arbeit. Sturtevant und Harper machten sich auf den Weg zur Schiffswerft, um die Ausrüstungsgegenstände auszusuchen, die sie für die Bergung der Maschine brauchen würden. Sie wollten gleich bei Sonnenaufgang draußen an der Absturzstelle sein. Wenn alles gut lief, würden sie die Maschine morgen weit vor Mittag im Lagerhaus untergebracht haben.

Stark und Jimmy hatten auf den Betonboden den Umriss eines Flugzeugs gezeichnet und das Cockpit, jeden Passagiersitz samt Passagier, den Toilettenraum und alle Ausgänge markiert. In den folgenden beiden Stunden legten wir die Gegenstände entsprechend den Stellen aus, wo wir sie in der Maschine und im Sand um das Wrack herum geborgen hatten.

Dunn hatte darauf bestanden, dass wir sehr gründlich vorgingen und das Ganze so lange wie eine Verbrechensermittlung behandelten, bis wir eindeutige andere Erkenntnisse hätten. Mit Hilfe der durchweichten Adressanhänger der Passagiere sowie der Gepäckanhänger der Fluggesellschaft, die wir mit den Computereinträgen von Leonard verglichen, gelang es uns, jedem Gepäckstück einen Namen zuzuordnen. Schließlich zogen wir unsere Latexhandschuhe an und begannen mit der ersten Untersuchung. Ich kam mir vor wie ein Voyeur, der in der Privatsphäre anderer Leute herumschnüffelte. Aber ich wusste natürlich, dass es notwendig war.

Es war erstaunlich, was sich alles in den Koffern fand. Gil Dickson hatte die Taschen der Frischvermählten durchstöbert und gelegentlich obszöne Bemerkungen gemacht. Das Paar hatte sich offenkundig auf seine Flitterwochen gut vorbereitet. Die Sammlung von Negligés und Bodys war noch ganz alltäglich im Vergleich mit den restlichen Dingen.

»Hübsch«, sagte Dickson und hielt einen Slip ouvert in die Höhe, der sich in einem Paar Plastikhandschellen verheddert hatte.

»Herrgott, Gil. Wie wär's, wenn du mal die Waffe untersuchen würdest, die Sampson zwischen Sitz und Flugzeugwand gefunden hat, während ich mich weiter um die Sachen kümmere?«, schlug Stark vor.

»Du musst wohl immer den ganzen Spaß haben«, sagte Dickson und begann, sich mit der Waffe zu beschäftigen.

Er holte sie aus dem mit Meerwasser gefüllten Beweismittelbehälter, während ich ihm über die Schulter sah. »Das Ding ist ein Hammer«, sagte er. »Eine Neun-Millimeter-Beretta, Automatik, fünfzehn Schuss, Mündungsgeschwindigkeit dreihundertfünfundsechzig Meter pro Sekunde. Extrem tödlich.«

Dickson war in seinem Element. Er arbeitete schnell, um Fingerabdrücke zu bekommen und Oxidation zu vermeiden, die rasch eintreten und die folgenden ballistischen Tests verfälschen konnte. Er trocknete die Waffe mit einem Föhn und untersuchte sie, wodurch er sie nur einige Minuten der Luft aussetzte.

»Von dieser Knarre bekommen wir keine Fingerabdrücke«, sagte er.

»Ja. Nicht allzu überraschend.« Wir wussten beide, dass sich nur selten brauchbare Fingerabdrücke auf Gegenständen fanden, die lange im Salzwasser gelegen hatten.

Er hatte die Waffe in Süßwasser gelegt und vorsichtig hin und her geschwenkt, damit das Wasser durch die mechanischen Teile zirkulieren konnte. Dabei ging er sehr vorsichtig mit der Waffe um, weil er sie für geladen hielt. Dann legte er sie in reinen Alkohol, damit das Wasser in der Waffe verdrängt und die Oxidation verhindert wurde. Schließlich überprüfte er, ob die Waffe eine Seriennummer aufwies, und verschloss sie in einem luftdichten Behälter mit Dieselöl, um das verbliebene Wasser und die restlichen Luftblasen zu verdrängen. Das bewirkte eine Konservierung des momentanen Zustandes.

»Ich lasse die Seriennummer durch den Computer laufen, mal sehen, was dabei herauskommt«, sagte er.

»Klingt gut«, sagte ich, während er sich eine Notiz für die ballistischen Untersuchungen machte.

Ich begann, Debra Westbrooks persönliche Dinge zu durchsuchen. Die beiden Koffer waren voll teurer Kleidung und Badeanzüge – es waren so viele, dass es täglich für einen anderen Badeanzug gereicht hätte. Auch Debras Kosmetikkoffer war gut ausgestattet. Ganz unten lag ein teures Adressbuch aus Leder. Ich klappte es auf, fingerte vorsichtig durch die nassen Seiten und versuchte sie voneinander abzulösen, ohne sie einzureißen. Es war randvoll mit Namen. Einige kannte ich – ein paar Senatoren, ein, zwei Kabinettsmitglieder.

Im hinteren Fach fand ich mehrere Visitenkarten, die aneinanderklebten – eine von einem Scheidungsanwalt. Außerdem fand ich eine Hotelrechnung des Washington Arms in Washington, D. C., unterschrieben von Jack Westbrook, ausgestellt auf ein Datum der vorigen Woche. Ich ordnete diese Information in die Kategorie »interessant, vielleicht von Bedeutung« ein. Da die Westbrooks ein Haus in D. C. besaßen, dürfte es vermutlich nur einen Grund geben, in diesem Hotel abzusteigen. Ich hätte wetten können, dass Jack fremdging und so achtlos gewesen war, die Rechnung am falschen Ort zurückzulassen.

Stark hatte inzwischen das Reisegepäck der Rileys untersucht.

»Sieht so aus, als hätte Westbrook nicht übertrieben, als er uns gesagt hat, dass die Rileys stinkreich sind«, meinte er und reichte mir die Fotos, die er aus Louise Rileys Handtasche gezogen hatte. Das eine war eine alte Aufnahme von ihr und ihrem Mann, mit einem Mädchen und zwei Jungen, die vor einem Haus standen, das dem Weißen Haus sehr ähnlich war. Auf einem anderen posierte Riley im Führring einer Pferderennbahn und hielt den Zügel eines schlanken Vollbluts. Weitere Fotos von denselben Kindern, inzwischen erwachsen, mit den eigenen Kindern.

»So viel steht mal fest«, sagte Stark, als er in Rileys Lederkoffer kramte. »William Riley hat nichts gespürt, als ihm die Beine abgetrennt wurden. Er hatte genug verschreibungspflichtige Schmerz- und Beruhigungsmittel bei sich, um eine kleine Apotheke ausstatten zu können.«

Lawrence Redding hatte einen schwarzen Trolley aufgegeben, in dem sich nichts Bemerkenswertes befand. Der Mann hatte offenbar nicht einmal Shorts mitgenommen, sondern ausschließlich Businesskleidung – lange Hosen, Hemden, Unterwäsche und Socken. Seine Kulturtasche enthielt Zahnpasta, Rasierer, Rasiercreme und Zahnseide. Die Lektüre passte zu den Kleidern – ein Fachbuch über die Vergabe privater Fördergelder, ein Jahresbericht, verfasst für die Woods Foundation. Außerdem hatte Redding den Laptop bei sich gehabt, den ich unter seinem Sitz gefunden hatte.

Simon reiste mit leichtem Gepäck. Sein grüner Reisesack enthielt eine Badehose, Cargoshorts zum Wechseln, zwei T-Shirts, einen Stapel Comics und zwei Garnituren Unterwäsche.

Daniel Stewart und Sammy Lorenzo hatten je eine Reisetasche aufgegeben. In Stewarts Reisetasche befanden sich Shorts, T-Shirts, unauffällige Urlaubsbekleidung, eine teure Rolex, die noch funktionierte, und zwei Krimis. In Sammys waren knallbunte Hemden, eine Kiste mit teuren Zigarren und andere Dinge des täglichen Bedarfs.

Zora Gordon hatte kein Gepäck aufgegeben, sondern nur Handgepäck gehabt: den Rucksack, den ich aus dem Fugzeug geborgen hatte. Vielleicht war ihr Koffer auf dem Weg ins Flugzeug verloren gegangen, vielleicht reiste sie auch tatsächlich nur mit leichtem Gepäck. Das würden wir herausfinden. Im Rucksack befanden sich ihr Pass, zwei Müsliriegel und ihr Portemonnaie. Ihr Führerschein lautete auf eine Adresse in Los Angeles. Ein Fach im Portemonnaie enthielt mehrere ihrer Visitenkarten. Zora Gordon war Rechtsanwältin.

»Mensch, sieh dir das mal an«, sagte Stark und zog einen durchsichtigen Plastikbeutel mit einem weißen, klebrigen Zeug darin aus dem Koffer des Copiloten. »Irgendeine Idee, was das sein könnte?« Er steckte den kleinen Finger in die Paste und betupfte sich die Zunge damit.

»Kokain, rein«, sagte er. Stark musste es wissen. Er hatte mehrere Jahre in Miami als Drogenfahnder gearbeitet, bis er genug von dem Job hatte und nach Hause auf die British Virgin Islands zurückgekehrt war.

Seine Rückkehr bedeutete aber leider nicht, dass er der Drogenszene entkommen wäre. Der Schmuggel von Drogen über die Karibischen Inseln war immer ein Problem gewesen, die Händler suchten nach allen erdenklichen Wegen, um die Drogen von Südamerika über Stationen in der Karibik in die USA oder nach Europa zu befördern. Riesenmengen kamen dabei aus Kolumbien, wo die Drogensyndikate achtzig Prozent der Weltproduktion raffinierten. Die Drogen wurden in Booten oder Flugzeugen, in der Post, in Prothesen und in den Mägen von Menschen transportiert.

Erst wenige Monate zuvor war eine Frau festgenommen worden; sie hatte einen Baby-Rucksack voller Heroin getragen, das in die Decken eingenäht und in den Plastikrahmen gestopft war. Dazu kam ein schreiendes Baby, dessen Windel gewechselt werden musste. Die Frau wurde rasch durch den Zoll gewinkt. Niemand wollte etwas mit einem kreischenden Baby oder dem Geruch einer schmutzigen Windel zu tun haben, bis eine unerschrockene Zollbeamtin, die selbst sechs Kinder großgezogen hatte, auf einem näheren Blick bestand.

Und im vergangenen Jahr hatte die Küstenwache ein Boot mit fast eineinhalb Tonnen Kokain versenkt, das in seinem Rumpf versteckt war. In einem weiteren Bericht wurde die Beschlagnahme von zwei Tonnen Kokain auf einem Schnellboot erwähnt, dessen Besatzung zu einem Treffen mit Komplizen auf einem Kreuzfahrtschiff mit Kurs USA unterwegs war.

Im Vergleich damit war die Menge in dem Beutel, den Stark jetzt in der Hand hielt, gering – vielleicht zwei Kilo. Multiplizierte man das aber mit der Anzahl der Flugzeuge, die täglich auf den Inseln starteten und landeten, dann kam einiges zusammen, selbst wenn nur bei jeder zehnten Maschine ein Crewmitglied Drogen transportierte.

»Könnte ein Motiv sein, die Maschine vom Himmel zu holen«, sagte Stark. »Der Copilot könnte jemandem Schwierigkeiten gemacht haben. So etwas passiert gar nicht selten. Der Kurier wird geldgierig, verlangt einen größeren Anteil oder fängt an, den Koks zu verschneiden und ein bisschen extra nebenbei zu verkaufen. Vielleicht war er sogar selbst Konsument. Aber das werden wir wissen, wenn wir die Ergebnisse der Blutuntersuchungen vorliegen haben.«

»Ja, aber warum eine ganze Maschine wegen ein paar Kilo Koks vom Himmel holen? Es musste doch andere Möglichkeiten geben, an den Piloten heranzukommen«, sagte ich.

»Ich habe so etwas schon mal erlebt. Diese Leute sind völlig skrupellos«, sagte Stark. »Ein Drogenboss in Miami hat mal das Haus samt Frau und Kindern eines anderen Händlers in die Luft gejagt. Das war eine Warnung an jeden kleinen Dealer auf seiner Gehaltsliste.«

»Na ja, Sabotage oder nicht, jedenfalls ist ziemlich eindeutig, dass wir die Drogenspur weiterverfolgen müssen«, sagte ich.

Stark hielt den Beutel Kokain noch immer in der Hand,

als ein kleiner, stämmiger Mann in abgewetzten Cowboystiefeln und Cowboyhut das Lagerhaus betrat. Er trug ein braunes, kariertes Hemd, das aussah, als hätte es auch Roy Rogers mit einigem Stolz getragen, es hatte sogar Perlmuttknöpfe.

»Guten Tag, Gentlemen, Ma'am. Wie's aussieht, könnte der Absturz bis Ende der Woche aufgeklärt sein. Bei dem Pulver hier handelt es sich um irgendeine Art illegales Material, vermute ich«, sagte er, nahm den Hut ab und wischte sich mit dem Taschentuch über die Stirn. »Entschuldigen Sie meine schlechten Manieren. Ich hätte mich vorstellen sollen. Joe Harrigan, AAIB.«

Und das sollte der Fachmann sein? Sturtevants Lob für den Ermittler passte nicht ganz zu dem Mann, der da vor uns stand. Er sprach mit lupenreinem britischem Akzent. Ein verdammter britischer Cowboy? Was zum Teufel war das denn? Er setzte den Stetson wieder auf sein schütteres braunes Haar. Dann hakte er den Daumen hinter seinen Gürtel. Nichts deutete darauf hin, dass er für irgendetwas Experte war – außer vielleicht für die Verkörperung von Buffalo Bill.

»Kann ich mich mal umschauen?«, fragte er und schlenderte zwischen den Gegenständen umher, die auf dem Boden ausgelegt waren. Er redete im Gehen, richtete seine Worte aber an keinen der Umstehenden. Es war deutlich zu erkennen, dass er sich alles, was er sah, genau einprägte – die Sitzplätze der Passagiere, wer von ihnen den Absturz nicht überlebt hatte, wo die Fracht untergebracht gewesen war. Ich spürte förmlich, wie seine Gehirnwindungen arbeiteten, Bewertungen vorgenommen wurden. Er berührte nichts. Kauerte sich hin. Legte die Arme auf die

Knie und nahm die Waffe in Augenschein, die in dem durchsichtigen Beweismittelbehälter vor ihm lag.

»Sie haben eine Waffe geborgen«, sagte er.

»Ich habe sie eingeklemmt zwischen Flugzeugwand und Sitz gefunden«, antwortete ich.

»Vermutlich hat jemand die Waffe unbemerkt ins Flugzeug geschmuggelt«, konstatierte Harrigan – was offensichtlich war. »Aber wie? Aller Wahrscheinlichkeit nach hat sie nichts mit dem Absturz zu tun, jedenfalls danach zu urteilen, was ich bislang über den Absturz erfahren habe. Allerdings werde ich mit dem Flughafen-Sicherheitsdienst sprechen, um herauszufinden, wie die Waffe durch die Metalldetektoren gelangen konnte. Schließlich könnte sie einem der Piloten gehört haben.«

»Wir lassen die Seriennummer durch den Computer laufen, mal sehen, was dabei herauskommt«, sagte Stark.

Ich konnte es nicht fassen, was für Zeug in dem Lagerhaus herumlag – eine Pistole, Sexspielzeuge und Kokain, das alles hatten wir in der kleinen Maschine gefunden. Der Himmel wusste, was man alles in einer Sieben-vier-sieben finden würde. Wenn wir ein Motiv oder einen Mörder brauchten, dann hatten wir mehrere gefunden, darunter einen untreuen Ehemann, dem möglicherweise die Scheidung drohte, und eine Neun-Millimeter-Beretta. Am ehesten hatte der Absturz aber wohl mit Kokainschmuggel zu tun. Stark und ich wollten dieser Spur sofort nachgehen. Alles würde im Lagerhaus bleiben, bis die Ermittlungen beendet wären, außer jenen Gegenständen, die Dickson oder Harrigan im Labor untersuchen oder zur Analyse rausschicken würden.

Als wir gingen, standen die beiden Seite an Seite – ein

untersetzter John Wayne und ein Möchtegern-Hell's-Angel. Sie waren umgeben von karierten Boxershorts, T-Shirts mit Mickey Mouse darauf und Universitäts- und Segellogos, von Kameras, Kleinbildfilmen, Toilettenartikeln, Taschenrechnern und Büchern.

»Was hältst du von Harrigan?«, fragte Stark, als wir das Lagerhaus verließen.

»Von dem Cowboy? Mann, Stark. Wenn ich mir Harrigan, Dickson und Mr. Werbeanzeige ansehe, würde ich sagen, wir haben die Besetzung für einen von Stewarts Filmen beisammen.«

Als ich ins Krankenhaus zurückkam, saß Simon auf dem Rand seines Bettes, bereit zu gehen. Er hatte dieselbe Kleidung an – rote Baseballschuhe, viel zu weite Hose und T-Shirt – wie an dem Tag, als ich ihn aus dem Flugzeug gezogen hatte. Das Krankenhaus hatte die Sachen gewaschen. Plötzlich ging mir auf, dass er keine Kleider zum Wechseln besaß.

»Wir müssen dir wohl ein paar neue Sachen zum Anziehen kaufen, oder?«, sagte ich und setzte mich neben ihn.

»Ja, das glaube ich auch.«

»Bist du so weit?«

»Ja.« Er ließ sich vom Bett hinuntergleiten. »Ich möchte vorher aber noch meinen Dad sehen.«

Vom Schwesternzimmer aus rief ich unten in der Leichenhalle an, um mitzuteilen, dass ich gleich mit dem Jungen herunterkommen würde. Ich wollte nicht, dass Simon in eine Szene hineinspazierte wie aus *Die Körperfresser kommen*. Dr. Hall hatte bereits mit den Mitarbeitern gesprochen, die sofort verstanden hatten, was getan werden musste. Sie hatten zugesagt, die Leiche in ein Zimmer auf der anderen Flurseite zu bringen.

Schweigend fuhren wir im Fahrstuhl nach unten. Simon war nervös und trat von einem Fuß auf den anderen, die eine Hand befingerte den Hemdsaum, die andere steckte tief in der Hosentasche.

Als sich die Fahrstuhltür öffnete, wartete derselbe Mitarbeiter auf uns wie gestern, als ich zusammen mit Westbrook hinuntergefahren war; jetzt trug er aber nicht seinen blutverschmierten Laborkittel. Er führte uns an der Leichenhalle vorbei zu einer Tür zur Rechten.

»Bist du sicher, dass du das kannst?«, fragte ich Simon.

»Ja. Ich will ihn nur sehen.«

»Soll ich mit hineinkommen, oder möchtest du allein hineingehen?«, fragte ich.

»Vielleicht kannst du ja mit reinkommen.«

Der Angestellte öffnete die Tür und sagte, wir könnten so lange drinbleiben, wie wir wollten. Sie hatten die Sache gut gemacht. Simons Vater lag auf einer Bahre, über die man ein Leinentuch drapiert hatte. Der Leichnam war bis zum Kinn bedeckt, die Hände waren über der Brust gefaltet. Jemand hatte sogar ein wenig Rouge auf die Wangen aufgetragen – ein Versuch, den wachsähnlichen Teint des Toten zu überdecken – und Inselblumen in die Hände gelegt. Ich war diesen Leuten zu großem Dank verpflichtet.

Simon zögerte kurz und blieb stehen. Dann trat er seitlich an die Bahre. Er war kaum groß genug, um über die Kante zu blicken. Er stand lange da, schaute nur. Schließlich ergriff er die Hand seines Vaters. Er vergoss keine Träne.

»Ich möchte jetzt wieder gehen«, sagte er schließlich.

Der Angestellte wartete draußen. »Ich weiß es wirklich zu schätzen, wie Sie den Leichnam hergerichtet haben«, flüsterte ich ihm zu, während Simon bereits zum Fahrstuhl vorausging.

»Kein Problem, Ma'am. Meine Frau ist vorbeigekommen und hat uns geholfen, sie hat auch die Blumen mitgebracht. Wir haben selbst Kinder. Es tut mir nur furchtbar leid, dass der Junge seinen Dad verloren hat.«

Wir standen auf dem Parkplatz des Krankenhauses und stiegen in den Rambler, als ich sah, wie Jack Westbrook vorfuhr. Ich bat Simon, auf mich zu warten, und ging zu Westbrook, um mit ihm zu sprechen. Er blieb im Auto sitzen und tippte mit den Fingern ungeduldig aufs Lenkrad.

Ich klopfte an die Scheibe. Als Westbrook das Fenster herunterkurbelte, schlug mir kühle Luft entgegen.

»Detective Sampson. Hallo. Ich warte nur auf Debra. Doktor Hall hat gesagt, dass es ihr gut gehe und sie das Krankenhaus wieder verlassen könne«, sagte er und warf einen Blick hinüber zu Simon, der in der Nähe des Rambler stand.

»Wie geht's dem Jungen?«

»Erschüttert, fassungslos.«

»Er fliegt nach Hause?« Das schien mir eine merkwürdige Frage zu sein.

»Natürlich. Er fliegt nach Hause zurück, sowie wir uns mit den Angehörigen in Verbindung gesetzt haben. Bis dahin wird er bei mir wohnen.«

»Gibt es schon Erkenntnisse über den Flugzeugabsturz?«

»Das kann man zu diesem Zeitpunkt noch nicht sagen. Der Ermittler von der AAIB ist gerade erst eingetroffen.

Heute Morgen wird das Flugzeug gehoben. Wir werden mit allen anderen Passagieren sprechen müssen, auch mit Ihrer Frau.«

»Sie ist nicht in der Verfassung, viele Fragen zu beantworten. Es wäre mir lieber, wenn Sie sie nicht belästigten. Und außerdem: Was zum Teufel könnte sie Ihnen sagen?«

»Ich kann leider keine Ausnahmen machen, Senator.« Irgendwie konnte ich mir Westbrook nicht als besorgten Ehemann vorstellen, aber das war die Karte, die er im Moment ausspielte.

Ich sagte ihm, ich würde morgen auf ihrem Boot vorbeikommen, und gab ihm keine Gelegenheit zu einer Ausrede.

14

Simon und ich fuhren vom Krankenhaus los in Richtung Tortola Police Department. Da ich den Jungen nicht allein auf der *Sea Bird* zurücklassen wollte, war er mein Begleiter für den restlichen Tag. Während der Fahrt sagte er kein Wort. Er lehnte aus dem Fenster, den Kopf auf die Arme gelegt, den Blick aufs Meer gerichtet. Vermutlich war er in Gedanken ganz woanders als dort, wo wir uns jetzt befanden. Wahrscheinlich noch in der Leichenhalle des Krankenhauses, wo er seinen Vater zum letzten Mal gesehen hatte.

Ich wusste nicht, was ich sagen sollte. Ich war nicht gut in so etwas. Wie konnte ich ihm nur helfen? Ich konnte es nicht. Ich steuerte den Rambler an den Rand eines weißsandigen Strandes an der Paraquita Bay.

»Hast du Lust auf einen Spaziergang, Simon?«

»Okay«, sagte er und kehrte in die Gegenwart zurück.

Wir zogen die Schuhe aus, ließen sie in der Nähe des Autos liegen und gingen bis zur Wasserkante. Ich folgte Simon in die leichte Brandung. Er stand bis zu den Knien im Wasser, die Arme gehoben, bemüht, das Gleichgewicht zu halten in den unregelmäßig hereinkommenden Wellen, die gegen den Saum seiner Shorts schwappten. Das Wasser strömte um unsere Füße herum und riss den Sand darunter mit sich fort. Als Simon fast gestürzt und ins Wasser gefallen wäre, packte ich ihn unter den Armen und schwang ihn herum.

Er lachte, das sorglose Lachen eines Kindes. Das erste Lachen, das ich von ihm gehört hatte. Ich schwang ihn weiter herum, während er mit den Hacken die Wellenkämme streifte. Ich wirbelte ihn so lange herum, bis ich außer Atem war. Dann planschten wir zum Strand zurück.

»Weißt du, mein Dad und ich, wir haben uns nicht besonders gut verstanden«, sagte Simon, während wir den Strand hinuntergingen. Er hatte eine Muschel gefunden, die im Sand gelegen hatte, hielt sie sich ans Ohr und versuchte dem Meeresrauschen zu lauschen.

»Manchmal verstricken sich Erwachsene in Dinge und vergessen, was wichtig ist, Simon. Ich bin mir sicher, dass dein Dad dich sehr lieb gehabt hat.«

»Mag sein, aber seit dem Tod meiner Mom war er nicht mehr derselbe. Davor ist er von der Arbeit nach Hause gekommen, und wir haben Fangen gespielt, oder er hat mir vor dem Abendessen etwas Tolles am Computer gezeigt. Nach ihrem Tod hat er nur noch gearbeitet. Er hat eine Haushälterin angestellt. Er hat immer gesagt, er würde zum Abendessen nach Hause kommen, aber er hat's nie getan. Und wenn er nach Hause gekommen ist, hat er die ganze Zeit in seinem Zimmer gesessen.«

»Hört sich an, als hätte er getrauert, Simon.«

»Ja. Und ich hab darauf gewartet, dass er wieder so wird wie früher«, sagte er, auf einmal voller Bedauern.

Ich hörte heraus, was er damit sagen wollte: dass das jetzt nie mehr geschehen würde. Der Vater, den er einst gehabt hatte, war für ihn auf immer verloren. Der Junge war viel zu jung, um einen solch tiefen Kummer bewältigen zu können. Ich merkte, dass ich wütend wurde auf Lawrence Redding, weil er so selbstsüchtig war, so unfähig, für seinen Sohn da zu sein. Er war nicht der Einzige gewesen, der litt. Sicherlich, er hatte seine Frau verloren, aber Simon hatte seine Mutter verloren. Ich glaube nicht, dass ich Lawrence Redding sehr gemocht hätte. Er war egozentrisch und schwach gewesen.

Wir redeten weiter. Simon flitzte in die Brandung und wieder hinaus. In der Ferne sah ich einen Mann, der über den Strand auf uns zukam. Beim Näherkommen nahm er die unverwechselbare Gestalt von Enok Kiersted an, Umweltschützer und mein neuer Nachbar. Er erkannte Simon. Anscheinend war der Junge mit seinem Vater zusammen gewesen, als dieser sich mit Kiersted wegen der Finanzierung des Forschungsprojekts getroffen hatte. Er kniete sich hin, schüttelte Simon die Hand und bestand darauf, dass wir den Strand bis zu dem Mangrovenwald hinuntergingen. Das musste man Kiersted lassen. Er hatte bemerkt, wie sehr der Junge litt.

»Simon wird es dort toll finden. Dort gibt's alle möglichen coolen Sachen«, sagte er.

»Cool« – so hätte ich das allerdings nicht bezeichnet. Denn während Kiersted uns in den schlüpfrigen Schlamm und zwischen die knorrigen und verdrehten Zweige und Wurzeln voranging, sank ich mit den Füßen dreißig Zentimeter tief im Schlick ein. Der Himmel wusste, in was ich da hineintrat. Ab und zu spürte ich etwas Hartes, das gegen meine Fußsohle stieß – sicherlich irgendein Lebewesen mit Schale. Ich versuchte, nicht daran zu denken, was sonst noch in dem Schlamm lebte. Mehr Sorge bereitete mir allerdings das, was ich nicht fühlen konnte – die weichen, schleimigen Dinge, die in dem Schlick hausten. Dessen unangenehme Zähigkeit wurde nur noch übertroffen von dem fauligen Geruch, der ihm entstieg – der Gestank nach verfaulten Eiern. Ich stand kurz davor, vorzuschlagen, zum Strand zurückzugehen.

»Das ist Schwefelwasserstoff«, sagte Kiersted, als er bemerkte, wie unbehaglich mir zumute war. »In dem Schlamm ist sehr wenig Sauerstoff.

Sehen Sie diese kleinen Löcher in den Luftwurzeln über dem Wasser?«, fragte er und kauerte sich hin. »Sie führen zu Atemgängen, die den Sauerstoff bis zu den Wurzeln im Schlamm befördern. Auf diese Weise erhalten die Mangroven ihren Sauerstoff.«

Simon, der neben ihm stand, bückte sich. Er war völlig fasziniert. So viel zum Thema schnelle Flucht. Wir gingen weiter, schlängelten uns durch das Gewirr von Wurzeln, während Kiersted dankbar war, ein Publikum gefunden zu haben, dem er einen Vortrag über Mangroven halten konnte.

Zahllose Löcher von Fiedlerkrabben sprenkelten den zähen Schlamm. Eine der Krabben schaufelte fleißig

Schlamm aus ihrem Bau, bis sie uns näher kommen sah und in ihren Tunnel zurückhuschte. Kiersted nahm einen Stock und grub etwas aus, das er als Borstenwurm bezeichnete, faszinierend für einen fast zehnjährigen Jungen.

»Im Mangrovenwald leben viele Vogelarten, die hier auch brüten – Reiher, braune Pelikane, Kormorane, der Große Blaureiher, ja sogar Fledermäuse«, erklärte uns Kiersted. Im selben Moment hörte ich, wie ein Fregattvogel in den Zweigen über uns gackerte. Die Mangroven bildeten ein Dach aus wachsartigen Blättern und zigarrenförmigen Jungpflanzen, die mit feinen Spinnweben verziert waren.

»Dieser ganze Schlick hier ist wichtig, damit die Korallen da draußen überleben können«, sagte Kiersted und deutete auf das Riff. »Die Mangroven absorbieren eine Menge Sedimente und Schadstoffe, die vom Land ins Meer gespült werden, und sorgen dafür, dass sie sich nicht auf den Korallen ablagern und diese ersticken.«

»Hört sich an, als wäre es ein aussichtsloser Kampf.« Ich wusste, dass Sedimente und Schadstoffe das türkisgrüne Wasser vielerorts braun verfärbten. Elyse hatte daran mitgewirkt, ein wenig davon zu verhindern, als sie einen Kiesgrubenbesitzer am Ort davon überzeugte, einen Hügel zu terrassieren und Auffangbecken anzulegen, damit der Regen die Sedimente nicht in die Bucht spülte.

»Die Leute sind mitunter richtig dumm«, sagte Kiersted, zunehmend wütend. »Die sehen nur den Morast und den Gestank, und dann reißen sie die Mangroven aus. Auf der ganzen Welt werden die Mangrovenwälder von edlen Hotels, von Stränden und Garnelenfarmen zerstört und verdrängt. Es ist das alte Lied. Ein paar Leute kommen angereist und schwatzen den Einheimischen die Mangrovengrundstücke ab.«

»Was sind Garnelenfarmen?«, fragte Simon.

»Das sind fußballfeldgroße Teiche, die im flachen Wasser errichtet werden, dort, wo früher die Mangroven gediehen. Die Betreiber verwenden Chemikalien und Nährstoffe als Futter für die Garnelen, verwandeln die Gegend in eine Giftmülldeponie, und dann, wenn sie die Produktion einstellen, verlassen sie die Farmen und ziehen einfach zum nächsten geeigneten Standort weiter. Ich nenne das Raubbau-Landwirtschaft, ungefähr vergleichbar dem Kahlschlag in den Regenwäldern.«

»Seht euch die vielen Segelboote dort draußen an. Die Paraquita Bay wird nicht umsonst als Hurrikan-Schlupfloch bezeichnet«, fuhr er fort und deutete hinaus auf die Lagune.

Wenn der Sturm seine Route beibehielt, dann würden O'Brien und die anderen Charterfirmen-Besitzer so viele Boote wie möglich in diese geschützte Bucht zwängen. Die Lagune war etwa fünf Meter tief, umgeben von Mangrovenwäldern und dadurch vor Wind und Wellen geschützt. Es gab nur eine Einfahrt, die breit genug war, dass man mit einem Boot unter Motor hindurchfahren konnte.

»Die Mangrovenwälder schützen aber nicht nur das Meer vor der Verschmutzung an Land, sondern auch das Land vor großen Wellen«, erläuterte Kiersted. »Sind die Mangroven verschwunden, werden Gebiete, die vor Stürmen und Flutwellen geschützt waren, zerstört, und Tausende Menschen kommen ums Leben in Gegenden, in denen kaum jemand starb, als die Mangroven dort noch als eine Art Pufferzone dienten.«

Mir fiel der Tsunami aus dem Jahr 2004 ein, der Hunderttausende das Leben gekostet und ganze Dörfer in Indonesien und Thailand verwüstet hatte. Wie viel von jener Region wohl einst von Mangrovenwäldern geschützt war? Zum Schluss fand ich den Gestank und den zähflüssigen Schlamm ganz erträglich.

»Ich werde es nicht zulassen, dass diese Mangroven oder irgendwelche anderen auf diesen Inseln zerstört werden – falls es in meiner Macht steht«, sagte Kiersted, mit entschlossener Miene und geballten Fäusten. »Es gibt hier auf den Inseln Leute, die die Mangrovenwälder in der Paraquita Bay in Wassergrundstücke umwandeln wollen. Das sollen die mal versuchen.«

Ich war froh, nicht der Verursacher von etwas zu sein, das Kiersted unzweifelhaft als das Verbrechen des Jahrhunderts ansah. Er hatte keine Distanz zu diesem Thema. Er war extrem wütend und ereiferte sich noch immer über die permanente Kurzsichtigkeit der Regierung, als ich ihn unterbrach.

»Wem gehört das Land eigentlich?«, fragte ich.

»Einem Einheimischen. Er hat mir die Erlaubnis erteilt, hier Proben zu nehmen. Ich bin mir ziemlich sicher, dass er von einem Erschließungsunternehmen angesprochen worden ist. Ich habe gesehen, dass Leute auf dem Grundstück herumspaziert sind. Er will mir nicht verraten, wer das war, aber das finde ich schon heraus, und dann schiebe ich dem Ganzen einen Riegel vor.«

»Und wie wollen Sie das erreichen?« Ob Kiersted wohl so verrückt wäre, Gewalt anzuwenden? Er schüttelte nur den Kopf und gab mir keine Antwort.

Er stand immer noch in den Mangroven, die Hände in

die Hüften gestemmt, als Simon und ich in den Rambler stiegen und ins Büro fuhren.

»Was willst du denn mit dem Jungen hier?«, fragte Stark und spähte durch das schmutzige Fenster des Police Department. Ich hatte Simon draußen gelassen, wo wir zufällig Jimmy begegnet waren. Die beiden tobten auf dem Parkplatz herum und waren schon mitten in einer Partie Hacky Sack. Simon hatte es offensichtlich schon mal gespielt. Er balancierte den kleinen Knautschball geschickt auf der Fußinnenseite, dann schoss er ihn in Richtung Jimmy, der den Ball kaum zu fassen bekam und zurückspielte.

»Er konnte nirgends hin«, sagte ich, während wir den Flur entlang zum Büro von Chief Dunn gingen.

»Mann, Sampson, was ist das eigentlich mit dir und den Einsamen und Verlassenen?« Er spielte damit auf meine Katze an. Ich hatte sie unter einem Baum gefunden, als sie ihre Jungen zu säugen versuchte, obwohl sie selbst am Verhungern war.

»Das musst du gerade sagen, Stark.« Er hatte eines der Kätzchen bei sich aufgenommen. »Außerdem ist es nur für ein paar Tage.«

Stark und ich standen vor Dunns Büro und warteten darauf, dass er sein Telefongespräch beendete. Schließlich legte er auf und winkte uns ins Zimmer. Stark hatte Dunn bereits informiert, was er in dem Flugzeug gefunden hatte, darunter auch die Drogen.

»Wir haben die Ergebnisse der Autopsie der Piloten. Beide sind infolge schwerer Brust- und Kopfverletzungen gestorben. Die vorläufigen Tests zeigen weder Kokain noch Alkohol im Blut.«

»Also war der Copilot kein Konsument«, sagte Stark. »Was aber trotzdem nicht bedeutet, dass er nicht irgendwie sein eigenes Süppchen gekocht hat. Die Drogen sind unsere beste Spur, falls am Flugzeug herummanipuliert worden sein sollte.«

»Ganz meine Meinung«, sagte Dunn. »Ich möchte, dass Sie beide an dem Fall dranbleiben. Besorgt euch von der Fluggesellschaft die Personalakte über den Copiloten. Findet heraus, wo er gewohnt hat, wer seine Komplizen waren. Außerdem müssen wir mit den Passagieren und den Leuten am Flughafen sprechen. Vielleicht wurde ja irgendjemand in der Nähe des Flugzeugs gesehen, der dort nichts zu suchen hatte. Wir müssen in dieser Sache so schnell wie möglich vorankommen. Wenn nämlich dieser Hurrikan die Inseln erreicht, dann bricht hier die Hölle los.«

15

Verschwitzt saßen Simon und Jimmy unter einem Tamarindenbaum und tranken Mangosaft, als ich zum Parkplatz hinausging. Stark war im Büro geblieben und rief die Fluggesellschaft an, um sich die Adresse des Copiloten geben zu lassen.

»Sieht so aus, als könnte das eine Weile dauern«, sagte ich. »Stark und ich müssen noch ein paar Dinge erledigen.«

»Wie wär's, wenn Simon und ich zu deinem Boot hinüberfahren würden?«, schlug Jimmy vor. »Wir könnten ein Bad im Meer gebrauchen, und Tilda und die Mädchen sind bestimmt zu Hause.«

»Hättest du Lust dazu, Simon?«, fragte ich.

»Klar.« Ich merkte, dass er und Jimmy sich gut verstanden. Wahrscheinlich weil Jimmy selbst noch ein Junge war.

»Ich besorge auf meinem Nachhauseweg noch Pizzas.«

Die beiden stiegen in Jimmys alten Chevy. Zum Glück fuhr der nicht schneller als sechzig. Jimmy war ein Raser, der den Frust über das Schneckentempo hinter dem Steuer des Chevy dadurch ausglich, dass er den Gashebel des Polizeibootes bis zum Anschlag durchdrückte. Er gab Vollgas, und die Klapperkiste fuhr scheppernd vom Parkplatz.

Der Copilot wohnte ganz in der Nähe der Josiah's Bay an der Nordküste. Stark saß am Steuer. Er fuhr Richtung Osten, auf dem Blackburn Highway, der direkt am Wasser entlangführte. Man hätte nie gedacht, dass ein Hurrikan im Anzug war. Das Meer war ruhig, es herrschte nur eine ganz leichte Dünung. Hoch oben über dem Wasser zog ein Fregattvogel seine Kreise. Der räuberische Vogel nahm einen ahnungslosen Brauntölpel ins Visier. Er tauchte, jagte und verfolgte den Tölpel, bis dieser den Fisch fallen ließ, den er im Schnabel getragen hatte. Dann stieß der Fregattvogel im Sturzflug hinab und packte den Fisch mitten in der Luft. Ich sah zu und starrte gedankenverloren aus dem Fenster.

Seitdem das Flugzeug gestern Morgen ins Meer gestürzt war, steckte ich voller Adrenalin und war von einer Situation zur nächsten gestürmt, ohne viel nachzudenken. Ich hatte die Toten geborgen, O'Brien verlassen, im Gepäck und im Leben von Leuten herumgewühlt und dabeigestanden, als Simon seinem Vater Lebewohl gesagt hatte. Und jetzt war die *Sea Bird*, mein einziger Zufluchtsort, das Zuhause des Jungen. Ich hatte Mühe, die Orientierung zu behalten, den Horizont zu sehen – das größere Bild, den sprichwörtlichen verdammten Wald. Ich war allzu sehr in die Ereignisse verstrickt. Am schlimmsten war der tiefe Kummer, den ich wegen des Jungen und wegen O'Brien empfand. Was machte ich da eigentlich?

»Alles in Ordnung, Sampson?«, fragte Stark.

»Klar«, sagte ich. »Ist nur zu viel los.«

»Also, na ja, wenn du mit jemandem reden willst, ich stehe zur Verfügung.«

»Danke, Stark. Im Moment muss ich damit einfach allein klarkommen.«

Wir schwiegen und fuhren weiter. Stark fuhr wie jeder Inselbewohner, er hupte, wenn streunende Ziegen und Hühner vor ihm die Straße zu überqueren drohten und wenn Freunde in Haustüren und an Bars standen. Wir flitzten durch Kingstown, wo zwei Jahrhunderte nach der Kolonialzeit noch immer die Häuschen befreiter Sklaven standen.

In Long Stamp bog Stark scharf nach rechts in die Ridge Road ein, dann fuhren wir ins Hügelland hinauf, durch Wälder mit Gumbo-Limbo- und Frangipanibäumen. Wir passierten einen Bauern, dessen Maultier mit Bananenbündeln beladen auf dem Weg zum Wochenmarkt in Road Town war. Auf einem nahe gelegenen Feld stolzierten Silberreiher zwischen den Rindern und suchten nach Futter.

Während wir höherfuhren, kühlte sich die Luft ab, und der Straßenrand verwandelte sich in einen Dschungel aus Helikonien, wilden Fuchsien, Philodendren und großen Feigenbäumen mit Luftwurzeln.

Oben auf dem Hügelkamm fuhr Stark an den Straßenrand, und wir blickten hinunter in die Josiah's Bay. Sie lag am Ende eines Tales, an dessen Meerseite sich ein einsamer Strand erstreckte, mit nur wenigen Schatten spendenden Meertraubenbäumen. Die Wellen donnerten gegen die Felsen unter uns und schleuderten ihre in der Sonne schimmernde Gischt in die Höhe. Das hier war die wilde Seite der Insel, die dem tosenden Atlantik ausgesetzt war.

Wir fanden das Haus des Copiloten, das versteckt an einem Hügel kurz oberhalb der Bucht lag. Auf der Auffahrt stand eine Frau, die sich mit ihren Einkäufen abquälte. Ein vielleicht zweijähriges Kind versuchte ihr dabei zu helfen. Als sie unser Auto hörte, blickte sie auf. Sie sah genauso aus wie Simon – am Ende ihrer Kräfte. Sie mochte dreißig sein und hatte kurzes Haar, dessen Locken dicht am Kopf anlagen. Ich nahm an, dass es sich um die Ehefrau handelte. Die Fluggesellschaft hatte sich wegen ihres Ehemannes mit ihr in Verbindung gesetzt. Sie wusste sofort, wer wir waren, als sie uns sah.

»Ich hab im Moment keine Lust, mit Ihnen zu reden«, sagte sie, packte das Kind bei der Hand und ging in Richtung Haus.

Ich konnte mir nur einen Grund vorstellen, warum sie uns aus dem Weg ging. Sie wusste über die Drogen Bescheid. Stark schnappte sich die beiden letzten Einkaufstüten aus ihrem Auto wie auch die beiden, mit denen sich die Frau abschleppte. Sie hob das Kind in die Arme, und wir gingen hinter ihr zum Haus.

»Es tut mir leid, aber ich kann nicht warten«, sagte ich. »Wir haben Fragen, die die Absturzursache des Flugzeugs betreffen.«

»Mein Mann war ein guter Mensch und guter Vater. Und er wusste, wie man die Maschine flog. Er konnte nichts für den Absturz.«

Wir traten hinter ihr ins Haus. Keine Frage, ihr Mann hatte gut verdient. Ein gepflegter Bungalow, der von Spielzeug und Möbeln geradezu überquoll. Kinderzeichnungen lagen verstreut auf dem Tisch, den zentralen Platz nahm eine Fotografie über dem Sofa ein. Ein Familienfoto – der Ehemann in der Uniform der Fluggesellschaft, sie im ebenholzfarbenen Kleid, das Baby im Arm. Es war ganz offensichtlich, dass sie stolz auf ihr Kind waren. Warum zum Teufel hatte er sich dann in den Drogenschmuggel verstrickt? Für mich sah es so aus, als hätte er alles gehabt. Waren die Drogen so notwendig gewesen, damit er seiner Familie ein gutes Zuhause bieten konnte? Ich hatte da meine Zweifel. Er musste bei der Fluglinie gut verdient haben.

Stark stellte die Einkaufstüten auf den Küchentisch. Sie setzte das Kind ins Spielgitter und beschäftigte sich damit, Milch ins Regal und Frühstücksflocken in den Kühlschrank zu stellen. Sie tat das mit schnellen, ruckartigen Bewegungen und wischte sich über die Augen; sie war sich offenkundig nicht bewusst, was sie eigentlich tat, und nicht bereit, sich dem zu stellen, was auf sie zukam.

Ich hielt sie mitten in einer Bewegung fest, packte die Abfallbeutel, die sie neben die Cornflakes in den Kühlschrank stellen wollte, und führte sie zu einem der Stühle am Tisch. Und dort brach sie völlig zusammen.

»Ich hab ihm gesagt, er soll das nicht machen«, schluchzte sie und legte die Hände vors Gesicht. »Wir hatten doch alles, was wir brauchten. Aber Jarvis konnte den Hals nicht vollkriegen. Er ist wirklich in großer Armut aufgewachsen und musste sich alles, was er hatte, vom Munde absparen. Seinem Kind sollte es an nichts fehlen. Er hat gesagt, wir müssten Geld zur Seite legen, um das Kind später aufs College schicken zu können. Er träumte davon, dass der Junge Arzt würde. Er hat versprochen, dass er damit aufhört, wenn er genug beiseitegelegt hätte. Ich hab ihn immer gefragt, wie viel denn genau genug sei. Und jetzt? Ich kann von Glück sagen, wenn ich genug Essen auf den Tisch bringen kann.«

»Wie lange hat er schon als Drogenkurier gearbeitet?«, fragte Stark.

»Seit der Geburt des Jungen. Ich bin erst vor ein paar Monaten dahintergekommen. Ich hatte meinem Mann das Lunchpaket in den Pilotenkoffer gesteckt, als ich den Beutel mit dem weißen Puder gesehen hab. Ich hab sofort gewusst, was es war. Ich hab ihm gesagt, dass ich ihn verlasse, wenn er damit nicht aufhört, aber er hat gewusst, dass ich's nicht tun würde. Ich hab den Mann so geliebt. Und jetzt hab ich ihn endgültig verloren.«

»Wie ist er in die Sache hineingeraten?«, fragte ich. Irgendwo dort draußen gab es eine Drogen-Connection. Wie weit die reichte, mussten wir noch herausfinden.

Die Frau erzählte uns, ihr Mann sei von einem der Mechaniker von Island Air angesprochen worden. Das Ganze habe bei einem Bier und einem Gespräch über die Kinder angefangen. Der Mechaniker habe bei ihm vorgefühlt und erkannt, dass Jarvis mitmachen würde, weil er scharf auf Geld war.

»Was ist im letzten Monat passiert?«, fragte ich. »Hat ihr Mann da irgendwie aufgebracht, besorgt gewirkt?«

»Nein, ganz im Gegenteil. Er war erleichtert. Wissen

Sie, ich hatte ihn endlich überzeugt, damit aufzuhören. Er hat mir versprochen, dass es das letzte Mal wäre.«

»Besaß ihr Mann eine Waffe?«, fragte ich und dachte an die Beretta, die ich aus dem Flugzeug geborgen hatte.

»Nein. Ich hätte eine Waffe im Haus nie zugelassen, wegen des Kindes; Jarvis war derselben Meinung.«

»Vielleicht hat Ihr Mann die Waffe ja in seinem Spind am Arbeitsplatz aufbewahrt.«

Sie schüttelte nur den Kopf. Mir war klar, dass wir heute nichts mehr aus ihr herausbekommen würden. Sie war am Boden zerstört und steckte tief in ihrem eigenen Schmerz und Verlust.

Als Stark und ich uns verabschiedeten, legte sie ihr Söhnchen ins Bett, damit es ein Schläfchen hielt. Während wir zur Tür hinausgingen, hörte ich, wie sie ihm etwas vorsang.

»Das Ganze könnte schnell geklärt sein«, sagte Stark, als wir von der Auffahrt abbogen. »Vielleicht wollte der Mechaniker ja sicherstellen, dass die anderen nicht aussteigen, oder den Piloten davon abhalten, dass er redet. Er muss Zugang zum Flugzeug gehabt haben, und bestimmt hat er auch gewusst, wie man es zum Absturz bringen kann. Der Verlust von zwei Kilo Koks war es wert gewesen, den anderen eine klare Botschaft zu übermitteln.«

»Ja. Fahren wir zum Flughafen.«

Im Flughafengebäude war niemand zu sehen, als wir dort eintrafen. Es war weit nach sieben und wurde schon dunkel. Wir fanden einen Hausmeister, der den Fußboden wischte und uns zu einer Tür mit dem Schild »Island Air. Zutritt nur für Personal« brachte. Niemand achtete auf

Stark und mich, als wir den Raum betraten. An einem Tresen standen zwei Piloten und studierten Wetterkarten. Sie blickten nicht einmal auf.

In der Nähe saß ein Mann an seinem Schreibtisch und untersuchte den Inhalt eines halb aufgegessenen Sandwichs. Er hob den Kopf, lächelte und sagte, dass alle Mechaniker, die nicht draußen auf dem Rollfeld seien, in der Kantine herumlungerten. Dann deutete er den Korridor hinunter.

Wir hatten keine Ahnung, nach wem wir suchten oder ob der fragliche Mechaniker überhaupt am Flughafen sein würde. Die Witwe des Copiloten war dem Mann nie begegnet und wusste nicht, wie er hieß. Aber das spielte keine Rolle.

Drei Männer in blauen, ölverschmierten Overalls saßen an einem Tisch, rauchten und spielten Karten. Ein weiterer stand an den Verkaufsautomaten. Als wir den Raum betreten hatten, wiesen wir uns aus und fragten, ob einer von ihnen gestern Dienst gehabt habe, worauf der Mann an den Verkaufsautomaten durch eine Seitentür abhaute.

Stark und ich rannten sofort los. Als wir in den Korridor gelangten, lief der Mann bereits aufs Rollfeld. Wir folgten ihm in die Dunkelheit. Die Hitze, die immer noch in dem Beton gespeichert war, fühlte sich an wie der heiße Atemstoß aus einem Hochofen. Ich hörte Schritte, dann sah ich, wie eine Gestalt zwischen einer Gruppe von Service-Lkws und Gepäckwagen verschwand, die über Nacht neben einer Maschine abgestellt worden waren.

Stark und ich teilten uns auf. Wir wollten von entgegengesetzten Seiten kommen und versuchen, den Mechaniker in die Zange zu nehmen. Ich zog meine Achtunddreißiger aus dem Halfter, das wie eine ganz normale Hüfttasche aussah. Stark tat dasselbe. Wir hatten keine Ahnung, ob der Kerl eine Waffe bei sich trug.

Links von mir huschte Stark von einem Fahrzeug zum nächsten und versuchte, so tief wie möglich in die Hocke zu gehen und außer Sicht zu bleiben. Ich lief nach rechts. Der Mechaniker kannte sich auf dem Gelände sicherlich gut aus. Ich ging in die Hocke, hinter einem Gepäckwagen, auf dem sich Koffer, Angelgerätschaften und Schiffsausrüstungsteile stapelten. Ich wartete, sah mich um und versuchte festzustellen, wohin zum Teufel der Kerl gerannt war. Er musste sich irgendwo versteckt halten, vielleicht in einem der Fahrzeuge oder in einem der Flugzeuge. Es handelte sich um eine recht große Turboprop mit vermutlich fünfzig oder sechzig Sitzplätzen. Eine mobile Gangway war an eine offene Kabinentür herangeschoben – sie bot den einzigen Zugang zur Maschine. Wenn der Kerl hineingegangen wäre, dann würde er dort zwar in der Falle sitzen, aber es würden sich ihm auch jede Menge Orte bieten, von wo aus er aus dem Hinterhalt, geschützt hinter einem der vielen Sitze, agieren konnte.

Stark dachte dasselbe. Er flitzte hinter einem Tanklastzug hervor, sprintete zur Gangway und stieg in geduckter Haltung hinauf. Er war halb oben, als ich auf der anderen Seite des Gepäckwagens eine rasche Bewegung wahrnahm. Dann sah ich, wie der Kerl den Arm hob, er hielt eine Waffe in der Hand, direkt auf Stark gerichtet, den Finger am Abzug.

»Stark! Waffe!«, rief ich. Ich hörte zwei Schüsse und registrierte den Geruch von Schießpulver, als der Gepäckkarren gegen mich prallte und ich unter einem Stapel von

Koffern und Gerätschaften begraben wurde. Ich lag flach auf dem Boden und versuchte herauszufinden, wo oben war, als der Mechaniker Koffer auf mich zu werfen begann. Bevor ich mich orientieren konnte, hatte er mir seine rauen, kräftigen Finger um den Hals gelegt und sich mit seinem vollen Gewicht auf mich geworfen.

Irgendwo in dem Durcheinander von Angelgeräten und Gepäckstücken hatte ich meine Achtunddreißiger verloren. Ich wollte dem Kerl mein Knie zwischen die Beine stoßen, aber er drückte mit seinem Körpergewicht zu schwer auf meine Beine. Ich merkte, wie ich das Bewusstsein verlor, meine Arme schwach wurden, Dunkelheit von den Rändern meines Blickfelds nach innen kroch. Dann lockerte sich plötzlich sein Griff, fassungslos fiel er von mir ab. Stark stand da, einen Hartschalenkoffer in der Hand, während von einer seiner Gesichtshälften Blut herabtropfte.

Erst zog er mich aus dem Gepäckstapel hoch, dann packte er den Kerl am Kragen.

»Alles in Ordnung, Sampson?«, fragte er.

»Ja, aber du blutest«, ich deutete mit einem Nicken auf seinen Kopf. Er fasste sich an die Schläfe, zuckte leicht zusammen und meinte, das sei bloß ein Kratzer.

Als wir schließlich zum Police Department zurückkehrten und den Kerl hinter Schloss und Riegel gebracht hatten, war es nach neun. Stark saß im Büro und betupfte sein Gesicht mit etwas Mull. Die Blutung war gestillt. Die Kugel hatte ihn nur leicht gestreift, kurz oberhalb des Ohrs, viel Blut, aber kein echter Schaden. Er war eine Minute lang bewusstlos gewesen auf der Flugzeugtreppe. Als er wieder zu Bewusstsein gekommen war, hatte er gesehen, wie der Kerl versuchte, mir die Luftröhre zuzudrücken, und ihm mit dem Koffer eins übergezogen.

Der Mechaniker sagte kein Wort – nur dass er seinen Anwalt sprechen wolle.

»Lass uns von hier verschwinden, Sampson. Wir sprechen morgen früh mit seinem Anwalt. Ich möchte mal erleben, wie er mit einem Mordversuch an einer Polizistin davonkommen will.«

Als wir zum Parkplatz gingen, waren wir beide mehr als bereit, für heute Schluss zu machen.

»Ich denke, du hast mir da draußen den Arsch gerettet«, sagte Stark, als ich in mein Auto stieg. »Danke.«

»Hey, ich vermute, du hast dasselbe getan. Wir sind quitt«, sagte ich und grinste ihn an. »Bis morgen, Stark.«

O'Briens Jeep, ein CJ5, parkte auf dem Gelände von Pickering's Landing. Er hatte weder ein Dach noch Türen und war mit Anti-Rost-Farbe lackiert. O'Brien hätte sich einen Luxusschlitten leisten können, fuhr aber viel lieber den alten Jeep.

Simon war am Strand und spielte mit Sadie. Als er mich sah, kam er sofort auf mich zugerannt. Ich merkte, dass er mir in die Arme springen wollte, sich dann allerdings eines Besseren besann. Er hatte wohl bemerkt, dass wir ja praktisch Fremde waren. Ich hatte jedoch ein anderes Gefühl. Ich beugte mich vor, schlang die Arme um ihn und drückte ihn fest an mich, worauf sich natürlich Sadie einmischte. Verdammt, der Junge und ich hatten in den letzten sechsunddreißig Stunden viel gemeinsam durchgemacht.

»Hannah, du hast mir ja gar nicht gesagt, dass du auf einem Boot wohnst und einen Hund hast!«, sagte er. »Das ist cool. Ich hab mit Rebecca und Daisy gespielt, aber sie mussten zum Mittagessen ins Haus. Tilda hat mich gefragt, ob ich mit ihnen essen will, aber ich hab ihr gesagt, dass wir auf dich warten.«

»Na, dann musst du ja am Verhungern sein«, sagte ich und schnappte mir die Pizzas, die ich auf dem Nachhauseweg noch rasch eingekauft hatte. Mir war klar, dass Pizza mit Tildas Sonntagsmahlzeit nicht mithalten konnte. Ein gutes Beispiel dafür, warum ich nie Mutter werden sollte.

Jimmy und O'Brien saßen auf der *Sea Bird* und tranken Caribs, das örtliche Bier. Ich wunderte mich, dass O'Brien nach dem Streit vom Vorabend hergekommen war, freute mich aber, ihn hier anzutreffen – zu sehr. Als er uns herankommen sah, stand er auf, unsicher, wie ich auf seine Anwesenheit reagieren würde.

»O'Brien, ich freue mich, dass du gekommen bist«, sagte ich und betrat das Boot.

»Ich habe Nomad mitgebracht. Sie hat sich ohne dich und Sadie in der Villa nicht besonders wohl gefühlt.«

»Oh« war alles, was mir einfiel. *Enttäuschung* war nicht ganz das richtige Wort für das, was ich empfand. O'Brien war also nicht gekommen, um unsere Beziehung zu kitten. Sondern um mir meine Katze zurückzubringen. Er nahm nicht einmal meine Einladung an, mit uns zusammen Pizza zu essen. Ich ging mit ihm zu seinem Jeep und überlegte krampfhaft, wie ich ihm sagen konnte, dass es mir leid tat wegen des gestrigen Abends.

Bevor ich die richtigen Worte gefunden hatte, ging er in die Offensive. »Ein guter Junge«, sagte er und meinte damit Simon. »Es ist lieb von dir, dass du ihn aufgenommen hast. Aber du musst aufpassen, Hannah. Es ist ziemlich offensichtlich, dass er im Begriff ist, sich an dich zu binden. Du willst doch nicht, dass ein Kind, vor allem ein Junge, dir zu nahe oder deinem Beruf in die Quere kommt.«

»Was soll das, O'Brien? Spiel diese Sache nicht gegen das aus, was zwischen uns abläuft.« Ich war richtig wütend. »Du hast immer gewusst, wie ich über meinen Beruf denke. Er ist mein Leben. Ich dachte, du hättest das akzeptiert, als ich bei dir eingezogen bin. Aber wahrscheinlich hast du wirklich gehofft, du könntest einen Weg finden, mich umzustimmen – mich zu ändern. Wenn dir das gelungen wäre, würde ich dir vermutlich nicht mehr gefallen, O'Brien. Du würdest nicht mögen, in wen ich mich verwandelt hätte. Kannst du das nicht verstehen?«

»Vielleicht hast du Recht. Aber ich kann einfach nicht dastehen und zuschauen, was dein Beruf mit dir anstellt, vor allem nach einem Tag wie gestern. Du willst es verbergen, aber ich weiß, dass die Todesfälle dich mitnehmen. Du gibst dir die Schuld an allen – am Tod von Jake, Elyse und jedem anderen Menschen, von dem du glaubst, du hättest ihn retten können. Jeder Tod reißt ein Stück aus dir. Ich weiß nicht, vielleicht können wir ja nicht zusammenleben, passen einfach nicht zusammen, Hannah.«

Als er das sagte, wurde mir plötzlich schwer ums Herz, und meine Wut wich einem furchtbaren Gefühl des Verlusts und der Leere. Ich liebte O'Brien. Er hatte immer nach Wegen gesucht, damit wir zusammenbleiben konnten. Und jetzt das. Er klang so resigniert. Aber warum zum Teufel konnten wir nicht einen Weg finden, zusammen zu sein und so zu bleiben, wie wir waren? Und warum wurde von *mir* verlangt, alles aufzugeben? Verdammt, ich machte doch nur meine Arbeit, genauso wie er.

Nur ein kleiner Teil von mir war bereit, zuzugeben, dass er Recht hatte. Ja, mein Beruf forderte seinen Tribut. Es war der Preis, den ich bezahlte. Ich wollte, dass O'Brien mit mir zusammenblieb, aber vielleicht war es ja tatsächlich nicht möglich. Vielleicht musste er weiterziehen – sich eine Frau suchen, die Ehe und Kinder wollte. Es machte mich unbeschreiblich traurig, als ich mir vorstellte, wie O'Brien mit einer anderen Frau zusammen war.

»Wir sollten uns noch ein wenig Zeit lassen«, sagte ich. »Ich will dich nicht verlieren, O'Brien.«

»Ja, mehr Zeit«, sagte er, mutlos. Das war nicht der O'Brien, den ich kannte. Ich merkte, er war erschöpft, und ich wusste, dass er sich wegen des Hurrikans und seiner Boote Sorgen machte. Auf der Fahrt nach Hause hatte ich im Radio den Wetterbericht gehört. Im Grunde genommen hatte er aus jedem Fahrzeug und aus jeder Tür getönt. Alle Leute waren enorm nervös, sie lauschten und hofften zu hören, dass dem Hurrikan irgendwo dort draußen auf dem Atlantik die Puste ausgegangen wäre. Stattdessen war er zu einem tropischen Sturm mit einem Namen – Felix – heraufgestuft worden und steuerte noch immer direkt auf die BVI zu.

»Fahr nach Hause und schlaf dich richtig aus«, sagte ich, als O'Brien in seinen Jeep stieg.

Dann besann ich mich eines Besseren. »Peter«, rief ich, denn ich wollte die Verbindung nicht abreißen lassen, wollte, dass O'Brien blieb. Aber er startete den Motor und war fort, ehe ich ihn aufhalten konnte.

Ich tappte auf dem Steg zur *Sea Bird* zurück. Jimmy und Simon hatten die Pizzas schon zur Hälfte verputzt, als ich mich schließlich zu ihnen gesellte. Sie hatten es geschafft, zwei ganze Pizzas zu verdrücken – bis auf die eine Scheibe, die für mich übrig blieb. Dann fuhr Jimmy nach Hause. Calvin kam aufs Boot und half uns, die hintere Kabine freizuräumen, damit Simon einen Platz zum Schlafen und für ein paar Tage sein eigenes Zimmer hatte. Ich hatte den Raum als Lager genutzt, mit einem kleinen Büro in der einen Ecke. Meinen ganzen Krimskrams brachten wir zu einem Spind im Jachthafen, weil Calvin darauf bestand.

Calvin zeigte Simon die Männerseite des Badehauses. Ich holte ihm ein Handtuch, dann gingen wir beide zu den Duschen. Als ich auf die *Sea Bird* zurückkehrte, saß Simon im Cockpit, Sadies Kopf auf seinem Schoß. Er trug eines von Calvins Hemden und eine Pyjamahose mit Pinguinmuster aus Flanell – vermutlich Tildas –, die an den Knöcheln mehrmals hochgerollt war. An die Kleidung des Jungen hatte ich gar nicht mehr gedacht. Alles, was er besaß, befand sich im Moment im Lagerhaus. Und würde dort bleiben, bis die Ermittlungen abgeschlossen waren.

»Mein Gott, Simon, ich muss dir wohl ein paar Sachen zum Anziehen besorgen.«

»Ist schon in Ordnung, Hannah. Die Sachen sind gut, und Tilda hat mir auch eine Zahnbürste gegeben.« Er lächelte und hielt eine rote Zahnbürste mit Duffy Duck am Griff hoch.

»Geht's dir gut?«, fragte ich, setzte mich neben ihn und legte ihm den Arm um die Schultern.

»Ja. Danke, dass ich bei dir wohnen darf.«

»Ich bin froh, dass du hier bist«, sagte ich und merkte, dass ich es auch so meinte. »Glaubst du, dass du über deinen Dad sprechen kannst?«

Irgendwann mussten wir mehr darüber wissen, was sein

Vater auf den Inseln getan hatte und ob dies möglicherweise mit dem Flugzeugabsturz zusammenhing. Wahrscheinlich sollte ich hier, auf dem Boot, mit Simon reden, anstatt unten im Büro, mit Stark. Stark hatte zwar ein weiches Herz, aber die erste Begegnung mit seinem rasierten Schädel, dem schwarzen Mucki-Shirt und seinen eins fünfundneunzig konnte durchaus furchterregend sein, zumal für einen Neunjährigen.

Simon erzählte mir, dass er und sein Vater seit einer Woche auf den Inseln waren. Sein Vater war geschäftlich hier. Er war verantwortlich für die bedeutenden Zuschüsse der Woods Foundation. Sein Vater war gekommen, um Enok Kiersteds Projekt zu begutachten und darüber zu befinden, ob die Stiftung es weiter bezuschussen sollte. Simon glaubte, dass viel Geld auf dem Spiel stand. Er war mit seinem Dad mitgefahren, als der sich Kiersteds Labor in der Stadt anschauen wollte.

»Das war langweilig«, sagte Simon. »Die haben sich irgendwelchen Kram im Computer angesehen. Da bin ich auf die Straße gegangen und hab jede Menge Fotos gemacht. Als ich ins Haus zurückging, hab ich gehört, wie sie sich gestritten haben. Mr. Kiersted hat meinen Vater angeschrien. Da hab ich ein bisschen Angst gekriegt.«

»Was hat Mr. Kiersted denn geschrien?«

»Na ja, die Leute sind oft wütend auf meinen Dad«, sagte er. »Anscheinend geht's dabei immer um Geld. Aber mein Dad lässt sich nicht herumschubsen.«

Simon war auf seinem Stuhl immer weiter zusammengesunken, und er hatte Mühe, die Augen offen zu halten.

»Komm, gehen wir ins Bett, Simon«, sagte ich. »Wir sprechen morgen weiter.«

Als ich aufwachte, war ich verwirrt. Etwas hatte mich aus dem Schlaf gerissen. Zunächst glaubte ich, ich läge in O'Briens Bett in der Villa. Ich war aufgestanden und stand in T-Shirt und abgeschnittener Jogginghose im Salon, als mir schließlich klar wurde, dass ich mich auf der *Sea Bird* befand. Dann hörte ich die Schreie, die panischen Schreie. Es war Simon.

»Simon, was ist denn?«, rief ich, lief in sein Zimmer und knipste eine Lampe an. Simon saß aufrecht im Bett, mit weit aufgerissenen Augen, Tränen liefen ihm über die Wangen. Ich nahm ihn hoch und trug ihn in den Salon.

»Hannah, die haben mich gejagt, die Toten aus dem Flugzeug. Die wollten mich holen. Die haben versucht, mich rauszuzerren, zu den Haien.«

»Hab keine Angst, Simon. Das war nur ein Alptraum. Es gibt keine Haie und keine Toten. Du bist hier ganz sicher.« Natürlich log ich. Es hatte jede Menge Tote und Haie gegeben, nur eben nicht hier auf diesem Boot. Aber es war kein Wunder, dass der Junge Alpträume hatte.

»Ich bin hier, Simon. Ich und Sadie, wir sind hier.« Ich saß da und schaukelte ihn, bis er nicht mehr zitterte.

»Hannah, kann ich bei dir schlafen?«, fragte er, zu verängstigt, um sich darüber Sorgen zu machen, dass er sich wie ein Kleinkind benahm.

Als ich schließlich einschlief, war ich auf einen schmalen Streifen Matratze an der Wand zurückgedrängt worden; ich hatte den Arm um Simon gelegt, und Sadie lag ausgebreitet am Fußende des Bettes.

16

Sie standen im Vorschiff, in der Dunkelheit. Zwei von ihnen stritten sich. Sie stritten dauernd. Sie stritten seit Jahren. Immer über dasselbe. Es gehörte dazu. Es ging um die zügellose Gewalttätigkeit des einen und die Not des anderen. Immer kamen sie zu demselben Schluss. Sie waren auf eine Weise aneinander gebunden, die die meisten Menschen als abartig bezeichnen würden.

Der dritte Mann hielt sich etwas im Hintergrund. Er verschränkte die muskulösen Arme vor der Brust und wartete, dass die beiden ihre Diskussion beendeten, die sie seit Freitag führten, damit man weitermachen konnte.

»Ich hab's dir doch schon mal gesagt«, sagte der Kleinere der beiden. »Niemand droht mir!«

»Dein Temperament – es hat uns viel gekostet«, sagte der andere.

»Du hast dich noch nie beschwert.«

»Du bist auch noch nie so weit gegangen. Jetzt müssen wir uns tarnen.«

»Kein Sorge, das regeln wir schon«, sagte der Muskulöse schließlich und unterbrach das Wortgefecht. »Es wird da keine Probleme geben. Ich habe das Gebäude schon überprüft. Es ist abgeschlossen, und ein Cop steht davor – nur einer. Scheint ziemlich locker drauf zu sein. Mit dem kommen wir klar.«

»Hoffentlich sieht euch keiner. Keiner von euch beiden sieht wie ein Durchschnittstourist aus.« Beide waren von Kopf bis Fuß in Schwarz gekleidet. Der Kleinere der beiden, der, der das Sagen hatte, trug hässliche lila Laufschuhe.

»Hast du schon mal daran gedacht, Shorts und ein T-Shirt zu tragen? Wenn man dich in dem schwarzen Dress sieht, wird dich jeder für einen Schläger halten.«

»Niemand wird uns sehen. Das ist das Entscheidende. Niemand wird je erfahren, dass wir da waren. Wir legen den Cop rein, schnappen uns das Ding, und dann hauen wir von hier ab. Das wird ein Kinderspiel. Unglaublich simpel.«

Sie warteten einige Minuten im Dunkeln in der Nähe des Lagerhauses. Schließlich tauchte der Junge auf. Er war ein bereitwilliger Rekrut gewesen, einer jener Jungen, die in der Stadt herumlungerten und sich anstrengten, tough zu wirken, in Wirklichkeit jedoch verzweifelt und hungrig waren. Das Ganze hatte nur einen Zwanziger gekostet. Das war mehr Geld, als er in seinem jungen Leben je in der Tasche gehabt hatte. Sie hatten ihm erklärt, er solle dafür sorgen, dass der Cop mindestens eine halbe Stunde lang weg wäre, und ihn dann einfach stehen lassen.

Der Junge machte das super. Selbst sie wären auf seine Story hereingefallen. Er lief zu dem Cop hinüber, außer Atem, echte Tränen im Gesicht und scheinbar ganz außer sich vor Panik. Sekunden später ging der Cop weg, während er versuchte, mit dem Tempo des Jungen mitzuhalten.

Die beiden warteten einige Minuten und vergewisserten sich, dass niemand sonst in der Nähe war. Es war eine menschenleere Gegend, direkt am Wasser gelegen, mit vielen Büros, die Art Viertel, aus dem alle Leute spätestens um fünf nach Hause gingen, oder früher, wenn sie damit durchkamen. Trotzdem lohnte es, auf der Hut zu sein. Man wusste schließlich nie, wer vorbeispazierte. Schließlich schlichen sie über das offene Gelände, zogen ihre

Handschuhe an, brachen schnell das Schloss auf und schoben das schwere Tor gerade so weit zur Seite, dass sie hindurchschlüpfen konnten. Sie machten sich nicht einmal die Mühe, es zu schließen. Sie hatten vor, schnell hinein- und schnell wieder hinauszugehen. Sowie sie drinnen waren, schalteten sie ihre Taschenlampen an und begannen mit der Suche.

Sie würden zwar nichts hinterlassen, was auf sie hindeuten könnte, aber die Cops würden unbedingt herausfinden wollen, was in dem Flugzeug so wichtig gewesen war. Vor allem Sampson. Sie und ihr Partner hatten schon zu viele Fragen wegen des Absturzes gestellt.

Aber jetzt würden sie kriegen, wonach sie gesucht hatten, und von den Inseln abhauen, ehe jemand dahintergekommen wäre. Sollten sie doch ermitteln, was sie wollten. Sie würden auch nicht den Hauch eines Beweises dafür finden, dass sie mit der Sache zu tun hatten, selbst wenn sie die Leiche finden würden.

»Ich hab deine Knarre gefunden«, sagte der Große und leuchtete mit seiner Taschenlampe auf die Beretta, die auf dem Betonboden lag, in einem Behälter voller Flüssigkeit. Er hob den Beweismittelbehälter auf und warf einen Blick auf das Schild, das daraufgeklebt war.

»Innenkabine – am Bugschott, rechte Seite, direkt am Bugschott, keine Fingerabdrücke, ballistisch untersuchen«, las er. »Hast die Knarre wohl fallen gelassen. Ziemlich nachlässig, findest du nicht?«

»Gib her«, sagte Lilaschuh, packte den Behälter, leerte die Flüssigkeit aus und stopfte die Waffe in eine Tasche. »Diese Waffe liefert denen keine ballistischen Ergebnisse mehr.«

Fünfzehn Minuten später hatten sie zwar alles durchsucht, aber nicht gefunden, weshalb sie gekommen waren.

»Verdammt«, sagte Lilaschuh. »Das Ding muss doch irgendwo stecken.«

Plötzlich hörten sie ein Knarren: Das Tor wurde weiter aufgeschoben. Sie schalteten ihre Taschenlampen aus und warteten im Dunkeln, horchten. Jemand hatte das Lagerhaus betreten. Wenn es der Cop war, würde der Junge tief in der Scheiße stecken. Dann sahen sie die dunkle Gestalt: ein Mann, er blieb stehen, hob eine Flasche an die Lippen, trank einen kräftigen Schluck daraus. Ein Penner, der wohl mitbekommen hatte, dass die Tür offen stand. Er fing an, ein altes Walfängerlied zu singen, während er unsicheren Schrittes durch die Dunkelheit wankte.

Die Herzen hinan, auf die Liebe stoßt an!
Genießt die fröhliche Stunde,
die flüchtig wie Schaum an des Bechers Saum
zersprüht am durstigen Munde.

Der Trunkenbold betrat das Lagerhaus und begann, seinen Seesack zu füllen. Hin und wieder nahm er einen Schluck aus der Flasche, die er in der anderen Hand hielt. Er durchstöberte das Gepäck, untersuchte und ignorierte Shorts, eine Armbanduhr, einen glitzernden Ring. Dann stopfte er eine fast neue Jogginghose und ein T-Shirt mit der Aufschrift »Lebe schnell, segle langsam« in seinen Beutel. Als er auf einen Damenslip ohne Schritt stieß, hielt er ihn hoch und kehrte ihn von innen nach außen, offenbar um herauszufinden, warum zum Teufel man so etwas anzog.

»Zu meiner Zeit hatten die Frauen dabei gar nix an«, murmelte er und schüttelte den Kopf. Er stopfte den Slip in seine Tasche und stöberte weiter.

Er steckte gerade eine Kiste mit durchweichten Zigarren in seinen Beutel, als Lilaschuh sich hinter ihn schlich und ihm mit dem Knauf der Beretta einen Schlag auf den Schädel versetzte. Sie ließen den Penner in einer Blutlache zurück und verschwanden aus dem Lagerhaus, bevor der Cop zurückkam. Bis auf die Beretta standen sie mit leeren Händen da.

17

Um sechs Uhr am folgenden Morgen verließ ich die *Sea Bird*, wobei ich darauf achtete, dass sie nicht im Wasser schaukelte. Simon schlief noch ganz fest. Ich wollte den Jungen nicht aufwecken. Er hatte eine schwere Nacht hinter sich. Mehrmals war er aus dem Schlaf geschreckt und hatte irgendetwas gemurmelt, immer kurz vor einer Panik. Ich hatte meinen Arm fester um ihn gelegt und ihm beruhigende Worte zugeflüstert, um ihm die Angst zu nehmen.

Die Sonne stieg gerade hinter den Palmen empor und warf Schatten auf den Sand. Eine sanfte Brise strich über den Strand. Tilda hatte mich um kurz vor sechs wachgerüttelt. Ich hatte ein schlechtes Gewissen, weil Dunn Tilda hatte anrufen müssen, damit sie mich wecken konnte. Ich besaß kein Telefon auf dem Boot.

Als ich aus den Staaten fortgezogen war, hatte ich mit einer großartigen Geste mein Handy in die Müllpresse gesteckt und mir geschworen, nie wieder eines zu besitzen. In meinem Job hatte ich von morgens bis abends eines bei mir tragen müssen. Ich hasste diese verdammten Dinger. Und alle hatten sie. Was war so wichtig, dass es nicht warten konnte? Was mich aber richtig nervte, war, in einem Restaurant zu sitzen und eine Klingelmelodie zu hören, während alle Gäste im Umkreis von drei Metern in ihren Taschen und Handtaschen kramten, weil sie glaubten, der Anruf gälte ihnen. Dann musste ich zuhören, wie die Person am Nachbartisch fast eine Stunde lang telefonierte. Schon mal bemerkt, wie wichtig das alles klingt? Bis man hört, was gesagt wird. »Ja, ich kaufe auf dem Nachhauseweg noch Milch und Brot.« Ich habe einmal einen Mann beobachtet, der so vertieft in sein Telefongespräch war, dass er Butter in seinen Kaffee tat.

Außerdem musste es Orte geben, an die ich mich flüchten konnte. Die *Sea Bird* war einer davon. Wenn mich jemand unbedingt sprechen wollte, fand er sicher einen Weg, mich zu erreichen. Dunn fand immer einen. Leider war Tilda diejenige, die den Preis für meine Zurückgezogenheit bezahlte. Er hatte sie im Jachthafen angerufen und ihr gesagt, dass ich zum Lagerhaus herüberkommen müsse – und zwar sofort.

Tilda bot an, ein Auge auf Simon zu werfen und ihm Frühstück zu machen, sobald er aufstand. Als ich im Jachthafen ankam, hängte sie draußen vor dem Haus Wäsche auf. Saubere Laken und Mädchenkleider drehten und bauschten sich in der morgendlichen Brise. Ich hörte, wie Daisy und Rebecca oben in ihrem Zimmer plapperten. Rebecca zog sich an, sie musste zur Schule, zweite Klasse. Jeden Morgen stand Daisy an der Straße und wünschte sich nichts sehnlicher, als mitzufahren, wenn ihre Schwester in den Bus stieg.

Ich versprach Tilda, dass ich vor dem Mittagessen zurück wäre, und zehn Minuten später fuhr ich vor dem Lagerhaus vor. Dunns Auto und ein Polizeifahrzeug waren bereits da. Stark kam direkt hinter mir zum Stehen. In der Ferne konnte man Sirenen hören, die sich näherten.

»Was ist denn passiert?«, fragte Stark und stieg aus dem Wagen, einen Donut in der einen Hand, einen Kaffeebecher in der anderen. Die Morgenzeitung unterm Arm.

»Keine Ahnung. Ich habe soeben die Nachricht bekommen, ich soll hierherkommen«, antwortete ich.

Er reichte mir den Kaffee, dann beugte er sich in seinen Wagen und holte noch einen Donut vom Armaturenbrett. »Möchtest du einen?«

»Nein, danke.«

»Hübsches Bild von dir auf der Titelseite«, sagte er und reichte mir die Zeitung.

Als ich sie auseinanderfaltete, stach mir die dicke Schlagzeile sofort ins Auge: *Polizeibeamtin tut sich mit Filmstar zusammen. Wird eine Liebe daraus?* Das Foto war jenes, das Sammy Lorenzo gestern auf der *Wahoo* inszeniert hatte. Es schien, als würden Stewart und ich eine sexuelle Annäherung gleich hier, auf dem Boot, in Betracht ziehen.

»Herrgott noch mal! Ich will von dir kein einziges Wort mehr darüber hören, Stark«, sagte ich und warf die Zeitung in einen Mülleimer in der Nähe. »Gehen wir rein.«

Dunn war schon drinnen, er kniete neben einem Mann. »Capy«, sagte er, als wir näher kamen.

»Verflucht«, murmelte ich und versuchte, die Fassung zu wahren.

Alle auf der Insel kannten Capy. Er lebte in einer baufälligen Hütte im Wald. Er war einst ein geschickter Fischer gewesen und hatte eines der profitabelsten Fischerboote auf den Inseln gesteuert. Das war vorbei, als seine Frau an Krebs gestorben und die großen Fische selten geworden waren. Da hatte er mit dem Saufen angefangen. Dann hatte er eines Nachts in einem Sturm sein Boot verloren. Er hatte allen erzählt, die zuhören wollten, dass es in dem wütenden Meer Ungeheuer gebe.

Die Leute schauten nach ihm, reparierten seine Hütte, brachten ihm etwas zu essen und ließen ihm Zigaretten da, wenn er nicht zu Hause war. Capy nahm keine Almosen an, spazierte aber oft in der Hafengegend herum auf der Suche nach Schätzen, die andere für Abfall hielten – normalerweise lief das auf weggeworfenes Angelgerät, vielleicht eine alte Decke hinaus.

Jetzt lag er in einer Lache dunklen, klebrigen Zeugs. Sein weißes Haar lag darin. Sein Atmung ging schwer, stoßweise. Ich kniete mich neben ihn und umfasste sein Handgelenk. Der Puls ging flatterig und unregelmäßig. Ich hörte, wie draußen der Notarztwagen mit quietschenden Reifen zum Stehen kam und das Sirenengeheul erstarb. Es wurde auch Zeit.

Zwei Sanitäter kamen herbeigelaufen und machten sich an die Arbeit, versuchten Capy zu stabilisieren. Er hatte viel Blut verloren. Wer immer ihm den Schlag versetzt hatte, hatte dafür sorgen wollen, dass er nie wieder aufstand. Als die Sanitäter ihn auf die Trage legten, murmelte er irgendetwas von roter Unterwäsche.

»Wer will denn Capy ein Haar krümmen?«, fragte ich, nachdem die Sanitäter ihn in den Krankenwagen geschoben hatten und, wieder unter Sirenengeheul, davonrasten.

»Ich weiß es nicht, aber ich will es herausfinden.« Dunn war wütend, so stinkwütend, wie ich ihn noch nie erlebt hatte, die Fäuste geballt, das Gesicht in strenge Falten gelegt.

Stark stand in der Nähe und strich sich über die Glatze. »Was ist eigentlich mit dem Streifenpolizisten, der hier aufpassen sollte?«

»Anscheinend ist irgendein Junge angelaufen gekommen und hat irgendetwas über einen Mann geschrien, der seine Mutter überfallen habe«, sagte Dunn.

»Wo ist er jetzt?«, fragte ich.

»Da drüben. Sergeant Josephs.« Dunn zeigte auf den uniformierten Beamten, der mit hängendem Kopf in einer Ecke dasaß.

Stark ging zu ihm hin, um mit ihm zu sprechen. Josephs machte sich schwerste Vorwürfe.

»Der Junge ist völlig außer Atem auf mich zugerannt gekommen, er hat gesagt, der Freund seiner Mutter sei betrunken nach Haus gekommen und bedrohe sie mit einem Fleischermesser. Mann, der Junge hat das prima gemacht. Ich hab ihn nicht mal befragt. Bin ihm ganz bis zum Postamt hinterhergelaufen. Als mir klar wurde, dass er mich im Kreis herumgeführt hatte, ist er hinter einer Ecke verschwunden.

Als ich hierher zurückgekommen bin«, fuhr er fort, »wurde es gerade hell. Da hab ich gesehen, dass das Tor offen stand. Ich bin reingegangen und hab Capy gefunden. Zuerst dachte ich, er wäre eingebrochen und dann eingeschlafen. Dann hab ich das viele Blut gesehen und die Sache sofort gemeldet.«

»Haben Sie irgendetwas angefasst?«

»Nein, so dumm bin ich nun auch wieder nicht.«

»Was ist mit dem Jungen?«, fragte ich. »Haben Sie ihn erkannt?«

»Nein. Es war ja stockdunkel. Der Junge war spindeldürr, nichts als Haut und Knochen, muss so etwa zwölf gewesen sein. Hatte eine Baseballkappe auf, vielleicht schwarz, dunkelblau, mit einem dieser Nike-Symbole drauf. Hat sie seitwärts getragen, wie die Jungs das heute so machen. Er hat 'ne viel zu weite Jeans getragen, die er immer wieder hochziehen musste, und ein großes Hemd. Er sah so aus wie die Hälfte der Jungen in der Stadt – Sie wissen schon, diejenigen, die wie Rapper aussehen wollen.«

Nachdem Gil Dickson alle Oberflächen auf Fingerabdrücke hin untersucht hatte, verbrachten wir die nächste Stunde im Lagerhaus mit dem Versuch, eine Art Szenario zu rekonstruieren. Das Schloss war aufgebrochen worden. Wer auch immer eingebrochen war, hatte mit Sicherheit gewollt, dass es unbemerkt blieb. Die Täter hatten wohl vorgehabt, das Tor einfach wieder zu verschließen und längst weg zu sein, bevor Josephs zurückkam.

Aber dann war ihnen Capy in die Quere gekommen. Wahrscheinlich hatte das Tor leicht offen gestanden, und er war hineingegangen. Dann hatte er vermutlich wieder nach irgendwelchen Abfällen gesucht, vielleicht auch nur nach einem stillen Plätzchen, wo er seinen Rum austrinken konnte. Capy hatte den Sachen, die er gefunden hatte, nicht widerstehen können. In seinem Beutel fanden wir Lorenzos Zigarrenkiste und einige Kleidungsstücke, von denen wir wussten, dass sie sich in dem Gepäck befunden hatten. Offensichtlich hatte er jemanden mit finstereren Absichten unterbrochen.

Um Einbruchdiebstahl handelte es sich aber nicht. Debra Westbrooks Schmuck und die teure Kameraausrüstung der Rileys lagen genau dort, wo wir sie zurückgelassen hatten. Als wir unsere Liste der Gegenstände überprüften, die wir geborgen hatten, fanden wir absolut nichts, was fehlte – bis auf die Beretta.

»Was glaubst du?«, fragte Stark, als wir zum Wagen hinausgingen. »Hatten die es auf die Waffe abgesehen?«

»Weiß der Himmel«, sagte ich. »Wir müssen abwarten, ob Dickson schon irgendetwas über die Seriennummer herausgefunden hat.«

Als wir ins Büro zurückkamen, saß der Anwalt des Mechanikers vor Dunns Büro und wartete nur darauf, loszulegen. Er stellte alle möglichen Forderungen, von denen die absurdeste war, dass wir seinen Mandaten sofort freilassen sollten. Keine Chance. Der Kerl hatte versucht, zwei Polizeibeamte zu ermorden, Stark und mich.

Ich hatte den Eindruck, dass diese Tatsache dem Anwalt neu war. Schließlich willigte er ein, dass wir in seiner Anwesenheit mit seinem Mandanten sprachen.

Wir gingen zu den Zellen hinunter. Der Mechaniker lag auf der Pritsche und täuschte Langeweile vor, bis der Anwalt ihn mit der Anklage konfrontierte. Daraufhin wurde er richtig gesprächig.

»Warum haben Sie die Maschine zum Absturz gebracht?«, fragte Stark; er ging ihm sofort an die Gurgel.

»Was?« Der Mechaniker sprang auf. »Nie und nimmer. Warum sollte ich denn so was tun?«

»Wir wissen über den Drogenschmuggel Bescheid. Wir haben mit der Frau des Copiloten gesprochen. Sie hat uns gesagt, dass ihr Mann rauswollte. Vielleicht wollten Sie all den anderen Kurieren in Ihrem kleinen Unternehmen ja eine Botschaft schicken.«

Der Mann bestritt gut und gerne zehn Minuten, dass er irgendetwas von den Drogen wisse. Schließlich nahm ihn sein Anwalt zur Seite und klärte ihn auf – darüber, dass ein Mordversuch an Polizisten von den Gerichten gar nicht gern gesehen würde und dass es in seinem wohlverstandenen Interesse läge, zu kooperieren.

»Verdammt, soweit ich weiß, hatte meine Connection euch losgeschickt, als er von dem Flugzeugabsturz erfuhr. Woher hätte ich denn wissen sollen, dass ihr Cops seid.«

»Hey, Stark, ich erinnere mich ganz deutlich, dass wir uns in der Kantine ausgewiesen haben, du nicht?«, entgegnete ich mit ätzendem Sarkasmus.

»Ja, das haben wir getan, glaube ich«, pflichtete Stark mir bei.

Der Mechaniker suchte angestrengt nach einer Ausrede und gab schließlich zu, dass er das für einen Trick gehalten und nie einen unserer Ausweise gesehen habe. »Ich meine, sehen Sie sich den doch mal an«, sagte er und zeigte auf Stark. »Der sieht doch selber aus wie ein Dealer.« Was nicht ganz abwegig war.

Am Ende einigten wir uns darauf, dass wir die Anklage wegen versuchten Mordes zurücknehmen würden, falls er uns die nötigen Informationen lieferte. Wir könnten ihm aber keineswegs versprechen, dass er bald aus der Haft entlassen würde. Er würde wegen des tätlichen Angriffs auf einen Polizeibeamten und wegen Drogenhandels sicherlich eine Gefängnisstrafe bekommen. Aber er wusste, dass er sich nicht in der Position befand, unser Angebot ablehnen zu können.

Er konnte seine Komplizen gar nicht schnell genug verraten. Er erzählte uns, dass er nur ein Mittelsmann sei und gute Kontakte am Flughafen habe, weil er dort arbeite, und einige weitere Piloten und Stewards anwerben konnte. Allerdings schwor er hoch und heilig, nicht am Flugzeug herummanipuliert zu haben. Warum auch? Seine Drogen waren ja verloren. Außerdem sei Samstag sein freier Tag, er also gar nicht in der Nähe des Flugzeugs gewesen.

Dunns Kopf steckte hinter einer Zeitung, als wir sein Büro betraten. »Interessantes Foto, Detective Sampson.« Mehr sagte er nicht dazu, aber er war beunruhigt. Dunn war ein »zurückhaltender« Chef und schätzte es gar nicht, wenn seine Leute Schlagzeilen machten. Ich nahm mir vor, Lorenzo mächtig einzuheizen, sollte noch ein einziges Wort über mich in den Zeitungen erscheinen.

»Was haltet ihr von diesem Mechaniker?«, fragte Dunn, nachdem wir ihn über die Befragung in Kenntnis gesetzt hatten.

»Wir überprüfen, ob er in der Nähe des Flugzeugs war, während es am Boden stand«, sagte ich. »Was die Sabotage und den Einbruch im Lagerhaus betrifft, dürfte er aus dem Schneider sein. Das passt einfach nicht, zumal er die letzte Nacht in der Zelle verbracht hat.«

Im selben Moment klopfte Dickson an. Er hatte die Seriennummer der Beretta durch den Computer laufen lassen.

»Ich fürchte, ich habe keine guten Nachrichten«, sagte er und hielt ein Fax hoch. »Die Waffe wurde vergangenes

Jahr von einem Pfandhaus in Kalifornien als gestohlen gemeldet. Sie ist erst wieder aufgetaucht, als wir sie aus dem Flugzeug geborgen haben.«

»Noch eine Sackgasse.« Der Frust war Dunns Stimme deutlich anzumerken.

»Was wollen Sie bezüglich des Drogenschmuggels unternehmen, Chief?«, fragte Stark.

»Ich werde die Küstenwache anrufen, die sollen nach dem Boot fahnden, das der Mechaniker beschrieben hat. Es würde mich nicht wundern, wenn sich bereits herumgesprochen hat, dass wir den Kerl festgenommen haben. Alle, die damit zu tun haben, sind inzwischen wahrscheinlich schon auf halbem Weg nach Südamerika. Der Mechaniker bleibt vorerst in Haft; ihr beide konzentriert euch weiter auf den Flugzeugabsturz.«

Das Telefon unterbrach Dunn.

»Chief Dunn«, sagte er, dann hörte er mindestens fünf Minuten lang zu, bis er antwortete: »Wie lange ist er schon weg?« Er machte eine Pause, dann fragte er: »Fehlt er oft bei der Arbeit?« Noch eine Pause. Ich hörte, dass am anderen Ende der Leitung eine Frau sprach.

»Also gut«, antwortete Dunn. »Wir kümmern uns darum, falls er in den nächsten vierundzwanzig Stunden nicht wieder auftaucht. Bitte halten Sie mich auf dem Laufenden.« Wieder hielt er inne. »Ja, ich weiß, dass Sie sich Sorgen machen, aber höchstwahrscheinlich wird er am Morgen im Büro erscheinen. Rufen Sie mich an, wenn das nicht der Fall sein sollte.«

Schließlich legte er auf. »Das war eine Vermisstenmeldung, sie betrifft einen gewissen Conrad Frett«, sagte er. »Er arbeitet in der Baubehörde. Seine Sekretärin hat mich angerufen und gesagt, dass er heute nicht zur Arbeit erschienen sei. Als sie bei ihm zu Hause angerufen habe, habe seine Haushälterin geantwortet, er sei nicht da gewesen, als sie im Morgen eingetroffen sei, um ihm das Frühstück zu bereiten.«

»Was ist daran so Besonderes?«, fragte Stark. »Er hat wahrscheinlich nur beschlossen, sich einen Tag freizunehmen.«

»Hoffen wir's«, sagte Dunn. »Wenn nicht, müsst ihr beide euch auch darum kümmern.«

Das Telefon klingelte wieder. Je länger Dunn redete, desto frustrierter wurde er. Nach etwa zehn Minuten legte er auf.

»Wisst ihr«, sagte er, »vor zwei Tagen noch saß ich hier, habe den ganzen Papierkram aufgearbeitet und die Aussicht genossen und dass ich rechtzeitig zum Abendessen nach Hause kommen würde. Jetzt sieht es so aus, als wären alle auf den Inseln verrückt geworden. Das war der Manager des Delfin-Parks. Er hat mich mindestens zweimal täglich angerufen, weil irgendjemand seine Delfine freigelassen hat. Er macht sich Sorgen um seinen Job, nehme ich an. Wer immer es gewesen ist, ist nach Einbruch der Dunkelheit ins Delfinarium geschwommen und hat ein Riesenloch in den Maschendrahtzaun geschnitten. Der Manager will, dass der Betreffende gefasst und bestraft wird. Den bekommen wir nie zu fassen. Eine Menge Leute auf der Insel sind wütend darüber, was dort drüben in dem Delfin-Park abläuft. Jeder kann sich vorgenommen haben, die Tiere freizulassen. Ich muss zugeben, dass ich selbst auch schon daran gedacht habe.«

»In welcher Nacht ist das passiert?«, fragte ich Dunn.

»Samstagnacht, irgendwann nachdem der Park geschlossen hatte.«

Mir fiel Kiersted ein und sein Vortrag über die Delfine an jenem ersten Abend, als wir uns am Strand von Pickering's Landing unterhalten hatten. Er war gerade in den Jachthafen zurückgekommen, mit nasser Kleidung. Das war Samstagnacht gewesen. Ich nahm mir vor, wegen der Angelegenheit selbst mit Kiersted zu sprechen.

Dunns Telefon klingelte erneut, als wir zur Tür hinausgingen.

»Wir müssen uns neu sortieren«, sagte ich zu Stark. Wir setzten uns draußen im Hauptbüro auf die rissigen Vinylstühle mit Rollen. »Nichts ergibt einen Sinn. Die Dinge passen einfach nicht zusammen. Der Absturz, der Einbruch, die gestohlene Beretta. Mist. Aber vielleicht hängt das alle auch gar nicht zusammen.«

Stark rollte mit seinem Stuhl zu einer alten Schiefertafel hinüber, die in einer Ecke stand und Staub angesetzt hatte. Die Tafel wies schon deutliche Gebrauchsspuren auf. Er nahm sich ein Stück Kreide, und wir fingen an, ein wenig Ordnung in die verworrene Lage zu bringen. Stark und ich hatten beide geglaubt, dass der Fall schnell aufgeklärt wäre; wir hatten es hier mit Drogenschmuggel zu tun, an dem der Copilot und der Mechaniker beteiligt waren. Es war das unkomplizierteste Szenario, und meist erwies sich die offensichtliche Lösung auch als die richtige. Jetzt fingen wir wieder von vorne an.

Der Einbruch ins Lagerhaus war ein Signal. Wir mussten alle Beteiligten genau unter die Lupe nehmen. Stark zeichnete ein Flugzeug auf die Tafel und fing an, die Details einzufügen. *Warum nicht?*, dachte ich. Vielleicht kamen wir der Sache damit ja schneller auf den Grund. Ich saß da, den Ellbogen auf dem Knie, die Knöchel unter das Kinn gestemmt, und betrachtete Starks Diagramm.

LINKE SEITE	RECHTE SEITE
Reihe 1: William Riley (tot)	Louise Riley (tot)
Reihe 2: Frei (vorher Debra)	Frei
Reihe 3: Frischvermählter	Frischvermählte
Reihe 4: Lawrence Redding (tot)	Frei (Simon Redding im Toilettenraum)
Reihe 5: Sammy Lorenzo	Zora Gordon
Reihe 6: Debra Westbrook	Daniel Stewart

Schließlich gingen wir die einzelnen Namen durch. Über die Rileys wussten wir wenig – nur das, was Senator Westbrook uns erzählt hatte. Sie waren stinkreich. Dass sie in der ersten Reihe gesessen hatten, war mit ziemlicher Sicherheit für ihren Tod verantwortlich.

Die zweite Sitzreihe war leer gewesen. Debra Westbrook konnte von Glück reden, dass sie den Heckbereich für sicherer gehalten hatte und dorthin umgezogen war. Über sie hatten wir nur erfahren, dass es zwischen ihr und Jack Ärger gegeben und sie sich möglicherweise einen Scheidungsanwalt genommen hatte.

In der dritten Reihe saßen die Frischvermählten. Über sie wussten wir nur, dass sie sich auf ihre Flitterwochen gut vorbereitet hatten.

Links hinter dem Bräutigam hatte Lawrence Redding gesessen. Dass er die Macht hatte, Hunderttausende, wenn nicht gar eine Million zu spenden oder zurückzuhalten, bedeutete, dass er möglicherweise Feinde hatte. Im

Moment kannten wir jedoch nur eine Person, mit der er in Verbindung gestanden hatte – Enok Kiersted. Falls Redding sich gegen die Vergabe des Zuschusses ausgesprochen hätte, hätte Kiersted nicht wollen können, dass Redding der Stiftung seinen Bericht zukommen ließ. Simon hatte gesagt, die beiden hätten Streit gehabt.

Zora Gordon hatte hinter Simon gesessen. Anscheinend war sie ohne Begleitung auf einer Jacht. Ich hätte sie nie für eine Anwältin gehalten – bis ich ihre Visitenkarte sah. Zora wirkte wie eine Frau, die ihre ganze Zeit in Fitnesscentern und Gesundheitsläden verbrachte. Ich fragte mich, auf welchem Fachgebiet sie wohl praktizierte. Es konnte durchaus sein, dass sie sich Feinde gemacht hatte – irgendein verärgerter Mandant, der kurz zuvor aus dem Gefängnis entlassen worden war oder sich wegen ihrer Rechnung geärgert hatte.

»Was ist mit Sammy Lorenzo und Daniel Stewart?«, fragte Stark.

»Wir wissen, dass die beiden Urlaub gemacht haben. Stewart hat behauptet, er habe mal aus allem rauskommen müssen. Sammy sei später nachgekommen, um sich mit ihm zu treffen. Ich könnte mir durchaus denken, dass Stewart Feinde hat. Er ist mit Sicherheit sehr bekannt, aber es erscheint mir wahrscheinlicher, dass er vor allem Ziel schöner Frauen als Zielscheibe für einen Mord ist.«

»Jedenfalls haben die beiden den Absturz zu ihrem Vorteil genutzt.« Jetzt lächelte Stark. »Sieht so aus, als wärst du auf der Straße des Ruhms, als Liebling der Stars.« Er hatte lange der Verführung widerstanden, mich wegen der Schlagzeilen in der Inselzeitung aufzuziehen. Jetzt konnte er einfach nicht widerstehen.

»Ich habe dir gesagt, Stark, ich will nichts mehr davon hören. Sehen wir uns mal das Lagerhaus an. Warum ist dort jemand eingebrochen?«

»Gibt nur einen Grund. Die waren hinter der Beretta her.«

»Aber wieso?«, fragte ich, wodurch ich ihn zwang, darüber nachzudenken.

»Weil die Waffe sie irgendwie belasten würde?«, schlug er vor.

»Ja, aber wie?«, fragte ich. »Wer immer die Beretta verloren hat, weiß vermutlich, dass man ihren Besitzer ermitteln kann. Warum dieses Risiko eingehen?«

»Mal überlegen«, sagte Stark. »Die Waffe musste jemandem im Flugzeug gehören oder jemandem, der sich in der Maschine befand, während sie am Boden stand. Bislang gehen wir davon aus, dass es sich dabei nicht um den Mechaniker handelt.«

»Okay. Damit bleiben alle Passagiere übrig und praktisch jeder, der am Samstagmorgen am Flughafen gearbeitet hat. Verdammt, Stark, vielleicht lag die Beretta schon seit Wochen neben dem Sitz eingeklemmt.«

»Ja, vielleicht hat die Waffe gar nichts mit der ganzen Sache zu tun. Was für ein Chaos. Vielleicht handelt es sich um einen Zufallseinbruch. Wer immer es war, hat die Waffe zufällig gesehen und einfach mitgenommen.«

»Aber warum haben die nicht die anderen Sachen mitgenommen – zum Beispiel den Schmuck?«

»Weil Capy ihnen in die Quere kam«, sagte Stark. »Hoffentlich kommt er durch und kann uns etwas erzählen.«

»Vielleicht haben die Täter nicht gefunden, wonach sie gesucht haben.« Ein zufälliger Gedanke.

»Schon möglich. Wer immer ins Lagerhaus eingebrochen ist, könnte hinter etwas her gewesen sein, das ihn mit dem Absturz in Verbindung bringt.«

Die einzigen Gegenstände, die in Frage kamen, waren das Kokain und Reddings Laptop. Dunn hatte darauf bestanden, dass das Kokain auf der Wache eingeschlossen wurde, und Gil hatte den Laptop an sich genommen, um festzustellen, ob er vielleicht irgendwelche Daten wiederherstellen konnte.

»Oder die Täter haben nach etwas anderem gesucht, das sich im Flugzeug befand«, gab ich zurück. »Die Waffe? Möglich. Das Kokain? Vielleicht. Der Laptop? Eher unwahrscheinlich, aber ich bitte Dickson trotzdem, ihn auf der Prioritätenliste nach oben zu setzen.«

»Verdammt, es kann sogar sein, dass es sich bei dem Absturz um einen Unfall gehandelt hat«, sagte Stark und warf die Kreide in den Papierkorb.

»Ja, könnte sein, aber im Moment müssen wir davon ausgehen, dass es kein Unfall war. Wir müssen mehr über die Passagiere wissen. Das ist die beste Strategie, um herauszufinden, was sich im Flugzeug abgespielt hat, und damit wiederum ein Motiv für den Einbruch im Lagerhaus zu entdecken.«

Wir teilten die Liste auf. Stark wollte zum Flughafen fahren, die Mitarbeiter der Fluglinie befragen und die Aussagen des Mechanikers überprüfen und dann im Krankenhaus mit den Frischvermählten sprechen. Danach würde ich losfahren, um mit Debra Westbrook zu sprechen.

»Du hast elterliche Verpflichtungen? Das könnte dich ziemlich in deiner Arbeit behindern«, sagte Stark, als er die Tür hinter sich zuknallte.

»Ja, das könnte schon sein«, murmelte ich, an niemanden gerichtet.

Jean, Dunns Sekretärin, steckte den Kopf hinter die Titelseite der verdammten *Island News*, als ich vor ihrem Schreibtisch stehen blieb.

»Wow, Hannah, Sie haben's aber gut! Dieser Daniel Stewart ist ja ein schmucker Kerl!«

»Jean, es ist nicht so, wie es scheint.«

»Na ja, jammerschade. Vielleicht möchten Sie mich ja mit ihm bekannt machen?«

»Tun Sie mir bitte einen Gefallen, und zeigen Sie diese Zeitung nicht im Büro herum.« Ihre Miene verriet mir allerdings, dass sie es bereits getan hatte.

»Hat sich Simons Tante schon gemeldet?«, fragte ich.

»Nein. Ich habe heute Morgen noch einmal in ihrem Büro angerufen. Ihre Sekretärin sagt, sie habe mehrere Nachrichten hinterlassen, ohne eine Antwort zu bekommen. Geht's dem Jungen gut?«

»So gut, wie's ihm möglich ist.« Verflucht, interessierte sich da draußen denn außer mir niemand so sehr für den Jungen, dass er sich um ihn kümmern würde?

18

Als ich nach Pickering's Landing zurückkam, nahm Tilda gerade Wäsche von der Leine. Simon war unten am Strand. Er hielt Daisys Hand, und so liefen sie auf mich zu, beide mit einem roten Plastikeimer in der Hand. Daisys war voller Muscheln. Die Fünfjährige traf man nur selten ohne irgendeine Art maritimes Fundstück an, das meist tief in einer ihrer Taschen steckte. Sie und Rebecca lebten seit ihrer Geburt in der Nähe von Wasser. Es war ihr Spielplatz. Als ich mich hinkniete, um mir die Schätze der beiden anzuschauen, reichte sie mir einen winzigen Einsiedlerkrebs.

»Das ist Herman«, sagte sie. »Ist er nicht süß? Ich leg ihn mir unters Kopfkissen.«

»Vielleicht solltest du ihn wieder dort hinlegen, wo du ihn gefunden hast«, schlug ich vor. »Du weißt doch, deine Mama hat gesagt, dass Einsiedlerkrebse es nicht gernhaben, von zu Hause fort zu sein.« Tilda hatte die Tiere mehr als einmal tot und stinkend in Daisys Bett gefunden.

»Aber Hannah, ich möchte den Krebs nicht zurück nach Hause bringen«, sagte sie und steckte sich einen Finger in den Mund.

»Warum denn nicht, Daisy?«, fragte ich, während sie sich noch einen Finger in den Mund schob.

»Weil es da oben unheimlich ist«, sagte sie und deutete mit einem Kopfnicken auf das Gebüsch zwischen den Bäumen, in dem man die Einsiedlerkrebse in ihren Verstecken unter Palmblättern finden konnte.

»Was meinst du damit, Daisy?«, fragte ich. »Du hattest doch nie Angst vor den Bäumen? Du bist doch immer dort hingegangen, um Krebse zu holen, nicht wahr?« Vermutlich war es nur die Strategie der intelligenten Fünfjährigen, die Anweisungen eines Erwachsenen zu umgehen, der es nicht gern sah, wenn sie Angst hatte.

»Es ist da jetzt unheimlich«, sagte Daisy. Die Angst war ihrem Blick deutlich anzusehen.

»Warum denn, Daisy?«, fragte ich und sah Simon an. Er zuckte nur die Achseln.

»Als ich Herman gesucht hab, hab ich einen Mann zwischen den Bäumen gesehen.«

»Einen Mann? Was für einen Mann?« Jetzt war ich alarmiert.

»Ich weiß es nicht, aber er hat gemein ausgesehen, und er hat nicht gelächelt, als ich ihn angelächelt hab. Er ist einfach weggegangen, aber vielleicht versteckt er sich da oben.«

»Hast du jemanden gesehen, Simon?«, fragte ich.

»Nein. Daisy ist runtergelaufen gekommen und hat gesagt, dass da Monster zwischen den Bäumen sind. Ich hab das für ein Spiel gehalten. Ich hab so getan, als wäre ich ein Monster und hab sie gejagt, aber da hat sie zu weinen angefangen und gesagt, dass sie zu ihrer Mama will. Es tut mir leid, dass ich sie erschreckt habe.«

»Wann ist das denn passiert?«, fragte ich.

»Erst vor ein paar Minuten. Daisy hat mir nichts von dem Mann erzählt. Sie hat nur gesagt, dass sie Angst hat und nicht mehr spielen will. Wir wollten gerade zum Jachthafen zurück, um Tilda zu suchen.«

Daisy hatte normalerweise keine Angst vor Monsterspielen. Sie war in einem Alter, in dem sie wusste, dass es nur ein Spiel war. »Wie wär's, wenn ich mit dir komme, um Herman zurückzubringen, dann kannst du mir zeigen, wo du den Mann gesehen hast?«, sagte ich, hob sie auf den Arm und drückte sie fest an mich.

Sie zeigte zu der Stelle, und ich trug sie in Richtung der Palmen. Simon folgte mit den Eimern. Als wir unter den Bäumen standen, bestand sie darauf, dass ich sie in Ruhe ließ, damit sie den Einsiedlerkrebs unter das ihrer Meinung nach genau richtige Blatt legen konnte.

»Wo hast du denn den Mann gesehen?«, fragte ich Daisy.

»Er hat genau da gestanden, neben der großen Palme«, sagte sie, deutete auf einen ein, zwei Meter entfernten Baum und steckte sich dann wieder den Finger in den Mund.

»Okay, du und Simon, ihr wartet hier.« Ich stapfte weiter und ging neben der großen Kokosnusspalme in die Hocke. Es sah aus, als wäre der Sand am Stamm aufgewühlt worden, aber man konnte nicht mit Sicherheit sagen, ob tatsächlich jemand neben dem Baum gestanden hatte. Dazu war der Sand einfach zu trocken und aufgewühlt von den Landkrebsen.

»Habt ihr gesehen, wo der Mann hingegangen ist?«, fragte ich und ging zu den Kindern zurück. Wenn jemand hier gewesen war, dann in den letzten zehn Minuten. Vielleicht konnte ich den Mann ja finden. Mir gefiel gar nicht, dass irgendein Fremder die Kinder aus den Bäumen heraus womöglich beobachtete. Ich war mir sicher, dass derjenige nicht zufällig dort gewesen war. Es gab einfach nicht so viele Leute, die in diesem Abschnitt des Strandes herumspazierten – außer, sie hatten etwas in Pickering's Landing zu erledigen. Daisy zeigte auf den von Palmen gesäumten Strand hinunter.

»Okay, Simon bringt dich zu deiner Mutter. Ich sehe mich hier mal um und komme gleich nach.«

Ich blickte den beiden hinterher, bis sie auf dem Gelände des Jachthafens waren. Dann ging ich am Wasser entlang und hielt Ausschau nach irgendwelchen Hinweisen auf den Mann. Ich bildete mir ein, da und dort aufgewühltes Busch- und Blattwerk zu erkennen, war mir aber nicht sicher. Ich ging um die Landspitze herum, und vor mir lag ein menschenleerer Strand, der sich über eine Länge von etwa anderthalb Kilometern erstreckte. Ich ging durch die Bäume hinaus zur Straße, auf der hin und wieder ein Wagen vorbeiraste. Es hatte keinen Sinn, weiterzusuchen. Wenn Daisy jemanden gesehen hatte, war er längst über alle Berge.

Daisy und Simon hatten Tilda bereits von dem Mann erzählt. Inzwischen hatte er sich in einen Troll mit Warzen im ganzen Gesicht verwandelt. Daisy konnte mir keinerlei brauchbare Beschreibung des Mannes geben – außer dass es sich ganz bestimmt um einen Weißen gehandelt hatte. Das war immerhin etwas.

Tilda war besorgt. Ihr fiel niemand ein, der sich hierher verirren könnte. »Glaubst du, dass jemand den Kindern etwas antun will?«, fragte sie. »Aber so was passiert hier auf den Inseln einfach nicht.« Ich merkte, dass sie Angst bekam bei dem Gedanken.

»Ich weiß nicht, warum der Mann dort war, Tilda. Vielleicht war es einfach nur jemand, der hier herunterspaziert ist und nach einem öffentlichen Strand gesucht hat und, als er merkte, dass das hier keiner ist, wieder zur Straße hochgegangen ist. Aber ich halte es trotzdem für eine gute Idee, die Kinder eine Zeit lang nahe beim Haus zu halten.«

Ich kannte Tilda. Sie würde die Kinder nicht aus den Augen lassen, wenn sie fürchtete, sie könnten gefährdet sein. Ob der Mann uns vielleicht beobachtet hatte und mir auflauerte? Viele Leute wussten, dass ich auf einem Boot in Pickering's Landing wohnte. Aber mir fiel niemand ein, dem ich in letzter Zeit auf die Füße getreten wäre.

»Ist alles in Ordnung?«, fragte Simon, als Tilda Daisy mit ihren Muscheln ins Haus holte, damit sie ein Schläfchen halten konnte.

»Alles bestens, Simon.« Genau das hatte dem Jungen jetzt noch gefehlt – eine weitere Ursache für Alpträume.

»Komm«, sagte ich. »Wir kaufen dir ein paar neue Sachen zum Anziehen, und dann kannst du zu O'Brien.« Ich hatte O'Brien zwar nicht gefragt, aber er würde Simon sicherlich gern bei sich aufnehmen, solange ich am Nachmittag mit den Passagieren redete.

Simon und ich fuhren in die Stadt. Die Auswahl an Bekleidungsgeschäften war begrenzt. Entweder eines der Geschäfte, wo die Einheimischen einkauften, oder die grellfarbenen Buden weiter unten an der Straße, in der Nähe des Kais, an dem die Kreuzfahrtschiffe anlegten. Wir fingen bei Mitchell's an, einem Geschäft, das vollgestopft war mit allem Möglichen, von Hochzeitskleidern bis hin zu Töpfen und Pfannen. In den Regalen stapelten sich Polyesterhosen für Herren, die Kleiderständer hingen voll Damenkleider, die auffallendste Brokatstickereien aufwiesen und vom Hals bis zum Saum mit Goldknöpfen versehen waren. Weiter hinten im Laden lagen in ordentlichen Stapeln Spitzendeckchen und Babydecken mit Stickereien unter Regalen, die von Küchenutensilien und Autoteilen überquollen; das alles lag unter einer Staubschicht.

Wir kamen in die Kinderabteilung, wo Simon mehrere Shorts fand, die – wie er behauptete – genau die richtige Größe hätten, obwohl sie in der Taille mindestens zwei Größen zu weit waren.

»Das trägt man heute so, Hannah. Alle coolen Kids tragen das so.« Zuerst rümpfte er die Nase, als ich ihm vorschlug, einen Gürtel zu kaufen, dann fand er einen, der allerdings so groß war, dass ihm die Hose trotzdem auf die knochigen Hüften rutschen würde. Aber wenigstens würde sie ihm nicht um die Knie schlottern. Er suchte sich mehrere T-Shirts aus, eines mit Bob Marley auf der gesamten Vorderseite. Es gefiel mir. Als wir zur Unterwäsche kamen, hielt mir Simon einen gelehrten Vortrag über die Eigenschaften von Boxershorts und nahm sich zwei Packungen.

Nachdem wir die Grundausstattung beisammenhatten, gingen wir zum Markt, um uns die Bekleidung und das Kunsthandwerk von der Insel anzuschauen. Er wimmelte von Passagieren des Kreuzfahrtschiffs, das gerade angelegt hatte. Der farbenfrohe Markt bildete eine großartige Kulisse für die vielen Touristen; sie trugen Kameras um den Hals, waren voll beladen mit Einkäufen und hatten Strohhüte auf, die ihren bereits sonnenverbrannten Gesichtern Schatten spendeten.

Simon hatte ein Paar überredet, für ihn zu posieren, und zeigte ihnen die Ergebnisse in seiner Kamera. Es war eine fantastische Aufnahme – der Mann hatte knubbelige Knie, die unter seinen Shorts hervorsahen, und behaarte Beine, die an den Knöcheln in Plastiksandalen endeten. Seine Ehefrau trug gleichfarbige Shorts und ein Top mit Marienkäfermuster. Beide trugen Sonnenvisiere. Auf ihrem stand: »Sexy, wenn nass«. Auf seinem: »Bin zu allem bereit!« In den Augen der beiden blitzte es schelmisch, woraus ich schloss, dass ihnen sehr wohl bewusst war, was ihre Kopfbedeckungen aussagten.

Simon und ich schlenderten durch einen Touristenshop nach dem anderen. Schließlich fand er ein knallbuntes Inselhemd – hellblau, mit Rasta-Männern, die darauf herumtanzten – und ein gestricktes Rasta-Beret. Er hatte die Mütze aufgesetzt und das T-Shirt in der Hand, als er aus dem Laden heraustrat, um zu warten, während ich zahlte. Ich sah, wie er draußen mit einem Jungen sprach, der barfuß war und schmutzige Shorts trug.

Ich hatte gerade mein Wechselgeld erhalten, als ich Simon irgendetwas schreien hörte. Kaum war ich draußen, hatte er die Straße zur Hälfte überquert und flitzte zwischen den fahrenden Autos hindurch. Ich hinterher. Simon konnte schnell laufen. Er rannte die Hauptstraße hinunter, fuchtelte dabei mit den Armen und schrie. Als ich den stark befahrenen Waterfront Drive endlich überquert hatte, war Simon bereits drei Häuserblocks weiter und rannte noch immer.

Als ich ihn einholte, stand er vor der Bücherei, unter einem großen Hibiskusstrauch.

»Was ist denn passiert?«, fragte ich, während ich mich mit den Händen auf den Knien abstützte und verschnaufte.

»Ein Junge hat versucht, mir meine Sachen zu klauen«, sagte er, fast verzweifelt und gekränkt. »Ich hab ihn getreten und meine Sachen festgehalten, aber er hat mir das Rasta-Beret vom Kopf gerissen. Ich konnte ihn nicht einholen, Hannah.« Ich merkte, dass Simon das als einen weiteren Affront ansah.

»Komm, wir kaufen dir eine neue Mütze.«

Ich würde Dunn sicherlich Bericht darüber erstatten. Früher waren Diebstähle auf den Inseln völlig unbekannt gewesen, und noch heute wurde nur höchst selten etwas gestohlen. Wenn es einen Jungen gab, der die Touristen auf dem Markt ins Visier nahm, würde Dunn einen zusätzlichen Streifenpolizisten losschicken und dem Ganzen schnell ein Ende setzen.

Verflucht. Heute lief aber auch alles schief – Capy schwer verletzt, ein fremder Mann am Strand, und jetzt auch noch das. Es kam mir vor, als wäre die ganze Insel verrückt geworden. Mir fiel der Apokalypse-Prediger ein, den ich am Morgen im Radio gehört hatte und der davon gesprochen hatte, der Hurrikan sei Gottes Strafe für die Sünden der Menschen. Mann, es handelte sich um eine Luftdruckveränderung, ein tropisches Tiefdruckgebiet – um nichts weiter.

Als wir auf das Gelände von SeaSail fuhren, begab ich mich sofort auf die Suche nach O'Brien. Der Jachthafen hatte sich sehr verändert, seitdem ich ein paar Tage zuvor hier gewesen war. Anscheinend lag die Hälfte der Boote aus O'Briens Flotte im Hafen. In den Boxen lagen Monokiel-Jachten und Katamarane von sieben und siebzehn Metern Länge. Sie waren zusammengebunden, mit Autoreifen zwischen den einzelnen Booten. Noch mehr Jachten liefen in den Hafen ein, und alle verfügbaren Hafenmitarbeiter nahmen Sonnensegel ab, zogen Segel ein und holten Masten nieder, die sie auf den Booten festzurrten.

O'Brien war am Ende von Steg B, er war dabei, ein riesiges offenes Cat-Boot rückwärts in eine Box zu manövrieren, die ungefähr einen halben Meter zu eng für die breite Jacht wirkte. Als er die Jacht in den Liegeplatz steuerte, quietschten die Stoßfänger zwischen Steg und Bootsreling. Er sprang auf den Steg, kaum dass der Hafenarbeiter die Leinen an den Klampen festgemacht hatte.

»Hannah«, sagte er, während ein breites Lächeln über sein Gesicht huschte – das war die vertraute, offene Herzlichkeit, die O'Brien so auszeichnete. Dann fiel ihm ein, dass er ja verärgert war, und seine Miene verschloss sich wieder.

»Hi, Simon«, sagte er, wandte seine Aufmerksamkeit von mir ab und strubbelte Simon die Haare.

Während Simon zusah, wie einer der Takler bis zur Mastspitze hinaufgezogen wurde, nahm ich O'Brien beiseite und erzählte ihm von Capy und dass Dr. Hall nicht wisse, ob Capy durchkommen werde.

O'Brien reagierte genauso wie Dunn. Er war stocksauer. Heute Abend, wenn die Nachricht überall auf der Insel bekannt wäre, würde die gesamte Inselbevölkerung schäumen vor Wut.

»Er wird schon durchkommen«, sagte O'Brien. »Der alte Bursche ist zäh.«

»Ich hoffe, du hast Recht. Er ist ziemlich schlimm verletzt.«

»Aber du bist sicher nicht gekommen, um mir das über Capy zu erzählen, oder?«

»Ich hatte gehofft, dass Simon den Nachmittag bei dir verbringen könnte. Ich muss mich mit den Westbrooks unterhalten.«

»Ich würde ihn gern bei mir haben. Das Boot der Westbrooks liegt drüben an Steg C. Du kannst es nicht verfehlen. Es ist das Cat-Boot mit den Flaggen von Topp bis Takel. Ich habe ihnen gesagt, sie müssten noch heute von ihrer Jacht herunter, wenn wir es zum Hurrikan-Schlupfloch in der Paraquita Bay überführen sollen, worauf Westbrook so bestanden hat.«

Plötzlich rief er: »Hey, Simon, was hältst du davon, wenn du bei mir bleibst? Ich zeige dir die Boote.«

Sie standen am Steuer der *Katherine*, als ich zum Steg C hinüberging. Die *Katherine* war ein alter Zweimaster aus Holz, den O'Briens Eltern restauriert hatten. O'Brien hatte Simon auf den Kapitänssitz gehoben und sich hinter ihn gestellt, während er auf die Takelage zeigte und die Feinheiten der Segel erklärte.

Als ich Senator Westbrook und seine Frau Debra fand, saßen sie auf ihrem Boot, entspannt und sonnengebräunt.

»Detective, kommen Sie an Bord«, sagte Westbrook.

Während Debra unter Deck ging, um Eistee zu holen, machten Westbrook und ich Smalltalk. Er fühlte sich sichtlich unbehaglich und plauderte über das Wetter. Das wunderte mich. Schließlich verkehrte der Mann doch in den höchsten Kreisen. Wieso war er dann so nervös?

»Fangen wir an«, sagte er, als seine Frau mit dem Eistee zurückkam.

»Ich möchte lieber mit Debra unter vier Augen sprechen«, sagte ich. Das war die übliche Vorgehensweise. Bei der Anwesenheit eines Beobachters wurden die Dinge meist verzerrt, vor allem, wenn es sich dabei um den Ehepartner handelte.

»Das passt mir nicht«, sagte er. »Debra kann freiheraus sprechen. Wir haben keine Geheimnisse voreinander. Außerdem bin ich Anwalt, auch wenn ich nicht mehr praktiziere.«

»Glauben Sie, dass Debra einen Anwalt braucht?« Wieso machte sich Westbrook so große Sorgen darüber, was Debra möglicherweise sagte, wenn er nicht zugegen war?

»Natürlich nicht«, sagte er, »aber sie braucht jemanden

an ihrer Seite. Sie wissen ja, der Absturz war eine äußerst traumatische Erfahrung für sie. Sie wäre fast ums Leben gekommen. Wir haben gute Freunde verloren.«

Irgendwie konnte ich mir Debra nicht als die Abhängige vorstellen, aber sie nickte und sagte, ihr Mann solle dableiben.

»Ich habe ein paar Fragen bezüglich der Absturzursache. Das bedeutet, dass wir mit allen sprechen müssen, die mit dem Flug in Verbindung standen. Es kann sein, dass Sie etwas bemerkt haben. Können Sie mir einfach davon berichten?«

Während sie zu reden begann, wurde mir klar, dass Debra zu jenen Menschen gehörte, die sich in Einzelheiten und kleinen Nebengeschichten verlieren. Ich ließ ihr freien Lauf. Man wusste ja nie, ob sich in den Details etwas Wichtiges verbarg.

»Der letzte Tag auf dem Boot war eine Katastrophe. Ich war froh, dass wir am nächsten Morgen weiterfuhren. Wir lagen drüben vor Cooper Island vor Anker. Jack hat uns dort zurückgelassen und ist mit dem Beiboot nach Road Town gefahren. Während er fort war, hatte sich der Anker einer Jacht in der Nähe gelöst, so dass sie gegen unser Boot trieb. Unsere Ankerketten hatten sich völlig verheddert. Jack ist der Experte auf unserem Boot. Die Rileys und ich wussten nicht, was wir machen sollten. Dann hat Jack mir Vorwürfe gemacht, weil das andere Boot unsere Außenhaut beschädigt hat.« Sie sah Jack böse an, offensichtlich war sie wütend, dass er sie dort draußen alleingelassen hatte.

»Ich habe dir doch gesagt, ich musste im Büro anrufen, um Bescheid zu sagen, dass ich später zurückkomme«, sagte er, an Debra gewandt. »Ich hatte an dem Ankerplatz mit meinem Handy keinen Empfang«, erklärte er mir.

»Jack entschloss sich, noch einen Tag auf den Inseln zu bleiben«, sagte sie. »Er sollte eigentlich gemeinsam mit mir nach Hause fliegen.«

»Sie haben also Ihre Reservierung storniert?«, fragte ich. Als ich mit Westbrook am Samstag im Krankenhaus gesprochen hatte, hatte er mir gegenüber mit keinem Wort erwähnt, dass er seine Pläne in letzter Minute geändert hatte, sondern nur, dass er später planmäßig von der Insel abfliegen würde. Der Senator hätte eigentlich zusammen mit seiner Frau in der abgestürzten Maschine sein müssen. Ich hielt das für verdächtig.

»Ja, ich machte mir um mein Boot Sorgen, schließlich rückte der Hurrikan ja immer näher. Ich wollte nicht, dass es zusammengebunden mit einem Haufen anderer Boote im Jachthafen blieb. Ich wollte mich vergewissern, dass es zum Hurrikan-Schlupfloch überführt wird, wo es geschützt wäre. Sowie wir angelegt hatten, habe ich mich an den Chef gewandt, O'Brien. Er hat mir zugesagt, sich um alles zu kümmern, aber ich habe ihm geantwortet, dass ich den Jachthafen erst verlasse, wenn ich sehe, dass jemand das Boot dorthin überführt.« Westbrook fühlte sich jetzt wirklich in die Defensive gedrängt.

»Du hättest dich doch auf dem Weg zum Flughafen um das Boot kümmern können«, sagte Debra. Ich dachte dasselbe. Wenn O'Brien zugesagt hatte, dass man das Boot in den Schutz der Mangroven ins Hurrikan-Schlupfloch überführen würde, dann wäre es auch dorthin überführt worden. Westbrook hätte genug Erfahrung mit SeaSail und O'Brien haben müssen, um das zu wissen.

»An jenem Morgen sind wir früh aufgestanden und mit der Jacht gleich in den Hafen gefahren«, fuhr Debra fort. »Das Taxi kam so gegen halb acht. Der Flug sollte um neun gehen.«

»Ist Ihnen etwas Ungewöhnliches aufgefallen? Am Flughafen oder im Flugzeug?«, fragte ich.

Debra dachte laut nach: Das Taxi hatte sie am Terminal abgesetzt. Der Chauffeur hatte sich um das Gepäck gekümmert. Am Check-in-Schalter von Island Air waren fünf oder sechs Leute vor ihnen gewesen. Sie hatte die Frischvermählten am Ende der Schlange gesehen.

»Die beiden waren derart ineinander verschlungen, dass sie andere kaum bemerkt haben. Jack und ich waren früher auch so gewesen«, sagte sie.

»Der kleine Junge und sein Vater standen unmittelbar hinter uns. Wir haben uns eine Weile miteinander unterhalten. Mr. Redding kannte sich sehr gut aus mit den Verhältnissen im Senat. Er hat mich nach Jacks Meinung gefragt, was irgendein Gesetz über gemeinnützige Organisationen betrifft. Ich fürchte, ich hatte keinen Schimmer. Ich konnte zu dem Thema überhaupt nichts sagen.«

»Und nachdem Sie das Flugzeug bestiegen hatten?«, sagte ich und versuchte, Debra zurück zum Grund meiner Befragung zu lotsen.

»Die Crew wollte gerade die Kabinentür schließen, als noch ein Passagier in die Maschine gelaufen kam. Eine attraktive Frau mit einer roten Lockenmähne. Hat sie den Absturz überlebt?«

»Ja, es geht ihr gut. Was ist dann passiert?«, fragte ich.

Debra erzählte, dass sie direkt neben den Rileys sitzen sollte, sich dann aber nach hinten umgesetzt habe, als die

Crew die Kabinentür schloss. »Ich hasse Fliegen«, sagte sie. »Ich habe mal gehört, dass das Heck der sicherste Teil eines Flugzeugs ist, deshalb setze ich mich immer so weit nach hinten und so nahe an den Ausgang wie möglich.«

»Was ich Sie jetzt frage, klingt vielleicht merkwürdig«, sagte ich, weil ich versuchen wollte, sie auf etwas vorzubereiten, das sie möglicherweise schockierte, »aber können Sie sich vorstellen, dass jemand Ihren Tod möchte, Debra?«

Meine Frage verwunderte sie ganz und gar nicht, aber sie hatte keine Zeit, darauf zu antworten. Westbrook ließ ihr keine Gelegenheit dazu.

»Machen Sie sich doch nicht lächerlich«, sagte er gekränkt. »Niemand möchte Debra wehtun, um Himmels willen.«

»Und wie steht's mit Ihnen, Senator?«, fragte ich.

»Ich? Debra etwas antun? Niemals!«

»Ich habe gemeint – haben Sie irgendwelche Feinde?«, sagte ich, während ich mich bemühte, den Sarkasmus aus meiner Stimme fernzuhalten, und mich fragte, warum Westbrook so abwehrend reagierte.

»Jede Menge. Aber ich war ja nicht im Flugzeug.«

»Aber Sie hätten es sein sollen«, sagte ich, was offensichtlich war.

»Um Gottes willen, wir haben hier auf den Inseln Urlaub gemacht. Alle meine Feinde arbeiten auf dem Capitol Hill, und die haben andere Möglichkeiten, mir Schwierigkeiten zu machen.«

»Zum Beispiel?«

»Es geht um engagierte Politik. Nicht darum, jemandem nach dem Leben zu trachten«, sagte er.

»Wie steht's mit Ihrem Gepäck oder irgendetwas, was Sie vielleicht mit ins Flugzeug genommen haben? Gab es da etwas, worauf es jemand hätte abgesehen haben können?«

»Nur meinen Schmuck«, antwortete Debra.

»Das ist eine merkwürdige Frage«, sagte Westbrook. »Was hat das mit dem Absturz zu tun?«

»Jemand ist in das Lagerhaus eingebrochen, in dem wir den gesamten Inhalt des Flugzeugs sichergestellt haben.«

»Hat man etwas gestohlen?«, fragte er.

»Das geht nur die Polizei etwas an. Was ist mit den Rileys? Wie gut haben Sie sie gekannt?«

»Sehr gut. Wir sind seit Jahren befreundet. Und nein, sie hatten keine Feinde«, sagte Westbrook.

»Und eine Waffe? Haben Sie oder die Rileys eine Waffe mit an Bord gebracht?«, fragte ich, an Debra gewandt.

»Du lieber Himmel, nein«, sagte Debra, entsetzt über diese Frage. »Ich bin gegen Schusswaffen, genauso wie Louise. Und außerdem – wie um alles in der Welt hätten wir denn eine Waffe durch die Sicherheitskontrolle bringen sollen?«

»Ich glaube nicht, dass wir Ihnen sonst noch etwas sagen können, Detective«, sagte Westbrook und stand auf. »Ich bin mir sicher, dass die Ermittler letzten Endes feststellen werden, dass die Maschine aufgrund der groben Fahrlässigkeit der Fluggesellschaft abgestürzt ist. Wenn das der Fall ist, werde ich mir überlegen, sie zu verklagen.«

Ich wurde entlassen, aber das ging in Ordnung. Ich hatte genug erfahren. Trotzdem fragte ich mich, ob Westbrook sich tatsächlich so viele Sorgen um sein Boot machte, wie er behauptete, oder ob ihn etwas anderes dazu veranlasst hatte, dem Flug fernzubleiben. Eines war allerdings ganz offensichtlich: Er war die ganze Zeit, als ich mich mit Debra unterhalten hatte, nervös und defensiv gewesen.

Ich fand O'Brien und Simon oben im Restaurant des Jachthafens, wo sie an einem Tisch mit Blick auf den Hafen zu Mittag aßen. Simon konzentrierte sich auf seinen Hamburger, ohne sich daran zu stören, dass er sein Hemd mit Ketchup bekleckerte. O'Brien konzentrierte sich auf die Frau, die neben ihm saß. Er sah mich kommen und legte seine Hand über ihre. Klarer Fall, er wollte mich eifersüchtig machen. Es funktionierte.

»Hallo, Jungs, Claire«, sagte ich und zog mir einen Stuhl an den Tisch.

»Hannah«, sagte Claire und entzog O'Brien abrupt ihre Hand. Ich kannte sie flüchtig, und sie wusste, dass O'Brien und ich liiert waren. Wenn O'Brien sich umorientieren würde, dann sicherlich mit jemandem wie Claire. Sie war auf den BVI geboren, eine exotische Schönheit, mit braunen, mandelförmigen Augen. Sie trug ein enges, tief ausgeschnittenes Top und einen mit mandarinenfarbenem Hibiskus gemusterten Inselsarong. Kein Zweifel, sie entwarf ihre Kleidung selbst.

Sie hatte mit einem kleinen Geschäft in der Stadt angefangen, das sich auf Inselbekleidung spezialisierte. Die Kleider sahen umwerfend gut aus, aber Claire konnte sie auch gut vermarkten. Sie stand selbst Modell für ihre Mode, denn sie war intelligent genug, um zu wissen, dass ihre Inselschönheit den Verkauf ankurbeln würde. Die Sachen waren bei den Kundinnen gut angekommen, und so hatte sich das Ladengeschäft zu einem lukrativen Business entwickelt. Claires Kollektionen wurden in einigen der exklusivsten Boutiquen in Paris und in Läden an der Fifth Avenue angeboten.

Zwischen den einzelnen Bissen redete Simon über die Boote und scrollte in seiner Digitalkamera durch die Fotos, die er gemacht hatte. Es müssen zwanzig gewesen sein, alle von Booten aus allen möglichen Perspektiven. Interessante Bilder: nichts als Takelage und Masten aus ungewöhnlichen Perspektiven, ein Bug vor türkisgrünem Wasser, keines der üblichen Fotos mit hübscher Segeljacht im Hafen.

»Die sind gut«, sagte Claire. »Ich bin oft in den Kunstgalerien in SoHo und in der Nähe von Greenwich Village herumspaziert. Du hast Talent, Simon. Du hast ein Auge für Form und Komposition.«

»Das ist mein Hobby«, sagte er. »Mein Dad hat mir versprochen, mir eine digitale Nikon zu kaufen, eine dieser einäugigen Spiegelreflexkameras, wenn ich dabeibleibe.« Plötzlich bemerkte er seinen Fehler. Er hatte einen Moment lang vergessen, dass sein Vater tot war.

»Ziemlich umfangreiche Berichterstattung in der heutigen *Island News*«, sagte O'Brien und wechselte das Thema. Er reichte mir die Zeitung, die zusammengefaltet auf dem Tisch lag.

»Hey, er ist ein gut aussehender Bursche«, sagte ich und funkelte O'Brien wütend an. Ich hatte keine Lust, mich zu rechtfertigen, während er dasaß und Claires perfekt lackierte Fingernägel tätschelte. Wenn er wollte, spielte ich sein Spielchen mit. Aber verdammt, ich war genervt.

19

Als ich vor dem Lagerhaus eintraf, lehnte Stark an einer Palme, die Arme vor der Brust verschränkt, die Sonnenbrille auf den Kopf geschoben, und schaute zu, wie man das Flugzeug auslud. Harper und Sturtevant waren mit Harrigan vor Sonnenaufgang zum Wrack hinausgefahren. Es war ihnen gelungen, das Flugzeug mit einem Kran in einem Stück heraufzuziehen und es auf einem Schleppkahn abzusetzen. Jetzt wurde es rückwärts in das Lagerhaus geschoben.

»Tut mir leid, dass ich mich verspätet habe, Stark. Das Gespräch mit den Westbrooks hat mich aufgehalten.«

Stark reagierte genau so, wie ich es erwartet hatte. »Hey, kein Problem, Mom. Ich hab den schönen Tag genossen«, sagte er in seinem lockeren Inselakzent, zu dem er in solchen Fällen Zuflucht nahm. Stark hatte die typische Inselmentalität, um die ich ihn beneidete und von der ich hoffte, dass ich sie mir eines Tages aneignen könnte. Ich hatte darin zwar schon Fortschritte gemacht, folgte aber immer noch einer Zack-zack-Lebenseinstellung.

Harper und Sturtevant standen zusammen mit Joe Harrigan drüben neben dem Tor des Lagerhauses. Harper, immer noch im Tauchanzug, schaute zur Abwechslung einmal demütig drein. Sturtevant trug dieselbe verblichene Badehose und ein ölverschmiertes T-Shirt, das aussah, als hätte es zu Arbeiten an einem Motor gedient.

»Wie ist's gelaufen?«, fragte ich. Sturtevant schüttelte nur den Kopf.

»Als wir die Maschine gehoben haben, wollte sie mit

der Strömung davonschwimmen. Dann ist einer der Trageriemen um die rechte Tragfläche gerissen«, sagte er und warf Harper einen bösen Blick zu. »Die Maschine hing seitlich im Wasser, sie hatte sich mit einer der Tragflächenspitzen in den Sand gebohrt. Wir hatten ganz schön Dusel, dass wir das Ding in einem Stück hochbekommen haben.«

»Ist Ihnen irgendetwas aufgefallen, als Sie die Maschine gehoben haben?«, fragte Stark, als wir mit Sturtevant zur Straße hinausgingen, um ein Taxi zu suchen. Harper hielt sich im Hintergrund, er plauderte mit Harrigan. Ich hörte, wie er sich in Ausreden flüchtete, dass sich der Trageriemen gelockert habe, wobei er andeutete, dass das auf Sturtevants Achtlosigkeit zurückzuführen sei.

»Nein, aber ich bin kein Fachmann. Ich hole die Dinger bloß rauf. Danach ist Harrigan zuständig. Wenn es irgendetwas zu finden gibt, dann findet er es auch. Harper und ich sind hier fertig. Wir fahren ins Hotel zurück, um uns umzuziehen und unser Gepäck zu holen, dann nehmen wir den nächsten Flug zurück nach Saint Thomas.«

»Waren die Verhältnisse dort draußen schwierig?«, fragte ich.

»Das kann man wohl sagen. Als sich dieser Trageriemen lockerte, war ich noch im Wasser. Er hätte mir fast den Kopf abgeschlagen. Ich sag Ihnen mal was: Wenn's nach mir ginge, würde Harper von keinem anderen Bergungsunternehmen mehr eingestellt werden. Wenn ich hier je wieder einen Job erledigen muss, dann ruf ich Sie an, Sampson, damit Sie mir helfen können.«

Ich hob die Hände. »Nie im Leben, Sturtevant. Solche Sachen sind mir viel zu gefährlich.«

Er stieg in ein Taxi, als Harper ihn einholte. Harper hatte seinen Taucheranzug bis zur Taille heruntergezogen. Die Arme baumelten ihm um die Waden, und er trug ein T-Shirt mit einer großen, rot-weißen Tauchflagge darauf, um nur ja keinen Zweifel daran aufkommen zu lassen, was für ein toller Macho-Taucher er war.

Stark und ich gingen ins Lagerhaus. Drinnen war es mindestens zehn Grad kühler. Harrigan schritt um das Flugzeug herum und machte sich währenddessen auf einem Klemmbrett Notizen. Edith Leonard war vorbeigekommen, sie stand in der Nähe und sah ihm über die Schulter. Es gefiel ihm offenbar gar nicht, dass sie sich einmischte, und er tat sein Bestes, es sie wissen zu lassen. Ich sah, wie er unter der Krempe seines Stetson die Stirn runzelte.

»Das Flugzeug hier wird seit fast zwanzig Jahren nicht mehr gebaut«, erklärte er Leonard. »Das bedeutet, dass der Hersteller aus dem Schneider ist. Das Gleiche gilt für die Firma, die die Motoren hergestellt hat.«

»Wer haftet?«, fragte ich. Ich spürte Leonards Unbehagen. Sie kannte sicherlich die Antwort.

»Das hängt davon ab, was wir finden«, sagte Harrigan. »Außer bei Sabotage haften der Einsatzleiter der Fluggesellschaft und die technische Wartung am Flughafen.«

»Unsere Wartung ist sehr sorgfältig«, warf Leonard ein. »Ich bin mir sicher, dass uns kein Versäumnis nachzuweisen ist.«

»Meiner Erfahrung nach kümmern Fluggesellschaften sich immer mehr darum, wie sie einem Prozess entgehen oder Reparaturen vermeiden können, als hinter die Wahrheit zu kommen«, sagte Harrigan. »Allzu oft habe ich erlebt, dass sie Ablenkungsmanöver gestartet haben, um die Aufmerksamkeit der Experten zu stören.« Harrigan wollte eindeutig nicht zulassen, dass Leonard oder sonst jemand sich einmischte. Mir wurde klar, dass sein Outfit die Leute von seiner vermeintlichen Harmlosigkeit überzeugen und in falscher Sicherheit wiegen sollte.

»Entschuldigung, Ma'am, aber das Meiste von dem, was Sie mir erzählen, lässt mich völlig kalt«, fuhr er fort. »Ich werde Ihre Unterlagen unter die Lupe nehmen und alle weiteren Informationen, die ich sammeln kann.«

»Ihre Fluggesellschaft muss doch versichert sein«, sagte ich zu Leonard.

»Darum geht's nicht. Unsere Reputation steht auf dem Spiel.« Sie war genervt, dass Harrigan sich durch nichts umstimmen ließ. Und natürlich beeindruckte ihn der Umstand, dass Leonards Familie auf der Insel über großen Einfluss verfügte, nicht im Geringsten.

»Gibt's schon Vermutungen über die Absturzursache?«, fragte Stark.

»Er kann die verschiedensten Ursachen haben«, sagte Harrigan. »Ich habe mir die alten Unterlagen über die Maschine angesehen, bevor ich hierhergekommen bin, um zu ermitteln. Die Beech 99 hatte ein paar Probleme, die immer wieder zu Abstürzen geführt haben.«

»Wir hatten noch nie einen solchen Unfall mit einer unserer Maschinen«, sagte Leonard.

»Manchmal ist das nur eine Frage der Zeit«, erwiderte Harrigan, schenkte Leonard ein entwaffnendes Lächeln und schob den Daumen unter den Gürtel seiner Jeans. »Es kann alles Mögliche schiefgehen, und normalerweise passiert das auch, früher oder später. Mitunter ist es einfach nicht klar zu erkennen. Vor ein paar Jahren sind bei einer dieser 99er die Motoren ausgefallen, und die Maschine ist abgestürzt, nachdem sie nach dem Start steil auf vierhundert Fuß gestiegen war. Alle siebzehn Insassen kamen ums Leben. Wie sich herausstellte, hatte eine Kombination verschiedener Ursachen zum Absturz geführt: falsch getrimmter horizontaler Stabilisator, was zu Schwierigkeiten im Trimmsystem führte. Andere Faktoren kamen hinzu – mangelhaftes Training der Crew, mangelhafte Kontrollabläufe im Falle des Versagens des Trimmsystems und unzureichende Wartung. Aber vielleicht wäre die Katastrophe abzuwenden gewesen, trotz all der mechanischen Probleme, wenn die Crew die Lage schneller begriffen hätte. Was also ist die Ursache? Die Crew, die Maschine, die Wartung?

Möglicherweise haben wir es hier mit einem Ausfall der Motoren zu tun«, sagte er zu Leonard, »aber wenn die Piloten wussten, was sie taten, hätten sie die Maschine zum Flughafen zurückfliegen können, und zwar auch mit einem Motor – das wäre kein Problem gewesen.«

»Glauben Sie mir, meine Piloten wussten, was sie taten«, sagte Leonard. Sie wusste zwar mittlerweile über den Kokainschmuggel Bescheid, die Kompetenz des Copiloten hatte sie allerdings nie in Zweifel gezogen. Sie wusste, dass wir in seinem Körper weder Alkohol noch Drogen gefunden hatten, und behauptete, dass er und der Flugkapitän alles in ihrer Macht Stehende getan hätten, um die Maschine sicher zum Flughafen zurückzufliegen.

»Vielleicht«, antwortete Harrigan, »aber manchmal werden selbst die Besten unaufmerksam. Piloten bilden da keine Ausnahme. Vor einigen Jahren hat das National Transportation Safety Board den Absturz einer Maschine untersucht, die einige Sekunden nach dem Start abgestürzt war, weil die Piloten vergessen hatten, die Bremsklappen einzufahren. So etwas passiert. Ich kenne Piloten, die sich verflogen haben oder voll gegen eine Felswand geflogen sind, weil sie nicht gesehen haben, wohin sie fliegen.«

Harrigan setzte seinen Rundgang um das Flugzeug fort. »Ich habe an der Außenhaut keinerlei Anzeichen für einen Brand oder eine Explosion entdeckt. Ich werde die Geschwindigkeit errechnen, bei der die Maschine von der Startbahn abhebt, und wann sie stillsteht und vom Himmel fällt, und mir die Motoren, die Wartungsberichte und das Flugkontrollsystem anschauen. Außerdem werde ich mit den Fluglotsen und dem Leiter des Bodenpersonals sprechen, der für das Auftanken und das Gepäck zuständig ist.«

»Wie lange wird es dauern, bis Sie etwas Definitives festgestellt haben werden?«, fragte Leonard.

»Das hängt davon ab, was ich finde. Könnte eine Sache von Tagen sein, kann aber auch Wochen oder vielleicht Monate dauern. Ich werde ein paar Dinge zur Analyse einschicken.«

»Bis dahin werden Sie, vermute ich, Ihre Ermittlungen über die Passagiere fortführen?«, fragte Harrigan und wandte sich an Stark und mich. »Meiner Erfahrung nach ist bei Sabotage immer jemand innerhalb der Maschine beteiligt. Haben Sie schon etwas in Erfahrung gebracht?«

»Die Lage ist im Moment noch etwas verworren«, sagte ich. Wir hatten Harrigan über den Einbruch ins Lagerhaus und die fehlende Beretta informiert. Dunn hatte die Sicherheitskontrollen verstärkt. Im Augenblick standen zwei Beamte draußen und schmorten in der Sonne, und niemand ohne Genehmigung durfte das Lagerhaus betreten.

Harrigan kam der gleiche Gedanke, den Stark und ich

auch schon gehabt hatten. »Warum sollte jemand einbrechen und außer der Waffe nichts mitnehmen?«, sagte er und beantwortete die Frage gleich selbst. »Vielleicht haben wir es hier mit Sabotage zu tun. Ich gebe Ihnen Bescheid, falls ich etwas in dieser Hinsicht herausgefunden habe.«

Leonard folgte uns nach draußen. Offenbar hatte ihr gegenüber niemand den Einbruch erwähnt. Den ganzen Weg zu ihrem Wagen hörten wir uns ihre Klagen darüber an, dass man sie nicht auf dem Laufenden gehalten habe.

Nachdem sie weggefahren war, gingen Stark und ich zum Hafen hinunter, um etwas zu Mittag zu essen. Er hatte es sich in den Kopf gesetzt, tiefgefrorenen Fliegenden Fisch zu essen. Als wir schließlich einen Platz auf einer Bank im Schatten gefunden hatten, verzehrte Stark bereits sein zweites Sandwich. Er redete mit vollem Mund und informierte mich über seinen Besuch im Krankenhaus, wo er mit den Frischvermählten gesprochen hatte. Die Braut war der einzige Passagier, der nicht entlassen worden war. Sie war noch immer bewusstlos und lag auf der Intensivstation. Ihre Eltern waren spät am Abend zuvor eingetroffen und wachten rund um die Uhr an ihrem Bett.

Der Ehemann hatte sich mehr als bereitwillig mit Stark unterhalten. Er sagte, er und seine Braut seien erst in einem Hotel in Frenchman's Cay abgestiegen und hätten sich anschließend in einem der kleinen Häuschen auf Cooper Island einquartiert. Sie hatten eigentlich nur eine Woche bleiben wollen, ihren Urlaub dann aber um drei Tage verlängert. Beide hatten anstrengende Jobs in Silicon Valley. Sie wussten, sobald sie zurückgekehrt waren, würden sie wieder in der Tretmühle stecken, deswegen hatten sie den Rückflug so lange wie möglich hinausgeschoben. Zwar handelte es sich um gut dotierte Jobs, aber die Arbeit war nicht von der Art, dass sie gefährdet gewesen wären. Außerdem: Warum sollte sich jemand die Mühe machen, ihr Flugzeug zum Absturz zu bringen, während sie von ihren Flitterwochen auf den BVI zurückkehrten?

»Vielleicht war's ein eifersüchtiger Ex«, sagte ich. Ich wusste selbst, dass das ziemlich unwahrscheinlich klang.

»Der Gedanke ist mir auch schon gekommen«, sagte Stark.

»Ah, große Geister haben die gleichen Gedanken. Was hast du herausgefunden?«, fragte ich.

»Der Bräutigam hat gesagt, dass sie seit dem College zusammen sind. Keiner hatte jemals etwas Ernstes mit jemand anderem. Es ist höchst unwahrscheinlich, dass sie irgendetwas mit dem Absturz zu tun haben. Verdammt, wenn Harrigan feststellt, dass es sich bei dem Absturz um einen Unfall handelt, waren unsere ganzen Ermittlungen für die Katz.«

»Ja, na ja, bis dahin können wir die Frischvermählten von unserer Liste streichen und uns auf die anderen konzentrieren. Hast du irgendetwas am Flughafen herausgefunden?«, fragte ich.

»Die Aussagen des Mechanikers entsprechen der Wahrheit. Er hatte Freitag und Samstag frei. Einer der anderen Mechaniker hat ausgesagt, dass sie Freitagabend drüben in Long Beach waren und bis zum folgenden Nachmittag mit zwei Ladys dortgeblieben sind. Ich habe das nachgeprüft, die Bodencrew, die am Samstag Dienst hatte, hat es mir bestätigt. Niemand hat ihn irgendwo in der Nähe des Flughafens an jenem Tag gesehen, und das Flugzeug stand nur zwei Stunden am Boden. Es war die erste Maschine, die am

Samstagmorgen gelandet ist. Sie ist gegen sieben aus Puerto Rico gekommen, hat gewendet und ist um halb zehn wieder gestartet«, sagte Stark zwischen zwei Bissen Fisch.

»Niemand hat irgendetwas Ungewöhnliches bemerkt. Das Gepäck wurde aus der ankommenden Maschine ausgeladen, neues eingeladen, die Maschine neu betankt. Eine Putzfrau hat drinnen kurz saubergemacht. Sie war sich sicher, dass nichts, auch keine Waffe, im Flugzeug vergessen worden war, als die Passagiere an Bord gingen.«

»Sie kann die Waffe übersehen haben«, sagte ich.

»Ist möglich, glaub ich aber nicht. Sie kam mir vor wie eine dieser analfixierten Frauen, die nichts durchgehen lassen.«

»Was sonst noch?«, fragte ich.

»Alle, die den Flug gebucht hatten, saßen in der Maschine – bis auf Westbrook, der tags zuvor den Flug storniert hatte. Es gab nur einen Passagier, der nicht reserviert hatte: Zora Gordon. Sie ist in allerletzter Minute in die Maschine gestiegen.«

»Das bedeutet wohl, dass sie keine Zielperson sein kann«, sagte ich.

»Stimmt, es sei denn, jemand wäre ihr zum Flughafen gefolgt. Aber niemandem am Ticketschalter von Island Air ist irgendetwas Ungewöhnliches aufgefallen«, fuhr Stark fort. »Es war einfach ein ganz normaler Tag – ein paar Segelboot-Charterer, die nach Hause flogen, Geschäftsleute, die nach San Juan oder weiter in die Staaten fliegen wollten, Familien, die Verwandte besucht hatten.

Die Maschine sollte in Puerto Rico kurz am Boden bleiben, dann wenden und die gleiche Strecke zurückfliegen. Es war geplant, dass sie die nächsten vierundzwanzig

Stunden für Routinewartungsarbeiten in Tortola am Boden bleiben sollte.«

»Hast du irgendetwas über den Rückflug aus San Juan herausgefunden?«

»Ja, es gibt da eine Sache. Als Zora Gordon ihr Ticket gekauft hat, hat sie gleich ein Rückflugticket für die nächste Maschine zurück nach Tortola mitgekauft.«

»Wie viel Zeit hatte Zora bis zum Rückflug?«

»Fünfundvierzig Minuten.«

»Sprechen wir mal mit ihr. Sie ist die Einzige, die wir noch nicht befragt haben.«

Stark und ich fuhren zum Jachthafen an der Brandywine Bay, wo Zoras Boot lag, wie sie uns mitgeteilt hatte. Auf der Fahrt dorthin erzählte ich Stark, was ich von Debra Westbrook erfahren hatte. Plötzlich wurde er ganz still. Ich merkte, dass ihm etwas durch den Kopf ging.

»Was ist los, Stark?«, wollte ich wissen.

»Wie ich höre, bist du auf die *Sea Bird* zurückgezogen.« Er kam sofort zum Punkt. Das war typisch für ihn. Sobald er beschlossen hatte zu reden, legte er los – ohne jede Einleitungsfloskel. Im Grunde genommen war das die gleiche Gesprächstechnik, die er auch bei Tatverdächtigen anwendete. Dabei ermahnte ich ihn ständig, ein wenig mehr Fingerspitzengefühl walten zu lassen. Aber das gehörte nicht zu Starks Repertoire.

»Was läuft eigentlich zwischen dir und O'Brien?«, fragte er.

»Wie hast du erfahren, dass ich bei ihm ausgezogen bin?«, fragte ich. Eine idiotische Frage. Nichts blieb auf der Insel lange ein Geheimnis.

»Jimmy hat's mir erzählt. Er hat gesagt, er war gestern

Abend auf der *Sea Bird* und hat auf dich gewartet, um dir eine Pizza zu bringen, als O'Brien deine Katze abgegeben hat. Also, was ist da los?«

»O'Brien drängt mich dauernd, dass ich meinen Job aufgeben soll. Ich weiß, dass er Angst um mich hat. Er glaubt, dass ich angeschossen werden könnte und die viele Gewalt in meinem Beruf mich überfordert.«

»Vielleicht hat er ja Recht.«

»Was soll das denn heißen?«, fragte ich, in die Defensive gedrängt.

»Du weißt, dass du mehr unter unserem Beruf leidest als die Meisten, Hannah. Du gibst dir selbst die Schuld, wenn mal etwas schiefläuft.«

»Na, hör mal, Stark. Ich mache das jetzt seit fast fünfzehn Jahren. Ich habe gelernt, damit umzugehen, glaube ich.« Verflucht, Stark klang genauso wie O'Brien.

»Nee, du lässt nicht los.«

»Aber du?«, fragte ich.

»Ich kann das, glaube ich, besser als du. Ich behaupte ja nicht, dass das unbedingt etwas Gutes ist, Hannah. Ich habe gelernt, mich abzuschotten, Abstand zu finden. Du kannst das nicht, und dadurch setzt du dich großen Gefahren aus. Eines Tages erwischt dich noch eine Kugel, weil du emotional zu stark beteiligt bist.«

»Hab Vertrauen, Stark. Ich komm schon klar.«

»Vielleicht macht sich O'Brien ja gerade darüber am meisten Sorgen. Dass dich das Ganze so sehr runterzieht, dass dir am Ende alles egal ist. Wir haben alle gesehen, wie du dir wegen Elyse Vorwürfe gemacht hast. Man kann diese Art Schuldgefühle nicht ewig mit sich herumschleppen, ohne dass sie einen überwältigen.«

»Ich bin darüber hinweg.«

»Na klar«, sagte er und ließ das Thema fallen.

Ich lehnte mich im Sitz zurück, schloss die Augen und dachte darüber nach, was Stark gesagt hatte. Was meine Schuldgefühle betraf, hatte er Recht. Aber Elyse, das war meine Schuld gewesen. Ich hatte sie aus einem brennenden Meer gezogen, nachdem ihr Boot explodiert war, sie dann aber, als der Mörder zurückkam, um seinen Job zu beenden, nicht retten können. Ich hatte sie als Polizistin und als Freundin im Stich gelassen.

Das lag jetzt ein halbes Jahr zurück, und ich wachte noch immer mit demselben Alptraum auf. Darin schwamm ich durch eine dickflüssige See und versuchte, zu Elyse zu gelangen, bevor sie von Meeresbewohnern bei lebendigem Leibe aufgefressen wurde.

Manchmal hatte O'Brien den Traum verscheucht, bevor er sich vollends entwicklen konnte. O'Brien kannte die Anzeichen, und dann zog er mich an sich und hielt mich in den Armen. Am Morgen wachte ich auf, mit dem Kopf an seiner Brust, und erinnerte mich an die halb geformten Bilder. Er fragte mich nie nach meinem Traum, aber er wusste vermutlich ohnehin, wovon er handelte.

20

Stark steuerte den Wagen auf den Parkplatz des Jachthafens an der Brandywine Bay. Es war eine exklusive Anlage, das Pendant zu jenen Wohnvierteln in den USA mit millionenteuren und gut bewachten Häusern hinter hohen Mauern, nur dass es sich hier um millionenteure Jachten handelte, darunter auch die *Mystic*. Der Wachmann sah uns kommen und ignorierte uns erst einmal, bis er sich endlich umdrehte und wahrnahm, dass wir vor seinem Wachhäuschen standen. Stark sah den Kerl böse an, während er unsere Ausweispapiere überprüfte.

Schließlich öffnete er das Tor und deutete zu jenem Steg, an dem die *Mystic* vertäut lag. Der Rumpf hatte einen marineblauen Anstrich, am Heckspiegel stand in großen Lettern »Mystic«. Es war eine riesige Motorjacht, über dreißig Meter lang, schnittig und modern, mit Fenstern, die um das Unterdeck herumführten und in denen sich die Sonne spiegelte. Auf dem Hinterdeck lag eine Ansammlung von Wasserspielzeugen – ein Surfbrett, zwei Jet-Skis und ein Schlauchboot.

Ein weibliches Crewmitglied beugte sich über die Reling und reinigte die Bordwand mit einem Schrubber. Die Frau trug marineblaue Shorts und ein gelbes Polohemd, auf dem über der Brusttasche »Mystic« eingestickt war. Das Haar hatte sie zu einem Pferdeschwanz zurückgebunden. Sie stand da und steckte sich eine lose Haarsträhne hinters Ohr.

Kurz darauf erschien ein Mann in farblich identischem Dress, die Bizepse wölbten sich unter den Hemdsärmeln, Misstrauen im Blick. Sein Haar war blond gebleicht und kurz rasiert. Im einen Ohr trug er einen goldenen Ohrring. Die Oberschenkel wölbten sich unter den Shorts. Die Sachen passten dem Kerl vorne und hinten nicht.

Er sah aus wie der Wärter des Heiligen Grals. Vermutlich hatte man die Mannschaft angewiesen, alle Eindringlinge abzuschrecken. Er stellte sich uns als Burke vor, der

Kapitän, aber er sah eher wie ein Türsteher aus. Als wir uns als Detectives vorstellten, bat er uns widerstrebend an Bord und geleitete uns in den Salon.

Ich war zwar schon auf einigen schönen Booten gewesen, aber das Ding hier war ein Palast. Kissen in Erdtönen akzentuierten dicke Teppiche, Sessel und ein Sofa in gedämpften Brauntönen. In einer Ecke stand eine große Bronzeskulptur, eine eckige, abstrakte Gestalt, die ihre Arme zur Decke hob. Die Jalousien waren heruntergezogen, die Lampen spendeten gedämpftes Licht. Auf dem Sofatisch stand eine Vase mit Orchideen. Eine weitere Vase stand auf der Marmortheke einer Bar.

Durch eine offene Tür war das Esszimmer zu erkennen. Der auf Hochglanz polierte Tisch war für zwei gedeckt, mit Kristallgläsern, feinem Porzellangeschirr und reichverzierten Kerzenhaltern. An der Wand am gegenüberliegenden Ende des Raums hing ein Gemälde, mit Sicherheit ein Original.

Burke trat hinter die Bar, ging zum Kühlschrank und bot uns Getränke an. Ich entschied mich für Mineralwasser. Stark nahm ein Bier. Wir setzten uns auf die Barhocker, während Burke losging, um Zora zu suchen.

Fünf Minuten später erschien er wieder und sagte, sie komme gleich. Sie sei unten im Fitnessraum und beende gerade ihr Training. Ein Fitnessraum an Bord? Du meine Güte!

Burke stellte sich am Ende des Tresens auf, verschränkte die Arme und starrte uns wortlos an.

»Hübsches Boot«, sagte Stark und nahm einen Schluck von seinem Bier.

»Ja, nicht wahr.« Burke strahlte. Stark hatte offenbar etwas gefunden, worüber der Typ sich unterhalten wollte. »Sie ist über vierzig Meter lang, aus Aluminium, hat Decks aus Teak und einen Tiefgang von nur zwei Metern. Höchstgeschwindigkeit der seidenweichen Motoren achtzehn Knoten. Sie verfügt über vier Kabinen, jede mit eigener Toilette und Sitzbereich. Natürlich ist die Master-Kajüte riesig, mit einem Kingsize-Bett, eigenem Whirlpool und kleinem Büro. Der Fitnessraum befindet sich auf dem Unterdeck – sogar mit Sauna.«

»Muss eine ziemliche Stange Geld gekostet haben«, sagte Stark, was nicht gerade das allergrößte Fingerspitzengefühl verriet.

»Mehrere Millionen«, antwortete Burke.

»Ist Zora die Eignerin?«

»Das müssen Sie sie selbst fragen. Ich bin nur der Kapitän.« Die Frage gefiel ihm nicht.

»Wie ich sehe, ist der Heimathafen Key West.« Ich hatte den Schriftzug am Heck gesehen und bemerkt, dass das Boot eine US-amerikanische Flagge hatte.

»Richtig. Wir sind mit der Jacht vor zwei Wochen hierher runtergefahren.«

Zora betrat den Raum, sie trug ein Tanktop und eine enge, wadenlange Lycra-Trainingshose und hatte sich ein Handtuch um den Hals geschlungen.

»Detective Sampson. Wenn Sie Fragen haben, dann stellen Sie sie bitte mir«, sagte sie und nickte in Richtung Burke, der hinaus an Deck ging.

»Das ist Detective Stark«, sagte ich.

Zora musterte Stark, wobei ihr Blick kurz auf seinem Schritt ruhte. Sie lächelte und wischte sich mit dem Handtuch den Schweiß von der Stirn. Dann ging sie zur Bar hinüber und tat irgendwelche Sachen in einen Mixer. So klein sie war, niemand hätte Zora wohl je für schwach gehalten. Ich schaute ihr zu, während sie sich hinter der Theke bewegte. Jeder Zentimeter an Zora verströmte Sex und Macht zugleich. Ich ordnete sie unter der Kategorie jener Frauen ein, die wussten, was sie wollten, und es sich holten. Manche Männer fanden das sicherlich anziehend, vor allem im Bett.

Im Moment erteilte sie uns eine Lektion in Sachen Ernährung. »Wissen Sie, ich trinke grundsätzlich nichts Braunes«, sagte sie über den Lärm des Mixers hinweg.

Darüber musste ich nachdenken. War »nichts Braunes« etwas Gutes oder etwas Schlechtes? Ich merkte, dass Zora etwas Gutes darin sah. Das Zeug im Mixer hatte eine giftig grüne Farbe.

»Ich trinke weder Kaffee noch Cola, ich esse auch keine Schokolade. Werde es nie tun.«

»Jammerschade«, sagte Stark. »Dann entgehen Ihnen ein paar der schöneren Dinge im Leben, würde ich sagen.«

Sie sah ihn finster an und fragte nach dem Grund unseres Kommens. So viel zum Thema Gastfreundschaft.

Stark stellte ihr seine Fragen. Hatte sie am Flughafen oder im Flugzeug irgendetwas Ungewöhnliches bemerkt? Sie erzählte uns nichts, was wir nicht bereits von den anderen Passagieren gehört hatten.

»Wie lange sind Sie schon hier auf den Inseln?«, fragte Stark.

»Fast zwei Wochen jetzt.«

»Das ist ein großes Boot für nur eine Person. Sind Sie die Eignerin?«, fragte Stark.

»Nein. Es gehört meinem Arbeitgeber. Ich bin zufällig

seine Anwältin. Er ist ein sehr großzügiger und reicher Mann. Ich brauchte einen Urlaub. Er hat mir für diese Zeit seine Jacht überlassen.«

»Gehört die Crew zum Boot?«

»Ja, ganz recht«, sagte sie.

»Warum waren Sie in der Maschine nach Puerto Rico?«, fragte ich.

»Nicht dass Sie das etwas angeht, aber ich habe mich für meinen Arbeitgeber um eine Rechtssache gekümmert.«

»Die Unterlagen der Fluggesellschaft zeigen, dass Sie keine Reservierung hatten«, sagte Stark.

»Das Ganze kam unerwartet. Mein Arbeitgeber hat mich angerufen und mich um einen Gefallen gebeten. Es war das Mindeste, was ich tun konnte. Auf einen Tag Urlaub zu verzichten hat mich nicht gestört.«

»Wie lange wollten Sie sich in San Juan aufhalten?«

»Warum interessiert Sie das?«

»Ach, laut Flugplan sollte die Maschine nach kurzem Stopp sofort nach Tortola zurückfliegen. Sie stehen auf der Passagierliste des Rückflugs«, sagte ich, in der Hoffnung, sie bei einer Lüge zu ertappen.

»Ein Versehen. Die Leute am Flughafen haben das vermasselt. Wie üblich auf den Inseln hier. Ich wollte mit der letzten Abendmaschine an jenem Abend zurückfliegen.«

Das erklärte, warum sie kein Gepäck bei sich gehabt hatte.

»Sie haben Ihr Ticket nicht überprüft?«, fragte Stark genervt. »Ich meine, wo Sie doch wissen, dass die Insulaner immer alles vermasseln?«

Zora grinste und überhörte die Frage.

»Haben Sie in jüngster Zeit, außer mir, jemanden verärgert? Jemanden, der vielleicht nicht wollte, dass Sie nach Puerto Rico fliegen?«, fragte Stark nach.

»Sie glauben doch wohl nicht, dass jemand die Maschine vorsätzlich zum Absturz gebracht hat«, sagte sie und wandte sich an mich. Offenbar hatte die Vorstellung sie tatsächlich schockiert.

»Das wird noch untersucht. Wir gehen zurzeit nur sämtlichen Spuren nach«, sagte ich.

»Nichts davon hat irgendetwas mit mir zu tun. Aber wenn Sie mich nun bitte entschuldigen möchten – ich brauche unbedingt eine Massage, und Gott bewahre, dass ich den Mann warten lasse«, sagte sie und schnappte sich ihren Drink.

»Nur noch eine Frage«, sagte ich. »Hatten Sie während des Fluges eine Waffe bei sich, die Sie vielleicht verloren haben?«

»Machen Sie sich doch nicht lächerlich. Ich kenne die Konsequenzen, wenn man mit einer Schusswaffe ein Flugzeug besteigt. Vielleicht war's ja ein Versehen der hiesigen Sicherheitskräfte«, stichelte sie noch einmal gegen Stark.

»Ich finde diese Frau unsympathisch«, sagte Stark, als wir zum Wagen zurückgingen. »Sind dir ihre Augen aufgefallen – eiskalt, wenn du mich fragst. Sie sieht so aus, als würde sie ihre Großmutter verkaufen. Und Mann, was sollte das denn – ›Ich trinke grundsätzlich nichts Braunes‹.«

»Du bist nur genervt wegen ihrer Bemerkungen über die Tüchtigkeit der Insulaner. Das mit dem Ticketirrtum könnte genau so passiert sein, wie sie gesagt hat.«

»Mag sein«, sagte Stark, »aber es kommt mir verdammt

merkwürdig vor, dass Zora ohne Begleitung auf der Jacht ist.«

»Ja, allerdings nicht so merkwürdig, wenn ihr Arbeitgeber so viel Geld hat und sie ein paar Tage ausspannen will«, sagte ich. »Jimmy soll mal die Registrierung der Jacht überprüfen und sich nach dem Eigentümer und diesem Kapitän erkundigen.«

»Klingt gut. Ich werd mit ihm sprechen, sowie ich wieder im Büro bin«, sagte Stark und sah auf die Uhr. »Ich bin spät dran. Wie wär's, wenn wir Schluss machen für heute?«

»Hast du eine dringende Verabredung?« Stark war ein begehrter Junggeselle auf der Insel, der starke, stille Typ, den viele Frauen als Herausforderung betrachteten. Er war schon mit der einen Hälfte der Frauen auf Tortola über einundzwanzig ausgegangen und arbeitete sich gerade durch die andere. Obwohl schon fünfunddreißig, war er noch nie verheiratet gewesen.

»Ja«, sagte er. »Ich treffe mich mit Billy.«

»Ach ja? Zum wievielten Mal in dieser Woche?«

Billy Cooper war eine BVI-Insulanerin, deren Firma Ausflüge für Touristen anbot. Sie besaß einen Katamaran und fuhr mit kleinen Gruppen zum Schnorcheln und zu den ruhigen Buchten hinaus. Sie war stolz auf ihre Heimat und fand es großartig, andere Menschen an der Schönheit der Inseln teilhaben zu lassen. Wenn sie nicht arbeitete, segelte sie leidenschaftlich gern, was für Stark, dessen Vorstellung von Wassersport darin bestand, im Planschbecken seiner Nichte herumzumarschieren, ein echtes Problem darstellte.

»Ich bin mit ihr zum Abendessen bei ihren Eltern eingeladen«, sagte Stark.

»Das ist ja super. Billy ist eine ganz besondere Frau«, sagte ich.

»Glaubst du?«

»Na, hör mal. Sie ist intelligent, schön und eine der nettesten Frauen weit und breit. Ich verstehe nur nicht, wie du das mit ihrer Liebe zum Wassersport regeln willst.«

»Stimmt, das ist ein Problem«, sagte er, blickte auf den Bürgersteig und fing an zu lachen.

»Was ist denn los?«, fragte ich. Stark kamen vor Lachen fast die Tränen.

»Du solltest lieber auf diesen Filmstar aufpassen«, sagte er und deutete mit einem Nicken auf einen Zeitungsverkäufer, der an der nächsten Ecke die *Island News* feilbot.

Der Mann war dabei, seine Verkaufszahlen dadurch zu steigern, dass er mögliche Käufer mit dem Titelseiten-Foto von Stewart und der Polizistin lockte. Zu seinen Füßen lag ein riesiger Stapel Zeitungen.

Ein Kunde kaufte eine Zeitung und blickte in meine Richtung, blickte auf das Foto, sah wieder mich an, wieder auf das Foto und war schließlich sicher, dass ich dort abgebildet war. Dann kam er herüber, begann, mich nach meinem Status als Freundin eines Filmstars auszufragen, und bat mich schließlich um ein Autogramm.

Stark schüttete sich aus vor Lachen. Als er wieder Luft holen konnte, reichte er mir einen verdammten Kugelschreiber.

»Bitte, Hannah«, sagte er. »Gib dem netten Mann doch ein Autogramm auf seine Zeitung.«

»Ich finde das gar nicht so witzig, Stark«, sagte ich.

Es war der letzte Tropfen. Ich kaufte die restlichen Zeitungen, schmiss sie in den Rambler und fuhr auf direktem

Weg zu den Paradise Villas. Stark blieb lachend auf dem Bürgersteig stehen und verwirrte den Zeitungsverkäufer.

Bei dem Hotel handelte es sich um eines der Fünfsternekategorie mit Wellnessbereich, großem Pool und wunderschönen Ausblicken. Als ich dort ankam, hatte ich mich ordentlich in Rage gesteigert.

Stewart kam selbst an die Tür, sonnengebräunt und völlig entspannt. Er trug nichts als Shorts. Den Arm trug er noch immer in der Schlinge. Es war offensichtlich, dass er für seine *Avenger*-Filme kein Double benötigte. Er hatte eine perfekt modellierte Figur, ohne die hässliche Muskelmasse eines Bodybuilders. Es war die Art Körper, die Frauen gern anfassten. Mist.

Das breite, jungenhafte Lächeln wich aus seinen Gesichtszügen, als er meine Miene und den Stapel Zeitungen in meiner Hand sah. Ich war schon im Zimmer und ließ die Zeitungen auf einen Stuhl fallen, als er mich bat hereinzukommen.

»Hannah, Sie scheinen mir verärgert zu sein.«

»So könnte man es ausdrücken. Alle auf den Inseln glauben, dass ich mit Ihnen ins Bett gehe. Ich bekomme Blicke blanken Neids von jeder Frau, an der ich vorbeigehe, und die Männer gaffen mich lüstern an. Mein guter Ruf ist im Eimer.«

»Ich könnte wetten, dass Sie solche Blicke auch schon bekommen haben, bevor der Artikel in der Zeitung stand. Das ist Ihnen nur nie aufgefallen.«

»Ich finde das gar nicht komisch. Diese Form des Interesses an einer Polizistin ist gar nicht cool.«

»Es tut mir aufrichtig leid. Ich habe Sammy gesagt, ich möchte nicht, dass Sie in diesem Spiel um Schlagzeilen benutzt werden. Er glaubt, dass sich fast alle Frauen in Filmstars verlieben. Er ist schon zu lange in Hollywood. Ich wohl auch. Was kann ich tun, um die Sache wiedergutzumachen?«

»Sprechen Sie mit Sammy. Sorgen Sie dafür, dass er sie fallen lässt«, sagte ich und strebte zur Tür.

»Wird erledigt. Hey, ich habe mir gerade einen Drink gemacht. Trinken Sie doch einen mit. Ich würde mich über Gesellschaft sehr freuen. Sie wissen ja, Schauspieler sind in Wirklichkeit einsame Menschen.«

»Das ist schwer zu glauben.«

»Aber es stimmt. Es dreht sich alles nur um die Oberfläche. Leute, die etwas wollen, Frauen, die sich zu den Images hingezogen fühlen. Der ganze Mist in den Klatschblättern. Die Leute glauben, einen zu kennen. Tatsache ist, dass sie alles wissen außer der Wahrheit. Ich fände es nett, mit jemandem zu reden, der mich gerade zusammengestaucht hat.«

»Gut, ein Drink wäre okay«, sagte ich und merkte gleich, dass das ein großer Fehler gewesen war.

Während er zwei Gin Tonics mixte, schlenderte ich auf den Balkon. Die Sonne war kurz davor, hinter Peter Island im Meer zu versinken, und der Wind frischte auf. Draußen im Drake-Kanal konnte man ein Segelboot sehen, das sich in der steifen Brise neigte. Ob das eine Art Wind war, um mich zu warnen, ein Vorbote der Dinge, die vielleicht noch kamen?

Drinnen hörte ich den Ton eines Fernsehgeräts. Der Wetterexperte berichtete, dass der Hurrikan an Stärke zugenommen habe und immer noch Kurs auf die BVI halte, jedoch erst in achtundvierzig Stunden dort eintreffen werde. »Alles kann passieren«, sagte er. »Doch so Gott will, wird er unsere wunderschönen Inseln verschonen.«

»Es sind wirklich wunderschöne Inseln.« Stewart reichte mir meinen Drink, beugte sich neben mir über das Balkongeländer und blickte hinaus auf Meer. »Wissen Sie, ich beneide Sie um Ihr Leben hier.«

»Das wundert mich. Mir kommt es vor, als könnten Sie leben, wo Sie wollen.«

»Das könnte man glauben, aber ich bin gebunden.«

»Wodurch zum Beispiel?«

»Durch meinen Beruf.«

»Aber Sie haben doch genug verdient, um aufhören zu können, wann immer Sie wollen.«

»Der Lebensstil macht süchtig. Der Ruhm, der Luxus. Man verdient viel Geld, man gibt mit vollen Händen aus. Und – ich gebe es zu – die Frauen. Wahrscheinlich eine Ego-Sache. In meiner Jugend war ich ein Niemand, wohnte in einem furchtbaren Kaff. Mit siebzehn bin ich von dort abgehauen. Ich möchte nie wieder dorthin zurück.«

»Aber Sie haben das alles doch schon weit hinter sich gelassen.« Stewart sah eigentlich nicht aus wie ein Kleinstadtjunge.

»Mag sein, aber ich habe ein paar dumme Entscheidungen getroffen. Eines Tages werde ich sicherlich für meine Fehler bezahlen.« Einen Moment lang spiegelte sich Bedauern in seinen Augen und noch etwas anderes, vielleicht Verzweiflung. Dann war es wieder verschwunden.

Er ging nach drinnen, um sich noch einen Drink zu mixen. Was er wohl mit »Fehler« gemeint hatte? Was konnte er getan haben, das so schlimme Folgen haben würde? Ich merkte, dass Stewart mir plötzlich leidtat, er war offensichtlich ein netter Mann, dessen Leben langsam außer Kontrolle geriet. Das konnte ich nachvollziehen. Aber er hatte doch Optionen. Wie wir alle, oder?

»Warum haben Sie denn nicht mit der Schauspielerei aufgehört?«, fragte ich, als er auf den Balkon zurückkam.

»Keine Chance«, sagte er und fasste meine Hand. »Ich nehme an, man könnte sagen, dass ich süchtig danach bin. Ich liebe den Ruhm.«

Einen Augenblick standen wir schweigend da und schauten aufs Meer. Als Daniels Arm ganz sachte meinen Arm streifte, bekam ich Herzklopfen. *Verdammt*, dachte ich. *Nicht jetzt.*

Er nahm mir das Glas aus der Hand und führte mich in die Wohnung. Ich wusste es besser. Verflucht noch mal, ich *wusste* es besser.

»Warum gehen wir nicht weiter und machen noch mehr Schlagzeilen?«, sagte er, lächelte ein wenig schief und zog mich an sich.

Mann, ich hätte schon Lust gehabt, aber ich würde es mit Sicherheit bereuen. *Und was ist mit O'Brien?*, dachte ich, als Daniel seine Hand meinen Hals hinabgleiten ließ und einen Finger sanft zwischen meine Brüste schob. Als ich die Augen schloss, wallte Hitze in mir auf. Dann hielt ich sanft den Finger an Daniels Lippen und atmete ruhig aus. Rasch drehte ich mich um und ging zur Tür. Ich zog sie hinter mir zu und nutzte den letzten Rest meines gesunden Menschverstandes, um schleunigst zu verschwinden.

O'Brien und Simon saßen unten auf Steg A, sie hatten die Schuhe neben sich auf die Bohlen gestellt, und ihre Füße baumelten im Wasser, als ich auf dem Gelände von SeaSail ankam. Alle anderen waren schon nach Hause gegangen. Die Boote waren geisterhafte Umrisse, das Wasser war ruhig. Im Westen färbte ein Streifen Licht den dunkler werdenden Himmel rosa. Ich hörte, wie O'Brien redete. Er erzählte Simon die Geschichte eines berühmten Klippers, der *Flying Cloud*.

»Hallo, Jungs«, sagte ich und setzte mich neben Simon, während O'Brien zu Ende erzählte. Er kannte mehr Seefahrergeschichten als irgendjemand sonst. Diese kannte ich schon. Die *Flying Cloud* war in ihrer Zeit das schnellste Schiff. Sie hatte für ihren Törn in neunundachtzig Tagen von New York um Kap Horn herum bis nach San Francisco über ein Jahrhundert lang den Rekord gehalten. Der spannendste Teil der Geschichte war, dass die *Flying Cloud* von einer Frau gesteuert worden war – und das in einer Zeit, als Frauen zu Hause blieben und darauf warteten, dass ihre Männer von der See zurückkamen.

Ich merkte, dass ich mich von O'Briens Stimme einlullen ließ, die untermalt wurde von den Klängen der Zikaden, der Baumfrösche und gelegentlich einem Platschen, wenn ein Fisch aus dem Wasser sprang. Ich lehnte mich zurück, atmete die kühle Nachtluft ein und spürte, wie die Anspannung des Tages langsam von mir abfiel.

»Hannah?« O'Brien schaute mich an. Mit diesem Blick. Dem, der mein Innerstes nach außen kehrte. Ich hatte das Gefühl, dass er noch mehr sagen wollte, aber nicht die Worte fand, um den von uns beiden empfundenen inneren Aufruhr zu besänftigen.

»Mensch, O'Brien, hör mir doch mal …«

»Hannah. Ich denke, es ist besser, du bringst Simon jetzt nach Hause.«

Als wir auf den Parkplatz vor Pickering's Landing einbogen, stand Enok Kiersted unten am Strand und warf Stöckchen für Sadie. Als Sadie den Rambler sah, kam sie mit hängender Zunge herbeigelaufen. Sie konnte sich nicht entscheiden, über wen sie sich mehr freute – über Simon oder mich. Wo blieb da die alte Loyalität? Aber ich konnte es ihr nicht verübeln. Schließlich hatte der Junge in den letzten Tagen mehr Zeit mit ihr verbracht als ich während des ganzen Monats. Die beiden rannten zum Strand hinunter.

»Wie geht's Ihnen, Enok?«, fragte ich.

»Gut«, sagte er.

»Haben Sie schon gehört – jemand hat die Delfine drüben aus der Dolphin World freigelassen? Der Manager rückt Dunn auf den Pelz, er soll den Verantwortlichen dingfest machen.«

»Ja, ich habe davon gehört«, sagte er.

»Aber Sie wissen nichts davon, oder?«

»Natürlich nicht, aber es ist das Beste, was in der letzten Woche hier passiert ist, finde ich. Wenn die Leute dort das nächste Mal Delfine einpferchen, dann nimmt hoffentlich jemand den ganzen Laden auseinander.«

»Klingt ziemlich extrem, Enok. Es könnte jemand zu Schaden kommen.«

»Niemand, der es nicht verdient«, sagte er.

»Glauben Sie, dass deswegen Menschen sterben sollten?«, fragte ich.

»Natürlich nicht«, antwortete er, aber ich fragte mich trotzdem, wie weit er gehen würde, um einen Delfin zu retten.

21

Die Sonne war noch nicht einmal aufgegangen, da kam Sadie auch schon auf mein Bett gesprungen, Simon direkt hinter ihr.

»Simon«, sagte ich und zog mir die Decke über den Kopf, »es ist noch nicht einmal hell.«

»Mach schon, Hannah. Steh auf!« Er riss mir die Decke vom Gesicht.

»Mensch, es kann noch nicht mal sechs sein«, stöhnte ich.

»Es ist fünf. Wir müssen uns beeilen, damit ich rechtzeitig zur Schule komme«, sagte er.

»Keine Sorge, Simon. Wir haben noch viel Zeit.«

Ich konnte es nicht fassen, dass ein Kind so aufgeregt sein konnte, nur weil es zur Schule gehen durfte. Ich hatte Simon versprochen, heute Morgen mit ihm zu den Indians zum Schnorcheln zu fahren und ihn rechtzeitig zurückzubringen, damit er mit Rebecca im Bus zur Schule fahren konnte, bevor ich mich mit Stark traf.

Ich hatte mich mit der Schule in Verbindung gesetzt und vereinbart, dass Simon ein paar Tage am Unterricht teilnehmen durfte. Ich fand, dass der Junge einen geregelten Alltag brauchte, bis seine Tante auf die Inseln geflogen käme, was nach Meinung des Jugendamtes auch bald geschehen musste. Simon wohnte seit Sonntag bei mir. Heute war zwar erst Dienstag, aber man hatte auch schon Dr. Hall angerufen, um herauszufinden, was denn nun weiter geplant sei und wann die Tante das Sorgerecht übernehme. Bislang hatte Hall das Jugendamt in Schach gehalten, indem er erklärte, dass die Tante in Europa weile und niemand sie erreichen könne. Er hatte der Mitarbeiterin mehrfach versichert, dass Simon in guten Händen sei, aber die Teilnahme am Schulunterricht war meiner Meinung nach eine gute Idee. Außerdem machte ich mir Sorgen wegen des Mannes, der gestern zwischen den Palmen gestanden hatte. Erst wenn ich wusste, wer der Mann war und was er dort getan hatte, würde ich Simon wieder den ganzen Tag am Strand herumstreunen lassen.

»Komm, Simon, ich mache uns Frühstück«, sagte ich und stieg aus dem Bett.

Wir liehen uns Calvins Speedboot und waren um halb sieben draußen bei den Indians. Wir hatten das Meer für uns allein. Alle Muringbojen waren frei. Die Leute wurden immer nervöser, sie wollten nicht mehr auf einen Ozean hinausfahren, der zu einer tödlichen Gefahr werden konnte. Aber das konnte heute nicht passieren. Es war ein perfekter Morgen – absolut kein Wind und keine Strömung. Vier Felsspitzen ragten hier aus dem Meer, umgeben von Korallenköpfen, die im blaugrünen Wasser nach unten hin dunkler wurden. Dort wimmelte es von Riff-Fischen.

Als ich eine Muringleine erwischt und den Motor ausgestellt hatte, trug Simon bereits seine Tauchausrüstung. Er hatte seine Kamera dabei und legte sie in ein wasserdichtes Gehäuse. Ob der Junge überhaupt irgendwohin ging ohne den Apparat? Ich wusste zwar, dass er ganz versessen darauf war, seine Umgebung auf digitale Fotos zu bannen, dennoch hatte ich das Gefühl, dass die Kamera im Moment auch eine wichtige Verbindung zu seinem Vater darstellte.

Ich gab Simon die übliche Einweisung. »Es ist nicht deine Welt, behandle die Lebewesen, die sie bewohnen, respektvoll. Sieh hin, aber berühre nichts. Achte auf deine Schwimmflossen, damit du nicht gegen die Korallen stößt und sie dadurch abbrechen. Alles dort unten ist zerbrechlich. Und um Himmels willen, pass auf die Feuerkorallen auf.«

»Sind die tödlich, Hannah?«

»Nein, Simon, aber sie können dich stechen, so dass deine Haut den ganzen Tag über brennt wie Feuer.«

»Und was ist mit Haien?«

»Haie stechen nicht«, witzelte ich.

Das fand er gar nicht komisch. »Ja, die beißen einem nur das Bein ab.« Ich hörte aus seiner Antwort irgendetwas zwischen Angst und der ungeschmälerten Begeisterung eines abenteuerlustigen Neunjährigen heraus.

»Mach dir keine Gedanken wegen der Haie. Vielleicht haben wir Glück und sehen ein paar Ammenhaie. Einige von denen lungern manchmal am Meeresgrund herum, zwischen den Felsen. Aber die werden uns nicht stören.«

Wir sprangen ins Wasser, und sofort umgab uns eine blaue, magische Welt. Ich gab Simon die Gelegenheit, sich zu akklimatisieren, und blieb hinter ihm. Er schoss wie verrückt Fotos, weil er Angst hatte, etwas könnte dem unauslöschlichen Archiv entwischen, das er in der Kamera aufbewahrte. Paletten-Doktorfische, gelbe Schnapper, ein paar Engelfische, Dreifarben-Kaiserfische, Achilles-Doktorfische, ein Schwarm Sergeant Majors, Venusfächer – Simon schwamm ganz dicht an der Wasseroberfläche und versuchte, alles auf einmal in sich aufzunehmen.

Schließlich hielt er an und hob den Kopf aus dem Wasser.

»Hannah, das ist total cool. Hast du den großen Fisch da drüben gesehen? Er hat sich kaum bewegt. Er sieht irgendwie fies aus.«

»Das ist ein Barrakuda. Schwimm mir hinterher, dann zeige ich dir noch ein paar andere Dinge. Manchmal muss man ganz genau hinschauen.«

Wir schwammen zu den Felsen hinüber und tauchten an ihnen entlang. Ich entdeckte eine Muräne mit goldfarbenem Schwanz, die aus einer Kolonie Feuerkorallen hervorspähte. Simon tauchte auf und prustete.

»Der Fisch sieht aber auch fies aus.«

»Ich schätze mal, das liegt an den Zähnen, aber sieht der nicht toll aus? Sieh mal, direkt daneben, auf dem Stück Feuerkoralle, das grüne und violette Etwas, das aussieht wie ein hübsches Stück gefleckter Salat, das ist ein Flachwurm.«

Wir steckten die Köpfe wieder unter Wasser, und ich zeigte auf eine Stelle. Es dauerte eine Minute, aber schließlich sah Simon sie. Wir schwammen weiter, und ich zeigte weiter auf die kleinen Dinge, die man meist übersieht – der Weihnachtsbaumwurm, der sich abrupt schloss, als ich ihn sanft mit der Fingerspitze berührte, die Flamingozungenschnecke, die einen Venusfächer fraß, ein Stachelschweinfisch unter einem Felsvorsprung voll strahlend roter Schwämme. Simon tauchte lachend auf, als der Fisch sich zu doppelter Größe aufblies, wie ein stachliger Ballon.

Auf dem Rückweg zum Boot hatten wir Glück. Wir sahen Haie, zwei graue, geisterhafte Schatten, die auf dem Meeresboden lagen, im Sand zwischen Kolonien von Elchhorn- und Sternenkorallen. Die Haie waren reglos bis auf die Bewegungen ihrer Kiemen und das gelegentliche Schlagen eines Schwanzes.

Simon verbrachte die Rückfahrt damit, sich seine Fotos anzuschauen. Er hatte mehrere Aufnahmen von Schwänzen von Papageienfischen gemacht, während sie aus dem Bildrahmen schwammen, und Dutzend weitere von dunklen Schwärmen verschwommener Fische. Aber ein paar Fotos waren herausragend, ein Streifen Sonnenlicht, das eine Geweihkoralle in goldenes Licht tauchte, ein Engelfisch in perfekter Pose, die gelben Flecken wie elektrisierend vor einem blau-schwarzen Hintergrund.

Calvin war im Schuppen, als wir zurückkamen, und schleppte alte Sperrholzbretter nach draußen.

»Hallo, Hannah, Simon. Na, wie war das Schnorcheln?«, fragte er.

»Sie würden nicht glauben, was wir gesehen haben!«, sagte Simon. »Ich glaub's einfach nicht, was da alles im Wasser ist. Wir haben Haie gesehen! Und Würmer! Und alle möglichen Fische und so.«

»Hannah ist eine gute Führerin«, sagte er. »Sie hat 'ne Menge über das Meer gelernt, seit sie auf unsere wunderschönen Inseln kam.«

»Ja, danke, dass du mich mitgenommen hast, Hannah«, sagte Simon. Eine Sekunde lang drückte er mich ganz fest an sich, dann lief er zur *Sea Bird*, um sich für den Schulunterricht umzuziehen.

»Er ist ein guter Junge«, sagte Calvin. »Er scheint dich wirklich zu mögen. Es wird schwierig werden, wenn die Tante schließlich hier aufkreuzt und ihn mitnimmt.«

Calvin hatte Recht. Es würde mir nicht leichtfallen. Ich hatte mich langsam daran gewöhnt, einen Jungen um mich herum zu haben, der in der Kombüse mit dem Geschirr klapperte, mit Sadie am Strand herumtollte und in der Achterkabine schlief. Simon war ein toller Junge – ein Überlebenskünstler. Er war zwar erst neun, aber schon jetzt war offenkundig, dass er zu jenen Menschen gehörte, die das Leben begeistert annahmen – es sei denn, jemand zog ihn herunter, überforderte ihn mit Aufgaben oder womit auch immer, was die Erwachsenen für wichtig hielten. Ich fragte mich, wie seine Tante wohl wäre und ob sie seine Lebensfreude fördern oder ersticken würde.

»Manche Leute glauben immer noch nicht, dass sich da draußen ein Sturm zusammenbraut«, sagte Calvin und wischte sich das Gesicht mit dem Hemdsärmel ab. Es war noch nicht neun, und das Thermometer im Schuppen zeigte bereits knapp 30 Grad. Die Luftfeuchtigkeit musste bei neunzig liegen.

»Glaubst du, dass der Hurrikan auf die Inseln treffen wird, Calvin?« Ich wusste, dass er schon einige Hurrikans erlebt hatte. So wie die meisten Inselbewohner. Der letzte, der über die Insel gefegt war, hatte den Namen »Irrläufer-Lenny« getragen. Niemand hatte mit ihm gerechnet. Er hatte sich in der westlichen Karibik zusammengebraut und war nach Osten gezogen, hatte die BVI gestreift, war über St. Martin hinweggefegt und hatte auf der gesamten Inselkette bis nach Martinique schwere Verwüstungen angerichtet.

»Sieht ganz danach aus«, sagte er. »Ich muss davon ausgehen, dass er kommt. Ich muss den Jachthafen schützen und die Boote richtig gut vertäuen. Was willst du mit der *Sea Bird* machen? Die Bucht bietet uns Schutz. Höchstwahrscheinlich kommt der Wind über die Hügel da. Es wird 'ne Menge Wasser hier reinkommen. Ich habe vor, die Boote von den Stegen wegzubekommen und alle zusammenzubinden. Für den Fall der Fälle die großen Ankerbojen zu installieren. Wenn Gott will, werden die halten. Ist für die Boote besser, draußen im tiefen Wasser zu liegen, als hier an den Stegen herumzupoltern und an den Strand geweht zu werden.«

»Ich gebe die *Sea Bird* in deine Hände, Calvin. Du weißt, was du tust.« Ich hatte nicht wirklich darüber nachgedacht, das Boot zu verlieren. Vielleicht hatte mein Vater ja Recht gehabt – schlechtes Investment –, und Mutter Natur löschte die *Sea Bird* mit einem Handstreich aus.

In der Stadt waren die Einwohner dabei, ähnliche Vorbereitungen wie Calvin zu treffen, sie gingen vom Schlimmsten aus und hofften auf das Beste. Sie hatten noch keine groß angelegte Schutzaktion gestartet, sondern sammelten erst einmal Materialien – Sperrholz, Bretter, Hämmer.

Ich hielt kurz bei Wilson's Bakery, bestellte einen Kaffee und nahm für Stark einen Donut mit. Die Eisenwarenhandlung nebenan war voller Kunden, die Nägel, Plastikplanen und Tacker kauften.

»Wie geht's Ihnen an diesem schönen Tag?«, fragte mich Marie Wilson, als sie mir einen Kaffee zum Mitnehmen einschenkte.

»Ganz gut, danke, Marie. Haben Sie sich schon auf den Hurrikan vorbereitet?«, fragte ich.

»Ja. Ich fühle, dass er näher kommt. Die Luft wird immer dicker, wie eine Frau kurz vor der Geburt. Ich bete nur, das Baby ist kein Teufel, der uns alle zur Hölle schickt.« Als ich hinausging, wedelte sie mit irgendeiner getrockneten Pflanze im Laden herum.

»Die verrückte Marie«, murmelte ich vor mich hin, während ich zum Auto ging. Trotzdem überkam mich ein banges Gefühl. Ich fragte mich, welche Art Vorsichtsmaßnahmen wohl in der Schule getroffen wurden. Mein Gott, ich dachte ja schon wie meine Mutter, die sich wegen ihrer beiden Töchter ständig gesorgt hatte. In der Schule würde ganz normal unterrichtet werden.

Ich fuhr am Krankenhaus vorbei und bog scharf auf den Parkplatz ein. Ich hatte gerade noch Zeit, um nach Capy zu schauen, bevor ich Stark am Lagerhaus traf. Als ich Capys Zimmer betrat, versuchte eine Krankenschwester, ihm Haferbrei einzuflößen.

»Das Zeug sieht aus wie 'ne Schleimspur von 'ner Seegurke«, sagte er. »Was ich brauch, ist 'n ordentlicher Schluck Rum.«

»Es ist noch nicht zehn Uhr, außerdem geben wir unseren Patienten zu keiner Tageszeit Alkohol«, sagte die Krankenschwester empört. Keine Frage, sie war eine gottesfürchtige Frau, die in ihrem Haus alles verbot, was stärker war als Apfelwein. Allerdings hatte ich ihren Mann mehr als einmal gesehen, wie er aus dem Doubloon nach Hause gewankt war.

»Na, wenn das mal nich' meine Freundin Hannah ist!«, sagte Capy. »Wie hübsch Sie aussehen. Hoffentlich wollen Sie mich nicht festnehmen. Die Tür zum Lagerhaus stand offen. Hab mir gedacht, dass niemand 'n altes T-Shirt und 'n paar durchweichte Zigarren vermissen wird.«

»Ich bin nicht gekommen, um Sie festzunehmen. Ich freue mich, dass es Ihnen gut geht. Die ganze Insel macht sich Sorgen um Sie, Capy.«

»Na ja, Unkraut vergeht nicht«, sagte er. Sein Kopf war

mit einem Haufen Gaze umwickelt, und eines seiner Augen war zugeschwollen.

»Können Sie mir sagen, was geschehen ist?«

»Wie gesagt, die Tür stand offen. Ich hatte mich grad 'n bisschen umschaun wollen. War richtig duster da drin. Ich hab all den Kram durchgewühlt. Bin dabei auf 'n paar komische Sachen gestoßen. Zum Beispiel so 'n winzigen roten Damenschlüpfer. Na ja, ich werd wohl langsam alt.«

»Haben Sie überhaupt irgendjemanden gesehen? Irgendetwas gehört?«

»Nee, aber ich hab die hübschesten lila Schuhe gesehn, die ich je gesehen hab. Wollte die grad anziehen, als ich plötzlich Sterne gesehen hab. Als ich wieder aufgewacht bin, lag ich hier bei Doktor Hall, der über mir stand. Der Mann gefällt mir gar nicht.«

»Was für Schuhe?« Ich war mir sicher, dass sich in keinem der Gepäckstücke der Passagiere lila Schuhe befunden hatten. Wahrscheinlicher war, dass Capy unter Wahnvorstellungen litt, ausgelöst durch übermäßigen Alkoholkonsum. Verdammt, seit Jahren erzählte er doch allen, die es hören wollten, von Seeungeheuern, die sein Boot auf den Meeresgrund geschickt hätten. Er war draußen gewesen, auf seinem Boot, völlig blau, als ein Sturm aufgezogen war. Er hatte sich an einem Trümmerteil festgeklammert und war stundenlang auf See getrieben, bis einer der Fischer ihn entdeckt hatte.

Capy beschrieb mir die Schuhe allerdings in allen Einzelheiten – lila mit lila Schnürsenkeln, Gummisohlen und einem gelben Blitz an jeder Seite. Entweder hatte Capy eine blühende Fantasie, oder er hatte tatsächlich etwas gesehen.

»Glauben Sie, dass das Joggingschuhe waren?«, fragte ich.

»Ja, genauso sahen die aus. Hätten mir wahrscheinlich sowieso nicht gepasst. Sahen ziemlich klein aus.«

Das war nicht viel, aber vielleicht ja doch etwas. Als ich das Krankenzimmer verließ, entbot Capy mir einen kurzen Gruß und bat mich, ihm beim nächsten Besuch eine Flasche Inselrum mitzubringen.

Stark hatte mich nicht kommen sehen. Er lehnte mit dem Rücken an seinem Wagen, der vor dem Lagerhaus stand, und wirkte höchst zufrieden. »Hi, Stark, wie war das Essen gestern Abend?«, fragte ich und reichte ihm einen Donut.

»Furchtbar.«

»Du siehst aber nicht aus wie jemand, der einen furchtbaren Abend verbracht hat.«

»Es war der Teil nach dem Essen, an den ich denke. Aber ich sage dir: Billys Mutter ist besser als jeder Verhörspezialist, den ich je getroffen habe. Herrgott. Als Billy und ich aus dem Haus gingen, wusste ihre Mutter, welches Gemüse ich als Kind am liebsten gegessen habe.«

»Ach ja? Welches denn?«

»Sehr komisch, Sampson.«

Er war erleichtert, als ich ihm erzählte, dass Capy heute Morgen aufrecht im Bett gesessen und der Krankenschwester Scherereien gemacht hatte. »Komisch fand ich allerdings die Sache mit den Schuhen. Glaubst du, dass er tatsächlich etwas gesehen hat?«, fragte ich Stark. Er kannte Capy, er war bekannt dafür, dass er im alkoholisierten Zustand zu Übertreibungen neigte.

»Weiß der Himmel. Ich glaube, wir sollten mal nachsehen, ob einer der Läden solche Schuhe führt.«

»Ja, ich könnte mir vorstellen, dass lila Schuhe hier auf den Inseln ein Renner sind. Wir werden wahrscheinlich feststellen, dass die Hälfte der Damenwelt über sechzig so etwas für ein Mode-Statement hält. Natürlich weißt du, dass die meisten Läden nicht Buch führen.«

»Weißt du, Capy hat gesagt, dass es kleine Schuhe waren.«

»Na ja, für Capy kann klein auch heißen, nicht größer als die riesigen Gummistiefel, in denen er herumschlurft. Komm, gehen wir rein und sehen wir uns mal an, was Harrigan herausgefunden hat.«

Drinnen standen mehrere Männer und nahmen Flugzeugteile auseinander, die auf dem Boden verstreut lagen. Harrigan stand mit hochgekrempelten Ärmeln da, ein Klemmbrett in Händen, und redete mit einem der Männer.

»Das haben wir bislang herausgefunden«, sagte er und kam sofort zur Sache. »Es gibt keinerlei Anzeichen für eine Bombenexplosion. Die sich ausdehnenden Gase hätten jede Oberfläche verformt, die sie berührten. Es wären Anzeichen von Lochfraß vorhanden gewesen – kraterartige Löcher und schwarze Streifen, die vom Ort der Detonation ausstrahlen. Es finden sich auch keine Brandspuren, die auf ein Feuer hindeuten.«

»Was ist mit dem Bericht, wonach aus einem der Motoren Qualm gedrungen sei und es eine Explosion gegeben habe?«, fragte Stark.

»Manche Berichte von Augenzeugen erinnern mich an die Märchen, die mir meine Großmutter erzählt hat. Reine Fantasie. Zu viele Filme. In einer der Aussagen heißt es, ein Zeuge habe berichtet, dass ein Motor abgefallen sei! Was wohl kaum der Fall ist, wie Sie sehen können. Wir suchen weiter, aber überhaupt nichts deutet auf einen Motorbrand oder eine Explosion hin. Ich bezweifle sogar, dass die Motoren liefen, als das Flugzeug aufs Wasser prallte. Wenn sie es getan hätten, wären die Propeller verbogen gewesen. Stimmt das mit dem überein, woran Sie sich erinnern, Hannah?«

Jimmy und ich hatten Harrigan bereits darüber informiert, was wir an jenem Morgen gesehen hatten, wozu allerdings keines der dramatischen Geschehnisse gehörte, von denen die anderen Zeugen berichtet hatten. »Wie gesagt, die Maschine ist einfach vom Himmel herabgestürzt. Ich erinnere mich, wie still es war, bis sie ins Meer stürzte.«

»Das passt zu dem, was ich herausgefunden habe«, sagte Harrigan.

»Was glauben Sie also?«, fragte ich ihn.

»Könnte ein Problem mit dem Treibstoff gewesen sein, laut Anzeiger waren allerdings beide Tanks fast voll. Sie enthielten Meerwasser, was aber nicht überraschend ist. Das Salzwasser muss in die Tanks gedrungen sein, nachdem die Maschine untergegangen ist.«

»Hätte es gereicht, die Maschine zum Absturz zu bringen, wenn man dem Treibstoff vor dem Start Salzwasser hinzugefügt hätte?«, fragte ich.

»Absolut. Die Motoren hätten ein paarmal gespuckt und wären dann stehen geblieben. Das würde mit dem übereinstimmen, was Sie gesehen haben – dass das Flugzeug einfach ins Meer gestürzt ist. Die Sache ist nur die, dazu hätte man eine ganze Menge Salzwasser benötigt. Ich habe schon beim Flughafen nachgefragt. Keine andere Maschine hatte Probleme mit verunreinigtem Treibstoff.«

»Es wäre wirklich ein perfekter Plan, die Tanks mit Salzwasser zu verunreinigen. Wer würde je davon erfahren, wenn die Maschine ins Meer stürzt?«, fragte ich.

»Ich. Ich habe die Treibstoff-Anzeiger rausgeschickt, um sie analysieren zu lassen. An jedem Motor ist einer angebracht. Sie messen den Treibstoff in den Motoren. Das ist ein geschlossenes System. Sie würden Treibstoff und auch mögliche kontaminierende Stoffe enthalten. Wir werden genau erfahren, was in die Motoren hineingeflossen ist.«

»Haben Sie schon eine Vermutung?«, fragte ich.

»Ich werde mich hüten, Vermutungen anzustellen. Ich bin seit fast zwanzig Jahren in diesem Gewerbe. In der Hälfte der Fälle bin ich mir fast sicher, dass es eine bestimmte Ursache ist, und dann stellt sich heraus, dass es etwas ganz anderes war. Im vergangenen Jahr habe ich das Wrack einer kleinen Maschine untersucht, die gegen einen Hügel geprallt ist. Alle waren davon überzeugt, dass eine Bombe explodiert wäre. Die Medien haben eine große Gangsterstory daraus gemacht, angeblich hätte es da einen Mann gegeben, an den sich die Polizei herangemacht hätte, damit er gegen irgendwelche Leute aus der Unterwelt aussagte. Alle schrien: Sabotage! Wir haben aus den Trümmerteilen des Motors Proben genommen und diese zu einer Expertin am Smithsonian-Institut geschickt. Sie hat dann Federn gefunden – von der Kanadischen Wildgans.«

Auf der Fahrt ins Büro erzählte ich Stark von meinem Gespräch am Vorabend mit Kiersted über die Delfine.

»Hört sich an, als wäre er durchgedreht«, sagte Stark.

»Wahrscheinlich. Aber wie wird man nur zu einem solchen Extremisten?«, fragte ich mich laut.

Ich rechnete nicht mit einer Antwort, aber Stark lieferte sie mir trotzdem. »Vielleicht liegt es daran, dass man zu oft gescheitert ist.«

»Ja, oder daran, dass niemand auf einen hört.«

22

»Stark, fahr mal rechts ran«, sagte ich. Debra Westbrook saß allein in einem Straßencafé. Ich bestand darauf, dass er mich absetzte und weiterfuhr. Hier bot sich mir eine Gelegenheit, mit Debra zu sprechen, ohne dass der Senator zugegen war, und ich bezweifelte auch sehr, dass Starks Anwesenheit dem Gespräch förderlicher wäre. Er wirkte tatsächlich gekränkt, als ich ihm dies sagte.

»Hallo, Mrs. Westbrook«, sagte ich, als ich an ihren Tisch trat.

»Detective Sampson, freut mich, Sie zu sehen«, sagte sie lächelnd. Kein schlechter Start. Im Unterschied zu ihrem Mann glaubte sie offenbar nicht, dass sie einen Anwalt brauchte, wenn sie mit mir redete.

»Darf ich mich zu Ihnen setzen?«

»Nur zu. Ich wollte gerade Essen bestellen. Ich habe gern Gesellschaft. Bitte nennen Sie mich doch Deb.«

»Und Sie mich Hannah«, sagte ich und zog einen Stuhl vom Tisch, als der Kellner erschien. Deb bestellte einen Salat mit frischem Hummer. Wenn er frisch war, musste es sich um Langusten handeln, die einzige Art, die es in der Karibik gab. Mit einiger Bestürzung stellte ich fest, dass auch Meeresschildkröte auf der Speisekarte stand. Als ich den Kellner darauf ansprach, antwortete er, sie sei hervorragend. Ich unterließ es, ihm einen Vortrag darüber zu halten, dass Meeresschildkröten auf der Liste der aussterbenden Tierarten standen. Er konnte schließlich nichts dafür. Also bestellte ich leckeres Jerk-Chicken mit dicker Chili-Kruste.

»Hat der Senator Sie allein gelassen?«, fragte ich, nachdem der Kellner Richtung Küche gegangen war.

»Ich fürchte ja. Er ist losgegangen, um sich ein großes Haus am Kap in der Nähe von Soper's Hole anzusehen.«

»Tatsächlich? Denken Sie daran, ein Haus hier auf den Inseln zu kaufen?« Ich kannte das Haus. Es glich eher einem Anwesen.

»Ach, Jack hat so eine Idee, er will nach der Pensionierung hier auf den Inseln leben. Bis dahin möchte er ein Haus haben, wo er einige Wochen verbringen kann. Das Ganze ist allerdings nicht so einfach. Auswärtige müssen eine Genehmigung zum Grunderwerb beantragen, bevor sie auf den BVI Grundeigentum erwerben können. Er musste den Behörden finanzielle Referenzen, persönliche Referenzen und ein polizeiliches Führungszeugnis vorweisen. Er ist sich sicher, dass er die Genehmigung erhält. Um die Referenzen hat er sich nicht gekümmert. Er sagt, dazu müsse man nur der richtigen Person Geld in die Hand drücken.«

»Es wundert mich, dass Sie nicht bei ihm sind«, sagte ich, als der Kellner mit unserem Lunch kam.

»Ehrlich gesagt, interessiert es mich nicht, hier ein Haus

zu besitzen. Mir gefällt die Idee nicht, so weit weg von den Kindern zu sein. Und eines Tages werden wir Enkel haben. Jack kennt meine Meinung. Wir haben uns heute Morgen deswegen gestritten. Ich habe ihm gesagt, dass ich mir kein Haus anschauen möchte und er das allein machen muss.« Sie trank ihren Wein aus und machte dem Kellner Zeichen, ihr noch einen zu bringen.

»Entschuldigen Sie«, sagte sie. »Ich wollte Sie nicht in meine persönlichen Angelegenheiten hineinziehen. Ich bin bloß verärgert, dass mein Mann meine Wünsche überhaupt nicht zur Kenntnis nimmt.«

Ich merkte, dass Debra reden wollte. »Ist schon in Ordnung. Sie sind hier im Moment ziemlich allein. – Es tut mir leid wegen der Rileys.«

»Louise und ich waren gut befreundet. Jack hat kaum einen Gedanken daran verschwendet, dass wir gute Freunde verloren haben. Er kann sehr unsensibel sein. Sehr egozentrisch. Seit unsere Kinder erwachsen sind, könnte ich mir vorstellen, Jack allein hier auf den Inseln wohnen zu lassen.«

»Denken Sie daran, Ihren Mann zu verlassen?«, fragte ich. Es ging mich zwar nichts an, aber ich wollte wissen, was für eine Beziehung die beiden führten.

»Ich ziehe das sehr ernsthaft in Betracht«, sagte sie. »Ich vermute schon seit langem, dass er sich mit anderen Frauen trifft.«

Ich fasste es einfach nicht, dass sie bereit war, ein solches Gespräch mit einer Fremden zu führen. »Sie könnten sich doch irren? Warum fragen Sie ihn nicht?«

Sie lachte nur, ein bitteres Lachen, in dem noch etwas anderes mitschwang – Verletzung vielleicht.

»Machen Sie sich nicht lächerlich. Jack würde das schlichtweg abstreiten. Wissen Sie, er kann es sich nicht leisten, dass ich ihn verlasse.«

»Was soll das heißen?«

»Ich habe das Geld. Als wir heirateten, war Jack ein junger Anwalt mit wenigen Mandanten und ohne Reputation. Unsere Ehe hat das alles verändert. Jack glaubt gern, dass er das Sagen hat, aber wenn ich ihn verlasse, bleibt das Geld bei mir. Mein Vater hat dafür gesorgt, als wir heirateten. Ich nehme an, er hat Jack sofort durchschaut.«

»Glauben Sie, dass Ihr Mann weiß, worüber Sie nachdenken?«

»Wahrscheinlich. Wissen Sie, Jack ist unachtsam geworden. Als ich die Koffer für diese Reise packte, habe ich in der Brusttasche eines seiner Hemden eine Hotelrechnung gefunden. Da ich mit Jack nicht in dem Hotel abgestiegen bin, lag es auf der Hand, dass er mit jemand anderem zusammen war.«

Das erklärte auch die Rechnung, die ich in Debras Adressbuch gefunden hatte.

»Also haben Sie ihn deswegen zur Rede gestellt?«

»Ja. Er ist dann mit irgendeiner lächerlichen Geschichte gekommen – dass seine Kreditkarte gestohlen worden wäre. Die ganze Reise war eine Katastrophe wegen dieser Sache. Ich bin so wütend. Ich habe Louise davon erzählt. Sie fand, dass ich die Scheidung einreichen sollte, und hat mir den Namen eines Scheidungsanwalts genannt.«

»Ihr Mann hat doch sicherlich inzwischen eigenes Geld?«

»Müsste er eigentlich, aber er hat einen teuren Geschmack und kann nicht mit Geld umgehen. Und solange wir zusammen sind, verfügt er praktisch über endlosen Nachschub.«

Wenn Debra Jack verließe, würde er somit in großen finanziellen Schwierigkeiten stecken. Ob er wohl Zuflucht darin gesucht hatte, die Maschine zum Absturz zu bringen, weil er ahnte, dass seine Frau die Scheidung erwog?

»Was würde im Falle Ihres Todes passieren?«, fragte ich.

»Ich weiß, was Sie denken. Und ja, er würde die Hälfte meines Vermögens erben. Der Rest geht an die Kinder. Ich gebe zu, ich habe darüber nachgedacht, dass mein Tod für Jack ideal wäre. Ich habe viel darüber nachgegrübelt. Aber ich glaube einfach nicht, dass er mich deswegen umbringen würde. Und ein ganzes Flugzeug zum Absturz bringen? So wenig Achtung ich dem Mann entgegenbringe, ich kann mir nicht vorstellen, dass er so tief sinkt.«

»Warum erzählen Sie mir das alles, Debra?«

»Aus Selbstschutz«, sagte sie. »Ich bin nicht blöd. Wenn Jack mit der Sache zu tun hat, wird er es sich zweimal überlegen, ob er es noch einmal versucht, vor allem, wenn ihm klar ist, dass wir beide uns unterhalten haben.«

»Sie wollen ihm also von unserem Gespräch erzählen?«, fragte ich.

»Ich werde kein Wort sagen müssen.« Sie sah an mir vorbei und lächelte. »Hallo, Darling.«

Westbrook kam herüber und gab Debra einen Kuss auf die Wange.

»Hallo, Detective Sampson. Schön, dass sie Debra Gesellschaft geleistet haben.«

»Ich habe Hannah gebeten, sich zu mir zu setzen. Wir hatten ein sehr nettes Gespräch von Frau zu Frau.«

Westbrook verstand mühelos, was Debra damit sagen

wollte. Er winkte dem Kellner und bestellte einen doppelten Martini.

»Wie war das Haus?«, fragte sie, nachdem der Kellner davongeeilt war.

»Es ist wunderschön. Aber die Verhandlungen sind kompliziert.« Er erklärte nicht, warum, und Debra wollte es nicht wissen. Westbrook bestand darauf, mein Essen zu bezahlen, und bestellte noch einen Martini, als ich ging.

Ich kannte die Immobilienmaklerin, die das Haus anbot, das Jack sich angesehen hatte, und ging auf direktem Weg zu ihrem Büro drüben in Wickham's Cay. Die Straßen waren leer zu dieser Tageszeit. Es war einfach zu heiß, um sich draußen auf dem Pflaster aufzuhalten. Die Ladenbesitzer saßen unter Markisen und fächelten sich Luft zu. Ein Touristenpaar inspizierte gerade einen Säbel, als ich am Pirate's Bounty vorbeiging. Weiter unten auf dem Bürgersteig hörte ich Musik, die aus einer der Bars über dem Lebensmittelgeschäft plärrte. Es war eine Kneipe für Einheimische. Mehrere Männer saßen draußen um einen Tisch herum, tranken Heineken und spielten Domino.

Die Tür der Immobilienmaklerin war geschlossen, aber das »Geöffnet«-Schild hing im Fenster. Ich trat durch eine Wand kalter Luft. Terry Blackwell saß hinter ihrem Schreibtisch und blätterte in den Immobilienannoncen der *Island News*. Sie blickte auf, als sie mich hereinkommen hörte, und wollte die Schlagzeilen von gestern kommentieren, was mir gar nicht gefiel. Erleichtert hatte ich festgestellt, dass in der heutigen Ausgabe Stewart und die Nachrichten über den Flugzeugabsturz auf Seite drei verbannt worden waren und das einzige Foto Daniel Stewart zeigte, wie er sich neben einem Swimmingpool entspannte.

»Nichts davon ist wahr«, sagte ich und hob die Hände, um jeden Kommentar der Immobilienmaklerin über eine etwaige Romanze mit Stewart abzuwehren. Ich fragte sie nach Westbrook.

Ich musste mit meinen Informationen schachern. Also tauschte ich das, was ich über Westbrooks finanzielle Situation wusste – dass er finanziell an Debra gebunden war und sie gegen den Kauf des Hauses war –, gegen das, was sie über die »Komplikationen« wusste, die Westbrook erwähnt hatte. Wie sich herausstellte, war es nicht so einfach, als Auswärtiger Grund und Boden zu erwerben, wie Westbrook geglaubt hatte.

»Westbrook hat es mächtig eilig, das Haus zu kaufen«, sagte Blackwell. »Danach zu urteilen, was Sie mir eben gesagt haben, ist der Grund vermutlich, dass seine Frau ihm den Geldhahn zudrehen will. Aber er hat die Anforderungen für die Vergabe der Genehmigung zu leicht genommen. Ich habe ihm gesagt, dass er sich an die zuständige Behörde wenden und alle Fragen mit Conrad Frett klären müsse. Frett ist zuständig für die Vergabe sämtlicher Genehmigungen, wenn Auswärtige Grund und Boden erwerben und darauf bauen möchten.«

Stark war in seinem Büro, er hatte die Beine auf den Schreibtisch gelegt, die Arme hinter dem Kopf verschränkt und starrte an die Decke. Wer ihn nicht kannte, hätte denken können, er würde sich immer noch in Tagträumen über seinen Abend mit Billy ergehen. Aber ich kannte den Gesichtsausdruck.

»Was ist los, Stark?«

»Ist dir eigentlich klar, dass wir im Nebel herumstochern, was den Absturz und auch den Einbruch im Lagerhaus betrifft?«

»Was soll das, Stark? Wir wissen eine Menge.«

»Nämlich?«

»Dass es nicht um die Drogen ging und dass der Mechaniker nichts mit der Sache zu tun hat«, sagte ich. »Wenn wir nichts übersehen haben, können wir, denke ich, davon ausgehen, dass weder die Rileys noch die Frischvermählten Zielpersonen waren.«

»Ja, da sind wir einer Meinung. Und was ist mit Debra Westbrook?«

Ich erzählte Stark, dass ich mich beim Lunch mit Debra Westbrook unterhalten hatte und dass Jack Westbrook versuchte, ein Haus in der Nähe von Soper's Hole zu kaufen. »Wenn Debra bei dem Absturz ums Leben gekommen wäre, hätte sich Jack keine Sorgen mehr machen müssen, vor dem Scheidungsrichter zu landen und pleite zu sein. Er hätte sich das wunderschöne Haus leisten und davon träumen können, sich mit ein paar Inselschönheiten am Pool zu lümmeln.«

»Vielleicht. Kommt mir allerdings weit hergeholt vor.«

»Was ist mit den Schuhen?«

»Wir lassen die Läden von zwei Beamten überprüfen. Ist zwar ziemlich unwahrscheinlich, aber man weiß ja nie.«

»Gehen wir die anderen Passagiere durch. Wir sind einigermaßen sicher, dass die Rileys und die Frischvermählten keine Zielpersonen waren«, sagte ich. »Debra Westbrook könnte eine gewesen sein. Wen gibt's sonst noch?«

»Da ist immer noch Zora Gordon. Wir wissen nicht genug über sie, so viel steht fest«, sagte Stark und schwang die Beine vom Schreibtisch. »Sie benimmt sich uns gegenüber feindselig, aber es ist schließlich kein Verbrechen, Cops nicht zu mögen.«

»Vielleicht wollte jemand verhindern, dass sie in San Juan ankommt, wo sie sich um die Rechtssache ihres Arbeitgebers kümmern wollte.«

»Verdammt, vielleicht wollte man niemanden in Puerto Rico haben, der noch nie was Braunes getrunken hatte«, sagte Stark und warf den Bleistift, den er sich hinters Ohr gesteckt hatte, auf den Schreibtisch. »Ich würde das jedenfalls nicht zulassen.«

»Haben wir irgendetwas über ihren Chef?«

»Snyder hat die Registrierung der *Mystic* überprüft. Wie sich herausstellt, gehört sie einem Mann namens Leo Poltolski. Wohnhaft in L. A. Ich habe meinen alten Partner in Miami angerufen. Er nutzt seine Kontakte in Kalifornien, um den Mann zu überprüfen.«

»Dann ist da noch Redding«, sagte ich, »und seine Verbindung mit Enok Kiersted sowie die Tatsache, dass Kiersted ein ziemlicher Extremist ist. Gehen wir zu Gil, vielleicht hat er ja etwas über Reddings Computer oder seine Disketten herausgefunden.«

Gil starrte in ein Mikroskop, als wir sein Zimmer betraten. Er machte sich nicht einmal die Mühe aufzublicken.

»Detectives, was verschafft mir die Ehre eures Besuchs?« Warum er wusste, wer gerade hereingekommen war, versuchte ich gar nicht erst zu ermitteln.

»Nur eine kleine Veränderung«, sagte er. »Da. Seht euch das mal an.« Er winkte uns herüber, räumte aber nur höchst widerwillig seinen Platz am Mikroskop.

Schließlich trat er einen Schritt zurück, so dass ich einen

Blick durch das Mikroskop werfen konnte. Ich sah da lediglich ein schwarzes Klümpchen mit etwas Leblosem darin.

»Was ist das, und woher stammt es?«, fragte ich.

»Das ist Maschinenöl. Einer der Männer, die an der Untersuchung des Flugzeugs mitarbeiten, hat es mir vorbeigebracht. Dieser Harrigan ist wirklich gründlich. Er hat mehrere Proben rübergeschickt und mich gebeten, mir die mal anzuschauen, um festzustellen, ob in einer der Proben irgendwelche ungewöhnlichen Partikel sind. Er hat gesagt, es geht viel schneller und leichter, wenn ich mir das Zeug ansehe, als wenn er es einschickt. Ich hab ihm gesagt, kein Problem, er kann mir alles rüberschicken, was er will.«

»Was ist das leblose Zeug darin?«, fragte ich.

»Plankton. Erstaunliche kleine Tierchen, nicht wahr?«, sagte Gil. »Die sind in den meisten Meerwasser-Proben, die ich mir gerade anschaue.«

»Mehr nicht? Plankton? Nichts anderes?«, fragte ich, immer noch in der Hoffnung, dass Gils Enthusiasmus etwas anderem galt als toten, mikroskopisch kleinen Lebewesen.

»Nein, bloß Maschinenöl. Schade. Es wäre nett gewesen, etwas Eindeutiges zu finden.«

»Herrgott, Gil. Hast du irgendetwas aus Lawrence Reddings Laptop retten können?«, fragte ich und unterdrückte meinen Frust.

»Nein. Nicht allzu verwunderlich. Der Laptop ist völlig im Eimer. Salzwasser und Computerchips vertragen sich einfach nicht. Ich konnte allerdings die Disketten lesen. Die Behältnisse waren wasserdicht. Bei den Dateien handelt es sich um ganz normale Word- und Excel-Dokumente. Ich weiß nicht, ob irgendetwas davon was zu bedeuten hat. Ein Haufen Berichte, Finanzsachen und Daten. Mal sehen, wo habe ich die Disketten denn bloß hingelegt?«

Ich hatte noch nie verstanden, wie Gil in seinem Labor irgendetwas wiederfand. Er war gut darin, den Anschein zu vermitteln, bestens organisiert zu sein. Aber jeder, der mehr als einmal die enorme Unordnung mibekommen hatte, wusste es besser. Jedes Mal, wenn ich sein Labor betrat, rechnete ich damit, von Gil zu hören, dass irgendein entscheidendes Beweisstück irgendwie im Müll gelandet wäre. Was allerdings noch nie passiert war. Ich konnte nur hoffen, dass das jetzt keine Ausnahme war.

»Da sind sie ja. Du kannst den Rechner auf meinem Schreibtisch benutzen«, sagte er und wischte einen Stapel Papiere zu einem Stapel auf den Fußboden.

Da waren drei Disketten, alle beschriftet mit »Finanzierung Kiersted-Projekt«, gefolgt von einer Ziffer. Wir fingen mit der ersten an. Sie enthielt jede Menge Informationen und Berichte über Kiersteds Forschungen in den Mangrovenwäldern und mehrere Dutzend Tabellen über die Inhaltsstoffe der Sedimente, die Tier- und Pflanzenarten in jedem Untersuchungsgebiet sowie genetische Proben der Mangroven. Die zweite Diskette enthielt eine Tabelle mit Kiersteds Ausgaben, darunter alles von Teströhrchen über Zentrifugen bis hin zu Chemikalien.

Die dritte Diskette enthielt Reddings Berichtsentwurf, in dem er detailliert seine Empfehlungen hinsichtlich der Erneuerung des Zuschusses erläuterte. Er empfahl, Kiersteds Zuschuss nicht zu verlängern. Er schrieb ausführlich über den Wert der Forschungen, kam aber zu dem Schluss, dass Kiersted sich allzu stark in der Politik engagierte und allzu extremistische Positionen vertrat, wenn es um Umweltthemen ging. Er hatte erfahren, dass Kiersted mehrere Leute in der Regierung bedroht hatte. Redding machte sich Sorgen um den Ruf der Stiftung, wenn Kiersteds Aktionen allzu unberechenbar würden.

»Das ist ein Motiv«, sagte Stark. Er hatte mir in der letzten halben Stunde über die Schulter geschaut und mitgelesen.

»Es würde alles passen«, sagte ich. »Kiersted glaubte, dass Redding ihm die Gelder streichen würde. Er wollte nicht, dass Redding seinen Bericht schrieb, also hat er am Flugzeug herummanipuliert, um Redding davon abzuhalten. Kiersted ist extrem genug, um so etwas zu tun. Als er herausfand, dass wir den gesamten Inhalt des Flugzeugs geborgen hatten, machte er sich Sorgen. Er wusste nicht, ob Reddings Dateien den Absturz überstanden hätten. Und ob wir ihn wegen Reddings Bericht mit dem Absturz in Verbindung brächten.«

»Und deshalb ist er ins Lagerhaus eingebrochen, um nach Reddings Berichten zu suchen«, sagte Stark. »Aber er konnte den Laptop und die Disketten nicht finden, weil Gil sie hierhergebracht hatte. Dann hat Capy ihn zufällig gestört. Ich frage mich nur, ob Kiersted lila Joggingschuhe besitzt.«

»Die Sache ist nur die, Stark, ich glaube einfach nicht, dass er bereit gewesen ist, all die Passagiere zu opfern, vor allem den Jungen. Und zu welchem Zweck? Damit er seine Forschungen über die Mangroven fortführen kann?«

»Er hat sich wahrscheinlich jede Menge Gründe von wegen ›Allgemeinwohl‹ oder so einen Blödsinn ausgedacht«, sagte Stark.

»Na gut«, sagte ich. »Reden wir mal mit ihm.«

23

Das Büro der Society of Conservation lag drüben an der Main Street. Enok war hinten in seinem provisorischen Labor. Teile von Mangroven sprossen in Glasröhrchen auf jeder freien Oberfläche. Die Wände sahen aus wie die Rückseite eines Hippie-Busses, nur dass sie nicht zur Sorte »Make Love not War« gehörten. Vielmehr handelte es sich um Botschaften der Verzweiflung: ein Bagger, der durch den Regenwald pflügte, ein Pelikan, von Öl bedeckt und am Strand mühsam mit den Flügeln schlagend, ein Satellitenbild von der Erde mit detaillierten Schaubildern und Tabellen über die globale Erwärmung, ein Autoaufkleber mit der Aufschrift: »Wer nicht zornig ist, hat nicht aufgepasst.«

Enok war im hinteren Raum und schüttelte Chemikalien in ein Behältnis mit Flüssigkeit, die die Farbe von Urin annahm.

»Hi, Hannah«, sagte er und drehte sich um. Er trug Shorts und Flipflops. Nahe der Hintertür standen schmutzige Sportschuhe. Früher waren sie einmal weiß gewesen, nicht lila.

Ich stellte Stark vor, der ein Röhrchen mit der Flüssigkeit in die Hand genommen hatte und sie schüttelte.

Enok sah ihn böse an, nahm Stark das Röhrchen aus der Hand und stellte es ins Regal zurück.

Stark zuckte nur mit den Schultern. Ich wusste, was er da tat. Er machte Druck und beobachtete, wie Kiersted darauf reagierte.

Ich sah mir jeden Zentimeter des Labors genau an,

suchte nach irgendetwas, das Kiersted belasten könnte. Im Gegensatz zum Chaos an den Wänden war der Raum fast zwanghaft sauber und aufgeräumt. Auf dem Bücherregal über dem Schreibtisch standen wohl zweihundert Bücher, alphabetisch nach Autoren geordnet.

Auf einem anderen Regal standen mehrere Dutzend Chemikalien, jedes Gefäß und Behältnis mit peniblen Blockbuchstaben beschriftet und ebenfalls alphabetisch geordnet. Bleistifte lagen in einer Schachtel, ordentlich aufgereiht von lang bis kurz. In einer anderen Schachtel waren die Kugelschreiber nach Farbe sortiert. Jede Oberfläche war absolut sauber. In der Edelstahlspüle waren nicht einmal Wasserflecken zu sehen.

Der Raum wirkte wie der eines Kontrollfreaks. Er passte zum Profil eines Mannes, der möglicherweise morden würde, um Herr über sein Schicksal zu bleiben. Aber was wusste ich schon? Vielleicht arbeitete jeder gute Wissenschaftler so.

»Ich hoffe, Sie sind nicht gekommen, um mich wegen der Delfine zu verhaften«, sagte Kiersted. »Wie ich höre, will man ein weiteres Delfin-Paar in die Dolphin World holen.«

»Es geht um Lawrence Redding«, sagte ich.

»Was ist mit ihm?«

»Simon hat mir erzählt, er habe gehört, wie Sie sich mit Redding gestritten haben. Worum ging es dabei?«

»Er war nicht glücklich darüber, dass ich mich hier unten in der Politik engagiere. Er hat sich darüber aufgeregt, nehme ich an. Ich denke, meine politische Haltung und meine Überzeugungen sind meine Angelegenheit.«

»Was ist mit der finanziellen Unterstützung?«

»Was soll damit sein?«

»Redding war doch auf die Insel gekommen, um Ihre Studien zu bewerten, oder?«

»Das stimmt. Ich glaube, er fand, dass alles in Ordnung war.«

»Wir haben seine Notizen gefunden«, sagte ich und wartete.

Kiersted überlegte mehrere Minuten lang und versuchte zu entscheiden, wie er darauf antworten sollte. Schließlich brach der Damm. »Diese so genannten Umwelt-Stiftungen, die sich zurückziehen, kaum dass die Dinge auch nur ein bisschen politisch werden, hängen mir zum Halse heraus. Wissen die denn nicht, dass alles politisch ist? Die denken so absurd kurz. Müssen immer auf Nummer sicher gehen. Wollen bloß kein Aufsehen. Zum Teufel mit denen.«

»Sind Sie auch auf Redding so stinksauer?«, fragte Stark.

»Machen Sie sich nicht lächerlich. Ich musste da den Mund halten. Ich brauche doch das Geld für die Forschungen. Ich habe ihm gesagt, ich würde mich zurückhalten. Er schien damit zufrieden.«

»Haben Sie gewusst, dass er der Stiftung empfohlen hat, Sie finanziell nicht weiter zu unterstützen?«, fragte ich. Ich konnte in Kiersteds Miene nicht eine Spur von Überraschung entdecken.

»Das haben Sie gewusst, nicht wahr?«, sagte Stark. »Hatten Sie ihn daran hindern wollen, diesen Bericht zu schreiben? Wollten Sie vielleicht reinen Tisch machen, bevor der nächste Stiftungsmitarbeiter herkommt, der ihre Studien überprüft?«

»Sie glauben doch wohl nicht, dass ich irgendetwas mit dem Flugzeugabsturz zu tun habe!«, sagte er. »Zu solchen Mitteln würde ich nie greifen.«

»Was würde passieren, wenn der Zuschuss nicht weitergewährt würde?«, fragte ich.

»Ich würde einen weiteren Antrag stellen und mich nach anderen Geldquellen umsehen. Ich lebe seit Jahren von solchen Fördergeldern. Ich weiß, wie man so etwas anstellt.«

»Sind Sie Sonntagnacht in dem Lagerhaus gewesen, um nach Beweismitteln im Zusammenhang mit dem Flugzeugabsturz zu suchen?«, wollte Stark wissen. »Haben Sie vielleicht eine Beretta neun Millimeter mitgenommen, als sie dort waren?«

»Ich höre zum ersten Mal von irgendwelchen Beweismitteln in einem Lagerhaus, und außerdem hatte ich noch nie eine Waffe in der Hand. Die Überzeugung, dass Menschen in unserer Gesellschaft das Recht haben sollen, eine Waffe zu tragen, ist abscheulich. Und ob Sie's glauben oder nicht, ich würde niemals Gewalt anwenden, um ein Problem zu lösen.«

»Okay«, sagte Stark und betrachtete einen Zeitungsartikel, der an die Wand gepinnt war und in dem ein Hotel aufs Schärfste angegriffen wurde, an dessen Strand bekanntermaßen Lederrückenschildkröten ihre Eier ablegten.

Im selben Moment klingelte Starks Handy.

»Stark«, meldete er sich. Er hörte einen Augenblick lang zu, dann sagte er: »Gut, wir sind gleich da.«

»Willst du mir nicht verraten, was passiert ist?«, fragte ich, als wir vor Kiersteds Labor standen.

»Man hat eine Leiche gefunden.«

Sie lag zwischen den Wurzeln der Mangroven. Einer von O'Briens Mitarbeitern war auf die Leiche gestoßen. Er hatte eine Vierzehnmeterslup zwischen zwei andere Boote in der Paraquita Bay manövriert, als sich die Ankerkette um einige Wurzeln geschlungen hatte. Er war mit Schnorchel und Taucherbrille ins Wasser gesprungen, um die Kette loszubekommen. Zuerst hatte er gedacht, es wäre nur Müll, was er da gefunden hatte – bis er bemerkte, dass aus dem schwarzen Plastikmüllbeutel ein Arm herausbaumelte.

Als wir in der Lagune eintrafen, warteten O'Brien und sechs oder sieben Angestellte von SeaSail in Speedbooten am Ufer. Die Paraquita Bay war randvoll mit Segeljachten, viele davon trugen das SeaSail-Logo. Leider bot die geschützte Mangrovenbucht nur Platz für einen Bruchteil aller Boote, die Zuflucht vor dem Hurrikan suchten. Stark und ich waren auf dem Weg am Jachthafen von SeaSail vorbeigefahren. An die zweihundert Boote lagen dicht an dicht zwischen den Stegen, und weitere kamen hinzu.

Der Sturm hatte Geschwindigkeit aufgenommen und war kurz davor, in die Kategorie vier aufgenommen zu werden – Windgeschwindigkeiten von zweihundertzehn bis zweihundertneunundvierzig Stundenkilometern. Das bedeutete, dass er erhebliche Schäden anrichten konnte. Er hielt direkt auf St. Martin und die BVI zu. Einige Leute hatten noch die Hoffnung, dass er seine Richtung ändern oder die Windstärke nachlassen würde, aber wenn das nicht geschähe, würde er irgendwann morgen Abend oder Nacht oder in den frühen Stunden des folgenden Tages über die Inseln hinwegfegen.

Stark war gar nicht glücklich gewesen, dass er in der

Wahoo hatte hinausfahren müssen. Er hatte sich eine Rettungsweste angelegt, noch bevor er überhaupt einen Fuß aufs Boot gesetzt hatte.

»Wie kannst du nur das Bild eines Macho-Cops vermitteln wollen, wenn du aussiehst wie ein orangefarbener Marshmallow? Du brauchst eindeutig eine Therapie, Stark.«

»Wer sagt denn, dass ich machohaft aussehen muss? Außerdem geht's hier nicht um Angst. Sondern um Respekt. Die Menschen sollten wissen, wohin sie gehören – und zwar auf festen Boden. Das Meer ist voller Lebewesen mit Flossen und Kiemen. Du bist diejenige, die eine Therapie braucht – sich Luft auf den Rücken schnallen und so tun, als wärst du ein Fisch. Das ist unnatürlich, eine Todessehnsucht, wenn du mich fragst.«

Stark hatte vermutlich Recht, und heute musste ich auch noch allein tauchen. Jimmy hatte bei der Suche nach den lila Schuhen in den Läden am Westende der Insel mitgeholfen und war nicht zu erreichen gewesen, als Stark und ich den Anruf wegen der Leiche erhalten hatten.

Ich steuerte die *Wahoo* neben das Boot von O'Brien, der uns eine Leine zuwarf. Mein Gott, er sah gut aus, wie er da stand: zerzaustes Haar, gebräunte Arme, eine Sonnenbrille an einer Kette um den Hals.

Er schenkte mir ein kurzes Lächeln, dann kam er sofort zur Sache. Nicht einmal ein Hallo. Stark hatte alles mitbekommen – O'Briens kalkulierte Coolness und meine gekünstelte Nonchalance. Er schüttelte einfach nur den Kopf und fluchte leise vor sich hin.

Als O'Brien klar wurde, dass ich allein tauchen wollte, bestand er darauf, mit mir zusammen runterzugehen.

»Ach, komm, wie tief ist das hier – drei, vielleicht fünf Meter. Ich denke, damit komme ich schon allein klar«, sagte ich.

»Vielleicht solltest du noch mal einen Blick in die Sicherheitsvorschriften werfen, Hannah. Zum Beispiel diejenige, in der steht, dass man nie ohne einen Partner tauchen darf. Du kannst die Vorstellung, jemanden neben dir zu brauchen, einfach nicht ertragen, stimmt's?« Er war auf die *Wahoo* herübergekommen und zog Jimmys Tauchausrüstung aus dem Stauraum.

Ich wollte O'Brien nicht an meiner Seite haben, aber ich hatte auch keine Lust auf einen Streit – nicht, wenn ein halbes Dutzend Männer in der Nähe herumstand und dort unten eine Leiche lag. Ich begriff, dass O'Brien mitkommen würde, ob es mir nun gefiel oder nicht.

»Na gut.«

Schweigend legten wir unsere Ausrüstung an. Auch die anderen sagten kein Wort. Stark reichte mir meine Kamera, und ich sprang ins Wasser. O'Brien war direkt hinter mir.

Es war nicht das erste Mal, dass wir zusammen tauchten. Früher waren wir fast an jedem Wochenende tauchen und segeln gegangen und mit der *Katherine* zu irgendwelchen abgeschiedenen Ankerplätzen gefahren. Ich war der Schönheit des Korallenriffs nie überdrüssig geworden. O'Brien auch nicht.

Aber ich fühlte mich unwohl in meiner Haut, jetzt, da er zusammen mit mir tauchen wollte. Das hier würde nicht sehr schön werden. Sondern hässlich. Jetzt würde O'Brien wirklich sehen, was ich beruflich tat. Bislang waren all seine Bedenken über die Auswirkungen meiner Arbeit auf meine Person lediglich theoretischer Natur gewesen.

Ich wollte nicht, dass er zu einem Tatort schwamm, an dem eine Wasserleiche lag. Und das nicht nur, weil alles, was er über meinen Beruf als Polizeitaucherin dachte, von harten Fakten untermauert würde. Ich wollte auch nicht, dass O'Brien so etwas erlebte, diesen Horror kennen lernte. Aber ich hatte ihn nicht davon abhalten können.

Wir ließen die Druckluft aus unseren Atemreglern und tauchten die kurze Strecke bis zum schlammigen Meeresgrund. Man konnte die Ankerkette der Slup sehen, die im Schlamm lag. Ich machte O'Brien ein Zeichen, und wir tauchten an der Kette entlang bis zu den Mangroven. Im Dunkel unter den Zweigen erschien ein Gestrüpp aus Wurzeln, so dicht, dass die Sonne das Wasser nicht durchdringen konnte. Wir schwammen am Rand des Wurzelsystems entlang und folgten der Ankerkette, wobei wir darauf achteten, mit unseren Flossen nicht die dicke Sedimentschicht unter den Mangroven aufzuwirbeln.

Von den Mangroven ging ein Zauber aus – der schattenhaften, geheimnisvollen, furchterregenden Art. Tief in dem dunklen Wurzelgeflecht hatten Entenmuscheln, Manteltiere und Austern ihr Zuhause. Garnelen und kleine Riff-Fische versteckten sich in dem Gestrüpp, geschützt vor den Fressfeinden, die in dem dicken, schwarzen Schlamm nach winzigen Organismen auf Futtersuche gingen.

Weiter draußen, auf dem sandigen Meeresboden, lagen Seeigel, große Fechterschnecken und Seesterne verstreut. Zahllose Cassiopeiae schwebten im Wasser, ihre feinen Tentakel waren voller Algen und saugten Sonnenlicht auf. Die bräunlich-gelben Quallen trugen ihren Namen nach der mythischen Königin, die wegen ihrer Eitelkeit von den

Göttern in dieses Sternbild der Nordhalbkugel verbannt worden war. Dort musste sie den Großteil des Jahres ihr Leben auf dem Kopf verbringen. Aber für diese Quallen war es die Normalität, auf dem Kopf zu stehen.

Ich schwamm über Felder von Seegras, O'Brien hinter mir, als ich die dunkle Masse sah, die in dem Dämmerlicht Gestalt annahm. Ich machte O'Brien ein Zeichen, nicht weiterzuschwimmen. Bevor wir hinabtauchten, hatte ich ihm erklärt, er solle sich von der Leiche fernhalten, um unnötiges Aufwirbeln der feinen Sedimentschicht auf dem Grund zu vermeiden. Damit wollte ich ihn auch schützen. Er sollte sich so weit von der Leiche fernhalten, wie er nur konnte. Ich schwamm auf die Gestalt zu und sah mich um, um mich zu vergewissern, dass O'Brien blieb, wo er war. Er tat es.

Es sah aus, als steckte die Leiche in großen, schwarzen Müllsäcken, die mit einem Seil zusammengebunden waren. Das Plastik war durch die Mangrovenwurzeln und die Wasserbewegung aufgeplatzt und zerfetzt, so dass die Leiche zum Teil zu sehen war: ein erwachsener Schwarzer. Die Hemdsärmel waren aufgekrempelt, vom Hals baumelte eine Krawatte. Der Krawatten-Clip, ein goldener Ring mit der Flagge der BVI darauf, deutete darauf hin, dass er in einer der Behörden arbeitete.

Ich schwamm um den Mann herum und machte währenddessen Aufnahmen. Dem Zustand nach zu urteilen, hatte die Leiche mehrere Tage, vielleicht eine Woche im Wasser gelegen.

Ich ging näher heran, um Nahaufnahmen zu machen, und schoss ein Dutzend Fotos. Wenn man die Leiche anfasste, konnte es geschehen, dass wichtige Beweismittel fortgespült wurden. Ich musste mich vergewissern, dass alles dokumentiert wurde und auf Film gebannt war.

Der Körper wies keine Leichenstarre mehr auf. Schlimmer allerdings waren die Schäden, die die Meeresbewohner angerichtet hatten. Dieser Bereich im Wasser war reich an Krustentieren und Raubfischen, so dass alles Fleisch, das nicht von Kleidung geschützt war, weggefressen worden war. Ein Großteil des weichen Gewebes von Gesicht, Händen und Armen war verschwunden. Ich sah in ein Gesicht mit leeren Augenhöhlen, die Zähne waren zu einem lippenlosen Grinsen entblößt, und wo die Nase gewesen war, sah man nur eine leere Einkerbung. Mehrere Lebewesen knabberten auch jetzt noch an den knochigen Resten.

Ich arbeitete jetzt ganz mechanisch, immun gegen das Gemetzel, sah völlig von dem Menschen ab, der dort tot im Wasser lag, und konzentrierte mich ganz aufs Fotografieren. Ich hatte nicht mitbekommen, dass O'Brien an meine Seite geschwommen war – bis er meine Schulter berührte.

Ich wirbelte herum und sah ihn böse an. Er schüttelte nur den Kopf und verharrte dort; er sah mir zu, wie ich meine Arbeit erledigte, und hielt sich bereit, falls ich Hilfe benötigte. Verdammt, O'Brien hätte das hier nicht sehen sollen.

Ich gab ihm ein Zeichen, dass ich die Umgebung in Augenschein nehmen wollte, und schwamm von der Leiche fort. Er hielt sich dicht in meiner Nähe, während ich nach Indizien suchte – nach allem, was zusammen mit der Leiche hier ins Wasser geworfen worden war. Ich schwamm in zunehmend größeren Kreisen und suchte den Meeresboden ab.

Ich barg ein paar verrostete Bierdosen und eine Glasflasche und legte sie in meinen Beweismittelbeutel. Das Ganze erschien mir eher wie eine Müllbeseitigung, aber ich machte trotzdem weiter. Schließlich gab ich O'Brien das Zeichen, dass ich bereit war, an die Oberfläche zu tauchen.

Wir schwammen zur *Wahoo*, ich reichte Stark meine Kamera und die Beweismittelbeutel und kletterte an Bord. O'Brien stieg ebenfalls an Deck.

»Es ist ein Schwarzer«, sagte ich zu Stark. »Die Leiche ist übel zugerichtet.«

Eine halbe Stunde später waren O'Brien und ich wieder im Wasser, mit dem Leichensack. Wieder hielt sich O'Brien im Hintergrund, jedoch immer bereit, mir zu assistieren. Ich machte mich an die Arbeit. Als Erstes kam der Kopf dran. Ich stülpte ihm einen Plastikbeutel über, um alle Beweismittel zu konservieren, die möglicherweise am Kopf vorhanden waren. Als Nächstes schob ich je einen Beutel über die Hände, die eine war zur Faust geballt, sogar noch im Tod. Dann befreite ich die Leiche, zusammen mit den Überresten der Müllsäcke, aus den Fängen der Mangroven.

Jetzt kam O'Brien herangeschwommen, der in der Nähe mit dem Leichensack gewartet hatte. Wieder bereute ich, dass er mitgekommen war, aber ich brauchte seine Hilfe. Eine Leiche unter Wasser in einen Sack zu stecken ist keine leichte Aufgabe. O'Brien hielt den Leichensack auf, während ich erst die Beine hineinhob, dann den Torso und den Kopf und schließlich den Reißverschluss zuzog. Das war's – endlich war kein Blut mehr zu sehen.

Ich schwamm mit dem Opfer zur Oberfläche, während O'Brien damit begann, den Anker zu lösen, der zur Entdeckung der Leiche geführt hatte.

»Tut mir leid, dass du das mit angesehen hast«, sagte ich, als wir wieder im Boot waren. O'Brien stand hinter mir und half mir, den Atemregler und die Tauchflasche abzulegen.

»Ich bin derjenige, dem es leidtut. Es tut mir leid, dass du meinst, mit dieser Tätigkeit fortfahren zu müssen«, sagte er, als ich mich zu ihm umwandte. Ich war bereit, mit ihm zu streiten, bis ich seinen Gesichtsausdruck sah. Bedauern, Traurigkeit vielleicht. Er hatte es nicht auf einen Streit abgesehen.

»Komm heute Abend vorbei, O'Brien«, sagte ich. »Simon und ich kochen Abendessen. Keine Gespräche über unsere Jobs oder sich zusammenbrauende Stürme. Einfach nur Abendessen. Okay?«

»Ich komme gern, Hannah.«

Nachdem O'Brien und die Bootsleute die Lagune verlassen hatten, nahmen Stark und ich uns einige Minuten Zeit, die Leiche zu untersuchen, ehe die Luft begann, ihre Arbeit zu verrichten. Ich schoss weitere Fotos. Stark fand einen Regierungsausweis in der Brusttasche des Hemds – »Conrad Frett, Ministerium für Arbeit und Umwelt«.

Der Gerichtsmediziner wartete schon auf uns, als Stark und ich die *Wahoo* am Kai festmachten. »Denkst du, was ich denke?«, fragte Stark, als wir dem geschlossenen kleinen Lkw zum Leichenschauhaus hinterherfuhren.

»Hängt davon ab, Stark. Was denkst du?«

»Ich glaube, dass das alles zusammenhängt – der Mord an Frett, der Flugzeugabsturz. Ich denke an den Bericht, den Redding geschrieben hat. Höchstwahrscheinlich hätte Kiersted seinen Zuschuss aufgrund des Berichts verloren. Und Kiersted hat laut Reddings Gutachten die Regierungsbeamten drangsaliert, die angeblich den Forderungen der Erschließungsfirmen nachgaben. Frett hatte eine Menge damit zu tun. Bei ihm laufen die Dinge zusammen. Wir wissen, dass Kiersted ein Fanatiker ist. Was man auch sein muss, um ein Flugzeug vom Himmel zu holen. Als Nächstes Frett umzubringen wäre ein Leichtes gewesen.«

»Mal sehen, was der Gerichtsmediziner herausfindet«, sagte ich.

Was er fand? Eine Neunmillimeterkugel in Fretts Brustkorb, abgefeuert aus kurzer Entfernung. Dasselbe Kaliber wie die Waffe, die im Flugzeug vergessen und dann aus dem Lagerhaus entwendet worden war. Zufall? Garantiert nicht. Die Waffe war dazu benutzt worden, irgendwann Frett umzubringen, bevor die Maschine ins Meer gestürzt war.

Fretts Portemonnaie mit fast hundert Dollar darin befand sich noch immer in seiner Hosentasche, seine Uhr noch immer am Handgelenk.

Der Gerichtsmediziner nahm an, dass Frett seit mindestens vier Tagen im Wasser lag, vielleicht fünf. Wir mussten herausfinden, wer Frett zuletzt lebend gesehen hatte und womit er beschäftigt war.

24

Conrad Frett bezog als Regierungsbeamter ein gutes Gehalt, dennoch hatte er weit über seine finanziellen Verhältnisse gelebt. Er besaß ein großes Haus oben in den Hügeln über Road Town. Die Haushälterin ließ uns herein. Sie sagte uns, sie habe Frett seit Freitagmorgen nicht mehr gesehen, als sie um sieben ins Haus kam, um ihm Frühstück zu bereiten, wie sie es jeden Morgen tat, bevor er zur Arbeit fuhr. Sie hatte das Abendessen für ihn in den Ofen gestellt und war dann, wie üblich, um fünf nach Hause gefahren.

Sie hatte an den Wochenenden frei, und als sie am Montag zurückgekommen war, hatte sie das Haus leer vorgefunden. Sie vermutete, dass er früh ins Büro gefahren war, und hatte mit ihren Hausarbeiten begonnen, wobei sie sich kurz über sein gemachtes Bett wunderte, etwas, das er nie selbst tat. Sie kümmerte sich sonst jeden Tag darum, nachdem er zur Arbeit gegangen war, hatte es auch am Freitag getan und damit gerechnet, es auch am Montag zu tun. Sie dachte erst wieder daran, als gegen ein Uhr seine Sekretärin anrief und fragte, ob Frett zu Hause sei, krank vielleicht. Da hatte die Haushälterin begonnen, sich Sorgen zu machen. Sie sah nach und fand das Abendessen, das sie zubereitet hatte, noch im Ofen und die Post noch immer im Briefkasten. Dennoch hatte sie geglaubt, er sei einfach für ein verlängertes Wochenende weggefahren, ohne jemandem davon zu erzählen.

Seine Sekretärin war allerdings anderer Meinung. Sie war sicher, dass er im Büro angerufen hätte. Sie sagte, sie würde die Polizei anrufen. Das musste einer der Anrufe gewesen sein, die Dunn gestern erhalten hatte, als wir bei ihm im Büro waren.

»Wie lange arbeiten Sie schon für Frett?«, fragte ich.

»Seit fast zwei Jahren jetzt. Er hatte gerade das große, alte Haus hier gekauft. Viel zu groß für nur einen Mann, wenn

Sie mich fragen. Ich hab immer gedacht, er gibt eben gern vor den Frauen an«, sagte sie. Sie war bereit zu tratschen.

»Hat er sich mit vielen Frauen getroffen?«, fragte ich. »Hat er sie vielleicht übers Wochenende hierher eingeladen?«

»Nicht sehr oft«, sagte sie. »Ich muss zugeben, ich hatte gehofft, dass er an diesem Wochenende vielleicht mal Glück gehabt hätte. Der Mann war keiner von denen, mit denen Frauen gern zusammen sind. Er ist fast vierzig und war noch nie verheiratet. Wahrscheinlich hat er gedacht, durch das Haus hier und den schicken Wagen könnte sich das ändern.«

»Hat sich dadurch denn etwas geändert?«, fragte ich.

»O ja, sicher. Wie gesagt, er hatte ein paar Frauen hier. Der Mann war irgendwie weinerlich, schüchtern, Sie wissen ja, wie man das nennt – keine Eier. Aber für manche Frauen ist das ja nicht so wichtig; hübsches Haus, neue Kleidung – das sind dann die Sachen, auf die es ankommt. Ich kann nicht behaupten, dass ich ihn beneidet hab. Ich war froh, dass er so viel Geld hatte. Ohne das wäre er wirklich allein gewesen.«

»Wissen Sie, woher er das Geld bekommen hat?«, fragte ich.

»Nein, vielleicht ein reicher Verwandter in Großbritannien oder so. Sicher kam das nicht von jemandem von den Inseln. Er hatte keine Angehörigen hier.«

»Hat er sich mit jemandem regelmäßig getroffen?«, fragte ich.

»Nicht dass ich wüsste. Er hat mir so was nicht anvertraut«, sagte sie, ganz versessen darauf, mir noch mehr zu erzählen.

Also musste ich nur ein wenig nachhelfen. »Aber Sie haben doch sicherlich Gerüchte gehört.«

»Ich tratsche nicht gern, aber man weiß, dass seine Sekretärin ihn besucht hat.«

»Haben Sie je einen Mann namens Enok Kiersted hier im Haus gesehen?«, fragte Stark.

»Wenn ich da war, ist niemand mit einem solchen Namen hier gewesen«, antwortete sie.

Wir erklärten ihr, dass wir vielleicht noch mehr Fragen hätten, sie jetzt aber nach Hause gehen könne.

»Glauben Sie, dass eine dieser Frauen ihn umgebracht hat?«, fragte sie, als ich sie zur Tür brachte. »Vielleicht hatte er jemanden übers Wochenende hier, und die Sekretärin ist eifersüchtig geworden«, sagte sie.

Sie hoffte auf eine pikante Geschichte, die sie auf der Insel herumerzählen konnte, und zeigte sich enttäuscht, als ich ihr erklärte, dass wir zwar nicht genug wüssten, ich aber nicht glaubte, dass die Sekretärin etwas mit der Sache zu tun habe.

Ich vermutete, dass man von der Unschuld von Fretts Sekretärin ausgehen konnte und sie nicht erpicht darauf war, dass die Haushälterin ihren guten Ruf beschädigte. Außerdem schien es mir nicht so, als wäre der Mord an Frett die Tat einer eifersüchtigen Frau. Trotzdem mussten wir mit der Sekretärin sprechen.

Nachdem die Haushälterin gegangen war, sahen Stark und ich uns im Haus um. Alles roch neu – als wären die Plastikverpackungen gerade erst entfernt worden. Eine Stereoanlage nahm eine ganze Wand ein, die Regale in der Nähe waren vollbeladen mit CDs. Überall Polstermöbel, Orientteppiche und Mahagonitische. Alles perfekt aufeinander abgestimmt. Das hier war keine bunte Mischung, wie sie sich oft im Laufe eines Lebens ansammelt. Es sah so aus, als hätte Frett einfach den Verkaufsraum eines Möbelgeschäfts in sein Haus verfrachtet, kurz nachdem er eingezogen war.

Das Schlafzimmer wirkte genauso steril wie das Wohnzimmer – keine Fotos von Angehörigen, keine Fotos mit Freunden oder Fotoalben auf Nachttischen. Ich stöberte durch den Rolltop-Schreibtisch, der im Erkerfenster auf der anderen Seite des Schlafzimmers stand. Die Briefe waren allesamt geschäftlicher Art, bis auf einen – eine Geburtstagspostkarte vom Zahnarzt. Kein einziger persönlicher Brief, keine einzige persönliche Postkarte oder irgendein Hinweis darauf, dass er irgendjemanden hatte, der ihm herzlich zugetan war.

Im Badezimmer fand ich eine ungeöffnete Schachtel mit Kondomen. Man kann ja immer hoffen. Der Mann tat mir leid. Und ich konnte sehen, wie sich alles änderte, wenn man zu Geld kam. Die Leute sagten immer: »Glück kann man nicht kaufen« – aber wenn man so allein war? Wenn man Liebe kaufen musste, dann war das wenigstens etwas. Die Frage lautete, woher hatte Frett das Geld? Wir wollten uns gleich morgen früh mit seiner Sekretärin darüber unterhalten.

Die Lichter auf der *Sea Bird* spiegelten sich in dem stillen Wasser. Ich zog die Schuhe aus und bohrte meine Füße in den kühlen Sand. Der Mond war eine gelbe Scheibe in einem schwarzen Himmel. Ich konnte kaum erkennen, wo das Wasser endete und das Ufer begann, bis auf den dünnen Streifen mit weißen Schaumbläschen auf dem Sand.

Die einzigen Lichter schienen von der *Sea Bird*. Das Boot von Kiersted gegenüber war ein dunkler Schatten. Mir kam der flüchtige Gedanke, wo er wohl war.

Als ich den Steg betrat, hörte ich unter mir ein spritzendes Geräusch. Dann flitzte eine dunkle Gestalt unter den Brettern hervor und verschwand im Tiefen, höchstwahrscheinlich hatte ein größerer Fisch sie aufgeschreckt.

Von der *Sea Bird* drang Gelächter herüber. Simon und O'Brien. Es war gut, den Jungen lachen zu hören. Sadie hatte mich kommen hören. Sie sprang vom Boot und rannte den Steg hinunter, um mich zu begrüßen. Ich bückte mich und ließ sie mein Gesicht beschnüffeln, dann folgte ich ihr zurück zur *Sea Bird*.

Eigentlich hatte ich kochen wollen, O'Brien hatte schon mit den Vorbereitungen angefangen. Er wusste, ich war immer glücklich, meinen Platz am Herd aufgeben zu können, und so stand er in der Kombüse, rührte in Töpfen und schmeckte ab. Ich versuchte, das tief eingeprägte geistige Bild von dem Abend, als wir uns gestritten hatten, zu ignorieren. Ich war entschlossen, das gemeinsame Essen zu genießen und der Anspannung zu entkommen, die wir beide empfanden. Simon saß am Tisch, mit einem Messer und Hackbrett, und entfernte sorgfältig jeden Samen aus einer grünen Peperoni. Nomad lag auf seinem Schoß.

»Hi, Hannah!«, sagte er, während ein breites Lächeln über sein Gesicht huschte. Nett, dachte ich, jemanden außer Sadie zu haben, der sich so freute, mich zu sehen. Fehlte nur noch einer – O'Brien. Er ließ den Löffel im Topf, schlang den Arm um meine Taille und drückte sich an mich. Gott, was für ein gutes Gefühl. Ich spürte, wie sich die Hitze tief in meinem Bauch ausbreitete.

Wir nahmen das Essen mit ins Cockpit hinauf und ließen uns unter dem kreisrunden Licht der Deckenlampe nieder. Wir redeten nicht beim Essen, genossen die Stille und die ruhige Nacht. Dann fing Simon an, über seinen Tag in der Schule zu plaudern, und erzählte O'Brien von seinem Schnorchelausflug mit mir.

»Ich hab ein paar tolle Fotos gemacht. Möchtest du sie sehen?« Schon lief er die kurze Treppe hinunter, und ich hörte, wie er in seiner Kabine herumkramte. Schließlich kam er mit seiner Kamera zurück und setzte sich zwischen O'Brien und mich. O'Brien legte den Arm um ihn und ließ die Hand auf meiner Schulter ruhen.

Eine Stunde später hatten wir jedes Foto gesehen, das Simon gemacht hatte, seit er auf die Inseln gekommen war. Offenbar hatte seine Kamera einen zusätzlichen Speicher. Selbst auf dem kleinen digitalen Display war zu erkennen, wie schön die Fotos waren. Wir sahen uns Simons Unterwasserfotos an, die Boote von SeaSail, dann die Fotos, die er zusammen mit seinem Vater gemacht hatte.

Ich hatte gerade vorschlagen wollen, dass wir uns den Rest später anschauen sollten, als O'Brien den Kopf schüttelte. Ich wusste, was er dachte. Der Junge musste sich alle Fotos ansehen, noch ein wenig trauern. Und welchen besseren Ort gab es dafür als hier, auf diesem ruhigen Boot, im sicheren Hafen, mit Menschen, denen er am Herzen lag?

»Da ist mein Dad«, sagte Simon, und seine Stimme stockte. Das Foto war eine Nahaufnahme von Redding, wie er im Wasser stand, pudelnass, nachdem er gerade aus dem Meer gekommen war. Da waren noch zwei Fotos, von Vater und Sohn, wie sie am Strand standen, und jede Menge Fotos, die Simon auf dem Wasser aufgenommen hatte.

»Wir haben ein Motorboot gemietet und sind damit überall hingefahren«, sagte Simon. »Mein Dad hat mich sogar ans Steuer gelassen.« Er scrollte jetzt schnell durch die Fotos, fühlte sich zweifellos überwältigt, musste aber auch zu einem Schluss kommen. Da waren Bilder von Inseln und Häfen, Booten, die darin ankerten, mit winzigen, stockähnlichen Gestalten – vermutlich Menschen, die an Deck standen.

Simon und sein Vater hatten eine Ausflugstour durch die Paraquita Bay unternommen, die ganz anders aussah als jetzt, mit all den Booten, die sich in die Lagune zwängten. Die Lagune war fast leer gewesen, als Simon seine Fotos geschossen hatte, nur einige leere Boote lagen an den Muringen. Bei den letzten Fotos handelte es sich um eine Serie umwerfend schöner Bilder eines Silberreihers, der hoch oben in einer Mangrove saß, umrissen von der Sonne, verunstaltet nur von der Gestalt eines Motorbootes im Wasser.

»Die sind wunderschön, Simon. Hättest du was dagegen, wenn ich ein paar davon vergrößern und ausdrucken würde?«

»Nein, überhaupt nicht, Hannah.«

»Was ist mit den anderen? Vielleicht das mit dir und deinem Vater?«

»Ja, das geht wohl in Ordnung.« Ich merkte, dass er sich nicht ganz sicher war. Vielleicht würde es ihm wehtun. Aber er brauchte etwas von seinem Dad, woran er sich halten konnte.

»Wir gehen vor der Schule ins Fotogeschäft«, sagte ich.

Als O'Brien und ich schließlich den Abwasch erledigt und die Kombüse saubergemacht hatten, schlief Simon bereits in seiner Kabine; er hatte sich an Nomad gekuschelt.

Wir stiegen an Deck und gingen am Strand entlang, Sadie trottete hinter uns her. Ich spürte, dass die Spannung zwischen O'Brien und mir wuchs. Man nennt so etwas Zwangsvermeidungsverhalten.

»Simon ist ein wirklich guter Junge«, sagte O'Brien. Ich ahnte, dass er nach neutralen Themen suchte.

»Ja, ich weiß nicht, was geschehen wird. Ich habe Angst um ihn. Er ist mit seiner Tante in keiner besonderen Weise verbunden. Außerdem habe ich das Gefühl, dass sie nicht gerade begeistert sein wird, ihn bei sich aufzunehmen. Sie wird es vermutlich eher aus Pflichtgefühl und weniger aus Liebe tun. In solchen Verhältnissen kann kein Kind glücklich aufwachsen.«

»Gibt es denn keine anderen Angehörigen?«, fragte O'Brien.

»Nein.«

Wir gingen barfuß durch den Sand, Hand in Hand. »Er ist offensichtlich glücklich mit dir, Hannah.«

»Was willst du damit sagen?«

»Vielleicht solltest du ihn eine Weile zu dir nehmen, mal sehen, wie's so läuft.«

»Ich? Wie soll ich mich denn um ein Kind kümmern? Ich müsste ihn jeden Tag bei Tilda abgeben.«

»Wäre das so schlimm? Er hätte dann eine Art Großfamilie um sich herum – Tilda, Calvin, die Mädchen, Jimmy Snyder, Stark. Und er wäre mit Menschen zusammen, denen er wirklich etwas bedeutet.«

»Und was ist mit dir, O'Brien?«

»Ich wäre dafür. Wie gesagt, er ist ein guter Junge.«

»Ich bezweifle, dass ich für das Elternsein geschaffen bin.«

»Ich wäre bereit, dir dabei zu helfen.«

»Redest du davon, dass wir eine Familie gründen sollen, O'Brien?«

»Vielleicht.« Ich merkte, dass wir auf gefährliches Terrain und auf den gleichen Streit zusteuerten, den wir einige Tagen zuvor gehabt hatten. Auf eine Variation des »Gib den Job auf, hab Kinder«-Gesprächs. Ich hatte keine Lust, mich darauf einzulassen.

Ich breitete die Decke aus, die ich unter dem Arm trug, und zog O'Brien zu mir herunter. Ich drückte ihn zu Boden, legte mich auf ihn und spürte sein Herz schlagen. Meines flatterte, als ich ihm kurz die Zunge ins Ohr steckte und dann über seine Lippen strich. Er packte meine Arme und wälzte sich auf mich. Fuhr mit der Hand unter mein Hemd und knöpfte es ganz langsam auf. Ich zog ihm das Hemd über den Kopf und zog ihn an mich. Der Rest der Kleidung folgte.

Gott, dachte ich, *wie soll ich nur ohne diesen Mann leben*?

Hinterher lagen wir nebeneinander und schauten in den Sternenhimmel.

»Weißt du, manchmal wünschte ich, das Leben wäre einfacher. Nur du und ich, eine Insel irgendwo«, sagte ich.

Er stand auf, zog mich hoch und nahm mich ganz fest in die Arme. Dann wateten wir ins Meer und ließen uns unter einer Million Sterne im Wasser treiben. Ich legte den Kopf in den Nacken, schloss die Augen und ließ das Meer alle Geräusche ausschließen.

Ich weiß nicht, wie lange ich so dahintrieb, als O'Brien mich plötzlich auf die Wasseroberfläche zog.

»Was ist denn?«

»Simon«, sagte er und lief planschend ans Ufer. Und da hörte ich sie auch. Simons schreckenerregende Schreie. Noch ein Alptraum. Sadie lief voran, während wir auf den Steg zur *Sea Bird* rannten und uns dabei hastig anzogen. Als wir am Boot ankamen, stand Simon im Cockpit.

»Hannah«, rief er. »Ich konnte dich nicht finden. Da hab ich so große Angst bekommen.«

»Ist schon in Ordnung«, sagte ich und sprang aufs Boot, O'Brien direkt hinter mir. »Wir waren am Strand. Aber jetzt sind wir ja da. Dir kann nichts passieren.«

O'Brien hob Simon hoch, trug ihn nach unten in den Salon und setzte sich zu ihm, während ich eine Tasse Kakao zubereitete. Simon zitterte immer noch, als ich mich neben ihn setzte. O'Brien hatte ihm eine Decke umgelegt.

»Hattest du wieder einen Alptraum?«, fragte ich Simon, während er mühsam die Hand ausstreckte und einen Schluck Kakao trank.

»Wahrscheinlich, aber dieser war anders. Ich habe geträumt, dass jemand auf der *Sea Bird* herumgegangen ist. Ich erinnere mich, dass ich im Traum dachte, das wärst du. Dann kam ein Mann und stand in der Tür. Ich hatte solche Angst. Ich hatte das Gefühl, wach zu sein. Ich hab nach dir gerufen, und dann hab ich angefangen zu schreien und zu schreien, und da ist der Mann schließlich verschwunden.«

»Ist schon in Ordnung, Simon. Du bleibst bei O'Brien, und ich schaue mich mal um.« Ich erwartete nicht, irgendetwas zu finden, aber der Junge musste beruhigt werden.

Ich stieg nach oben. Der Mond war hinter den schweren Wolken, die schnell am Himmel entlangzogen, kaum zu erkennen. Ich verspürte die gleiche innere Unruhe, die ich gestern auf dem Markt empfunden hatte. Alles kam mir merkwürdig vor – drückend. Die Luft war bleiern, schwül. Der Wind hatte aufgefrischt und blies durch die Palmen am Ufer. Als ich mit meiner Taschenlampe ins Wasser leuchtete, fiel der Lichtschein auf bewegte Wellenkämme und warf unheimliche Schatten ans Ufer. Ich sah, wie ein Mungo über den Sand flitzte und ins Gebüsch lief, aber es war keine Menschenseele zu sehen.

Als ich schließlich wieder unter Deck ging, schlief Simon bereits. O'Brien saß im Salon, hatte den Jungen auf dem Schoß. Er trug ihn zurück in meine Kajüte und legte ihn in mein Bett.

O'Brien nahm Simons Bett. Er wollte nicht gehen. Er wollte da sein, falls Simon wieder aufwachte.

Aber er wachte nicht auf. Ich lag lange da, während Simon sich an mich kuschelte, und lauschte dem Wind, der in der Dunkelheit stöhnte.

25

Enok Kiersted war in seinem Labor und testete einige der Hunderte von Proben, die er im vergangenen Monat in den Mangroven genommen hatte, als er hörte, wie die Tür im Vorderbüro aufsprang. Zuerst dachte er, es wäre der Wind gewesen. Dann hörte er, wie die Tür klickend zufiel. Er machte sich nicht die Mühe, die Tür abzuschließen, nicht auf den Inseln. Er verspürte eine jähe Angst in der Magengegend. Es war weit nach Mitternacht. Zu spät, als dass jemand noch seinen Geschäften nachging.

Er hatte eigentlich nicht so lange aufbleiben wollen,

aber ganz vergessen, wie spät es schon war. Er war ganz auf die Proben konzentriert gewesen. Das passierte ihm dauernd. Für Kiersted gab es nichts Wichtigeres als seine Forschungen. Er hatte sich wegen der finanziellen Unterstützung Sorgen gemacht und darüber, was mit seinem Gehalt passieren würde, wenn Redding wieder in die USA zurückgekehrt wäre und der Stiftung seinen Bericht vorgelegt hätte. Was ja nun nicht geschähe.

Und beim nächsten Mal, wenn wieder jemand von der Stiftung hierher herunterflog, würde er gewitzter sein. Er würde sich nicht mehr so weit aus dem Fenster hängen. Kein Problem für ihn. Er würde sich aus der Politik heraushalten und nicht mehr so laut über die Korruption herziehen, die, wie er fast sicher war, hier auf der Insel herrschte. Er hätte Redding die Information gar nicht geben müssen. Er hatte sich geirrt, als er glaubte, Redding oder die Stiftung würde sich dafür interessieren, vielleicht sogar den Zuschuss aufstocken, so dass er, Kiersted, den Dingen, die hier abliefen, entgegenwirken konnte. Der nächste Stiftungsmitarbeiter, der hierherkäme, um ihn zu überprüfen, würde die geschönte Version bekommen.

Er hatte gehört, dass die Polizei Conrad Frett am Nachmittag tot aufgefunden hatte. Gut, dass man den los war, so sah Kiersted es. Er hatte Frett in den Mangroven gesehen, zusammen mit dem Eigentümer des Grundstücks, wie sie sich die Grenzmarkierungen ansahen. Kiersted glaubte keine Sekunde lang, dass sie einfach nur versucht hatten, die Grundstücksgrenzen für das Grundbuch festzulegen. Auch wenn Frett das behauptet hatte.

Kiersted machte sich Sorgen darüber, was mit den Mangroven geschehen könnte. Irgendetwas geschah dort.

Er hatte Frett dort später mit irgendwelchen anderen Leuten gesehen. Sie waren auf einem Motorboot durch die Lagune gefahren und hatten sich Grundstücke angesehen. Er hatte das Boot wiedererkannt. Es war das vom vergangenen Freitag, das den Müll über Bord gekippt hatte.

Als er das Boot am Kai in Road Town vertäut entdeckt hatte, hatte er zuerst die Bootseigentümer wegen des Mülls zur Rede gestellt und ihnen klargemacht, welche Schäden entstünden, falls man den Mangrovensumpf in Baugrundstücke umwandelte.

Sie hatten ihn ausgelacht. »Glauben Sie wirklich, dass uns die paar Fische und Korallen interessieren?«, hatten sie ihm entgegnet.

Er hatte ihnen gedroht, dass er sie öffentlich bloßstellen, zu den Zeitungen gehen und zu den Besitzern der Charterfirmen gehen würde. Denn die würden gehörig in Harnisch geraten, wenn sie erführen, dass die Paraquita Bay verkauft werden sollte, um dort zu bauen. Sie waren von den Mangroven in der Bucht abhängig, die während der Hurrikan-Saison ihre Boote schützte, außerdem hatten sie großen Einfluss auf den Inseln.

Jetzt wurde Kiersted klar, dass er mit seiner Drohung einen Riesenfehler begangen hatte. Die beiden Bootsbesitzer standen in der Tür zu seinem Labor, und er wusste sofort, dass das kein Höflichkeitsbesuch war.

»Was machen Sie hier?«, fragte er.

Der groß gewachsene, muskulöse Typ hatte eine Waffe bei sich.

»Du bist viel zu umweltbewusst, als dir guttut, und du hast zu viel gesehen. Außerdem mag ich es nicht, wenn man mir droht«, sagte der andere.

Kiersted war so abgelenkt, so in Gedanken über die Unterstützung und Reddings Bericht gewesen, dass er sich nicht die Zeit genommen hatte, alles genau zu durchdenken – Fretts Tod, die Tatsache, dass diese beiden mit ihm da draußen in den Mangroven gewesen waren. Jetzt fiel es ihm wie Schuppen von den Augen. Der vermeintliche Müll, den er sie über Bord hatte werfen sehen, war eine Leiche gewesen – Fretts Leiche.

»Das ist richtig«, sagte der andere, als er die Angst sah, die über Kiersteds Züge huschte.

Und dann stellte Kiersted auch noch fest, dass ihn die Schuhe ablenkten, und er fragte sich, warum jemand lila Schuhe trug. Er brach in Gelächter aus. Ihm war bewusst, dass er allmählich durchdrehte. Der Hysterie nahe war. Es gab nicht viel zu spekulieren, was gleich passieren würde.

»Findest du irgendwas komisch?«, fragte der groß gewachsene Typ und trat einen Schritt auf Kiersted zu.

»Hinterlass keine Spuren«, sagte der andere. »Das hier muss richtig gut aussehen.«

Der große Typ drängte Kiersted ins vordere Büro und stieß ihn auf den Schreibtischstuhl. Dann reichte er ihm einen Kugelschreiber und ein Blatt Papier und diktierte ihm, was er schreiben solle.

»Nie im Leben«, sagte Kiersted. Die Worte waren ihm kaum aus dem Mund gekommen, als der Typ ihn packte und unten hielt, während der andere ihm die Finger unter die Rippen rammte und dann drehte. Stechende Schmerzen schossen Kiersted durch den Leib. Es fühlte sich an, als brannten sämtliche inneren Organe.

Als sie fertig waren, flehte Kiersted nach dem Kugelschreiber.

26

O'Brien war fort, als ich aufwachte. Ich lag eine Weile da und versuchte dahinterzukommen, was die letzte Nacht am Strand zu bedeuten hatte. Wo standen wir jetzt in unserer Beziehung? Handelte es sich nur um eine Pause in dem Zweikampf, den wir miteinander ausfochten, um eine Art Waffenstillstand, weil wir uns so sehr zueinander hingezogen fühlten? Keiner von uns hatte klein beigegeben oder irgendeine Kompromissbereitschaft gezeigt. Wir hatten Körperkontakt gehabt, aber keiner von uns war aus seiner Ecke herausgekommen.

O'Brien hatte Kaffee gemacht und warm gestellt. Ich goss mir eine Tasse ein und ging an Deck – der Himmel war grau und bedeckt, die Sonne eine verschwommene weiße Scheibe hinter schiefergrauen Wolken. Der Wind pfiff durch die Takelage des Bootes, die Wellen in der Bucht hatten Schaumkronen. An Land raschelten die Kokosnusspalmen und neigten sich in den Böen.

Simon war schon aufgestanden, er lief mit Sadie auf den Fersen in den Wind. Es geht doch nichts über die Widerstandskraft eines Kindes. Ich war müde und nervös. Als ich kurz zuvor in der Kombüse gestanden hatte, hatte ich ein komisches Gefühl, als wäre alles leicht verändert – ein Buch, das nicht genau dort lag, wo ich es hingelegt hatte, meine Birkenstocks lagen weit hinten unter dem Tisch. Ich hatte die Gedanken abgeschüttelt und die Unordnung damit begründet, dass sowohl O'Brien als auch Simon vor mir aufgestanden und im Boot herumgegangen waren.

Simon und Rebecca warteten schon auf mich, als ich am

Auto ankam. Simon hatte der Lehrerin von seiner Fotokunst erzählt, und heute wollte er einen »Diavortrag« über digitale Fotografie halten. Ich hatte mich bereit erklärt, die beiden zur Schule zu fahren, damit wir beim Fotogeschäft vorbeischauen konnten. Simon redete während der ganzen Fahrt in die Stadt darüber, wie er von den Kindern in seiner Klasse Fotos machen und ihnen diese dann auf dem kleinen Display zeigen wolle.

Ich war Kundin in Gus's Camera Shop, seit ich bei der Polizei von Tortola angefangen hatte. Gus war der Beste in der Stadt und übernahm die Entwicklung der Negative und die Herstellung der Abzüge von allen meinen Filmen. Er hatte sich gegen die gruseligen Aufnahmen immunisiert, die auf den Abzügen zum Vorschein kamen. Er war aber auch auf dem neuesten Stand bei der digitalen Technik und verkaufte die neuesten und schicksten Geräte in seinem Laden.

Simon zeigte ihm seine Kamera. Ich sagte Gus, dass wir einige Fotos vergrößern lassen und Ausdrucke davon haben wollten, die Kamera aber nicht bei ihm lassen könnten. Simon müsse die Fotos heute in der Schule zeigen können.

»Kein Problem, Mom«, sagte Gus und nahm die Chipkarte aus der Kamera. »Geben Sie mir zehn Minuten.« Wir sahen zu, wie er Simons Fotos auf den Rechner lud. Dann schob er die Chipkarte in die Kamera zurück und erklärte, dass er alle Fotos kopiert habe und sie auch auf CD speichern werde.

»Es wäre gut, wenn du die Fotos auf Festplatte speichern würdest«, sagte er. »Auf die Weise hättest du ein Backup. Anschließend kannst du alle Fotos in der Kamera löschen und schaffst Platz für neue. Und dann kannst du die Fotos mit Photoshop bearbeiten. Du kannst diese

Woche ja mal vorbeikommen. Ich zeige dir, wie's geht«, sagte er zu Simon.

Ich erklärte Gus, von welchen Fotos wir Abdrucke haben wollten, und er versprach uns, die Ausdrucke am Nachmittag fertig zu haben.

Wir trafen gerade rechtzeitig zum Unterrichtsbeginn in der Schule ein. Simon und Rebecca kletterten aus dem Wagen, rannten über den Spielplatz und verschwanden hinter der Eingangstür. Plötzlich kam mir der Rambler leer vor. Die beiden hatten die ganze Fahrt über geplappert, und Rebecca hatte Simon eine kleine Lektion in Kreolisch erteilt.

»Wenn du jemanden sagen hörst: ›Nach den längsten Gebeten kommt Amen‹, dann meint er damit, dass nichts für immer bleibt«, erklärte sie.

»Was ist ein ›Jam‹?«, fragte Simon. Ich überlegte, wo er diesen Ausdruck während seines kurzen Aufenthalts auf den Inseln wohl gehört haben mochte.

»Das ist eine große Party, bei der die Leute ganz viel Rum trinken«, antwortete Rebecca altklug. »Dann sagen die Leute: ›Wir jammen ein bisschen.‹«

Ich konnte förmlich hören, wie Simon seiner Tante stolz erzählen würde, was er während seines Aufenthalts bei mir alles gelernt hätte.

Conrad Fretts Büro lag in einem Regierungsgebäude neben dem Gericht. Seine Sekretärin leerte seinen Schreibtisch und füllte Umzugskartons.

Als Stark an die offene Tür klopfte, hob sie erschrocken den Kopf. Mascara-Flecken verunzierten ihre hohen Wangenknochen, ein sicheres Anzeichen dafür, dass sie geweint hatte. Ich fragte mich, ob Fretts Haushälterin wohl Recht gehabt hatte mit ihrer Behauptung, dass Frett und seine Sekretärin miteinander liiert gewesen wären.

Während sie losging, um Kaffee zu kochen, schnüffelten Stark und ich herum auf der Suche nach etwas, das uns vielleicht mehr über den Mann oder das Motiv für den Mord an ihm verraten könnte. In seinem Büro sah es aus wie bei ihm zu Hause – keine persönlichen Fotos auf dem Schreibtisch. Ein gerahmtes Diplom von der Grenada School of Business und eine Urkunde vom Gouverneur zum zehnjährigen Dienstjubiläum hingen an den ansonsten leeren Wänden.

»Können Sie uns sagen, was Mr. Fretts Tätigkeit umfasste?«, fragte ich, als die Sekretärin zurückkam.

»Er war zuständig für sämtliche Vorgänge, die mit der Erschließung der Inseln zu tun hatten. Er hat Empfehlungen hinsichtlich der Bebauung ausgesprochen und Grundstücksüberschreibungen und Anträge auf Grunderwerbsbesitz von Auswärtigen bewilligt.«

»Klingt nach einer Riesenverantwortung«, sagte Stark und schüttete den halben Inhalt einer Zuckerdose in seinen Kaffee.

»Ja, aber man muss sich auch mit viel Papierkram und bürokratischen Hürden herumschlagen. Er hat sich immer beschwert, dass sich zu viele Leute in seine Arbeit einmischten und ihm über die Schulter blickten. Das mochte er gar nicht. Er wollte eigenverantwortlich handeln.«

»Konnte er das denn?«, fragte ich und warf Stark einen kurzen Blick zu, als er noch einen Löffel Zucker in seinen Kaffee häufte.

»Größtenteils, ja«, sagte sie. »Obwohl, ich habe in der letzten Woche ein paar Anrufe vom Minister erhalten. Er wollte den Vierteljahresbericht prüfen und war verärgert wegen der Zunahme von Landkäufen durch Auswärtige. Mr. Frett ist seinen Anrufen aus dem Weg gegangen.«

»Wissen Sie, woran Frett in letzter Zeit gearbeitet hatte?«, fragte Stark.

»Am selben wie immer. Nichts Ungewöhnliches, wenn Sie das meinen.«

»Hatte er irgendwelche Schwierigkeiten mit irgendjemandem außer dem Minister?«

»Die Leute kommen ständig hierher, weil Mr. Frett einen Verkauf abgelehnt hat, oder sind wütend, weil er einen bewilligt hat. Egal, was passierte, irgendjemand war immer unzufrieden.«

»Was ist mit Enok Kiersted?«, fragte ich. »Er ist der neue Umweltschützer, der für die Society of Conservation arbeitet.«

Sie wusste genau, wer Kiersted war. »Er war in den letzten zwei Wochen mehrmals hier im Büro. Beim letzten Mal war er extrem aufgebracht, er hat angefangen zu pöbeln und Mr. Frett beschuldigt.«

»Weswegen?«, fragte Stark.

»Ach, wegen allem Möglichen – wegen der Genehmigung zum Bau von Eigentumswohnungen drüben auf Scrub Island, der Zerstörung des Meeresbodens, dass Mangrovenwälder in Wassergrundstücke umgewandelt würden. Es gab kaum etwas, worüber der Mann nicht wütend war. Mr. Frett hat sogar den Sicherheitsdienst gerufen und ihn hinausführen lassen.«

»Haben Sie Kiersted danach noch einmal gesehen?«, fragte ich.

»Nein. Er wusste wohl, dass er sich in diesem Büro lieber nicht noch einmal blicken ließ. Mr. Frett hat gesagt, dass er ihn in dem Fall festnehmen lassen würde.«

»Wann haben Sie Frett zum letzten Mal gesehen?«

»Am Freitag. Er hatte eigentlich einen Termin mit diesem Senator Westbrook. Dann hat er gesagt, er müsse sich um eine private Angelegenheit kümmern.«

»Zu welcher Uhrzeit hat er das Büro verlassen?«, fragte Stark und trank den Rest des vermutlich reinen Zuckers vom Boden seiner Tasse.

»Kurz nach dem Mittagessen. Er hat mir gesagt, dass er in ein, zwei Stunden zurück sein würde.«

»Also ist er nicht mehr ins Büro zurückgekehrt?«, fragte ich und dachte, dass Frett an jenem Nachmittag vermutlich schon tot in den Mangroven lag.

»Ganz genau. Als er um fünf nicht zurückgekommen war, habe ich das Büro abgeschlossen und bin nach Hause gefahren. Er hat einen eigenen Schlüssel, konnte also allein ins Büro. Aber er ist nicht zurückgekommen.«

»Woher wissen Sie das?«, fragte Stark.

»Ich hatte ihm einige Schriftstücke auf den Schreibtisch gelegt, die er unterschreiben sollte. Die Dokumente lagen auch noch am Montagmorgen dort. Als er um zehn immer noch nicht hier war, habe ich bei ihm zu Hause angerufen. Die Haushälterin hat mir gesagt, er sei nicht im Hause, und da ist ihr klar geworden, dass er womöglich seit Freitagmorgen nicht mehr in seinem Haus gewesen ist. Da habe ich mir dann zum ersten Mal Sorgen gemacht. Mr. Frett ist immer pünktlich zur Arbeit erschienen. Nur einmal nicht, wegen einer Erkältung, und da hat er angerufen. Ich habe bis zum Mittag gewartet und dann die Polizei angerufen.«

Sie erschauerte bei dem Gedanken. »Ich kann es gar nicht glauben, dass er die ganze Zeit tot war und in diesen grässlichen Mangrovensümpfen gelegen hat.«

»Hatten Sie zu Frett privaten Kontakt?«, fragte ich, als ich die emotionale Bresche erkannte, die ich brauchte.

»Nein«, sagte sie und sah mich wütend an. »Ich würde mich nie mit meinem Chef einlassen. Sie haben offenbar mit der Haushälterin gesprochen. Ich habe mal ein paar Dokumente bei ihm zu Hause vorbeigebracht. Da ist mir gleich ihr Blick aufgefallen. Die Frau sucht dauernd nach etwas, worüber sie reden kann.

Schauen Sie, Mr. Frett war ein netter Mann und ein guter Chef, aber nicht mein Typ, wenn Sie wissen, was ich meine.« Ich vermutete, dass sie einen Mann mit zumindest einem Hauch Sex-Appeal meinte. Den hatte Frett nun wirklich nicht.

»Warum dann die Tränen?«

»Ich arbeite seit fünf Jahren für ihn. Er war ein guter Chef, fair. Ist denn nicht jeder traurig, wenn er erfährt, dass jemand, mit dem man jeden Tag zusammengearbeitet hat, ermordet wurde?«

Da musste ich ihr Recht geben.

»Wir setzen uns mit Ihnen in Verbindung, falls wir noch Fragen haben«, sagte ich, während ich zur Tür hinausging, Stark direkt hinter mir.

Draußen prallte ich gegen Westbrook, der gerade durch die Tür hineinwollte. Die Papiere, die er in der Hand gehalten hatte, flogen in hohem Bogen auf den Fußboden.

»Detective Sampson, Stark. Es wundert mich, Sie beide hier anzutreffen«, sagte er verärgert.

Ich kniete mich hin und half ihm, die Papiere aufzuheben. Er wollte offensichtlich nicht, dass ich den Inhalt sah, und versuchte, sie mir aus den Händen zu reißen, bevor ich einen Blick darauf werfen konnte. Allerdings zu spät. Es waren die Kopien seines Antrags auf Überschreibung des Grundstücks in der Nähe von Soper's Hole.

»Dann haben Sie sich also doch entschlossen, das Haus zu kaufen«, sondierte ich, wobei ich mich fragte, warum es ihn störte, dass ich seinen Antrag gesehen hatte.

»Es ist noch nichts endgültig. Ich möchte lediglich sicherstellen, dass die Genehmigung in Ordnung ist, falls ich mich zum Kauf entscheide. Wenn Sie mich jetzt bitte entschuldigen möchten, ich habe zu tun.« Er riss mir die Dokumente aus der Hand und betrat Fretts Büro. Ich hörte, wie er nach Fretts Sekretärin rief, als wir gingen.

»Was hältst du davon?«, sagte Stark, als wir zum Auto zurückgingen. »Er wollte zweifellos nicht, dass wir seinen Antrag sehen.«

»Ja. Seine Frau hat mir gesagt, dass er nach einem Haus sucht für die Zeit nach seiner Pensionierung, es sich aber nur wegen ihres Geldes leisten kann. Vielleicht möchte er nicht, dass sie weiß, dass er sich jetzt ohne sie zum Kauf entschlossen hat. Der Mann ist nicht astrein. Es ist durchaus möglich, dass er mit der ganzen Sache zu tun hat.«

»Ich setze eher auf Kiersted«, sagte Stark. »Ich glaube, dass er das Flugzeug zum Absturz gebracht hat, weil Redding seine Forschungen zunichtemachen wollte. Und laut Aussage der Sekretärin hat er Frett gedroht. Ich denke, wenn wir ihn zu fassen bekommen, kriegen wir beide – den Mann, der für den Absturz verantwortlich ist, und Fretts Mörder. Fahren wir noch mal rüber zu ihm und laden ihn auf ein paar Fragen zu uns auf die Wache ein.«

Als wir vor Kiersteds Büro eintrafen, stand die Tür offen. Kennen Sie das Gefühl, wenn Sie sofort spüren, dass irgendetwas nicht stimmt? Dieses Gefühl hatte ich jetzt. Stark ebenfalls. Wir zückten unsere Waffen. Stark zog vorsichtig die Tür auf, und wir warteten. Nichts passierte. Keine Kugeln zischten an uns vorbei. Niemand fiel über uns her. Schließlich gingen wir rein. Stark nach rechts. Ich nach links. Was wir gespürt hatten, war wohl der Tod gewesen. Enok Kiersted lag über seinen Schreibtisch gebeugt, in einer Blutlache. Er hielt eine Beretta neun Millimeter in der rechten Hand. Die gesamte Seite seines Gesichts fehlte. Nur ein Klumpen aus Knochenstücken und Gehirnmasse war noch übrig.

Der Raum war leer, aber Stark sah trotzdem im Badezimmer nach, während ich mich, mit erhobener Waffe, dem hinteren Raum und Kiersteds Labor näherte. Allem Anschein nach hatte er in seinem Labor gearbeitet. Überall auf dem Tisch lagen Proben in Petrischalen. Unter einem Mikroskop lag ein Objektträger. Das Licht am Mikroskop war noch angeschaltet. Ich warf einen Blick durchs Okular. Nur jede Menge brauner Flecken, soweit ich das erkennen konnte, aber schließlich hatte ich mich auf meinem College ja auch mehr für den attraktiven Burschen interessiert, der Chemie unterrichtete, als für irgendetwas unter einem Mikroskop.

Stark stand über die Leiche gebeugt, als ich wieder nach vorn ging. »Sieht ganz nach der Waffe aus, die aus dem Lagerhaus gestohlen wurde. Ich würde wetten, dass es sich um dieselbe Waffe handelt, mit der auch Frett umgebracht wurde.«

Im Korb für die ausgehende Post, am Rand des Schreibtischs, ganz oben, hübsch ein wenig entfernt von all dem Blut platziert, lag ein Brief – ein volles Geständnis, von Kiersted: dass er Frett ermordet und das Flugzeug zum Absturz gebracht hatte, um die Umwelt vor Lawrence Redding und Konsorten zu schützen. Alles nett und sauber, fast wie auf einem Präsentierteller serviert.

Wir riefen Dunn und Dickson an und warteten dann draußen auf sie. Je länger wir warteten, desto mehr brachte mich die ganze Sache ins Grübeln. Es fiel mir schwer, das Szenarium zu glauben. Dem Erscheinungsbild des hinteren Raums nach zu urteilen, war Kiersted mitten in seiner Labortätigkeit gewesen. Angesichts seiner geradezu zwanghaften Ordnungsliebe glaubte ich einfach nicht, dass er sich umbringen würde, ehe er das Labor aufgeräumt hätte.

Auf meine Skepsis reagierte Stark genervt.

»Was soll das, Sampson, kannst du es nicht einfach akzeptieren, dass wir die ganze Sache gelöst haben – den Absturz, Fretts Tod, den Einbruch. Dunn wird im siebten Himmel schweben. Wie auch Leonard, wenn sie erfährt, dass die Fluggesellschaft aus dem Schneider ist. Ich schwör's dir, du machst so was jedes Mal. Du bist nie zufrieden.«

»Gib es zu, Stark. Ich habe ziemlich oft Recht. Und außerdem: Warum sollte Kiersted konzentriert in seinem Labor arbeiten und im nächsten Moment beschließen, es wäre Zeit, sein Leben zu beenden? Er hatte nicht mal das Mikroskoplicht ausgeschaltet.«

»Vielleicht ist irgendwas passiert. Vielleicht hat er etwas unter dem Mikroskop entdeckt, das ihm nicht gefiel.«

»Das sind bloß Vermutungen, Stark.«

»Er könnte erfahren haben, dass wir Fretts Leiche gefunden haben. Er konnte sich ja denken, dass wir sie mit ihm in Verbindung bringen würden. Was wir auch getan haben.«

»Ja, aber wie ist die Waffe überhaupt ins Flugzeug gelangt, wenn sie Kiersted gehörte? Das Ganze ergibt einfach keinen Sinn.«

»Vielleicht hat er die Waffe verloren, als er auf dem Flughafen war und an der Maschine herummanipulierte. Irgendwie hat er sich an jenem Morgen an Bord geschlichen und an irgendwas herumgefummelt, dabei die Waffe verloren und keine Zeit gehabt, danach zu suchen, weil Leute vom Wartungsdienst kamen, um an der Maschine zu arbeiten.«

»Vergiss nicht: Wir haben schon ermittelt, dass niemand Verdächtiger in der Nähe der Maschine gesehen worden ist.«

»Er kann sich auch einen Overall besorgt und sich unter die Leute vom Wartungsdienst gemischt haben.«

»Du willst wohl mit aller Gewalt, dass das alles zusammenpasst, was, Stark?«

»Es passt zusammen, Sampson.«

27

Als ich Kiersteds Büro verließ, waren Dunn, Dickson und Stark im hinteren Raum und suchten Kiersteds Labor nach allen erdenklichen Beweisen für ihre Vermutung ab.

Ich sagte Dunn, dass ich zu Pickering's Landing hinüberfahren, mich auf Kiersteds Boot umsehen, es absperren und dann zu ihnen ins Lagerhaus kommen würde, damit wir uns mit Harrigan unterhalten konnten.

In Pickering's Landing war Calvin gerade dabei, an der Reling der *Sea Bird* Autoreifen zu vertäuen.

»Dein Boot kommt als Letztes dran, Hannah. Am Nachmittag verlege ich die Schiffe nach draußen an die Muringe und fange an, sie zusammenzubinden. Sieht so aus, als würde der Sturm irgendwann in den frühen Morgenstunden über uns hinwegfegen.«

Calvin hatte bereits sämtliche Fenster auf dem Gelände des Jachthafens mit Brettern zugenagelt und alle seine Fahrzeuge eng an eng an der windabgewandten Seite des Hafengebäudes in Sicherheit gebracht. »Ich schicke Tilda und die Mädchen ins Landesinnere, sie sollen bei Tildas Schwester wohnen. Du und Simon seid dort ebenfalls willkommen.«

»Und was ist mit dir, Calvin? Wo kommst du unter?«

»Ich bleibe hier, bis alles vorbei ist.«

»O'Brien hat uns angeboten, den Sturm in seinem Haus abzuwarten. Ich nehme Simon und die Tiere mit und bleibe dort. Du brauchst vielleicht jemanden, der dir hilft.«

»Hannah, ich hab schon vier oder fünf solcher Stürme überstanden. Also, manchmal sind sie relativ harmlos, manchmal aber auch richtig unangenehm. Ich glaub nicht, dass du hierbleiben musst.«

»Warten wir's ab, Calvin.«

Ich erzählte ihm von Enok Kiersted.

»Ist jammerschade um den Jungen. Ich mochte ihn, obwohl, er war ja auch 'n bisschen gemeingefährlich.«

»Was meinst du damit?«

»Die Leute in der Stadt reden darüber. Ich glaub, Derrick Johnson hat ihn unten am Hafen bei den Kreuzfahrtschiffen gesehen, er hat da einem Steward gedroht, weil er irgendwelche Flaschen mit dem Logo des Schiffs gefunden hatte, die an Land gespült worden waren. Alle wissen, dass es der Umweltschützer war, der die Delfine freigelassen hat. Gute Sache, wenn du mich fragst.«

»Hast du je gesehen, dass er Besuch bekommen hat, Calvin?«

»Nee. Weißt du, er ist ja erst seit einem Monat hier. Meistens ist er spät nach Haus gekommen, und morgens ist er immer früh wieder los. Hab ihn kaum zu Gesicht bekommen.«

Ich sagte Calvin, dass ich mich auf Kiersteds Boot gerne einmal umschauen würde.

»Ich glaub, es ist offen. Ich hab nie gesehen, wie der Junge das Boot abgeschlossen hat. Ich fahr in die Stadt, um Vorräte zu holen, dann komm ich zurück und fang an, die Boote zu verlegen. Am besten, du holst Sadie und Nomad und ein paar von deinen Sachen aus deinem Boot, wenn du fertig bist.«

Ich ging bis zum Ende des Stegs, sprang an Bord von Enok Kiersteds Boot und ging hinein. Sein zwanghafter Ordnungssinn gab sich hier genauso deutlich zu erkennen wie in seinem Labor. Das Feldbett war gemacht, seine Kleidung hing im Schrank – alle Hemden zusammen, langärmelige auf der einen Seite, kurzärmelige in der Mitte. Sie waren sogar nach Farben geordnet. Es stand noch nicht mal ein schmutziger Kaffeebecher in der Spüle.

Was bedeuteten also die Stapel von Papieren, die über den Salontisch verstreut lagen? Wie die Unordnung, die er in seinem Labor hinterlassen hatte, passte auch dieses Durcheinander gar nicht zu ihm. Ich setzte mich und fing an, die Unterlagen durchzusehen. Das Meiste handelte von den Mangroven, außerdem Fachartikel über Vögel, die dort lebten, sowie Studien über die möglichen Auswirkungen, wenn die Mangroven zerstört würden.

Ganz oben auf dem Stapel lag ein Artikel, den Kiersted aus der *Island News* ausgeschnitten hatte; es ging darin um die Bebauung auf den Inseln, mit einer Stellungnahme von Conrad Frett, in der er sagte, wie wichtig die Erschließung von Grundstücken am Meer für die Wirtschaft sei. Irgendjemand, anscheinend Kiersted, hatte das Zitat so heftig mit rotem Kugelschreiber unterstrichen, dass die Seite eingerissen war.

Kiersteds Wutanfall wunderte mich nicht. Fretts Sekretärin hatte bestätigt, dass Kiersted Frett wegen dessen Vergabe von Baugenehmigungen zur Rede gestellt hatte. Wahrscheinlich nur ein weiteres Indiz dafür, wie stinksauer er gewesen war. Aber es war fast zu offensichtlich. Als hätte jemand den Artikel dort hingelegt, damit er gefunden würde. Ich ahnte auch schon, was Stark und Dunn sagen würden. Nämlich dass ich überhaupt nichts herausgefunden hatte, was Kiersted entlastete.

Kiersted bewahrte den Schlüssel für sein Boot an einem Haken neben der Tür auf. Ich ließ alles so, wie es war, verschloss die Luken, schnappte mir den Schlüssel und schloss ab.

Als ich Kiersteds Boot verließ, bemerkte ich verwundert, wie Daniel Stewart von unten aufs Deck der *Sea Bird* trat. Ich hatte ihn ertappt. Er sah aus wie ein Teenager, der sich am Alkoholschrank seiner Eltern bedient hatte.

»Entschuldigen Sie, Hannah. Ich habe nach Ihnen gesucht. Ich dachte, Sie wären vielleicht unter Deck. Ich fasse es nicht, dass Sie auf diesem Kahn wohnen. Verstehen Sie mich nicht falsch – er ist hübsch, aber auch verdammt klein«, sagte er und überspielte sein Unbehagen mit einem schiefen Lächeln.

»Warum haben Sie mich gesucht?«, fragte ich. Ich merkte, wie mir die Hitze ins Gesicht stieg, die Folge von irgendetwas zwischen Verlegenheit und Verlangen. Als ich Stewart das letzte Mal gesehen hatte, war ich aus seinem Hotelzimmer geflitzt, bevor es zu eindeutigen Handlungen gekommen wäre. Jetzt aber war ich verärgert. Ich mochte es gar nicht, wenn Leute während meiner Abwesenheit mein Boot betraten.

»Ich fand, ich könnte Sie mal zum Mittagessen einladen. Simon auch. Vielleicht ins Gewächshaus im Botanischen Garten. Ich dachte mir, der Junge könnte ein paar Fotos machen, während wir uns ein ruhiges Plätzchen suchen, um zu reden«, sagte er, während sein Tonfall andeutete, dass er mehr wollte, als nur sich zu unterhalten.

»Simon ist in der Schule.«

»Wäre doch schade, wenn wir allein zu Mittag essen müssten.«

»Ich kann nicht, Daniel. Ich bin berufstätig. Offen gesagt, verblüfft es mich, Sie hier anzutreffen.«

»War nur so ein Versuch. Ich dachte, dass ich wenigstens Simon antreffen würde. Wie wär's mit Abendessen?«

»Kommt mir sehr ungelegen. Es ist einfach zu viel los, außerdem kommt der Hurrikan immer näher. Ich muss ein paar Kleider zusammensuchen und dann gleich zum Lagerhaus fahren.«

»Hat der Ermittler schon die Absturzursache herausgefunden?«

»Nicht dass ich wüsste, aber möglicherweise kennen wir den Täter.«

»Ach ja? Das ist eine gute Nachricht.«

»Ja.« Ich war froh, dass Stewart nicht nach den Details fragte, die ich ihm aber ohnehin nicht verraten hätte.

Er ging hinter mir unter Deck und sah zu, während ich einige Kleidungsstücke zusammenpackte. Ich reichte ihm Simons Kameratasche und einen Reisesack, dann schnappte ich mir das Tierfutter und sammelte Nomad ein. Sadie folgte mir zum Auto und sprang auf den Beifahrersitz.

»Aber Sie müssen doch was essen«, sagte Stewart, als wir neben dem Rambler standen. »Wir könnten uns doch in meinem Hotel zum Abendessen treffen.«

»Das dürfte schwierig sein, Daniel. Ich weiß nicht, was der Tag noch bringen wird.«

»Schauen Sie, ich werde da sein. Wenn Sie's schaffen, toll. Um sieben«, sagte er und ging zu seinem Mietwagen.

»Daniel, die Kameratasche!«, rief ich. Er hatte sie immer noch über die Schulter geschlungen.

»Sehen Sie, das stellen Sie mit mir an, Hannah«, sagte er, während er zurückkam und die Tasche auf den Rücksitz des Rambler warf. »Simon wäre ohne seine Kamera sicherlich verloren.«

»Ist nur das Unterwasser-Gehäuse, und ein paar andere Zubehörteile. Simon hält heute in der Schule einen Diavortrag über Fotografie«, sagte ich und stieg ins Auto.

»Komm heute Abend«, sagte Stewart, beugte sich durchs offene Fenster und strich mit den Lippen über meine Wange.

Ich fuhr bei O'Brien vorbei, um die Tiere abzusetzen. Der Gärtner und mehrere andere Männer waren draußen und nagelten die Fenster der Villa mit Brettern zu. Claire kam an die Tür, bildschön, wie immer, in einem Sarong von der Farbe eines Sonnenuntergangs über dem Meer; kein Zweifel, wieder einer ihrer Eigenentwürfe.

Gott, ich kam mir vor wie eine Idiotin, während ich mit meinen Taschen, meiner Katze und Sadie dastand, als wäre ich ein reuiges Mädchen. Scheiße! Ich versuchte, meine Blödheit zu verbergen, und sagte Claire, O'Brien habe mir angeboten, Simon und die Tiere zu nehmen, bis der Hurrikan keine Gefahr mehr darstelle. Ich eilte durch die Tür und warf die Taschen in die Eingangshalle. Claire stand nur da, die Hand auf dem Türknauf, und suchte nach Worten. Schließlich kam Marta, O'Briens Köchin, und rettete uns.

»Hannah, ich freue mich, Sie zu sehen!«, sagte sie und warf Claire einen Seitenblick zu. »Kommen Sie, ich nehme Ihnen die Sachen ab.«

»Entschuldigen Sie, dass ich hier so hereinplatze, Marta. Könnten Simon und die Tiere hierbleiben, bis der Sturm vorbeigezogen ist? Unten in Pickering's Landing ist es nicht sicher.«

»Natürlich. Das Haus wird gleich mit Latten verbarrikadiert sein. Und Sie wissen ja, wie Peter den Hund liebt! Ich selber mag allerdings lieber Katzen«, sagte sie und nahm Nomad.

»Ich bringe Simon nach der Schule bei Ihnen vorbei«, sagte ich.

»Und was ist mit Ihnen? Sie wissen doch, Sie sind hier auch willkommen.« Marta übertrat damit eindeutig ihre

Befugnisse, aber es war immer klar gewesen, wer in O'Briens Haushalt das Sagen hatte.

Claire stand immer noch in der Tür, mit einem wie festgefrorenen Lächeln im Gesicht.

»Es tut mir leid, Claire. Ich bin nicht gekommen, um mich aufzudrängen. Ich bleibe in Pickering's Landing und helfe Calvin.«

»Keine Sorge. Es ist nicht das, was Sie denken, Hannah. Wenn ich Ihnen O'Brien wegnehmen könnte, glauben Sie mir, ich würde es tun. Es wird nur eben nicht passieren.«

Ich glaubte ihr kein Wort. Vielleicht sollte ich über Daniels Einladung zum Abendessen noch einmal nachdenken.

Als ich schließlich beim Lagerhaus eintraf, waren Dunn und Stark bereits dort gewesen und wieder losgefahren. Sie hatten Harrigan von Kiersteds Geständnis erzählt.

»Das passt«, sagte er. Er hatte die Ergebnisse bezüglich der Treibstoffanzeiger zurückbekommen, die er zur Untersuchung eingeschickt hatte. Der Treibstoff war vor dem Start mit Salzwasser verunreinigt worden.

»Die Analyse hat ergeben, dass sich in den Tanks mehr Salzwasser als Kerosin befand«, sagte er. »Kein Wunder, dass die Motoren ausgesetzt haben. Ihr Chief Dunn ist überzeugt, dass Kiersted den Treibstoff irgendwie verunreinigt hat.«

»Höre ich da irgendwo ein ›Aber‹ heraus?«, fragte ich.

»Ich betrachte meine Ermittlungen erst dann als abgeschlossen, wenn ich weiß, wie Kiersted es geschafft hat, den Treibstoff zu verunreinigen. Anders ausgedrückt: Es ist noch nicht vorbei. Ich habe das Gefühl, dass Sie dasselbe denken.«

»Ja. Nichts scheint zueinanderzupassen.« Ich erzählte ihm von Kiersteds zwanghaftem Ordnungssinn und dem Zustand, in dem er sein Labor hinterlassen hatte, bevor er sich umgebracht haben sollte.

»Wie wär's, wenn wir zwei gemeinsam zum Flughafen führen? Ich würde mir gern mal die Betankungsverfahren anschauen«, sagte Harrigan.

Es war mittags, als Harrigan und ich auf dem Hallenvorfeld des Flughafens zu jenem Bereich gingen, in dem die Tankwagen parkten. Der Himmel war bleigrau, das Meer am Ende der Start- und Landebahn toste. Die letzte Maschine rollte gerade zur Startbahn. Alle anderen Maschinen waren bereits abgeflogen – zum sicheren Flughafen in San Juan.

Wir fanden einen Betanker, den es ärgerte, dass wir ihn bei der Arbeit störten. Ich konnte es ihm nicht verdenken. Alle Flughafenmitarbeiter waren abkommandiert worden, Fahrzeuge, Gepäckkarren und alles zu sichern, was nicht niet- und nagelfest war.

»Alle Lkws stehen in dem Hangar hier«, sagte er. »Was wollen Sie sich denn ansehen?«

»Ich muss den Treibstoff in den Lkws überprüfen«, sagte Harrigan, ging zu den Tankwagen hinüber und zog währenddessen mehrere Laborfläschchen aus seiner Schultertasche. Er füllte Proben aus jedem der Tankwagen in die Glasbehälter, hielt sie gegen das Licht und schüttelte sie.

»Hier ist nichts drin als Kerosin«, sagte er. »Nicht überraschend. Kommen Sie, sehen wir uns mal die unterirdischen Tanks an. Bei Flughäfen, die nahe einer Meeresküste errichtet wurden, kommt es manchmal vor, dass Salzwasser in die Tanks eindringt. Da reicht manchmal schon ein Haarriss im Tank.«

»Aber es müsste doch Hinweise in den Tankwagen geben, und es wären dann doch auch andere Flugzeuge betroffen gewesen.«

»Ganz recht. Das gehörte zu den ersten Dingen, die ich zu Beginn meiner Ermittlungen geprüft habe. Kein anderes Flugzeug hat von Motorproblemen berichtet, und seit Samstagmorgen sind eine ganze Menge betankt worden. Trotzdem, es sind schon merkwürdigere Sachen passiert.«

Wir überredeten den Betanker, uns zu den unterirdischen Tanks zu führen. Zwei befanden sich rund fünfzig Meter von der Küste entfernt. Harrigan zog aus beiden Proben. Der Treibstoff war sauber. Dann ging er Richtung Meer, während er mit den Stiefeln durch das Gestrüpp und das lockere Gestein wischte.

»Wonach suchen Sie, Harrigan?«, fragte ich, während ich ihm folgte. Der Betanker schlenderte langsam hinter uns her und wollte nichts sehnlicher, als in den Hangar zurückzukehren.

»Ich seh mich nur mal um«, sagte Harrigan. »Auf manchen Inselflughäfen gibt es nahe am Meeresufer alte Tanks, die versiegelt wurden, nachdem man bessere und größere installiert hat.«

Er redete weiter und wirbelte dabei Staubwölkchen auf, die von dem scharfen Wind davongetragen wurden. Es begann zu nieseln, und dicke Wolken türmten sich am Horizont.

»Sieht so aus, als wäre das hier Zeitverschwendung«, sagte er. »Kommen Sie, gehen wir wieder rein, raus aus dem Regen.«

»Warten Sie mal«, sagte der Betanker, als er uns schließlich eingeholt hatte. »Ganz in der Nähe muss es einen alten Tank geben. Hab ganz vergessen, dass der hier draußen ist.«

Im selben Moment stieß Harrigans Stiefel gegen etwas Hartes.

»Das ist er wahrscheinlich. Ist seit 'n paar Jahren nicht mehr in Betrieb.«

»Der Einfüllstutzen ist lose«, sagte Harrigan und kauerte sich hin. Er zog ihn hoch und leuchtete mit seiner Taschenlampe in den Tank.

Der Mann zuckte nur mit den Achseln.

»Da ist noch Treibstoff drin«, bemerkte Harrigan. »Glauben Sie, dass jemand den Tank aus Versehen benutzt hat?«

»Alle wissen, dass der Tank nicht benutzt werden darf. Er ist innen ganz verrostet. Die Neuen wissen nicht mal, dass er existiert.«

»Dann könnten wir ein Problem haben«, sagte Harrigan.

Es dauerte nicht lange, um herauszufinden, was passiert war. Ein paar Fragen an den richtigen Betanker reichten dafür. Der Mann arbeitete seit fast fünfzehn Jahren am Flughafen. Er hatte einen Kater gehabt, war vielleicht noch ein bisschen betrunken gewesen, als er am Samstagmorgen zur Arbeit erschien. Er hatte versehentlich seinen Wagen aus dem alten Tank befüllt. Als die Maschine der Island Air abgestürzt war, war ihm klar geworden, was er angerichtet hatte. Er hatte seinen Tankwagen gereinigt und sich seitdem möglichst unauffällig verhalten, um die Sache zu vertuschen. Er konnte gar nicht schnell genug ein Geständnis ablegen. Die ganze Sache hatte dem Mann offenbar arg zugesetzt.

»Ich kann es mir nicht leisten, meinen Job zu verlieren, Mom«, sagte er. »Mensch, ich kann doch nichts dafür, dass der Tank verunreinigt war. Ich betanke meinen Wagen seit Jahren aus dem Tank, und dann sollen wir uns plötzlich daran erinnern, dass wir den nicht benutzen dürfen.«

Es war offensichtlich, dass der Mann derart von Alkohol umnebelt gewesen war, dass er am Samstagmorgen keinen klaren Gedanken hatte fassen können und seinen Lkw unbeabsichtigt aus demselben Tank befüllt hatte, den er viele Jahre lang benutzt hatte.

»Wenn es Sie tröstet«, sagte Harrigan, »es wird nicht nur Ihr Kopf rollen. Die Flughafenleitung wird ebenfalls mächtig zur Verantwortung gezogen.«

Wir gingen zum Auto und fuhren in die Stadt zurück. Harrigan wollte unbedingt schnell wieder zum Lagerhaus, und die einheimischen Mechaniker, die das Wrack mit untersucht hatten, sollten nach Hause zu ihren Familien zurückkehren, um ihre Häuser zu sichern, bevor der Sturm losbrach. Harrigan wollte die noch offenen Fragen lösen, seinen Schlussbericht schreiben und nach Großbritannien zurückfliegen, sowie es wieder aufgeklart war.

»Ist das nicht der Gipfel?«, sagte er, als wir im Auto fuhren.

»Ja« war alles, was ich im Augenblick zustande brachte. Verdammt, Kiersted hatte gestanden, an einem Flugzeug herummanipuliert zu haben, an dem gar nicht herummanipuliert worden war. Und Stark und ich hatten nach einem Täter und einem Motiv gesucht, das gar nicht existierte. Keiner der Passagiere hatte sterben sollen, keiner war irgendwie ins Visier genommen worden. Es war alles Zufall gewesen.

»Das lässt die ganze Sache wohl in einem neuen Licht erscheinen«, sagte Harrigan. Eine schwere Untertreibung.

»Zum Beispiel: Warum wurde Frett umgebracht, wer ist in das Lagerhaus eingebrochen, und wer hat Kiersted umgebracht und ihm die Sache angehängt?«, sagte ich.

Stark und ich hatten die ganze Zeit ausgeschlossen, dass einer der Passagiere der Täter sein konnte, weil wir davon ausgingen, dass es sich um Sabotage handelte. Und nun? Es konnte jeder in dem Flugzeug gewesen sein, jemand, der die Waffe an Bord gebracht hatte, es konnte um etwas gegangen sein, das diese Person im Flugzeug hatte unterbringen wollen und wonach sie im Lagerhaus gesucht hatte. Irgendwie hatte Kiersted eine Bedrohung dargestellt, die ausgelöscht werden musste. Die ganze Sache musste mit Fretts Tod zusammenhängen. Was zum Teufel ging hier eigentlich vor?

28

Ich hatte vom Flughafen aus im Büro angerufen und Stark und Dunn gesagt, dass nichts sei, wie es schien – dass der Absturz ein Unfall gewesen sei. Dunns Sekretärin teilte mir mit, Dunn habe sich freigenommen, um sein Haus gegen den Hurrikan zu sichern, und Stark sei losgefahren, um Billy zu helfen, ihr Zuhause sturmfest zu machen. Ich konnte ihn telefonisch nicht erreichen. Ich wählte Dunns Nummer. Keine Antwort. Scheiße.

Als ich losfuhr, stand Harrigan im Regen vor dem Tor des Lagerhauses. Er nickte, das Wasser tropfte von der Krempe seines Stetson, und dann verschwand er drinnen. Ich fuhr hinüber zu SeaSail. Es gab eine Spur im Mordfall Frett, die vielleicht weiterführte: der Besitzer des Mangrovengrundstücks an der Paraquita Bay, wo Fretts Leiche gefunden worden war. O'Brien kannte den Besitzer sicherlich und wusste, wo man ihn finden konnte. Ich fragte mich, ob O'Brien oder einer der anderen Charterfirmenbesitzer wohl gerüchteweise gehört hatte, was in der Bucht geplant war.

Außerdem wollte ich wissen, wie es O'Brien ging. Wenn es seine Boote betraf, konnte es passieren, dass er den Kopf verlor. Ich wollte mich vergewissern, dass er nichts Törichtes tat, jetzt, da sich der Hurrikan näherte.

Als ich bei SeaSail eintraf, war jede Box besetzt. Zwischen einem Steg und dem nächsten lagen mindestens ein Dutzend Boote, zusammengebunden, Autoreifen zwischen den Bordwänden, damit sie nicht gegeneinanderknallten, wenn die Hurrikanböen mit voller Wucht in die Bucht fegten. Die Masten waren niedergeholt und an Deck festgezurrt, der Jachthafen wimmelte von Menschen: Charterer luden im Regen ihre Gerätschaften von den Booten, Hafenarbeiter karrten Ausrüstungsgegenstände durch immer tiefere Pfützen in Lagerräume.

Bei meiner Fahrt durch die Stadt hatte alles sogar noch schlimmer ausgesehen. Die Einwohner beeilten sich, die Fenster ihrer Geschäfte und Häuser mit Brettern zu vernageln. In den Lebensmittelläden konnte man weder Mineralwasser noch Konserven bekommen, und alle Hotels füllten sich mit Seglern, die an Land Zuflucht suchten.

Ich fand O'Brien an Steg C, er betankte eines seiner Schnellboote. Er sah mich kommen. Seinem Blick konnte ich ansehen, dass es sich beim gestrigen Abend nicht einfach nur um eine Pause in unserem Zweikampf gehandelt hatte.

»Lass uns miteinander reden, wenn der Sturm vorbeigezogen ist«, sagte er.

»Ja, nachdem alles vorbei ist und alle in Sicherheit sind«, stimmte ich zu.

Als ich ihn nach den Besitzern der Mangroven fragte, wusste er genau, wo ich sie finden konnte.

»Sie wohnen unmittelbar hinter der Mole dort.« Er zeigte mir die Stelle. »Man kann das Haus von hier aus nicht erkennen. Es ist ein altes Natursteingebäude hinter den Mangroven. Warum?«

Ich erzählte ihm von dem verunreinigten Flugbenzin, dass der Absturz ein Unfall gewesen war, dass Kiersted das Flugzeug nicht zum Absturz gebracht hatte, dass sein Geständnis falsch war und dass ich seine Täterschaft an dem Mord an Frett bezweifelte. »Die Grundstückbesitzer sind eine Spur«, sagte ich. »Sie kennen Enok Kiersted, und Fretts Leiche wurde dort drüben gefunden. Ich muss mit ihnen reden.«

»Dieses alte Ehepaar. Ich bezweifle, dass die irgendetwas wissen«, sagte O'Brien, als er den Tank des Bootes gefüllt hatte und den Stutzen an die Zapfsäule hängte. Dann ließ er den Motor an.

»Was machst du denn da, O'Brien?«, fragte ich, als mir klar wurde, dass er mit dem Speedboot losfahren wollte.

»Nicht alle Boote sind in den Jachthafen eingelaufen. Eines ist da draußen gestrandet. Die Leute waren oben auf den Spanish Virgin Islands und sind vom Ankerplatz auf Culebra heute Morgen früh mit Ziel Tortola losgesegelt. Culebra ist keine Insel, auf der man sich bei einem Hurrikan aufhalten sollte, und auch wenn sie gegen den Wind und die Wellen gesegelt sind, hätten sie bis Mittag Road Town erreichen müssen.«

»Was ist denn passiert?«

»Sie haben sich über Funk gemeldet. Ihr Motor ist defekt. Sie schaffen es niemals nur unter Segel. Sie waren zu weit draußen, um sich per Funk bei SeaSail zu melden, deshalb haben sie sich mit ihrem UKW-Sender auf Saint Thomas gemeldet. Saint Thomas hat den Anruf an mich weitergeleitet. Es gibt niemanden sonst, der dort hinfahren kann. Außerdem bin ich verantwortlich. Ich habe ihre GPS-Koordinaten. Das Speedboot ist schnell. Ich kann es in zwei, drei Stunden bis da draußen schaffen. Um sechs, spätestens um sieben bin ich zurück.«

Das kam mir alles nur allzu bekannt vor. O'Briens Eltern waren bei der Rettung von Charterern ums Leben gekommen, die auf See in einen Hurrikan geraten waren. Sie waren mit einem ihrer Mitarbeiter hinausgefahren, hatten die Segler von der Jacht in ihr Schnellboot übernommen und die Segler von dem Mitarbeiter in den nächsten Hafen bringen lassen. Danach hatten O'Briens Eltern versucht, den Sturm auf der Segeljacht abzuwettern. Sie wurden nie gefunden.

»Herrgott, O'Brien. Du bist der Meinung, dass ich mich in meinem Job gefährlichen Situationen aussetze. Und was machst du? Du wolltest doch nie, dass dich dasselbe Ende ereilt wie deine Eltern.«

»Mir passiert schon nichts. Ich kann die Charterer nicht

dort draußen alleinlassen. Außerdem haben sie Kinder an Bord. Ich bin längst wieder zurück, wenn der Hurrikan hier eintrifft. Wenn er die vorausgesagte Route beibehält, mit den derzeitigen Windgeschwindigkeiten, ist er erst in zwölf Stunden hier – irgendwann um Mitternacht.«

»Fahr nicht raus, O'Brien«, sagte ich, obwohl mir klar war, dass meine Bitte vergeblich war.

Ich fand das Haus an der Paraquita Bay genau dort, wo es nach O'Briens Aussage lag, verborgen am Rand der Mangroven. Der alte Mann stand auf einer Leiter und nagelte Bretter aufs Dach. Er sah mich kommen, richtete sich auf und klopfte seinen grauen Overall ab. Er trug kein Hemd, der Schweiß rann ihm in dünnen Rinnsalen die Brust hinunter und hinterließ schmutzige Streifen. Er war etwa siebzig, mit strubbeligem weißem Haar. Der Garten war klein, wahrscheinlich gerade groß genug, um ihn und seine Frau zu ernähren, die damit beschäftigt war, eine Reihe Bohnen zu schützen. Ich stellte mich vor und erklärte, dass ich vom Tortola Police Department sei.

»Komm ins Haus, raus aus dem Regen«, sagte seine Frau mit Nachdruck und ging voraus ins Haus, eine baufällige Behausung, die wohl hundert Jahre alt war. Ich fragte mich, wie es die früheren Hurrikans überstanden hatte und ob es wohl dem nächsten standhalten würde.

Drinnen war es feucht, dunkel und alt, aber absolut sauber. Der Boden war aus Linoleum und abgewetzt vom vielen Schrubben, an einigen Stellen war das Muster sogar ganz verschwunden. An der einen Wand stand ein grünes Sofa mit Häkeldeckchen auf den Lehnen, darüber hing ein Druck, das Abendmahl darstellend. In einer Ecke stand ein Fernseher mit Zimmerantenne auf einem dieser billigen Hocker, die die meisten Leute aus ihren Wohnungen hinauswarfen, sobald sie dreißig waren und sich richtige Möbel leisten konnten.

Die andere Wand wurde von der Küche eingenommen, sie bestand aus einem alten Elektroherd, einem Kühlschrank und weißen Metallschränken, die mit sehr alten Rosen-Aufklebern verziert waren. Im hinteren Bereich, hinter einem Vorhang, gab es noch einen Raum. Vermutlich das Schlafzimmer. Hinter den Bohnenreihen draußen hatte ich ein Plumpsklo gesehen.

Die alte Frau war winzig, ihre Haut wie brüchiges Leder, die Fingergelenke gekrümmt und arthritisch, aber sie zeigte ein Lächeln, wie sie es wahrscheinlich schon mit achtzehn gezeigt hatte.

Es gab Hinweise darauf, dass Kinder im Haus gelebt hatten – Familienfotos, ein staubbedeckter Siegerpokal, ein verblichenes rotes Schaukelpferd. Gewiss lag das alles Jahrzehnte zurück. Das Haus und seine Bewohner verströmten ein Gefühl der Verlassenheit. Aus irgendeinem Grund musste ich plötzlich an Simon denken, und mir wurde schwer ums Herz.

Sie gaben mir ein Handtuch, damit ich mir das Gesicht abwischen konnte, und führten mich zu einem Stuhl am Küchentisch. Die alte Frau schenkte Eistee ein und legte Gebäck ordentlich auf einen angesprungenen Porzellanteller.

Schließlich, als alles in Ordnung war, setzten sie sich zu mir an den Tisch.

Als ich sie nach ihrem Grundstück fragte, bekam ich die ganze Geschichte zu hören. Sie erzählten mir, dass das

Haus und die Mangroven seit Generationen ihrer Familie gehörten. Ihre Kinder hatten stundenlang zwischen den Bäumen und im Matsch gespielt. »Sind schlammverkrustet nach Haus gekommen und haben gerochen wie der Abfall von gestern«, sagte die Frau und lächelte bei der Erinnerung. »Einer der Jungen ist gestorben, als er noch ganz klein war. Die beiden anderen leben in New York.«

»Als Conrad Frett vorbeikam und gefragt hat, ob wir unser Land verkaufen wollten, waren wir ehrlich überrascht«, sagte der alte Mann. »Bis dahin hatte sich noch niemand für diesen Sumpf interessiert. Meine Frau und ich haben die Sache dann durchgesprochen. Warum wir die Bruchbude hier und ein Gewirr von Bäumen eigentlich behalten wollten, hab ich sie gefragt. Ihr hat die ganze Idee zwar nicht gefallen, aber ich hab ihr gesagt, dass wir allmählich zu alt sind, um den Garten zu bestellen und das Haus in Schuss zu halten. Und dass die Kinder nie zurückkommen werden. Also haben wir uns dafür entschieden.

Frett hat dann sofort gesagt, er hätte einen Ausländer an der Hand, der kaufen will. Er hat uns zugesichert, dafür zu sorgen, dass der Verkauf genehmigt wird. Aber er hat mir auch gesagt, dass ich das niemandem verraten soll. Er hat gesagt, die Charterleute würden Druck machen, den Verkauf zu stoppen, wenn rauskäme, dass er seine Genehmigung erteilt. Weil die nämlich die Lagune während der Hurrikans brauchen.«

»Wissen Sie, wer sich für den Kauf interessierte oder warum er kaufen wollte?«

»Das hat Frett nicht gesagt. Hat ein großes Geheimnis drum gemacht. Ich begreife gar nicht, warum jemand das Grundstück haben will.«

Ich wusste es. Weil es sich um eine Immobilie in bester Lage handelte. Direkt am Stadtrand von Road Town, direkt am Wasser gelegen. Man würde die Mangroven ausreißen, einen Haufen Sand heranarren, und schon wäre das Grundstück eine Premium-Immobilie. Ich war überrascht, dass weder O'Brien noch einer der anderen Charterfirmen-Besitzer Wind von der Sache bekommen hatten.

»Irgendwann ist dieser Enok Kiersted vorbeigekommen und hat gefragt, was die Leute in den Mangroven wollten. Ich hab ihn in den Wald reingelassen, wann immer er wollte, damit er dort seine Forschungen machen konnte. Er war manchmal von morgens bis abends da.«

»Er war ein netter Junge«, sagte die alte Frau. »Immer hat er was mitgebracht – Obst, Blumen. Er hat mir diese hübschen Häkeldeckchen zum Geburtstag geschenkt.«

»In den letzten Wochen hat sich Enok ein paarmal mit Frett und ein paar anderen Leuten in den Mangroven getroffen«, sagte der Mann. »Er hat mich gefragt, ob ich wüsste, was die Leute vorhaben. Ich hab den Jungen bestimmt nicht gern angelogen, aber ich hab getan, was Frett wollte. Ich hab nichts verraten.«

»Wann haben Sie Frett zuletzt gesehen?«

»Das muss an dem Tag gewesen sein, als ich ihm die Grenzmarkierungen des Grundstücks gezeigt hab. Ich hab mich mit ihm in diesem schicken neuen Café in Wickham Cay getroffen. Er war mit einem Amerikaner da.«

»Wissen Sie noch, wann das war?«

»Am Freitagnachmittag.«

»Kannten Sie den Amerikaner?«

»War wohl so 'n Politiker. Hab gehört, dass Frett ihn Senator genannt hat.«

»Der Senator ist nicht mit Ihnen mitgekommen?«

»Nee. Er saß da in dem Café und hat so ’nen schaumigen Kaffee getrunken, Espresso haben die das genannt, als wir gegangen sind. Frett hat gesagt, er würde den Senator anrufen und dass er den Antrag fertigstellen will.«

»Also haben nur Sie und Frett sich Ihr Grundstück angesehen?«

»Ja, aber da war ein Boot in der Lagune. Ich hatte das Gefühl, dass die Leute darauf uns beobachtet haben.«

»Konnten Sie sehen, wer in dem Boot war?«

»Nicht richtig. Es war ziemlich weit draußen.«

»Waren es Einheimische?«

»Nein, Weiße, ganz bestimmt.«

»Und wie sahen die aus?«

»Ach, wissen Sie, wie alle. Einer von denen hatte eine Baseballkappe tief in die Stirn gezogen, trug Shorts und ein T-Shirt. Er war größer als der andere. Könnte ’ne Frau gewesen sein.«

»Und das Boot? Wissen Sie, was für ein Typ es war? Haben Sie einen Namen erkennen können?«

»War ’n schickes Speedboot, das steht mal fest. Hab aber keinen Namen erkennen können.«

»Ist Ihnen irgendetwas anderes an dem Boot aufgefallen. Farbe? Beschriftung?«

Er beschrieb das Boot als schnittig und teuer, mit zwei Riesenmotoren, dunkel mit gelben Streifen an jeder Seite.

»Glauben Sie, dass die beiden mit Frett zusammen waren?«, fragte ich.

»Da bin ich mir ganz sicher. Frett war vom Café aus mit mir hergefahren. Nachdem wir uns das Grundstück angesehen hatten, hat er gesagt, er würde noch mal losgehen und sich ein bisschen umschauen. Und als ich dann zurück zum Haus bin, hab ich gesehen, wie das Boot an Land gefahren und Frett eingestiegen ist.«

»Haben Sie gesehen, wohin sie gefahren sind?«

»Die sind an der Küste rumgegondelt, an den Mangroven vorbei. Zuletzt hab ich sie gesehen, wie sie in eine der kleinen Buchten eingebogen sind. Weiß nicht, warum die da hinwollten. Da gibt's 'ne Menge Wurzeln, die sich in der Schraube verheddern können. Jede Menge Ungeziefer.«

»Wie spät war es da?«

»Ungefähr drei Uhr nachmittags.«

»Haben Sie sich noch einmal mit Frett getroffen?«

»Nee. Anscheinend war er mit den Grenzmarkierungen zufrieden. Er hat gesagt, er würde mich wegen der Unterschrift unter dem Vertrag anrufen. Wir wollten uns irgendwann am Samstag treffen. Er hat nie angerufen. Jetzt höre ich, dass er tot ist.«

Ich war mir sicher, dass Frett die Lagune erst als Leiche wieder verlassen hatte – gestern, im Leichensack.

»Glauben Sie, dass das mit dem Verkauf nichts mehr wird?«, fragte der alte Mann. »Ich hoff ja immer noch, dass sich der Käufer mit mir in Verbindung setzt. Frett hat gesagt, dass alle Genehmigungen vorliegen. Ich müsste nur noch unterschreiben.«

»Ich weiß es nicht«, sagte ich, weil ich zögerte, seine Hoffnungen zu zerstören.

»Wär mir nur recht«, sagte die alte Frau und brachte mich zur Tür. »Ich hab fast mein ganzes Leben hier gewohnt. Ich weiß nich', wo's schöner sein soll.«

Gut, dachte ich, als ich zum Wagen ging. Ich war froh, dass die alte Frau genauso damit einverstanden war, nicht zu verkaufen, denn wer auch immer an dem Land interessiert gewesen war, er würde bestimmt nicht anrufen. Das Ganze war völlig außer Kontrolle geraten, und deshalb hatten die Täter Frett und vermutlich auch Kiersted ermordet. Auf irgendeine Weise hatte der Flugzeugabsturz alles komplizierter gemacht. Ich hatte keine Ahnung, wie er in das Bild hineinpasste. Ich wusste nur, dass er da hineinpasste.

Frett war vermutlich am Freitagnachmittag in den Mangroven ins Wasser gekippt worden. Warum der Mord, wenn er für den Verkauf eine so wichtige Rolle spielte? Ich war mir sicher, dass er Bestechungsgeld angenommen hatte. Vielleicht wollte er auch mehr Geld. Oder hatte er damit gedroht, die Sache auffliegen zu lassen? Aber durch den Mord war wahrscheinlich auch der Deal hinfällig. Warum hatte man nicht einfach weitergemacht, bis alles unter Dach und Fach war? Und dann, am Samstagmorgen, war die Maschine abgestürzt.

Im Moment hatte ich nur zwei Spuren: das Boot, das der alte Mann gesehen hatte, und Jack Westbrook. Er hatte sich mit Frett getroffen, unmittelbar bevor der zu den Mangroven gefahren und verschwunden war. Weiter unten an der Straße in einem kleinen Lebensmittelladen fand ich ein Telefon und versuchte noch einmal, Dunn zu erreichen. Immer noch keine Antwort.

Ich hatte keine Lust, den ganzen restlichen Tag nach einem Speedboot mit gelbem Streifen an der Bordwand zu fahnden, aber ich wusste, wer Lust dazu hätte. Als ich im Büro anrief, nahm Jimmy ab. Er erzählte mir, dass Stark immer noch nicht zurückgekommen und niemand sonst im Büro sei.

»Was treibst du gerade, Jimmy?«, fragte ich. Ich hatte den Eindruck, dass er geschlummert hatte. Wenn nicht gerade etwas sehr Spannendes passierte, neigte Jimmy dazu, sich zu langweilen. Typisch junger Mann.

»Hab nur abgehangen«, sagte er und gähnte in den Hörer.

Er erklärte sich einverstanden, den restlichen Tag nach dem Boot Ausschau zu halten. Ich gab ihm die Beschreibung. Er wollte die *Wahoo* nehmen und in den Buchten in der Nähe von Road Town kreuzen, dann rüber nach West End fahren und sich in der Cane Garden Bay und in Soper's Hole umschauen.

»Warum suchst du nach dem Boot?«, fragte er.

»Nur eine Spur. Führt wahrscheinlich zu nichts. Wenn du das Boot siehst, möchte ich, dass du dir einfach nur den Namen besorgst. Ich möchte auf keinen Fall, dass du jemanden ansprichst, bevor wir herausgefunden haben, was das für Leute sind. Verstanden?« Ich kannte den Jungen – zu versessen darauf, sich einzumischen, und noch zu jung, um sich seiner Sterblichkeit bewusst zu sein.

»Klar, kein Problem.«

»Es ist mir ernst, Jimmy. Ich rufe dich später im Büro an.«

Ich musste unbedingt mehr über Westbrook in Erfahrung bringen. Ich wollte wissen, warum er an jenem Tag mit Frett zu Mittag gegessen hatte, als der verschwunden war. Vielleicht ging es hier um sehr viel mehr als nur darum, dass Westbrook mit oder ohne Zustimmung seiner Frau Land kaufen wollte. Ich hatte Jack Westbrook schon bei unserer ersten Begegnung im Krankenhaus unsympathisch gefunden, als er mit dem Finger auf Dunn gezeigt und eine Erklärung gefordert hatte, warum ich seine Frau nicht gleich aus dem Meer geholt hatte.

Ich hatte mir durchaus vorstellen können, dass er skrupellos genug war, ein ganzes Flugzeug zum Absturz zu bringen, um seine Frau zu ermorden. Da es sich bei dem Absturz um einen Unfall handelte, war das ja nun offensichtlich nicht der Fall. Trotzdem war es dem Kerl zuzutrauen, dass er entweder Frett oder Kiersted umgebracht hatte. Aber auch hier war die Frage: Warum? Bei einem Mann wie Westbrook musste es mit Geld und Macht zusammenhängen.

Fretts Sekretärin verließ gerade ihr Büro und wollte ein spätes Mittagessen essen, als ich wieder vor dem Regierungsgebäude eintraf.

»Kommen Sie doch mit. Ich gehe nur um die Ecke ins Mongoose«, sagte sie.

»Gern«, sagte ich, auch wenn die Limonade und die Kekse der alten Leute mir noch schwer im Magen lagen.

Das Mongoose war voll, trotz des drohenden Hurrikans. Die meisten Leute gingen noch nicht in Deckung. Ich konnte das Geplauder und die Vermutungen hören. Einige Optimisten im Restaurant glaubten immer noch, dass der Hurrikan abdrehen würde. Andere waren sicher, dass es der schlimmste Hurrikan würde, der die Inseln seit Jahrzehnten getroffen hatte. Die Meisten hatten genug Wirbelstürme erlebt, um zu wissen, dass alles passieren konnte.

Die Gäste stellten sich an der Essensausgabe an und häuften Ziegeneintopf, Jerk-Chicken und Maiskolben auf ihre Teller. Ich entschied mich für Kaffee, dann fanden wir einen Tisch in der Ecke. Ein gutes Plätzchen, um sich zwanglos zu unterhalten. Hoffentlich vertrat Fretts Sekretärin nicht die törichte Ansicht, dass die Genehmigung von Grundstückskaufanträgen streng vertraulich behandelt werden musste. – Nein, tat sie nicht. Mehr noch: Sie war bereit, mir alles zu verraten, was ich wissen wollte. Und es war offenkundig, dass sie Westbrook nicht mochte.

»Er kam ins Büro, unmittelbar nachdem Sie gegangen waren, und hat die letzten Unterlagen für das Grundstück abgeholt, das er kaufen wollte. Ihn hat nur interessiert, ob Mr. Frett vor seinem Tod noch Gelegenheit hatte, die Genehmigung zu unterschreiben. Er hat kein Wort des Beileids geäußert. Der Mann glaubt wohl, die Welt dreht sich allein um ihn und seine Wünsche.«

»Um welches Grundstück handelt es sich?«, fragte ich – und war mir sicher, dass es sich um das kleine Mangrovengrundstück an der Paraquita Bay handelte.

»Es ist das große Haus in der Nähe von Soper's Hole. Der Mann konnte gar nicht schnell genug seine Hände darauf legen. Er machte sich Sorgen, dass ein anderer es kaufen würde, bevor er die erforderlichen Genehmigungen beisammenhatte. Hat auch ziemlich viel Geld dafür hingeblättert.«

»Ich habe mit dem alten Mann gesprochen, dem das Grundstück an der Paraquita Bay gehört. Er sagt, dass er Frett zusammen mit Westbrook gesehen hat, und zwar an jenem Freitag, als er sich mit dem Senator traf, um ihm die Grenzmarkierungen zu zeigen. Sind Sie sicher, dass Westbrook nicht an dem Grundstück interessiert war?«

»Da bin ich sicher. Ganz sicher. Warum sollte ein großer Senator dieses Stückchen Sumpf haben wollen?«

»Jemand hat es sich angesehen«, sagte ich. »Haben Sie eine Ahnung, wer?«

»Mr. Frett hat mir gegenüber nie davon gesprochen. Ich bin diejenige, die die endgültigen Anträge tippt. Ich habe nie irgendwelche Papiere für das Grundstück da unten zu Gesicht bekommen.«

»Aber Sie müssen doch irgendetwas gesehen oder gehört haben.« Ich wusste, dass sie nicht dumm war. Ich hätte wetten können, dass sie über alles, was in Fretts Büro geschah, bestens informiert war.

»Ja, ich habe gehört, dass er sich am Telefon mit jemandem wegen des Grundstücks gestritten hat.«

»Wissen Sie, wer das war?«

»Nur, dass es eine Frau war. Ich habe den Anruf angenommen und an Mr. Frett weitergeleitet.«

»Was genau haben Sie gehört?«

»Ich möchte nicht schlecht über die Toten reden. Mr. Frett war ein guter Chef«, sagte sie und schob ihr Essen auf dem Teller herum.

»Was Sie mir sagen, wird mir helfen, seinen Mörder zu finden«, sagte ich.

»Na ja, ich habe natürlich nicht gelauscht. Seine Tür stand einen Spalt breit offen.«

»Normalerweise würden Sie so etwas natürlich nie tun.«

Zufrieden, dass ich sie nicht verurteilen würde, sagte sie: »Er hat ihr erzählt, wie viel das Grundstück wert sei. Er hat gesagt, dass er Anrufe vom Minister erhalte und seine Karriere aufs Spiel setze, wenn er ihnen helfe. Jeder, der sich die Dinge genau betrachte, würde erkennen, dass er dem Verkauf nicht hätte zustimmen dürfen. Er hat auch gesagt, dass er mehr Geld verlange.«

»Wann war dieser Anruf?«, fragte ich, wohl wissend, dass er der Grund war, warum Frett sterben musste.

»Freitag, kurz bevor er das Büro verlassen hat.«

29

Jimmy saß mit selbstzufriedener Miene auf meinem Stuhl, als ich ins Büro zurückkam. Er hatte keine halbe Stunde gebraucht, um alles über das Boot herauszufinden, das der alte Mann in der Lagune gesehen hatte. Er war ein wenig enttäuscht, weil die Nachforschungen es nicht erforderlich gemacht hatten, die Buchten von Tortola abzujagen und jeden Hafenarbeiter, Fischer und Segler, dem er begegnet wäre, zu befragen. Heute hätte er mit dem Boot über zwei Meter hohe Wellen preschen können.

Jimmy sonnte sich in seinem Titel »Deputy«, und er liebte es, seine Dienstmarke zu zeigen. Das hatte nichts mit Autorität oder Macht zu tun. Jimmy war ein Neunzehnjähriger mit ungestümen Hormonen, dem jedes Mittel recht war, an die leicht zu Beeindruckenden und die Bikini-Bekleideten heranzukommen. Dumm nur in diesem Fall für Jimmy, dass er auf den Inseln aufgewachsen war und wusste, wie man an Informationen herankam. Er hatte nur unten am Hafen von Road Town einigen Einheimischen ein paar Fragen stellen müssen. Er hatte nicht mal die *Wahoo* starten müssen, um zu erfahren, dass das schnittige Speedboot *Mystic Runner* hieß.

Offenbar waren ein halbes Dutzend Fischer, die mit ihren Booten im Hafen lagen und Fischfallen entladen hatten, Zeugen eines Streits zwischen einer Frau auf der *Mystic Runner* und Enok Kiersted geworden.

»Die haben alle darüber gelacht. Haben gesagt, dass die Frau nicht größer war als ein Kind und dieser Kiersted ein kräftiger Bursche. Sie hat ihn gepackt und ihm so heftig den Arm verdreht, dass sie ihm den fast gebrochen hätte. Sie hat Kiersted angeschnauzt, er soll sich aus einer Sache raushalten, die er nicht zu Ende bringen kann.«

Die Beschreibung passte einzig auf eine Person – Zora Gordon. Ich war schon auf dem Weg zur Tür, als das Telefon klingelte. Ein Anruf von Starks altem Partner in Miami. Er hatte sich nach Zoras Chef erkundigt und erfahren, dass der Mann zwar bekanntermaßen mit illegalem Glücksspiel und Prostitution zu tun hatte, man ihm jedoch noch nie irgendetwas hatte nachweisen können. Anscheinend hatte er einen guten Anwalt: Zora.

Ich bat Jimmy, weiter zu versuchen, Stark telefonisch zu erreichen, und ihm auszurichten, dass er sich mit mir im Jachthafen von Brandywine Bay treffen solle. Als ich dort eintraf, erkannte mich der Wachmann und ließ mich grußlos aufs Gelände. Ich spürte, dass ich mir Stark an meiner Seite wünschte. Es war töricht, allein loszugehen, aber ich konnte nicht warten. Denn sobald der Hurrikan über die Insel hinwegfegte, würden meine Ermittlungen unterbrochen. Ich hatte keine Lust, nur darauf hoffen zu können, dort weiterzumachen, wo ich aufgehört hatte, oder dass Zora oder ein anderer Beteiligter sich dann noch auf der Insel aufhalten würde.

Zora war im Salon – und höchst ärgerlich, dass ich gekommen war. Sie machte sich nicht einmal die Mühe, mir eine Erfrischung anzubieten. Heute trug sie ein Tanktop und eine Trikothose. Trotz ihrer Körpergröße war deutlich, dass sie durchaus imstande gewesen wäre, ihrer Drohung gegenüber Kiersted Taten folgen zu lassen. Ich fragte mich, warum sie eigentlich so intensiv trainierte, dass sie stahlharte Muskeln bekam. »Ich weiß nicht, was ich Ihnen über den Absturz noch erzählen soll, was ich Ihnen nicht bereits mitgeteilt habe«, sagte sie.

»Es geht nicht um den Absturz. Tatsächlich haben die Ermittlungen ergeben, dass es beim Betanken des Flugzeugs zu einem Versehen gekommen ist.«

»Das passt genau«, sagte sie und schüttelte den Kopf.

»Was meinen Sie damit?«

»Nichts. Wenn die Absturzursache des Flugzeugs geklärt ist, warum sind Sie dann hier, Detective? Sie haben doch sicher etwas Besseres zu tun, als die Passagiere weiterhin zu belästigen.«

»Na ja, wissen Sie, Zora, diese Woche ist eine ganze Menge zusammengekommen, eine Sache nach der anderen – Flugzeugabstürze, ein Einbruch und der arme alte Capy im Krankenhaus. Aber warum bricht jemand in das Lagerhaus ein, wenn es nichts zu vertuschen gibt? Dann finden wir gestern drüben in den Mangroven eine Leiche, und schließlich hat sich der hiesige Umweltschützer erschossen. Und wissen Sie was? Es war genau die Waffe, die aus dem Lagerhaus gestohlen wurde. Eine Waffe, die ich aus dem Flugzeugwrack geborgen habe. Die Sache ist bloß die: Ich kann mir nicht erklären, wie diese Waffe in die Hände des Toten geraten ist.«

»Scheint doch ziemlich offensichtlich: Er hat sie aus dem Lagerhaus gestohlen.«

»Jedenfalls dürfte jemand gewollt haben, dass wir dies

glauben. Aber wissen Sie was? Ich glaube es nicht. Und wessen Waffe war das überhaupt? Sie haben sie nicht vielleicht an Bord des Flugzeugs geschmuggelt und dann im Wrack verloren, und Sie waren auch nicht vielleicht besorgt, man könnte die Waffe bis zu Ihnen zurückverfolgen?«

»Machen Sie sich doch nicht lächerlich. Wenn es meine Waffe wäre, könnte niemand sie bis zu ihrem Besitzer zurückverfolgen.«

»Ach ja?«, sagte ich zweifelnd.

Sie merkte, dass sie einen Fehler gemacht hatte, indem sie zu wissen zugab, wie man eine Waffe unterm Radar hielt.

»Was wollen Sie hier?«, fragte sie.

»Wie ich höre, haben Sie Interesse am Kauf des Grundstücks unten an der Paraquita Bay?«

»Ich weiß, wo Sie das gehört haben.«

»Der Besitzer sagt, dass er die *Mystic Runner* dort draußen gesehen hat, als er Conrad Frett herumführte. Er hat gesehen, wie Frett auf Ihre Jacht gestiegen ist.«

»Ich bin mir sicher, dass er sich geirrt hat. Warum sollte ich mich für so ein Sumpfgebiet interessieren?«

»Sie kennen also die Lagune?«

»Worauf wollen Sie hinaus, Detective?«

»Sie wissen, dass wir Fretts Leiche gestern aus den Mangroven gefischt haben?«

»Unterstellen Sie mir, dass ich etwas damit zu tun habe?«

»Ich habe gehört, dass Sie beruflich mit einigen unangenehmen Leuten in den Staaten zu tun haben«, sagte ich.

»Jeder hat das Recht auf einen Anwalt. Ich bin gut, und deshalb werde ich gut bezahlt.«

»Was ist mit Enok Kiersted? Kannten Sie ihn?«

»Nie von dem Mann gehört.«

»Da habe ich etwas anderes gehört. Eine ganze Gruppe von Leuten hat gesehen, dass er sich unten am Hafen mit Ihnen gestritten hat.«

»Ach, der Typ. Ich wusste nicht, wie er heißt. Hatte den noch nie gesehen, bevor er da unten aufgetaucht ist. Also, es tut mir sehr leid, Detective, aber ich habe Besseres zu tun, als mir Ihre zahlreichen Beschuldigungen anzuhören.«

Zora war auf dem Weg zum Unterdeck, zweifellos zum Fitnessraum, als ich von Bord ging. Sicherlich dachte sie nicht im Traum daran, irgendetwas zuzugeben, aber ich wollte sie bedrängen. Vielleicht beging sie ja einen Fehler.

Ich ging hinaus zum Rambler und blieb darin sitzen in der Hoffnung, dass Stark aufkreuzen würde, beobachtete, wie die Wellen gegen den Betondeich in der Nähe krachten, und rätselte, welches Puzzleteil in dem ganzen Bild fehlte. Falls Zora Frett und Kiersted umgebracht hatte, warum zum Teufel verschwand sie dann nicht von der Insel? Je länger ich über die Ereignisse nachgrübelte, desto mehr drängte sich mir die Frage auf, ob ich mir den ganzen Plan und Zoras Beteiligung daran vielleicht nur einbildete.

30

Zora lag auf der Fitnessbank und stemmte Gewichte, um ihre Wut loszuwerden. Er stand hinter ihr, sah ihr zu.

»Poltolski wird sauer sein, wenn er hört, dass der ganze Deal abgeblasen ist. Kein großes Casino, kein großes Urlaubsparadies und keine Möglichkeit, sein ganzes schmutziges Geld zu waschen«, sagte er.

»Mach dir keine Gedanken wegen Poltolski. Außerdem gibt es andere Inseln in der Karibik. Wir suchen uns einfach eine andere, Liebling«, sagte Zora.

»Keine, die so perfekt ist wie diese. Und wir haben viel Zeit und Geld investiert, um Frett an Bord zu holen. Wenn du nicht so versessen darauf gewesen wärst, ihn umzubringen, wären wir jetzt nicht in dieser Lage. Was hätte uns das Ganze denn gekostet? Eine halbe Million sind Peanuts für Poltolski. Stattdessen lässt du zu, dass dein Temperament mit dir durchgeht. Wir müssen dem Ganzen endlich ein Ende setzen.«

»Nur keine Sorge. Wir kümmern uns heute darum und verschwinden, bevor der Sturm hier ist«, sagte sie, während sie noch ein Set beendete.

»Genau. Nur keine Sorge. Das hast du auch gesagt, bevor du dem Jungen raus zum Flughafen gefolgt bist. Du bist ja nicht mal mit einem Neunjährigen klargekommen. Und dann folgst du ihm ins Flugzeug, und das Ding stürzt ab.«

»War wohl kaum mein Fehler«, sagte Zora.

»Vielleicht nicht, aber die Sache im Lagerhaus war ein Debakel.«

»Wir konnten schließlich nicht kriegen, was nicht da war, und ich habe meine Waffe wieder, oder? Es war ein Geniestreich, sie gegen Kiersted einzusetzen. Das Arschloch hat mich genervt. Niemand droht mir.«

»Aber wir konnten Sampson keine Minute lang abschütteln. Sie ist drauf und dran, sich alles zusammenzureimen. Das Ganze ist schlicht außer Kontrolle geraten.«

»Unser Glück wird sich in Kürze wenden. Ich spüre es.

Komm zu mir, Süßer, entspann dich«, sagte sie, legte die Gewichte ins Gestell und zog ihn zu sich auf die Bank.

»Ich weiß nicht, warum ich mich mit dir abgebe, Zora.«

»Aber ich weiß es, Liebling. Sei ehrlich, du magst richtig harten Sex. Und ich bin diejenige, die ihn dir gibt«, sagte sie und biss ihm hart in die Lippe.

»Verflucht!«, schrie er und wischte sich das Blut ab. »Lass das. Sieh dir das mal an«, sagte er, stand auf und schaute in den Spiegel. »Sie schwillt an.«

Er ging zur Gewichtsbank hinüber, packte Zora und warf sie zu Boden, während es irgendwo draußen auf dem Meer donnerte.

31

Ich hatte draußen an der Brandywine Bay eine Viertelstunde im Rambler gesessen und zugeschaut, wie am fernen Himmel die Blitze zuckten, und durch die beschlagene Windschutzscheibe auf die *Mystic Runner* gestarrt. Der kleine Flitzer war längsseits der Motorjacht vertäut. Etwas an dem Ding, wie es sich da im Regen abzeichnete, kam mir sehr bekannt vor. Da fiel es mir ein. Es sah ziemlich genau so aus wie das Boot, das Simons Bilder von dem Reiher hoch oben in den Mangroven verunstaltet hatte. Es besaß diese schnittige Silhouette – mit dem spitzen Bug, der aus dem Wasser ragte –, die selbst auf dem kleinen Display der Digitalkamera zu erkennen gewesen war. Waren Simon und sein Vater am selben Tag in der Lagune gewesen, als das Speedboot Frett abgeholt hatte?

Ich fuhr auf direktem Weg zum Fotoladen. Gus hatte Ausdrucke von den Fotos angefertigt, die er auf meine Bitte hin vergrößern sollte. Es waren fünf Fotos: zwei von Simon und seinem Dad und drei aus der Serie, die Simon vom Reiher in der Lagune gemacht hatte. Es war alles da, der Beweis enthüllt, auf diesen Farbfotos von der Größe 20 mal 25 Zentimeter.

Das erste Foto zeigte die *Mystic Runner* in den Mangroven, sie war so grade eben noch am Bildrand zu erkennen, auf dem Wasser treibend. Auf dem nächsten Foto konnte man die Leute an Bord zweifelsfrei erkennen. Es waren drei Personen – die eine, da war ich mir sicher, war Conrad Frett, die andere unverkennbar eine kleine Rothaarige – Zora Gordon –, und dann war da noch ein Mann, dessen Gesicht unter einer Baseballkappe verborgen war. Auf dem nächsten Foto hatte sich das Schnellboot weiter ins Bild geschoben. Zora hielt eine Waffe in der Hand, und Frett hatte seine Hand an die Brust gelegt und stürzte. Auf dem letzten Foto war Frett nicht mehr zu sehen, zweifellos lag er auf dem Deck, und es sah aus, als starrte Zora direkt in die Kamera. Das Gesicht des anderen Mannes lag immer noch verborgen im Schatten der Baseballkappe.

»Gus, können Sie mal die CD einschieben und diese Fotos auf Ihren Rechner holen?«, fragte ich.

»Klar, kein Problem.« Er schob die CD ins Laufwerk. Es schien ewig zu dauern, bis die Fotos geladen waren. Schließlich hatte Gus die Datei geöffnet und bewegte sich schnell zu der betreffenden Bilderfolge.

»Gehen Sie zum letzten Foto mit dem Reiher. Können Sie den Mann mit der Baseballkappe heranzoomen?«, fragte ich. Gus bewegte den Cursor auf den entsprechenden Bereich des Fotos, und als er auf den Zoom klickte, kam unter der Baseballkappe ein Gesicht zum Vorschein – das Gesicht von Daniel Stewart.

Himmel noch mal, was war ich für eine Idiotin gewesen! Ich konnte gar nicht schnell genug zur Schule kommen. Der Verkehr staute sich, weil eine Herde Ziegen über die Straße lief. Mindestens ein Dutzend Menschen standen draußen im Regen und versuchten die Tiere zusammenzutreiben. Aber dadurch scheuchten sie sie nur auseinander und mitten auf die verdammte Straße, die sie auch allein überquert hätten. Es wurde gehupt, mehrere Leute nutzten die Gelegenheit, aus ihren Autos auszusteigen und, geschützt unter ihren Regenschirmen, miteinander zu plaudern.

Ich sah auf die Uhr. Viertel vor drei. Wann war Schulschluss? Um drei? In einem Akt der Verzweiflung drückte ich auf die Hupe. Ich wusste, es würde nichts nützen. Es nützte nichts. Keiner achtete auf mich.

Eine Angst, die mir fast den Magen umdrehte und mein Denkvermögen beinah komplett blockierte, überfiel mich, während ich hilflos mitten zwischen den blökenden Ziegen saß, die schließlich wieder an meinen Wagen gekommen waren. Während der Schwanz der letzten Ziege gegen meine hintere Stoßstange schlug, steuerte ich den Rambler aus dem Verkehr, rumpelte über den Randstein und wendete zurück auf den freien Teil der Straße, woraufhin die anderen Verkehrsteilnehmer sich über diese amerikanische Polizistin in ihrem alten Rambler wunderten, die es immer so eilig hatte.

Als ich vor der Schule ankam, war niemand auf dem Schulhof, die Schaukeln hingen verlassen da, leer. Ich lief ins Schulgebäude, sicher, dass die Schüler noch im Unterricht waren. Es war erst kurz vor drei. Ich lief zum Hauptbüro, und in den leeren Fluren hallte das Geräusch laufender Füße, meiner Füße. Ich spürte schon, dass die Schüler nicht mehr im Gebäude waren.

Der Hausmeister war auf dem Weg nach draußen und schloss die Tür hinter sich.

»Wo sind die Kinder?«, fragte ich atemlos.

»Der Rektor hat sie früher nach Hause gehen lassen wegen des heraufziehenden Sturms. Die Busse sind vor etwa einer halben Stunde abgefahren.«

Konnte jemand Simon gekidnappt haben? Darum war es bei der Sache gegangen. Der Junge ging nirgendwohin ohne seine Kamera. Deshalb war Zora im Flugzeug gewesen. Und als sie die Kamera nicht im Lagerhaus gefunden hatten, war ihnen klar, dass Simon die Kamera immer noch bei sich trug. Der Mann in den Bäumen. Das musste einer von ihnen gewesen sein, wahrscheinlich Burke, der Simon beobachtete. Sie hatten diesen Jungen zum Markt geschickt, dass er sich die Kamera schnappte, und ich wettete, dass Simon vergangene Nacht keinen Alptraum gehabt hatte. Einer von ihnen war auf der *Sea Bird* gewesen.

»Haben Sie den neuen Schüler, Simon Redding, in den Bus steigen sehen?«

»Klar, er ist mit den anderen Kindern weggefahren«, sagte der Hausmeister. »Wissen Sie, da war ein Mann, der auch nach dem Jungen gesucht hat.«

»Wie hat der Mann ausgesehen?«, fragte ich.

»Großer, kräftiger Mann, die Haare ganz stoppelig, blond, fast weiß.«

Das war Burke gewesen. Daniel Stewart musste ihn zur Schule geschickt haben. Tatsächlich wusste Stewart von mir, dass Simon die Kamera heute mit in den Unterricht genommen hatte. Warum hatte ich es nicht begriffen? Er und Zora hatten in den letzten drei Tagen versucht, die Kamera in ihren Besitz zu bringen. Ich hatte alles vermasselt. Dadurch, dass ich die *Mystic* aufgesucht, Zora bedrängt hatte. Ich wollte sie zu einem Fehler zwingen. Das war meine Absicht gewesen. Aber ich hatte mir nicht vorstellen können, dass ich Simon damit in Gefahr bringen würde. Jetzt waren sie verzweifelt. Sie würden Simon verfolgen und sich die Kamera und auch den Jungen schnappen. Etwas anderes zu tun, konnten sie sich gar nicht leisten.

Ich raste auf der Küstenstraße nach Pickering's Landing zurück. Ich betete, dass ich dort eintreffen würde, bevor es zu spät wäre. Schleudernd bog ich auf den Parkplatz ein und rannte in Richtung Jachthafen. Ich sah, wie Calvin ein Boot in die Bucht hinaussteuerte, und die *Sea Bird*, die noch am Steg vertäut lag. Tilda war im Haus und kümmerte sich um die Mädchen, die bei ihrer Schwester bleiben sollten, bis der Sturm vorüber war.

»Hannah, was ist denn los, um Himmels willen?«, sagte sie, als ich ins Haus rannte.

»Simon. Ist er mit Rebecca nach Hause gekommen?«

»Natürlich«, sagte sie. »Du entwickelst dich noch zu einer richtigen Glucke, Hannah. Er ist auf der *Sea Bird* und wartet auf dich. Ich hab ihm gesagt, dass du ihn zu O'Brien bringst, bevor der Sturm kommt.«

»Mann, Tilda, ich habe mir so große Sorgen gemacht.« Ich spürte, wie meine Panik nachließ. Aber Tilda hatte ja Recht. Noch nie hatte ich eine solche Angst empfunden, eine Angst, die sich mit logischem Denken weder bewältigen noch unterdrücken ließ.

»Es geht ihm gut. Dieser Daniel Stewart ist gerade gekommen. Er ist mit Simon auf dem Boot.«

»Verdammt«, sagte ich und lief auf dem Steg in Richtung *Sea Bird*.

32

Sie saßen am Tisch im Salon. Stewart hatte Simon den Arm um die Schulter gelegt. In der anderen Hand hielt er einen Revolver. Die zerschlagene Chipkarte der Digitalkamera lag vor seinen Füßen. Simon versuchte angestrengt, seine Angst zu verbergen.

»Lassen Sie den Jungen gehen, Daniel. Es hat keinen Sinn, ihm wehzutun. Es wird Ihnen nichts nützen. Ich habe Ausdrucke von den Fotos machen lassen. Ich habe sie auf meinem Weg hierher bei Dunn abgegeben.«

»Das funktioniert nicht, Hannah. Während ich hierherfuhr, um Simon zu suchen, ist Zora dir nämlich gefolgt.«

Sein Handy klingelte. Er zog es mit einer Hand aus der Tasche, hielt die Waffe dabei gegen Simons Bauch gedrückt. Er ließ mich keine Sekunde aus den Augen.

»Ja, sie ist gerade hier angekommen«, sagte er zu der Person am anderen Ende, zweifellos Zora. »Was ist mit dem Typ im Fotoladen?«, fragte er. Eine kurze Pause.

»Du hättest ihn nicht umbringen müssen«, sagte er. »Ich weiß, Baby, aber ... Gut, wir treffen uns draußen im Drake-Kanal. Wir müssen von hier verschwinden, bevor der Sturm kommt.«

Gus, dachte ich. *Die haben Gus umgebracht.*

»Fahr raus mit ihr, Hannah«, sagte Stewart und legte das Handy auf den Tisch. »Sag Calvin, du hättest dich entschlossen, die *Sea Bird* in der Paraquita Bay in Sicherheit zu bringen. Und vermassel das nicht. Ich bleibe hier und leiste Simon Gesellschaft.«

Ich schnappte mir einen Regenponcho, ging an Deck und startete den Motor. Dann machte ich die Leinen los. Unter Motor fuhr ich langsam aus der Bucht, dorthin, wo Calvin gerade einige Boote vertäute, und rief ihm zu, dass O'Brien angeboten habe, die *Sea Bird* drüben in den Mangroven in Sicherheit zu bringen. Ich konnte nicht viel tun, höchstens später alles erklären – wenn ich denn die Gelegenheit dazu bekäme. Ein großes Wenn. Mir war klar, dass Zora und Daniel Stewart sowohl Simon als auch mich umbringen würden. Sie hatten jetzt keine Wahl mehr. Stewart steckte offenkundig viel zu tief mit drin. Und Zora? Herrgott, sie würde es genießen.

Wenn ich mir etwas davon versprochen hätte, hätte ich Calvin alarmiert. Aber das hätte ihn nur gefährdet. Ich fuhr davon, ehe er die Gelegenheit hatte, mit mir zu streiten. Als ich zurückblickte, stand Calvin immer noch auf seinem Boot und starrte der *Sea Bird* hinterher. Hatte er meine Lüge durchschaut? Er müsste es. Calvin wusste, dass ich ihm hundertprozentig vertraute und darauf angewiesen war, dass er sich um mein Boot kümmerte.

Ich griff rasch die Rettungsweste von ihrem Gestell und hob sie über den Kopf. Hoffte, dass Calvin meine Botschaft verstanden hatte. Die Weste diente nur einem Zweck – der Rettung.

Sobald ich die Bucht hinter mir gelassen hatte, kam Stewart an Deck.

»Wo ist Simon?«, fragte ich. Meine Stimme brach vor lauter Angst.

»Mach dir keine Gedanken um ihn. Es geht ihm gut. Er hat nur etwas Klebeband am Körper. Er ist dort unten ein bisschen widerspenstig geworden, während du mit Calvin geredet hast.«

»Wenn Sie ihm etwas zuleide tun, bringe ich Sie um, Daniel.«

»Du bist nicht in der Position, mir zu drohen, Hannah«, sagte er. Und reichte mir das Klebeband. »Also, ich möchte, dass du das hier um dein Handgelenk wickelst und am Steuerrad befestigst.«

Er trat einen Schritt zurück, während er weiterhin die Waffe auf meine Brust richtete, und sah zu, wie ich seinem Befehl nachkam. Dann band er mein anderes Handgelenk ans Steuerrad und stellte sich unter das Sonnensegel.

»Weißt du, Hannah, mir tut das alles sehr leid. Ich verstehe ja, wie sehr du an dem Jungen hängst. Ich bin wirklich bestürzt, dass es so weit gekommen ist. Ich meine das aufrichtig. Wir brauchten bloß die Kamera, aber nichts hat geklappt. Jetzt haben wir keine anderen Optionen mehr.«

»Hören Sie, Daniel, das ist eine verdammte Ausrede. Darin sind Sie wirklich gut. Alles nur Rationalisierung, damit Sie guten Gewissens tun können, was Sie sowieso tun wollten.«

»Bitte halte mir keine psychoanalytischen Vorträge, Hannah. Du kennst mich nicht.«

»Ich kenne Sie. Ich habe ständig mit Typen wie Ihnen zu tun. Es geht darum, was Sie ›brauchen‹, nicht wahr, Daniel? Aber sagen Sie mal, wie haben Sie eigentlich Zora Gordon kennen gelernt?«

»Zora und ich sind seit einem Frühlingstag auf der Tribüne des Football-Spielfeldes unserer Highschool zusammen. Ich hatte nie gewusst, dass Sex so sein konnte. Sie stammte aus derselben beschissenen Stadt wie ich, und da haben wir etwas miteinander angefangen. Sobald wir das Abschlusszeugnis in der Tasche hatten, sind wir nach L. A. gefahren.

Zora war immer die Intelligente von uns beiden. Sie weiß, was sie will, und bekommt es auch. In einer Bar in L. A. hat sie sich an Poltolski herangemacht, seitdem führte sie ihn am Gängelband. Er hat ihr das Jurastudium bezahlt, und mich hat er mit seinem Geld zum Filmstar gemacht. Seitdem sorgt sie dafür, dass er nicht im Knast landet. Er würde alles für sie tun.«

»Haben Sie schon mal überlegt, warum?«, fragte ich.

»Natürlich weiß ich, warum. Der Sex. Und ich habe nichts dagegen. Wir sehen ihn beide als Mittel zum Zweck. Als er sie bat, hier auf den Inseln eine Geldwäsche-Organisation aufzuziehen, bestand für mich überhaupt kein Zweifel, dass ich mit ihr kommen würde. Sie hat Poltolski gegenüber deutlich gemacht, dass sie die ganze Unternehmung leiten und ich dazugehören würde – ein Promi mit einem bekannten Namen, um die Glaubwürdigkeit zu erhöhen, so hat sie es ihm gegenüber begründet.«

»Warum haben Sie sich darauf eingelassen? Sie sind doch selbst erfolgreich genug?«

»Ich konnte nie Nein zu Zora sagen«, sagte er und leckte sich mit der Zunge über die geschwollene Lippe. Man brauchte nicht viel Fantasie, um sich auszumalen, wie das passiert war.

»Außerdem haben alle großen Stars ihre eigenen Geschäfte – Nightclubs in Vegas, Bars in Hollywood«, sagte er. »Ich wahre nur mein Image.«

»Weiß Sammy, was Sie vorhaben?«

»Nein. Sammy weiß nicht mal, dass es Zora gibt. Es ist uns gelungen, unsere Beziehung geheim zu halten, sogar vor der Klatschpresse. Erstaunlich, was? Wir treffen uns in Zoras Büro, in ihrer Eigentumswohnung. Das ist das Einzige, worauf Poltolski besteht: dass seine Anwältin nicht in die Schlagzeilen gerät, und darüber wacht er sehr genau.

Sammy ist der Letzte, der über Zora oder diesen Deal Bescheid wissen darf. So gerissen er auch sein kann, er hat moralische Grundsätze, an die er sich hält. Er würde sich auch nie auf illegale Geschäfte einlassen. Mann, er hat mich fast fallen gelassen, als diese Nutte, mit der ich zusammen war, mich beschuldigte, ich hätte ihr etwas angetan, und drohte, zur Polizei zu gehen. Ich habe Sammy davon überzeugt, dass sie log, und dann habe ich sie fürstlich entlohnt.«

»Was hat Zora dazu gesagt, dass Sie mit einer Prostituierten erwischt wurden?«

»Hannah, du bist ja so naiv. Zora war dabei. Ehrlich gesagt, war sie es, die allzu ruppig geworden ist. Sie hatte ein bisschen Spaß, mit Handschellen und einem Messer.«

»Sind Sie derjenige gewesen, der gestern all die Papiere auf Kiersteds Kartentisch säuberlich aufgestapelt zurückgelassen hat?«

»Ja, ich wollte sichergehen, dass er nichts auf seinem Boot zurücklässt, das uns belasten würde. Ich hielt es für eine nette Idee, den Zeitungsartikel dazulassen. Ich hatte gerade angefangen, die *Sea Bird* nach der Kamera zu durchsuchen, als du aufgekreuzt bist. Ich konnte es nicht fassen, dass Simon die Kamera zur Schule mitgenommen hatte. Wir waren immer einen halben Schritt hinter ihm. Herrgott, die Kamera hätte beim Absturz kaputtgehen sollen. Warum zum Teufel hat der Junge das Ding nicht aus dem wasserdichten Gehäuse genommen? Diese Kinder.«

Wir waren inzwischen draußen im Drake-Kanal. In der Ferne sah ich die *Mystic.*

»Steuer das Boot da rüber«, sagte Stewart. Es gelang mir, die *Sea Bird* windwärts zu wenden, während Stewart den Gashebel ganz nach vorn drückte. Auch bei Höchstgeschwindigkeit machte die *Sea Bird* nicht mehr als acht Knoten. Bei diesem Wind musste ich mich schon anstrengen, das Boot bei vier Knoten auf Kurs zu halten. Die *Mystic* verlangsamte ihre Fahrt und wartete auf uns. Ich wusste, sobald wir sie erreicht hätten, wäre meine Chance zu fliehen gleich null. Ohne den gefesselten Simon unter Deck wäre ich schon längst über Bord gesprungen, lange bevor Stewart mit diesem verdammten Klebeband gekommen wäre.

Beim Näherkommen sah ich Zora an der Reling stehen. Es war fast dunkel. Gischt, vom Wind aufgewirbelt, fegte über die *Sea Bird*, während wir der *Mystic* über den Drake-Kanal folgten und in die Salt Pond Bay auf Salt Island zusteuerten. Ich sah, wie ein Crewmitglied, die Frau mit dem Pferdeschwanz, zum Bug eilte und die Luke öffnete, unter der die Ankerwinde lag. Sekunden später rasselte die Ankerkette über den Bug, und der Anker klatschte rund dreißig Meter vom Ufer entfernt ins Wasser. Dann wurden die Motoren abgestellt.

»Fahr uns da rüber, Hannah, und mach keine Dummheiten, sonst bekommt Simon das zu spüren«, sagte Stewart und schaltete die *Sea Bird* in den Leerlauf. Ich wendete sie in Richtung *Mystic* und manövrierte sie vorsichtig längsseits.

Ich kannte den Ankerplatz gut. Es war ein kleiner Naturhafen, der jetzt menschenleer war. Die windumtoste Siedlung an Land wirkte dunkel und verlassen. Normalerweise lebten eine Hand voll Inselbewohner in den Hütten auf einem Streifen Land, zwischen der Bucht und dem Salzteich, wo Salz abgebaut wurde. Aber niemand war so dumm und blieb auf diesem Inselchen, wenn ein Hurrikan der Kategorie vier darauf zusteuerte.

Burke stand an der Reling. Er schlang die Leinen um die Klampen der *Sea Bird*, und Zora sprang an Bord.

»Hier sollte man nicht sein, wenn ein Hurrikan sich nähert«, warnte ich. Ich wusste, der Boden hier bot wenig Halt – mit Gras bewachsener Grund, und das bei einem Wind, der wie durch einen Trichter in den Ankerplatz blies.

»Nett von Ihnen, dass Sie sich Sorgen machen, aber wir werden längst weg sein, wenn der Sturm hier auftrifft«, sagte Zora.

»Sie können einem Hurrikan nicht davonfahren«, sagte ich. Er lag förmlich in der Luft.

»Sie glauben, ich weiß nicht, was ich tue?«, sagte Burke. »Bis nach Hurrican Hole auf Saint John sind es bloß ein paar Meilen. Mit dieser Jacht können wir in einer halben Stunde dorthin kommen und es uns in Mangroven gemütlich machen. Ich hab mir schon eine Stelle ausgesucht. Gibt in der Gegend hier kaum einen besseren Schutz. Sobald der Hurrikan durchgezogen ist, geht's Richtung Bahamas.«

»Wissen Sie, es ist ein besonders befriedigender Anblick, Sie an dieses Steuerrad gebunden zu sehen«, sagte Zora. »Vielleicht sollten wir ein bisschen Spaß haben, Daniel.«

Ich hatte das Messer erst gesehen, als sie an mich heranrückte und lächelte, ein abartiges, verführerisches Lächeln. Sie fuhr mit der Klinge an meinem Hals hinab, hielt eine Sekunde inne, schlitzte den Regenmantel auf, dann die Knopfleiste an meiner Bluse, die sie mit der Messerspitze aufschlug. Dann führte sie das Messer an den Mund, fuhr mit der Zunge über den Stahl der Klinge, legte die Spitze zwischen meine Brüste und ließ sie ganz langsam bis zu meinem Nabel gleiten, was einen dünnen Streifen Blut hinterließ. Der Schmerz war nichts im Vergleich mit der Wut. Ich konnte nichts tun, als mich gegen die Fesseln zu wehren, die mich ans Steuerrad banden.

Zora hielt das Messer gegen meinen Bauch gedrückt, es kam mir wie eine Ewigkeit vor. Ich wartete auf den Stoß. Seltsam, was man manchmal so bemerkt. Während ich vorwegnahm, wie der kalte Stahl auf dem Weg zu meinem Herzen eine Rippe ritzte, starrte ich plötzlich auf Zoras lila Laufschuhe.

In einer schnellen Bewegung fuhr Zora mit dem Messer meinen Arm hinunter und durchtrennte das Klebeband.

»Schaff sie auf die *Mystic*«, sagte sie und drehte sich zu Burke um.

Stewart war schon dabei, Simon an Bord zu zerren. Der Junge drehte sich um und schaute mich an – so, als könnte ich irgendetwas tun. Dann sah er das Blut, das mein durchnässtes Hemd befleckte – ich hatte es mir wieder vor die Brust gezogen.

33

Simon und ich saßen im Salon der *Mystic*, jeder an einen Stuhl gefesselt. Inzwischen war es stockdunkel. Der Wind heulte, und das Boot erzitterte jedes Mal, wenn es von einer heftigen Böe getroffen wurde.

Simon und ich hatten ununterbrochen miteinander geredet. Ich hatte ihn zu beruhigen versucht. Er hatte mir von seiner Mutter erzählt, wie sie ihm abends vorgelesen hatte und mit ihm in den Park gegangen war. Ich erzählte ihm von meiner Familie und von O'Brien. Dann fing ich an, ihm Geschichten zu erzählen, einige davon waren dieselben, die O'Brien mir über das Meer erzählt hatte.

Schließlich brachte Simon es über sich, mich wegen Stewart zu fragen.

»Wie konnte der Mann bloß so gemein sein, Hannah? Ich dachte, er ist der *Avenger*, und die Zeitung hat geschrieben, dass er ein Held ist, weil er die Frau aus dem Flugzeug gerettet hat.«

»Manche Menschen verirren sich irgendwann im Leben, Simon. Sie können nicht mehr unterscheiden, was Recht und was Unrecht ist.«

»Wie schaffst du es, dass du dich nicht verirrst, Hannah?«

»Man braucht Menschen, die einen lieben und einem den Weg im Leben zeigen«, sagte ich und bereute es sofort wieder.

»Keine Sorge, Simon. Ich werde nicht zulassen, dass du dich verirrst.«

Wir hatten die ganze Zeit geredet. Ich hatte oben an

Deck gedämpfte Stimmen gehört. Es hatte einen Streit mit dem weiblichen Crewmitglied gegeben. Die Frau hatte gesagt, dass sie für das, was jetzt auf der *Mystic* passiere, nicht angeheuert habe. Sie wolle raus. Die andern hatten ihr diesen Wunsch erfüllt. Ich hatte einen Schuss gehört, dann war etwas aufs Deck geprallt und ins Wasser gefallen.

»Nur die Boote, die gegeneinanderstoßen«, sagte ich zu Simon, aber der Junge war nicht dumm. Er wusste, was auf dem Spiel stand.

»Keine Sorge, Hannah. Ich weiß, dass du nicht zulässt, dass diese Leute mir wehtun«, sagte er. Seine Stimme klang ganz leise im Chaos der Wellen und des Windes, die gegen den Schiffsrumpf peitschten und gegen die Fenster schäumten. Ich hoffte, seinen Erwartungen gerecht werden zu können – aber dazu musste ich erst einmal selbst überleben.

Ich hörte, wie jemand auf der *Sea Bird* mit einem Vorschlaghammer gegen ihren Rumpf hieb.

»Es muss so aussehen, als wäre sie im Sturm untergegangen.« Das schrie Zora Burke und Stewart zu.

»Mach dir deswegen keine Gedanken«, sagte Stewart, atemlos.

Dann hörte ich noch einen lauten Knall, und der Rumpf splitterte unter dem Schlag.

»Das hat's gebracht«, brüllte Burke. »Sie läuft voll Wasser.«

Ich hörte, wie sie auf die *Mystic* kletterten, und das Geräusch von Wasser, das durch die *Sea Bird* strömte. Dann war alles ruhig. Die *Sea Bird* sank, zusammen mit allem, was ich besaß, auf den Meeresgrund.

Schließlich kamen Zora und Stewart unter Deck, gefolgt von Burke.

»Jammerschade wegen des Bootes«, sagte Zora. »Ich schätze mal, ihr hättet nicht hier draußen sein sollen, jetzt, wo der Sturm heranrückt. Früher oder später wird jemand die Reste des Bootes finden und vielleicht auch eure Leichen, wenn sie an den Strand gespült werden.«

»Niemand wird das je glauben«, sagte ich – auch wenn ich verdammt genau wusste, dass es sich um eine perfekte List handelte. Es würde so aussehen, als hätte ich Probleme gehabt, mit meinem Schiff nach Road Town und in die schützende Lagune zu gelangen, und als wäre es an den Felsen auf Salt Island zerschellt.

»Wir haben gerade noch genug Zeit, um ein bisschen Spaß zu haben«, sagte Zora und sah mich lüstern an. »Das wird der beste Sex, den Daniel und ich je hatten. Wir haben die Gewalt noch nie so weit getrieben, wie wir es bei dir tun werden. Du wirst zu den Klängen unserer Höhepunkte sterben.«

»Zora«, warnte Burke, »so viel Zeit haben wir nicht.«

»Es wird nicht lange dauern«, sagte Stewart. Er hatte jetzt das Messer und hielt es mir vor die Brust. Er beugte sich vor und fuhr mit der Zunge über meine Wange und über meine Lippen, dann biss er fest zu. Ich konnte nur in ohnmächtiger Wut an den Fesseln zerren, die mich an den Stuhl banden.

»Es hat keinen Sinn, sich zu wehren, Hannah«, sagte er und leckte mir das Blut von den Lippen. »Es macht das Ganze allerdings genussvoller.«

Ich sah das Entsetzen in Simons Blick. Herrgott, der Junge sollte so etwas nicht mit ansehen.

»Was ist mit dem Jungen?«, fragte Burke, dem sichtlich unbehaglich zumute war wegen der Dinge, die sich vor den Augen des Jungen abspielten.

»Bring ihn nach oben und warte auf uns«, befahl Zora. »Solange er lebt, wird Sampson kooperieren. Ich kenne diesen Typus. Sie wird bis zuallerletzt glauben, dass sie ihn retten könnte. Nicht wahr, Hannah?« Sie verhöhnte mich, weil sie hoffte, ich würde ihr einen Vorwand liefern, um zuschlagen zu können.

Ich verschaffte ihr nicht die Genugtuung, aber sie hatte Recht. Ich wartete auf die Möglichkeit zu handeln. Zora war eingebildet genug, um zu glauben, dass es ein Fehlschlag würde. Ich gebe zu, die Sache sah nicht besonders gut aus. Aber ich würde nicht zulassen, dass Simon starb.

Burke nahm dem Jungen die Fesseln ab und zerrte ihn, während er schrie und sich mit Händen und Füßen wehrte, aus dem Salon.

Sobald sie oben an Deck verschwunden waren, kam Stewart wieder herein. Zora war direkt hinter ihm, sie hatte einen hungrigen Ausdruck in den Augen. Sie packte mein Haar und riss meinen Kopf zurück, wodurch sie meinen Hals entblößte. Verdammt, ich konnte nichts dagegen tun. Ich bemühte mich, meine Angst zu verbergen, aber mein Atem kam in kurzen, röchelnden Stößen.

»Okay, Hannah«, sagte Zora, ihr Gesicht nur Zentimeter von meinem entfernt. »Ich mag deine Angst. Ich kann sie in deinen Augen sehen. Du bist wie ein Tier in der Falle. Das wird Spaß machen. Hol sie von dem Stuhl, Daniel.«

Stewart schnitt mich mit einem raschen Hieb los, während Zora mir die Waffe an den Kopf hielt. Er zog mich vom Stuhl und stieß mich in das große Schlafzimmer und auf das Bett, mit dem Gesicht nach unten, meine Hände immer noch auf den Rücken gebunden.

»Dreh sie um, Darling«, sagte Zora und trat an die andere Seite des Bettes. Stewart kniete neben mir. Als er mich auf den Rücken drehte, sah ich kurz die Lederriemen, die an den Bettpfosten befestigt waren. Das musste die ultimative Fantasie der beiden sein – die Fesselszene: die Frau gefesselt, ein wehrloses Opfer, reif für den Missbrauch. Sobald sie meine Handgelenke mit den Riemen gefesselt hätten, wäre alles vorbei. Aber dazu mussten sie erst meine Hände losbinden. Das war meine einzige Chance. Entweder würde ich jetzt sterben, oder ich würde fliehen können. Ich hatte nicht vor, ihren perversen Gelüsten zum Opfer zu fallen. Auf gar keinen Fall. Mein Geist raste, mein Körper gespannt wie eine Feder, wartete ich auf die Möglichkeit zu handeln.

Stewart hatte immer noch das Messer und ließ sich Zeit, er kostete jeden Augenblick aus. Er war auf mich gestiegen und saß jetzt auf meinen Hüften, er neckte mich, ließ das Messer um meine Brüste streichen, über mein Schlüsselbein und über meinen Hals. Während Zora wie hypnotisiert zuschaute, ließ er die Klinge wieder unter mein Hemd gleiten, wodurch er meine Brust entblößte und die schmale, dünne Wunde, aus der Blut sickerte. Dann umkreiste er mit dem Messer meinen Bauch. Schließlich griff er hinter meinen Rücken, durchtrennte das Klebeband, das meine Hände fesselte, und packte meine Handgelenke mit eisernem Griff. Zora legte die Waffe auf den Nachttisch und hockte sich neben mich auf das Bett. Sie packte einen meiner Arme und zog ihn in Richtung eines der Lederriemen, während Stewart sich vorbeugte und eine meiner Brüste in den Mund nahm, während er die Hand mit dem Messer an meine Seite sinken ließ.

Ich stöhnte, in der besten Nachahmung ekstatischer Lust, die ich aufbringen konnte, und schob die Hüften gegen seinen Unterleib, während ich mich Zoras Griff entwand. Stewart war zu erregt, um reagieren zu können, und Zora reagierte nicht schnell genug. Ich packte das Messer, bevor einer von ihnen wusste, was passiert war. Ich erwischte Stewart, der Hieb ging ihm quer über die Brust, und zog durch, wobei ich Zora auf der Wange erwischte. Der nächste Hieb ging mitten durch Stewarts Hals. Er griff sich an die Gurgel, wie betäubt, während das Blut zwischen seinen Fingern hervorströmte. Dann kippte er um, sein Gewicht nagelte mich auf dem Bett fest. Ich hörte, wie Zora kreischte, und wusste, dass sie gleich nach der Waffe greifen würde.

Ich schlang die Arme um Stewart, und in einem Wust blutverschmierter Bettlaken rollte ich zusammen mit ihm von der anderen Seite des Bettes herunter.

»Du Miststück! Du hast Daniel umgebracht!«, kreischte sie. Ich bewegte mich weiter, rollte mich weg von dem Haufen der Laken und Stewarts Leiche.

Ich saß in der Hocke und zog die Tür auf, als Zora die ersten Schüsse abfeuerte. Ich verspürte einen stechenden Schlag in meiner Seite, dann krachten weitere Kugeln in die Tür, als ich sie zuschlug und die Bronzestatue dagegenlehnte. Die würde Zora nicht lange aufhalten.

Ich kroch auf allen vieren die Treppe hinauf und ignorierte dabei das Blut, das auf die Stufen tropfte. Jetzt zählte nur eines – dass ich zu Simon kam. Ich wusste, dass die

Kugel glatt durchgegangen war. Sie hatte zwar Gewebe zerstört, aber ich würde es überleben.

Als ich das Deck betrat, schlug mir eine Windböe entgegen. Der Hurrikan rückte schnell heran. Ein Liegestuhl löste sich und hätte mich fast getroffen, dann flog er über Bord. Ein jäher Blitz erhellte den Himmel voll dräuender schwarzblauer Wolkenfetzen. Von Land her hörte ich ein durchdringendes Knacken, als ein Baum wie ein trockener Knochen entzweibrach.

Ich wollte gerade zum Ruderhaus hinaufklettern, als Burke heraustrat. Kein Zweifel, er hatte die Schüsse gehört, trotz des brüllenden Windes. Er packte Simon am Kragen und schob ihn vor sich her.

»Ich breche ihm das Genick, wenn du näher kommst«, sagte er und schlang den Arm um Simons Hals. Ich wusste, er würde es tun.

»Leg das Messer hin«, sagte er und packte den Jungen fester.

Unter Deck versuchte Zora, sich mit Schüssen aus dem Schlafzimmer zu befreien. Es war eine Sache von Minuten.

Da zeigte Simon mit einem Nicken auf Burkes Füße. Burke trug keine Schuhe. Ich wusste, woran der Junge dachte. Ich bückte mich, um das Messer aufs Deck zu legen, und ging an die Reling, während Simon handelte: Er trat mit seinem Schuh fest auf Burkes Spann. Der Junge war leicht, aber die Verblüffung und auch der Schmerz brachten Burke aus dem Gleichgewicht. Ehe er sich wieder fangen konnte, hielt ich Simon in den Armen, und wir sprangen über Bord in die tosenden Wellen.

Wir waren kaum aufs Wasser geprallt, als rings um uns herum die Kugeln ins Wasser prallten. Ich tauchte hinab,

Simon in den Armen, schlug heftig mit den Füßen und ignorierte den Schmerz in meiner Seite, die Krämpfe in meinen Waden, während das Wasser gegen uns drängte. Ich schwamm weiter und entfernte mich weiter von den Kugeln, die immer noch durchs Wasser zischten. Ich schwamm so lange, bis ich die Luft nicht mehr anhalten und auch den Arm nicht mehr heben konnte, um noch eine Schwimmbewegung auszuführen.

Schließlich tauchte ich, nach Luft schnappend, auf. Simon neben mir prustete und hustete Meerwasser. Jetzt waren wir außer Schussweite, und ich sah den Uferstreifen aus weißem Sand, der weniger als zehn Meter entfernt war. Ich drehte mich auf den Rücken, hielt Simon in den Armen und legte los, mittlerweile ganz abgestumpft, nur noch darauf konzentriert, die Füße zu bewegen. Schließlich schrammte mein Hintern über den Grund, und Simon half mir auf den Strand, wo ich mich in den Sand fallen ließ und liegen blieb, völlig fertig, während der Sturm rings um uns herum toste.

»Komm schon, Hannah. Wir müssen weiter«, schrie Simon und zog mich hoch, während ein weiterer Schuss durch den heulenden Wind schallte.

Wir taumelten über den Strand, als ich hörte, wie die Motoren des Speedbootes ansprangen. Ich fasste Simon bei der Hand, und wir liefen auf die Siedlung zu, schoben uns voran gegen die Nadeln des Regens und des Sandes, die uns ins Gesicht wehten. Ich hörte, wie das Speedboot krachend auf den Strand aufsetzte, dann sah ich, wie Zora an Land sprang.

Wir rannten in die nächstgelegene Hütte. Ein Zimmer, mit Zementfußboden. Ich wusste, dass ich viel Blut verloren hatte. Ich setzte mich auf den Boden und zog mein Hemd von der Wunde ab – es war eine ziemliche Sauerei. Simon fand ein altes Kleidungsstück, das zusammengeknüllt in einer Ecke lag, kniete sich neben mich und legte es fest genug um meine Taille, dass die Blutung gestillt wurde.

»Was willst du jetzt machen, Hannah?«, fragte Simon, der vor Kälte und Angst am ganzen Leib zitterte.

»Alles wird gut, Simon«, sagte ich und stand auf. Ich stolperte im Dunkeln umher, tastete mit den Fingern über irgendwelche Arbeitsflächen, zog Schubladen auf, suchte nach irgendetwas, das ich gegen Zora einsetzen könnte. Die tödlichste Waffe, die ich fand, war ein Suppenlöffel. Ich strich mit der Hand über die Wand und suchte das ganze Zimmer ab, stolperte dabei über kleine Säcke, die, wie ich annahm, mit Salz gefüllt waren. Schließlich fanden meine Finger den Griff einer Harke.

Verdammt, das war zumindest etwas.

Ich hörte Zora im Sturm schreien. »Du hast Daniel getötet, Hannah«, schrie sie. »Dafür bringe ich dich und den Jungen um. Du kannst dich nicht vor mir verstecken. Du wirst zuschauen, wie der Junge zuerst stirbt.«

Ich spähte durch ein Fenster und versuchte, durch den Wind und den Flugsand irgendetwas zu erkennen. Inzwischen goss es in Strömen.

Ich erhaschte einen Blick auf Zora, als ein Blitz die Dunkelheit durchzuckte. Zora lief zwischen den Hütten umher. Ihr Blick war irre, das Haar eine wilde Mähne, die aussah wie ineinander verschlungene Schlangen.

Sie hatte die Waffe in der einen Hand und das Messer, das ich an Deck der *Mystic* zurückgelassen hatte, in der anderen. Sie verschwand hinter der Ecke eines Gebäudes, dann hörte ich sie darinnen und das Geräusch splitternden Glases.

Ich packte die Harke fester und zog mich in die Schatten der Hütte zurück.

»Simon, wir müssen von hier verschwinden. Geh direkt am Salzteich vorbei und lauf weiter bis zur anderen Seite der Insel. Dort gibt es eine Klippe. Du kannst die Felsen hinabklettern. Dort ist es geschützt.«

Ich wusste, dass die Hütten keinen Schutz boten, weder vor Zora noch vor den orkanartigen Winden, die sie schon bald in einen Trümmerhaufen verwandeln würden. Jeder, der sich darin befand, würde von Trümmerteilen erschlagen oder in das Wasser gespült werden, das sich über den schmalen Sandstreifen ergießen würde. Jetzt, da der Wind aus Südwesten blies, bildeten die Felsen unter der Klippe das einzige geschützte Fleckchen Erde auf dieser gottverlassenen Insel.

»Ich will dich nicht alleine lassen, Hannah«, rief er. »Komm, schon, Hannah, komm endlich!« Er hatte meine Hand gepackt und zog mit aller Kraft.

»Simon, ich kann nicht weg von hier.«

»Warum nicht?«

Warum nicht? Weil ich mich gezwungen fühlte, dieser wahnsinnigen Frau entgegenzutreten, die zwei Waffen besaß, sich nicht für ihr Überleben interessierte und dort draußen bei diesem Sturm wie eine Irre schrie? Und ich wollte da rausgehen, sie verfolgen, blutend, mit einer beschissenen Harke? Um Simon zu schützen? *Komm auf den Boden zurück, Sampson.* Du weißt, worum es hier geht. Sicher, es war die Mentalität des Cops, aber ich wollte auch Rache, und ich war bereit, das Risiko einzugehen, dadurch Simon zu verlieren. Verflucht noch mal, Zora würde da draußen sterben, mit oder ohne meine Hilfe.

»Du hast Recht, Simon. Komm, gehen wir.«

»Okay, Hannah!« Er ergriff meine Hand.

Wir schlichen zur Tür hinaus, um die Rückseite der Hütte herum und liefen über den Sand.

Ich blieb noch einmal stehen, um mich zu vergewissern, dass Zora uns nicht folgte. Sie folgte uns nicht. Ich erhaschte einen Blick von ihr, als sie, auf der Suche nach uns, in einer anderen Hütte verschwand. Wieder hörte ich sie schreien. Ihre Schreie verwehten der Wind und der Regen. Ich packte wieder Simons Hand, und wir liefen weiter.

Am Salzteich verwandelte sich der Boden in Matsch, in dem wir einsackten. Wir waren von oben bis unten durchnässt, unsere Kleider klebten uns am Leib. Ich stolperte, stürzte, schlug lang hin in dem Schlick, so dass mir der Schmerz in die Seite fuhr.

»Alles in Ordnung«, sagte ich, als Simon mich hochzog.

Wir liefen weiter und kämpften uns durch einen dichten Vorhang aus Regen und Wind, der uns zurückzudrängen versuchte. Mit gesenktem Kopf stemmten wir uns gegen den Sturm. Ich wusste, dass die Klippe direkt vor uns lag. Die Insel war kaum anderthalb Kilometer breit. Im Moment schienen es hundert. Schließlich fanden unsere Füße den steinigen Felsvorsprung.

»Nicht so schnell, Simon. Wir müssen nahe am Rand sein.« Sekunden später blickten wir in das tosende Meer hinab. Die Gischt der Wellen brandete gegen die Klippe und zerstob in der Luft.

Ich hielt Simon an der Hand, und dann stiegen wir hinab und bemühten uns, auf den schlüpfrigen Felsen Halt zu finden. Ich wusste, ein falscher Schritt, und wir würden über die Felskante und auf die scharfkantigen Felsen darunter stürzen. Wir gingen weiter, während der Wind an unserer Kleidung zerrte. Wir krochen jetzt auf allen vieren und tasteten uns hinunter, bis wir plötzlich aus dem Schlimmsten heraus waren, geschützt hinter einer sehr großen und erstaunlich massiven Felswand.

»Guck mal, Hannah«, rief Simon. »Da ist eine Höhle.« Er lief hinein, und ich folgte ihm, gerade als der Sturm wie eine Dampfmaschine zuschlug. Baumstämme, Bretter, Dachziegel flogen an unserem Zufluchtsort vorbei und wirbelten in die Dunkelheit.

Wir gelangten in den rückwärtigen Teil der Höhle und ließen uns gegen die Wand sinken, zu erschöpft, um etwas sagen zu können. Ich lehnte den Kopf gegen das Granitgestein, schloss die Augen und lauschte dem Wahnsinn da draußen. Irgendwann war ich mir sicher, einen Laut gehört zu haben, ähnlich dem Schrei einer Todesfee.

Als ich das nächste Mal die Augen öffnete, war es totenstill. Simon schlief, sein Kopf lag auf meinem Schoß, er atmete tief und regelmäßig. Ich zog mich vorsichtig unter ihm hervor und kroch zum Höhleneingang. Ein fahles, grünlich gelbes Licht schien auf die Verwüstungen – Bäume, die im Wasser trieben, ein Hausdach, das unter den Felsen lag, ein Beutel aus Sackleinwand, der von einem Busch hing. Ich wusste, dass es nicht vorbei war. Wir befanden uns im Auge des Hurrikans.

Ich hörte, wie Felsen die Klippe hinabprasselten. Eine irrationale Angst überfiel mich – das Bild, wie Zora die Felswand hinabkletterte, ihr Gesicht eine Fratze des Bösen.

»Reiß dich zusammen, Sampson«, flüsterte ich zu mir

selbst und kroch in den hinteren Bereich der Höhle zurück. Ich wachte noch einmal auf, beim Heulen des Sturms, der jetzt wieder da draußen tobte.

34

»Hannah, Hannah, wach auf!« Simon kniete neben mir und rüttelte sanft meine Schulter.

»Was ist denn, Simon?«, fragte ich, sofort in Alarmbereitschaft.

»Mach schon. Komm nach draußen.«

Ich folgte ihm aus der Höhle und blieb stehen. Mein ganzer Körper fühlte sich zerschunden an, mein provisorischer Verband war ganz steif von getrocknetem Blut.

»Guck mal, Hannah«, flüsterte Simon. »Es ist wunderschön!«

Das war es tatsächlich. Überall lagen Geröll und Trümmerteile herum, aber das Meer war wie eine dünne Glasscheibe, die ersten Sonnenstrahlen reflektierend, die über den Horizont stiegen. Bald erstrahlten der Himmel und das Wasser in den Farben, die von den tief hängenden Wolken reflektierten. Jede Oberfläche leuchtete in Gold-, Orange- und Violetttönen.

Wir saßen lange auf einem Felsvorsprung, ermattet und dankbar, am Leben zu sein und diesen Sonnenaufgang erleben zu können. Schließlich kletterten wir wieder hinauf durch die Felsen und gingen zur Siedlung. Die Insel war dem Erdboden gleichgemacht. Wir durchquerten das verwüstete Gelände, blieben stehen, um ein zerbrochenes

Stück Töpferware zu untersuchen, einen zerrissenen Overall, ein Radio, aus dem die inneren Teile heraushingen. Das Bruchstück eines Hausdachs schwang baumelnd von dem einzigen Baum, der stehen geblieben war. Ein Holzbalken war durch einen Baumstamm gedrungen wie ein Zahnstocher durch Marmelade.

Simon fand einen Teddy, durchweicht und verfilzt, verheddert in Dornengestrüpp. Er zog ihn heraus und nahm ihn mit auf unserem Weg zum Strand hinunter.

Die *Mystic* lag immer noch in der Bucht, die eine Seite befand sich völlig unter Wasser, die andere neigte sich himmelwärts, keine Bewegung an Bord, kein Lebenszeichen.

Die *Sea Bird* war weg. Ich wusste, sie lag irgendwo auf dem Meeresgrund oder in Stücken an den Felsen, hin und her geworfen von den brausenden Wellen. Ich sah die *Mystic Runner*, das Speedboot, mit dem Zora an Land geprescht war, jetzt nur noch ein zerschlagener Rumpf, der im Sand lag, während der Motor vom Heck herabhing.

»Du bleibst hier, Simon, okay? Ich sehe mich mal ein wenig um.« Ich hob ein Brett auf, aus dessen einem Ende ein Nagel ragte, und ging zum Strand hinunter.

Ich fand Zora an der äußersten Spitze der Insel, sie trieb in einem Priel. Sie lag auf dem Rücken, ihre Augen waren starr, weit aufgerissen.

Ich ließ sie liegen, wo sie war, und ging am Strand bis zu der Stelle zurück, wo Simon mit einem Stock im Sand stocherte.

»Ist sie tot?«

»Ja.«

Er nickte bloß und stocherte weiter im Sand.

Er setzte sich an die Wasserkante und drückte den Teddy an sich, während ich zwischen toten Fischen und Trümmerteilen zur *Mystic* hinüberschwamm. Ich stieg an Bord und kauerte mich hin, lauschte nach irgendwelchen Bewegungen und hielt Ausschau nach irgendwelchen Anzeichen von Burke. Es war völlig still auf dem Boot, bis auf das gelegentliche Knirschen des Rumpfes auf dem sandigen Grund. Dann schrie eine Möwe direkt über mir und landete auf dem Bugspriet. Ich schlich rasch über das leere Deck und dann zum Ruderhaus hinauf, wo ich Burkes Leiche fand: eingeklemmt unter einer Bank, mit einer Kugel im Kopf. Das waren die Schüsse gewesen, die ich gehört hatte, als Simon und ich vergangene Nacht an den Strand geflohen waren. Höchstwahrscheinlich hatte Burke das Interesse an uns verloren und wollte die Bucht verlassen. Zora hatte etwas anderes gewollt.

Ich begab mich unter Deck. Das Boot neigte sich stark nach steuerbord, und die gesamte linke Seite lag unter Wasser. Alles darin schwamm herum, auch Stewart, dessen Leiche in die Tür zwischen Schlafzimmer und Salon gespült worden war. Zum Glück befand sich die Kombüse auf der trockenen Seite des Bootes. Dort gab es Wasser und genug Lebensmittel, dass Simon und ich wochenlang fürstlich hätten speisen können. Aber so lange würden wir nicht hierbleiben. Ich sammelte ein paar Dinge zusammen, dazu einige trockene Kleidungsstücke und eine Persenning, und lud alles in einen wasserdichten Beutel, den ich unter dem Kartentisch fand.

Schließlich stieg ich an Deck zurück und ließ mir Zeit, meine Umgebung in Augenschein zu nehmen. Ich stand fassungslos vor dieser Verwüstung. Es war furchterregend, zu sehen, wozu die See imstande war. Überall um mich herum waren Dinge zerbrochen, verbogen, kaputtgeschlagen. Von hier aus erschien die Küste wie ein Sandkasten, übersät mit Streichhölzern. Mitten darin saß Simon, an den Teddy geklammert. Ich stieg die Seitenleiter hinunter und schwamm an Land.

Simon half mir, die Persenning auszubreiten, damit wir etwas Schatten hatten, anschließend machten wir einen Strandspaziergang. Wie das Wasser war auch der Strand mit toten Meereslebewesen übersät. Am Ende stießen wir auf einen jungen Delfin, der im Sand mit den Flossen schlug. Plötzlich sah ich, wie eine Flosse die Wasseroberfläche durchbrach. Ein erwachsener Delfin kreiste in der Bucht.

»Können wir ihn zurück ins Wasser bringen?«, fragte Simon, in der Hoffnung, das Tier irgendwie retten zu können.

Wir fanden eine alte Stoffbahn, die sich in den Wrackteilen an Land verfangen hatte, und legten sie neben dem Delfin auf den Sand. Dann wälzten wir das Tier ganz vorsichtig auf den Stoff. Wir fassten jeder an einem Ende an und trugen den Delfin hinaus ins Wasser. Als es tief genug war, zogen wir den Stoff fort, doch das Tier lag nur im Wasser, bewegte sich nicht.

»Mach schon, Fisch, schwimm«, flehte Simon. Schließlich schlug der Delfin kurz mit dem Schwanz, spritzte noch einmal, und dann war er weg. Dann sahen wir ihn, wie er sich dem anderen zugesellte, und die beiden schwammen davon.

Ich dankte Gott, dass es nicht noch einen weiteren Tod in Simons jungem Leben gegeben hatte. Und auch nicht in meinem.

Wir saßen am Strand, aßen Sandwiches mit Erdnussbutter und Marmelade und tranken aus einer Wasserflasche, als ich hörte, dass sich ein Boot näherte.

Es war Calvin.

Er hatte gestern Abend gleich die Polizei angerufen, als er sah, wie ich die Rettungsweste über dem Kopf erhoben hatte, und erkannte, dass ich in Schwierigkeiten steckte. Im Büro hatte keiner abgenommen. Dann hatte er bei SeaSail angerufen, um von O'Brien zu erfahren, ob ich dorthin gefahren sei. O'Brien war bereits hinausgefahren, um die Charterer zu retten. Zu dem Zeitpunkt konnte Calvin nichts tun, als Tilda und die Mädchen in Sicherheit zu bringen und zu warten, bis der Sturm vorbeigezogen war.

Er hatte bei Tagesanbruch mit der Suche begonnen, hatte das Wrack der *Mystic* entdeckt und war unter Motor nach Salt Island gefahren. Er berichtete uns, was er über die Schäden auf den Inseln wusste. Die Informationen waren zwar noch vage, aber er hatte gehört, dass nur wenige Tote zu beklagen waren. Allerdings gab es keinen Strom, und viele Häuser waren zerstört worden.

Wir waren nicht vorbereitet auf das, was uns beim Einlaufen in den Hafen in der Stadt erwartete. Es war ein heilloses Durcheinander. Gebäude und Häuser hatten ihre Dächer verloren, die Straßen waren mit Glasscherben übersät. Zahllose Boote, die versucht hatten, den Sturm an Ankern oder vertäut an Stegen abzuwettern, waren an der Küste auf Grund gelaufen, an einigen Stellen in Dreierreihe.

Calvin machte am Pier von SeaSail fest. Dem Jachthafen von SeaSail war es besser ergangen als anderen Orten auf der Insel – lediglich ein Dutzend Boote mit beschädigten

Rümpfen und nur wenige mit Mastbruch. Die Hafenarbeiter hatten schon einige Masten wieder aufgerichtet, holten Segel aus ihren Planen und lagerten die Autoreifen für das nächste Mal ein.

Aber O'Brien war nicht zurückgekommen.

Simon und ich wohnten in seiner Villa, und jede Nacht saß ich auf der Terrasse und blickte aufs Meer, in der Erwartung, dass O'Brien den Drake-Kanal hinuntergesegelt käme.

Alle auf der Insel arbeiteten zusammen bei den Aufräumungsarbeiten. Sammy Lorenzo mittendrin – er zog Sperrholz von den Fenstern, kehrte die Straßen und flirtete mit Claire. Die Sache mit Stewart hatte ihn nicht überrascht.

»Daniel glaubte, er hätte seine anormalen sexuellen Neigungen unter dem Teppich gehalten, aber die Gerüchte kursierten in ganz Hollywood, vor allem, nachdem diese Prostituierte ihn beschuldigt hatte. Ich habe versucht, mit ihm zu sprechen, aber das war in den Wind geredet. Ich hatte gehofft, dass die Geschichte über seine Heldentat nach dem Flugzeugabsturz die Klatschmäuler zum Schweigen bringen würde.«

Wir saßen in einem Straßencafé, Simon versuchte zu verhindern, dass das Eis an seiner Tüte herabtropfte. Sammy und Claire hielten Händchen. Ich glaubte es kaum. Aber obwohl Claire eine hochgewachsene karibische Schönheit und Sammy ein kleiner, italienischer Typus mit schütterem Haar war, merkte ich doch, dass es zwischen den beiden stimmte.

»Ich denke daran, eine Weile hier auf der Insel zu bleiben«, sagte Sammy und lächelte Claire an. »Wir haben über Werbestrategien für Claires Geschäft oben in L. A. gesprochen. Ich habe dort viele Kontakte, und nach den Erlebnissen mit Daniel bin ich es leid, Schauspieler zu vertreten.«

Die Westbrooks waren am Morgen von der Insel abgeflogen. Wie es schien, hatten sie ihre Liebe auf dem Höhepunkt des Sturms wiedergefunden.

»Im Moment nehme ich, was ich kriegen kann«, hatte Debra gesagt.

Ich war unten bei SeaSail gewesen und hatte nachgefragt, ob es Nachricht von O'Brien gebe, und am Boot der Westbrooks einen Zwischenstopp eingelegt. Es hatte den Hurrikan ohne einen Kratzer überstanden.

»Mal sehen, wie's mit Jack und mir weitergeht«, sagte Debra. »Er ist zerknirscht, aufmerksam. Ich weiß nicht, vielleicht lag es ja am Sturm, vielleicht ist ihm klar geworden, wie zerbrechlich das Leben sein kann und wie wichtig die Familie ist. Ich hätte nicht gedacht, dass ich das noch erleben würde. Er hat die Idee, hier ein Haus zu kaufen, aufgegeben.«

Auf meinem Weg zum Büro des Jachthafens hatte ich den Senator getroffen. Er plapperte über den Hurrikan, die Ereignisse draußen auf Salt Island, die Morde, Stewart und gaffte mich dabei die ganze Zeit über lüstern an. Keine große Veränderung, soweit ich das erkennen konnte.

Als ich in die Villa zurückkam, klingelte das Telefon. Es war Simons Tante. Sie hatte endlich die Zeit gefunden, anzurufen. Sie weilte noch immer in Europa, irgendwo in Südfrankreich. Sie brachte alle möglichen Ausreden vor. Ihre Sekretärin habe sie nicht erreichen können; sie sei wegen des Hurrikans nicht durchgekommen.

Sie sagte, sie werde in wenigen Tagen zurück in den Staaten sein und alles in die Wege leiten, damit Simon in ein Internat käme.

»Ich selbst kann mit einem Neunjährigen nicht fertig werden«, sagte sie.

»Und was geschieht in den Ferien, den Sommerferien?«, fragte ich.

»Die Schule bietet ein Sommerprogramm an. Über Weihnachten wird er wohl bei mir sein.«

Ihr Tonfall verriet mir, wie ungelegen ihr das kam.

»Vielleicht sollte er eine Weile bei mir bleiben«, sagte ich, bevor ich überhaupt darüber nachgedacht hatte. Verflucht, wie sollte ich mich denn um ein Kind kümmern?

Sie zögerte keine Sekunde. »Das wäre schön. Ich kann Ihnen auch Geld für Simons Unterhalt schicken.«

»Wegen des Geldes mache ich mir keine Sorgen.«

»Ich bestehe darauf.«

»Also gut«, sagte ich. Sie erkundigte sich noch nicht einmal danach, wer ich war oder wo Simon wohnen und zur Schule gehen würde.

Sie wollte sich umgehend mit ihrem Anwalt in Verbindung setzen und mit ihm besprechen, dass ich vorübergehend das Sorgerecht bekäme, und mit den Behörden auf der Insel telefonieren, dass alle nötigen Vorkehrungen getroffen würden. Ich sagte ihr, dass sie bald hierherkommen und sich mit Simon treffen müsse. Danach könnten wir uns weiter unterhalten. Bis dahin, kamen wir überein, könnte Simon bei mir wohnen, und wir würden abwarten, wie sich alles entwickelte.

Aber ich bestand darauf, dass sie mit Simon darüber sprechen sollte, ob er bei mir wohnen wollte. Der Junge sollte die Wahl haben. Er war draußen im Pool und spielte mit Sadie. Als ich ihm sagte, seine Tante sei am Telefon, zog er ein Gesicht und tauchte unter. Schließlich zog er sich am Beckenrand herauf, schlurfte ins Haus und griff zum Hörer.

Ich hörte, wie seine Tante am anderen Ende die Alternativen durchging, wobei die erste das Internat war. Er war den Tränen nahe. Nach einiger Zeit kam sie zu Möglichkeit zwei.

»Ja!«, sagte er. »Ich will bei Hannah wohnen!« Dann drehte er sich zu mir um. »Ist das okay?«, fragte er.

»Das geht in Ordnung, Simon. Ich möchte auch, dass du bei mir bleibst.«

Er ließ den Hörer fallen und sprang in meine Arme.

»Ich hab dich lieb, Hannah!«, sagte er

»Ich dich auch, Simon«, sagte ich. Also war es beschlossen.

Jeden Tag fuhren Simon und ich in einem der Schnellboote von SeaSail hinaus, um nach O'Brien zu suchen. Wir suchten verschiedene Gebiete anhand von GBS-Koordinaten ab, aber es war ein großes Meer. Eine Weile waren auch viele Freunde, Mitarbeiter von SeaSail und Leute vom Seenotrettungsdienst draußen und suchten. Die Segler, derentwegen O'Brien hinausgefahren war, weil er sie suchen wollte, hatten den Sturm irgendwie überstanden. Sie waren am folgenden Tag vor Saint Thomas gerettet worden. Sie hatten O'Brien nicht gesehen, und manche spekulierten, dass das Schnellboot von einer Welle erfasst und in der hohen See untergegangen war. Manche sagten, dass beim Höhepunkt des Hurrikans die Wellen acht Meter hoch gewesen wären. Am Ende der Woche hatten die meisten Leute aufgegeben.

Calvin, Carmichael, Snyder, ja sogar Stark und Billy fuhren immer noch hinaus, wann sie konnten, aber ich wusste, sie taten es für mich, nicht weil sie noch damit rechneten, O'Brien zu finden. Ich weigerte mich aufzugeben. Ich wusste: Wenn irgendwer dort draußen überleben konnte, dann O'Brien. Wenn sein Boot untergegangen wäre, dann wäre er vorbereitet gewesen: mit seinem Survival-Set, das Wasser, Lebensmittel, eine Leuchtpistole enthielt. Und wie ich O'Brien kannte, hatte er sicherlich auch Sonnencreme mitgenommen.

Es war eine Ironie, dass ich den Jungen hatte – und nicht O'Brien. Mein Gott, ich sehnte mich nach ihm, brauchte ihn an meiner Seite.

Zum letzten Mal hatte ich O'Brien an jenem Tag am Pier im Jachthafen gesehen, als er mir sagte, er wolle hinausfahren und die Charterer retten. Wir waren übereingekommen, miteinander zu sprechen, sobald wir konnten. Wir waren beide zu sehr in den Ereignissen verstrickt gewesen – Hurrikan, Flugzeugabsturz, Morde –, als dass wir uns um diese wichtige Sache in Ruhe hätten kümmern können.

Jetzt saß ich draußen auf der Terrasse und versuchte zu verhindern, dass das Bedauern und der Kummer mich überwältigten, als ich hörte, wie die Tür aufging.

Anmerkung des Übersetzers:

Die Übersetzung des Walfängerliedes von Capy in Kapitel 16 ist zitiert nach Alice und Hans Seiffert, Frankfurt am Main 1977.

Dank

Ich danke Ira J. Rimson, technischer Gutachter und Experte für die Untersuchung, Rekonstruktion und Analyse von Flugzeugunfällen, für seine Sachkenntnis und seine Geduld. Er hat mich freundlicherweise an seinen Erfahrungen aus über 45 Berufsjahren teilhaben lassen und diese Krimiautorin beraten, die »darauf bestand, ein Flugzeug mitten über dem Meer abstürzen zu lassen«. Dank an Jacky Sach für ihre Unterstützung und ihren Rat und an Martha Bushko, die außerordentliche Lektorin. Besonderer Dank geht an meine Schwester, Sara Palumbo, für ihre sorgfältige Lektüre, ihre klugen Anmerkungen zum Manuskript und ihren unzerstörbaren Enthusiasmus (ich habe ihre E-Mails aufbewahrt und noch einmal gelesen, wenn ich einen schlechten Tag hatte).

Es wäre unentschuldbar, wenn ich die folgenden Quellen nicht ebenfalls dankend erwähnen würde: Arthur J. Bachrach und Glen H. Egstrom, *Stress and Performance in Diving*, Best Publishing 1987; Osha Gray Davidson, *The Enchanted Braid: Coming to Terms with Nature on the Coral Reef*, Jon Wiley and Sons 1998; Robert G. Teather, *Encyclopedia of Underwater Investigation*, Best Publishing 1994; und schließlich und endlich David W. Shaw, *Flying Cloud*, Harper Collins 2000, dem ich O'Briens Erzählung vom Meer entnahm, sowie den Roman *Moby*

Dick von Herman Melville, aus dem Capys Walfängerlied stammt.

Ganz besonders aber: Ein ganz großer Dank gebührt meinen Kindern – für ihre Liebe und ihre Unterstützung. Und meinem Mann Ron, meinem ersten Leser und aufmerksamen Zuhörer, der mich ans Essen erinnert, wenn ich beim Schreiben Tag und Uhrzeit vergesse.

blanvalet

Nora Roberts schreibt als J. D. Robb

»Es gibt derzeit keine bessere Autorin –
jedes ihrer Bücher bietet höchste Unterhaltung!«

USA Today

35632

35452

35451

35450

www.blanvalet-verlag.de